Per sempre al tuo fianco

a BLEEDING STARS *novel*

A.L. JACKSON

A.L. Jackson
www.aljacksonauthor.com
Cover Design by RBA Designs
Photo by Wander Aguiar Photography
Editing by AW Editing and Story Girl Editing
Formatting by Mesquite Business Services
Translated by Paola Ciccarelli

Print ISBN: 978-1-946420-35-0
eBook ISBN: 978-1-946420-34-3

Per sempre al tuo fianco

Bleeding Stars

Un sasso nell' oceano
Annego in te
Come un fulmine a ciel sereno
Aspettami
Resta
Per sempre al tuo fianco

Prologo
ZEE
SETTE ANNI PRIMA

Una nebbiosa oscurità ammantava il cielo notturno. Le luci della città brillavano contro la foschia, così bassa e densa che potevo quasi allungare la mano e toccarla. Gettava una bruma minacciosa su tutto il mio mondo, trasformando ogni cosa che avessi mai conosciuto in vapori e nebbia.

Tirai un respiro disperato. Il senso di colpa mi divorò vivo mentre mi schiacciavo più forte il cellulare contro l'orecchio. «Mi dispiace. Mi dispiace così tanto, cazzo» implorai.

La sua voce, che giungeva da chilometri di distanza, era permeata di dolore. «Ti dispiace? Eri il mio migliore amico. Mio fratello. Mi *fidavo* di te. Avrei messo la mia vita nelle tue mani.»

Sbattei ripetutamente le palpebre, cercando di vedere attraverso il tormento. «È stato un errore.»

Ma etichettarlo semplicemente come un *errore* mi dava l'impressione di star commettendo un tradimento. Di aggiungere un'altra dose alla crescente slealtà.

Le sue parole tremavano di rabbia. «Un errore? Mi hai

tradito.»

Mi strinsi i capelli in una mano e cominciai a camminare avanti e indietro. Ad ogni disperato passo, la solitudine si stringeva intorno a me. Il mio petto sembrava troppo stretto e troppo vuoto, come se potessi sentire il legame che ci aveva sempre uniti allentarsi.

Perché non avrei mai potuto cancellare ciò che avevo fatto.

Potevo sentire il mondo crollare intorno a me, le mie fondamenta sbriciolarsi sotto i miei piedi.

Aprirsi per rivelare i miei peccati.

Facendomi precipitare a capofitto in un abisso senza fondo.

Infinito.

Straziante.

«Mi dispiace, fratello. Farò qualsiasi cosa. Qualunque cosa. Torna a Los Angeles. Troveremo una soluzione. Dimmi solo... che mi perdoni. Dimmi che stai bene... che questo non ti farà ricadere nel baratro.»

La sua risata era spenta. «Che senso ha restare pulito... lavorare sodo per ciò che è giusto... quando esso ti viene strappato via comunque?»

Inspirai bruscamente in preda all'angoscia. «Mark...»

«Devo andare.»

Riattaccò, e io boccheggiai quando una scarica di paura mi colpì come un fulmine.

In cerca di una risposta, di coraggio, sollevai il viso verso il firmamento che brillava come se fossi sull'orlo di un nuovo giorno senza la promessa di un'alba.

Le stelle erano oscurate.

Nascoste.

Stelle che sapevo splendevano e luccicavano luminosamente quando ti allontanavi dai riflettori e dalla depravazione di questa sordida città. Per qualche ragione, avevo sempre creduto che quelle stelle lucenti fossero i guardiani dei desideri che esprimevo da bambino quando le vedevo cadere.

Come se li custodissero in modo protettivo lassù nel cielo fino al giorno in cui li rilasciavano e il sogno diventava realtà.

In quel momento, avrei giurato di sentir pronunciare una

silenziosa maledizione che li lasciò perennemente offuscati.

Da bambino, avevo sussurrato un milione di desideri.

Innumerevoli.

Infiniti.

Adesso potevo sentirli cadere tutti intorno a me. Bruciando e spegnendosi.

Disintegrandosi nel nulla.

Quella fu l'ultima volta che parlai con mio fratello. Sapevo di meritarmelo. Non potevo chiedere di più. Non lo misi mai in discussione. Non mi sognai mai che potesse essere diversamente.

Non fino al giorno in cui incontrai *lei*.

1

ZEE

Era tardi quando imboccai il vialetto che conduceva alla modesta casa nel tranquillo quartiere di periferia. Il mio volo da Savannah aveva subito un ritardo, ed ero incredibilmente stremato.

Ash e Willow erano arrivati una settimana fa. Il resto della band e le loro famiglie ci avrebbero raggiunti fra qualche giorno così che potessimo ultimare i piani per il prossimo tour, che sarebbe iniziato da lì a un mese.

Negli ultimi due anni, le cose erano andate a gonfie vele per i *Sunder*, facendoci ottenere più fama e rilievo di quanto avessimo mai potuto immaginare. Ci eravamo spaccati il culo a Savannah, apportando gli ultimi ritocchi all'album che avevamo registrato lì negli ultimi due mesi.

Adesso avremmo cambiato marcia e spostato la nostra attenzione sulla promozione, il che significava suonare dal vivo ed esibirci davanti ai fan.

Grazie a Dio, potevamo prenderci una pausa, perché ero esausto.

Tuttavia, non avrei dovuto sorprendermi che i miei piedi mi avessero condotto qui nell'istante in cui l'aereo era atterrato.

Bussai alla porta.

Erano passati quattro mesi dall'ultima volta che ero stato a Los Angeles, un peccato in sé e per sé, e il mio petto si serrò in preda alla trepidazione, costantemente accompagnata da una buona dose di rimpianto, mentre sollevavo la mano per battere il pugno sul legno.

In attesa nell'oscurità della notte, tirai un respiro profondo, domandandomi per l'ennesima volta come cazzo fossi arrivato a questo punto. Diviso tra due mondi. Fingendo che uno non esistesse.

Suppongo che nessuno di noi sapesse con certezza quale direzione avrebbe preso la nostra vita. Da piccoli, immaginavamo e sognavamo. Il più delle volte, quei sogni erano immensi.

Esagerati e audaci.

Irraggiungibili e irrealizzabili.

Certe volte arrivavamo a un passo dall'afferrarli, e altre volte atterravamo in una stratosfera completamente diversa.

La cosa assurda era che ero stato proprio io ad atterrare qui. Stavo vivendo la vita che tanti ragazzini consideravano il sogno più grande.

La vita da rockstar.

Tour infiniti e fan incalcolabili.

Denaro, notorietà e fortuna.

Pazzesco, perché non avevo mai la sensazione di viverla davvero. Mi sentivo un estraneo che camminava lungo il perimetro; vicino ma senza mai oltrepassare la linea.

Non avevo voluto questa vita. Non mi ero mai immaginato in questa posizione. Le cose che avevo desiderato erano simili ma distinte. Diverse ma uguali.

La verità? Io e mio fratello Mark eravamo stati così fin dall'inizio.

Poli opposti ma completamente sincronizzati.

Contraddittori ma identici.

Lui era stato il mio eroe e io la sua roccia.

Forse era stata questa la nostra rovina.

Un senso di anticipazione mi travolse quando una luce si accese da qualche parte nella casa. Come potevo rimpiangerlo ora?

Forse avevo sbagliato tutto, ma era vero quello che si diceva: talvolta le cose più belle e miracolose nascono dalla tragedia più grande.

Avrei mentito se avessi detto che la situazione non era incasinata, ma ciò non significava che non fosse la cosa migliore che avessi. Quello che mi faceva superare le notti solitarie.

Una sagoma balenò dietro alla tenda opaca della finestra laterale e, un attimo dopo, si udì un movimento dall'altro lato della porta. Deglutii intorno al nodo di nervosismo che si stava formando rapidamente alla base della mia gola.

Questa era la parte che odiavo: avere a che fare con lei.

Il metallo stridette quando la serratura scattò, e il mio nervosismo sfrigolò e aumentò in segno d'avvertimento quando la porta si schiuse di pochi centimetri.

Una donna che non avevo mai visto prima mi guardò con diffidenza, gli occhi assonnati colmi di confusione. «Posso aiutarla?»

Feci del mio meglio per ignorare il terrore che montò nel mio petto.

«Dov'è Veronica?» La mia domanda venne fuori più brusca di quanto intendessi.

Un'espressione interrogativa balenò sul viso della donna. «Veronica? La ragazza che possedeva questa casa?»

Il terrore si trasformò velocemente in rabbia. «Possedeva?»

La donna sbatté le palpebre e balbettò come se fosse lei a doversi giustificare. «A-abbiamo comprato questa casa quasi tre mesi fa.»

Annuii, anche se ero completamente esterrefatto. Ma in realtà, non ero poi così sorpreso.

Per nulla.

Ero dannatamente incazzato.

Feci un passo indietro, cercando di mantenere la calma. «Mi spiace di averla disturbata a notte fonda. Sono stato fuori città per un po'.»

La donna mi guardò con espressione quasi contrita. «Spero che riesca a rintracciarla.»

«Grazie» risposi, prima di girare sui tacchi e tirare fuori il cellulare dalla tasca, digitando il suo numero mentre ripercorrevo il vialetto a grandi falcate.

Il telefono squillò quattro volte prima che la sua voce stucchevole, registrata e falsa come il resto di lei, riempisse la linea. Ascoltai il suo messaggio e ringhiai le mie parole subito dopo il bip.

«Sarà meglio che tu abbia una valida spiegazione, perché sono stufo, cazzo.»

2

ALEXIS

Niente paura. Vivi e basta.

Niente paura. Vivi e basta.

Niente paura. Vivi e basta.

Ripetei quel mantra sottovoce più e più volte, cercando di renderlo vero. Di fingere che la paura non impregnasse la mia pelle di un sudore nauseante, e che i miei respiri non venissero fuori affannosi e corti mentre cercavo di non inalare il disgustoso fetore del vicolo buio.

Potevo sentirlo ovunque, questo odore nauseante che puzzava di malvagità e corruzione.

Tentai di mantenere la mia posizione. Ero lì per mia sorella, e non me ne sarei andata senza di lei. Ma il terrore mi fece fare un passo incerto all'indietro. La mia schiena urtò contro il muro butterato, e sussultai quando mi resi conto di essermi cacciata in una via senza uscita.

Lui sogghignò e fece un passo avanti.

Il mio sguardo guizzò a destra, e le mie parole vennero fuori come una supplica. Una promessa. «Avril... ti prego... vieni con me.»

«Vattene.» Non la degnò neppure di un'occhiata mentre le impartiva quell'ordine. Continuò a fissare me con un sorriso perverso che inviò un brivido di paura lungo la mia spina dorsale.

Forse il fatto che fosse attraente rendeva le cose peggiori. Aveva usato quest'arma contro di lei? L'aveva trascinata più a fondo in questo mondo disgustoso con il suo fascino depravato?

Supplicai mia sorella con gli occhi.

Ricorda. Ricordati di noi. Ti aiuterò. Non devi avere paura.

«Vai!» gridò lui di nuovo. Quella singola parola tuonò nell'aria come il colpo di un martello.

Il corpo di mia sorella si chinò in avanti, ripiegandosi quasi su se stesso, e il suo viso si contorse in un'espressione di inutili e patetiche scuse mentre indietreggiava.

Il dolore si abbatté su di me da tutti i fronti si voltò e scomparve nell'oscurità come nebbia sottile e trasparente. Fragile e debole.

Mi ha abbandonata.

Volevo rincorrerla. Afferrarla. Scuoterla. Dirle che non era costretta a vivere questa vita. Quante volte dovevo ripeterglielo prima che mi credesse?

Ma non potevo muovermi. Ero inchiodata al lurido muro dallo sguardo lascivo dell'uomo. Quando avanzò ulteriormente verso di me, tenni la testa girata di lato e chiusi gli occhi con forza come se ciò potesse rendermi invisibile.

Lui premette il suo corpo contro il mio.

Le lacrime corsero liberamente lungo le mie guance, e il disgusto mi percorse da capo a piedi. Tirai un respiro tremulo che si infranse in un singhiozzo. «Per favore.»

Era la cosa sbagliata da dire.

Sapevo già di essere piombata in un mondo senza compassione. Un luogo privo di misericordia.

Non avrei dovuto sorprendermi che, invece di mostrare compassione, lui scoppiò a ridere e spinse un ginocchio tra le mie cosce, costringendomi ad allargare le gambe.

Emisi un grido strozzato quando armeggiò per infilare una mano sotto la mia maglietta, sussurrando le sue parole minacciose contro il mio orecchio. «Te l'avevo detto che la prossima volta che ti avrei vista, te ne saresti pentita, stupida stronza. Pensavi che stessi scherzando? Credo sia ora che ti dia una lezione. Le ragazze che continuano a venire qui, non se ne vanno più.»

«No.» Non volevo supplicare, ma mi era impossibile non farlo mentre il panico montava nelle mie vene. *Combatti.* Cominciai a mordere, a dimenarmi e a lottare.

Lui ringhiò e mi afferrò entrambi i polsi con una mano, inchiodandoli sopra la mia testa mentre con l'altra mi strappava la maglietta. Scalciai selvaggiamente, ma lui mi schiacciò con più forza contro il muro, e il grezzo e ruvido cemento mi graffiò la schiena.

«Oh mio Dio. No. Smettila. Ti prego.»

«Chiudi il becco, cazzo.» La barba biondo scuro che ricopriva la sua mascella affilata mi graffiò il viso mentre mi sputava in faccia quelle parole. «Non dire una sola dannata parola. Chiaro? Se emetti un suono, ti ammazzo.»

Niente paura. Vivi e basta.

Urlai a squarciagola.

3

ZEE

Battei il pugno contro la porta di metallo. Mi ci erano volute sei telefonate diverse per scoprire dove fosse. Suppongo che avrei dovuto immaginare che non sarebbe stato difficile trovarla, perché eccola di nuovo qui, nello stesso dannato posto.

Rabbia e frustrazione ribollivano nel mio sangue, scatenando una furia che sembrava impossibile da contenere. Spostai il peso da un piede all'altro e contai fino a dieci prima di picchiare di nuovo sulla porta.

Quest'ultima si spalancò di botto e un'esclamazione incazzata risuonò nell'aria prima che lei mi vedesse lì in piedi sulla soglia. Fece un passo barcollante all'indietro, l'espressione totalmente sorpresa. «Zee. Che ci fai qui? Pensavo che saresti stato via per un'altra settimana.»

Scoppiai a ridere, ma non c'era nulla di amichevole in quel suono. «Hai davvero intenzione di startene lì e chiedermi che cosa ci faccio qui?»

Il mio sguardo vagò oltre la sua spalla, verso l'appartamento completamente in disordine dietro di lei. L'ansia mi attanagliò il petto. Non riuscivo a credere che l'avesse portato in questa topaia del cazzo.

Non dopo tutto quello che avevo fatto per assicurarmi che fossero al sicuro.

«Piuttosto, dovresti essere tu a dirmi che cosa ci fai qui, considerando che sono appena passato da casa tua. Immagina la mia sorpresa quando ho scoperto che quella casa non ti appartiene più» dissi a denti stretti.

Lei alzò gli occhi al cielo. «Era casa mia. Ero libera di farne ciò che volevo.»

La mia voce si abbassò, diventando brusca e dura. «Te l'avevo comprata *io*.»

Lei scrollò una spalla e la bretellina della camiciola di raso che indossava scivolò giù lungo il braccio. La conoscevo abbastanza bene da sapere che non era un caso. «Avevo bisogno di soldi.»

«Ne hai in abbondanza.»

«Li ho spesi.»

Inclinai la testa in modo da poterla guardare dritto in viso. «Mi stai prendendo per il culo? Mi stai dicendo che sono finiti? Non si possono spendere tutti quei soldi da un giorno all'altro, Veronica. Cosa diavolo ne hai fatto?»

Lei mi rivolse uno di quegli sguardi che aveva perfezionato; occhi marroni sgranati in un viso affascinante, mescolati all'innocente tremolio del mento. Era la stessa dannata espressione che riusciva sempre a rigirare qualsiasi situazione a suo favore.

Non era difficile scorgere l'astuzia che si celava dietro.

«Non sai cosa voglia dire stare qui da sola mentre tu sei via a fare qualsiasi cosa tu faccia. Non è giusto. *Me l'avevi promesso.*»

Non è giusto?

Ero a due secondi dal gridarle in faccia tutte le ragioni per cui questa stronzata non era affatto giusta.

«Inoltre, non è che tu sia a corto di soldi» aggiunse, come se le sue azioni non contassero minimamente.

«Questo non ha nulla a che vedere con i soldi, Veronica. Si tratta di responsabilità. Del fatto che fai cose che mi avevi promesso non avresti fatto. Dovresti pensare a *lui* piuttosto che a te stessa. Adesso dimmi cosa ne hai fatto del denaro.»

Un brutto presentimento si impossessò di me. Non ero più sicuro di voler conoscere la risposta.

Veronica incrociò le braccia sul petto. «Non sono affari tuoi.»

«Lo sono eccome, invece. Pensi che queste cazzate non influiscano su di lui? Ti avverto, Veronica...»

Lei sbuffò. «E cosa hai intenzione di fare al riguardo? Credo che abbiamo già appurato che la risposta a questa domanda è *niente*.»

Serrai i pugni. Ero a un passo dal perdere il controllo. Dal mandare all'aria questo fragile accordo tra di noi, in cui ogni dettaglio era a suo vantaggio, distorto in suo favore.

Tranne uno, quello che contava di più.

«Sei andata troppo oltre stavolta, Veronica.» Le parole, venate di minaccia, mi graffiarono la gola.

Con aria di sfida, lei fece un passo in avanti, sollevandosi in punta di piedi per guardarmi dritto negli occhi. «Sei stato tu a farmi questo.» Conficcò l'indice nel mio petto. Piccole stilettate di rimorso mi trafissero ad ogni colpo del suo dito. «Adesso devi giocare secondo le mie regole.»

«Lui non è un *gioco*. È la mia vita.» Buon Dio, mi teneva in pugno. In un angolo da cui non ero certo sarei mai riuscito a scappare.

«Allora sai cosa devi fare per far sì che rimanga tale» disse la stronza in tono minaccioso, stringendo il cappio intorno al mio collo ancora più forte, privandomi dell'aria, della vita e della mia ragione d'essere.

«Dov'è Liam?» domandai con voce graffiante.

Lei sollevò il mento con atteggiamento di sfida. «Non è qui.»

Potevo percepire la follia che ribolliva sotto la mia pelle fremere dal desiderio di traboccare fuori, questo senso di protezione che prima o poi mi avrebbe spinto oltre il limite. «Dov'è?»

«Da un amico.» La sua risposta era superficiale.

Inconsistente.

Non credevo alle mie orecchie.

La furia divampò nelle mie vene. Oscurità. Odio. Proruppi in una risata amara. «Sono stufo di fartela passare liscia con queste stronzate. Avevo comprato quella casa affinché lui fosse al sicuro. Affinché tu fossi al sicuro.»

Veronica allungò il braccio e mi afferrò per la maglietta, schiacciandosi contro di me. «Allora forse dovresti entrare dentro e ricordarmi quanto desideri tenermi al sicuro. Quanto ci tieni a me. So che ti manco. Dimmi che sono ancora il tuo segreto preferito.»

Chiusi la mano intorno al suo polso e mi liberai dalla sua presa. «Mai più.»

Lei emise una risata beffarda e ritrasse il braccio. «Lo vedremo.»

Arretrai prima di fare qualcosa che non avrei potuto cancellare. «La prossima volta che vengo, è meglio che lui sia qui.»

Cominciai a ripercorrere il sudicio corridoio. Grida echeggiavano da dietro le porte nel cuore della notte, questa schifosa parte della città viva e pullulante di squallide e depravate offerte.

La rabbia permeò ogni mia terminazione nervosa, irrigidendo e tendendo i miei muscoli.

Trasudando sesso e dissolutezza, Veronica si appoggiò al telaio della porta, con indosso nient'altro che una camiciola e un paio di mutandine, un sorrisetto compiaciuto sul viso. «Non fingere che non sappia il vero motivo per cui sei venuto qui.»

Puntai un dito nella sua direzione, odiando il modo in cui la mia voce tremolò quando parlai. «Alla prossima, Veronica. Alla prossima.»

4

ZEE

Un lampione tremolò nello stesso istante in cui mi bloccai quando udii un urlo echeggiare nell'aria densa della notte.

Una richiesta di misericordia.

Un grido d'aiuto.

L'adrenalina pulsò nelle mie vene, creando un mix velenoso quando si mescolò con la rabbia che ancora ribolliva in me dopo il confronto con Veronica.

Era un'emozione travolgente che mi attanagliò ovunque, spronandomi ad agire. Non importava che avrei dovuto tenere un profilo basso. Che avrei dovuto fare del mio meglio per restare invisibile così che i paparazzi non scavassero nella mia vita.

Sapevo che avrei dovuto chiamare la polizia e proseguire per la mia strada, badare agli affari miei, ma non potevo assolutamente ignorare il grido disperato che risuonò dal vicolo e si riversò in strada.

Non c'era alcuna cautela nei miei passi quando iniziai a correre tra due palazzi fatiscenti, girando intorno a un cassonetto mentre mi fiondavo nel vicolo, il cuore che mi ruggiva nelle orecchie.

Ebbi la sensazione di oltrepassare una linea invisibile quando vidi lo stronzo che teneva una donna inchiodata contro un muro imbrattato di graffiti. Grida incoerenti traboccavano dalla bocca della ragazza che supplicava e si agitava disperatamente. Il bastardo le teneva i polsi bloccati sopra la testa con una mano mentre cercava di infilarle l'altra sotto la maglietta.

La rabbia mi incitò all'azione, così mi fiondai nella loro direzione senza tener conto delle conseguenze, pensando unicamente a liberarla. Mi avventai sullo stronzo, così preso dal violarla che si accorse di me solo quando la mia spalla sbatté contro il suo fianco.

Volò per aria.

La ragazza emise un urlo a metà tra lo shock e il sollievo quando il pezzo di merda cadde imprecando sull'asfalto spaccato e ricoperto di acqua di scarico e rifiuti.

Mi scagliai di nuovo su di lui, mettendomi a cavalcioni sulla sua vita e immobilizzandolo a terra. «Pezzo di merda» sibilai a denti stretti mentre la rabbia che avevo tenuto a bada con Veronica si scatenava.

«Stronzo... rimpiangerai ciò che hai fatto» sbraitò contro il mio viso, dibattendosi per liberarsi.

Si sbagliava.

Perché non provai alcun rimorso quando gli assestai un pugno in faccia. Lui ricambiò il colpo, cogliendomi sul lato destro della mascella, ma ignorai la fitta di dolore mentre sentivo qualcosa dentro di me spezzarsi.

Contrattaccai. Non per me. Per lei. Pugno dopo pugno. Botta dopo botta. Ancora e ancora.

Carne contro carne e ossa contro ossa.

Il bastardo gemette, e la sua combattività si affievolì ad ogni colpo. Non mi fermai finché la sua testa non ciondolò all'indietro e il suo corpo non si accasciò sul pavimento.

Annaspando in cerca d'aria, mi staccai da lui, gli occhi spalancati mentre lo guardavo lì disteso. I miei polmoni erano stretti in una morsa, sul punto di scoppiare per la rabbia.

L'adrenalina pompava troppo forte e troppo velocemente nelle mie vene.

Accecandomi.

Osservai il pezzo di merda riverso a terra come uno schifoso e lurido sacco di immondizia.

La furia incitava la parte perversa di me a scagliarmi di nuovo su di lui e finire il lavoro. Ucciderlo. L'altra parte di me era attratta dalla ragazza che singhiozzava sul pavimento sporco dove si era raggomitolata in una palla.

Il mio cuore batteva all'impazzata, un tamburo che martellava contro le mie costole, scatenando dentro di me un caos che non ero certo di aver mai provato prima.

Con cautela, mi alzai, i nervi tesi e la pelle percorsa da scariche di energia simili a piccoli pungoli elettrici. Andai verso di lei, sia terrorizzato che ammaliato, in qualche modo consapevole che questa ragazza aveva bisogno di me.

I suoi capelli biondi erano appiccicati al suo viso rigato di lacrime, e un rivolo di sangue scorreva da un angolo della sua bocca. Dondolava avanti e indietro mentre piccoli gemiti che cercava di soffocare fuoriuscivano dalle sue labbra. Quando sollevò lo sguardo su di me, vidi che i suoi occhi brillavano come la fiamma più bianca contro il buio che minacciava di consumarla.

Provai una fitta al petto a quella vista. Feci un altro passo nella sua direzione.

La mia mano tremava terribilmente quando la posai sul suo braccio, facendola sussultare.

«Va tutto bene» sussurrai. «Va tutto bene. Non ti farà del male. Mai più. Non glielo permetterò.»

Lei pianse più forte nell'udire la mia promessa. In qualche modo, quel suono straziante era pervaso di sollievo. Mi sedetti a terra, e un sospiro sollevato fuoriuscì dalle mie labbra quando mi permise di attirarla sul mio grembo, perché mi sarebbe stato impossibile trattenere l'impulso di stringerla tra le braccia. Di proteggerla.

Perché questa ragazza?

Era luminosa.

Troppo luminosa.

Troppo dolce, troppo buona e troppo pura.

Fuori luogo in questo abisso di disperazione.

Con attenzione, avvolsi le braccia intorno al suo corpo.

Lei singhiozzò, e io feci del mio meglio per nascondere il suo viso nel mio petto, avvolgendole la nuca nel palmo della mia mano, come se con quel gesto potessi proteggerla dai mali che infestavano queste strade.

Con la mano libera, estrassi il cellulare dalla tasca in modo da chiamare i soccorsi.

Lei strinse i pugni nella mia maglietta. «Stava per...» Lasciò la frase in sospeso, senza dubbio incapace di formulare le parole perché non poteva tollerare quel pensiero.

Nemmeno io potevo, perché una nuova ondata di rabbia mi attraversò i sensi.

L'abbracciai un po' più forte. «Lo so... ci sono io adesso. Non lascerò che ti accada nulla.»

Tenni gli occhi incollati sul bastardo a terra mentre aspettavo con impazienza che qualcuno rispondesse all'altro capo della linea. Finalmente, un operatore lo fece.

«Abbiamo bisogno di un'ambulanza e della polizia.» La mia voce era brusca mentre snocciolavo l'indirizzo dell'incrocio e gli dicevo di sbrigarsi. Per una volta, ero grato di avere familiarità con questa zona della città.

Sembrò passare un'ora mentre sedevo lì con lei tra le braccia, le viscere in subbuglio, terrorizzato dal disperato desiderio che provavo di cancellare il suo dolore.

Quando udii le sirene risuonare in lontananza, la mia ansia si attenuò di una frazione perché almeno adesso sapevo che questa ragazza era al sicuro.

Questo prima che percepissi il figlio di puttana muoversi. Tuttavia, non gemette.

Ringhiò.

Fui travolto da un'onda anomala di quello stesso istinto di protezione che minacciava di farmi uscire fuori di testa. Balzai su, portando la ragazza con me. L'aiutai a reggersi in piedi e la spostai dietro di me quando il bastardo si alzò.

Se pensava di avvicinarsi a lei, sarebbe dovuto passare prima sul mio corpo.

Sembrava un demone con il viso rigato di sangue, gli occhi rossi nell'oscurità, la malvagità che irradiava dal suo atteggiamento. Si sfregò il dorso della mano sul ghigno spiaccicato sulla sua bocca. «Puttana... ti avevo avvertita.»

Un grido terrorizzato, a malapena udibile, vibrò contro la mia schiena mentre le dita della ragazza si avvinghiavano alla mia maglietta.

«Ci sono io. Fidati di me» le dissi con un filo di voce, sperando che udisse le mie parole.

Il suono delle sirene si fece più vicino. Cominciai a indietreggiare e il bastardo fece un passo in avanti.

«Ci penserei bene se fossi in te, stronzo» lo avvertii con voce minacciosamente bassa.

Lui scoppiò a ridere.

Il terrore mi percorse da capo a piedi quando lo vidi allungare la mano dietro la schiena e infilarla nel retro dei pantaloni. Un baluginio di metallo trafisse il buio della notte.

Il bastardo aveva una pistola.

La ragazza gemette alle mie spalle. Senza dubbio l'aveva vista anche lei.

La mia mente prese a vorticare freneticamente alla ricerca del modo migliore per uscire da questa situazione, calcolando la mossa più saggia per tenerla al sicuro.

«Davvero?» replicò lui in tono di sfida. «Potrei dirti la stessa cosa.»

Se non altro, su questo aveva ragione. Ero stato maledettamente stupido a venire qui impreparato. Ma non avrei mai potuto immaginare che sarei finito qui quando ero sceso dall'aereo stanotte.

Non avrei mai pensato che mi sarei ritrovato a fissare la canna di una pistola.

«Vattene... Scappa» mi supplicò sommessamente la ragazza nel tentativo di proteggermi. Puro terrore trasudò dal suo corpo, rimbalzando tra me e lei. I suoi respiri, affannosi e impauriti, filtrarono attraverso il tessuto sottile della mia maglietta, riscaldandomi la schiena e suscitandomi la pelle d'oca.

Fomentando la mia adrenalina.

Non sapevo se questo momento fosse una casualità, il destino o una coincidenza. Non importava. Per nulla al mondo avrei abbandonato questa ragazza.

Sollevai le mani, i palmi in fuori.

Supposi che la soluzione migliore fosse quella di placare lo stronzo.

Guadagnare tempo.

«Non c'è bisogno di arrivare a tanto.»

Feci un altro cauto passo all'indietro, sospingendo la ragazza verso la strada principale, le braccia distese in avanti come se in qualche modo potessero fungere da scudo. Per tutto il tempo, pregai che stessi facendo la scelta giusta e che non stessi istigando un pazzo.

Spostai lo sguardo sulla pistola, poi lo riportai sull'arroganza ostile che luccicava nei suoi occhi. «Non pensi che sia una pessima idea, considerando che la polizia è a cinque secondi dal piombare qui?»

Parve che solo in quel momento si rese conto che le sirene che risuonavano in strada, trafiggendo la notte con le loro luci rosse e blu simili a una giostra vorticosa, erano per lui.

Esitò, oscillando in avanti e poi indietro.

Una volante si fermò con uno stridio di pneumatici all'ingresso del vicolo.

Il bastardo spostò lo sguardo sulla ragazza, che stava sbirciando da dietro la mia schiena, quasi stesse prendendo in considerazione l'idea di piazzarsi di fronte a me. Come se glielo avrei permesso.

Le rivolse un sorrisetto maligno. «Alla prossima.»

Poi si voltò e corse via. Due secondi dopo, scomparve nell'oscurità al lato opposto del vicolo.

I miei muscoli si tesero e si contrassero, e le mie viscere si agitarono per il desiderio di inseguirlo. Di farlo fuori. Di assicurarmi che non ci sarebbe mai stata una prossima volta.

Ma in quell'istante un poliziotto gridò *"fermi"*, e l'unica cosa che potei fare fu quella di stringere le mani della ragazza, che improvvisamente erano avvinghiate alla parte anteriore della mia maglietta. Ricominciò a singhiozzare contro la mia schiena, riversando la sua ansia e la sua paura in un profluvio di lacrime. «Mi dispiace tanto. Mi dispiace tanto» disse ripetutamente, come se tutto ciò potesse essere colpa sua.

Percependo il suo sguardo sul mio viso, abbassai gli occhi su di lei.

Ebbi la sensazione che ogni emozione che avessi mai provato fosse bloccata come una roccia frastagliata nella mia gola quando incrociai i suoi occhi tormentati. Occhi così intensi. Troppo scuri per essere blu. Troppo chiari per essere di qualsiasi altro colore.

Lì in piedi, mi sentivo disorientato.

Forse dipendeva dal confronto di poco fa.

Dall'essermi trovato faccia a faccia con la morte, pronto ad accettarla se significava salvare una sconosciuta da un destino che non riuscivo a immaginare neppure lontanamente.

Le mani mi dolevano per l'estranea sensazione lasciata dalla mia rabbia.

Non avevo esattamente la reputazione di un combattente. Chiamatemi pure cacasotto o pacifista. La verità era che non ero nessuno dei due. Semplicemente, ero sempre stato chiaro sulla ragione per cui vivevo.

Negli ultimi sette anni, avevo speso tutte le mie forze per le due cose più importanti per me, perché non potevo permettermi di sprecare quelle energie per qualcos'altro.

Mentre me ne stavo lì impalato, sapevo che questo mi sarebbe costato molto.

Tutto ciò che era importante nella vita richiedeva un prezzo. Niente era gratis e ogni azione comportava una conseguenza.

No. Non ero mai stato famoso per essere un combattente.

Ma mentre fissavo questa ragazza che mi guardava?

Sapevo che non avrei mai rimpianto di aver combattuto per lei.

5

ALEXIS

«Cosa ti è saltato in mente?» Il viso di Chelsey si contorse per la preoccupazione quando mi guardò. Stava camminando avanti e indietro per la piccola area separata con una tendina dal resto della sala del pronto soccorso in cui mi avevano sistemata.

Assomigliava moltissimo a nostra madre in quel momento, gli occhi azzurri corrugati agli angoli per l'apprensione e rughe di maturità che accentuavano le delicate curve del suo volto.

Un brivido freddo mi percorse da capo a piedi. Erano passate tre ore e stavo ancora tremando. Non riuscivo a scrollarmi di dosso quest'incontrollabile paura che mi dilaniava le viscere.

Mi avvolsi maggiormente la coperta intorno al corpo. Forse, se fossi riuscita a stringerla abbastanza forte, mi sarei svegliata e tutto questo sarebbe stato soltanto un tremendo, orribile incubo. Forse, se avessi pregato con abbastanza intensità, sarei potuta tornare indietro nel tempo, fino all'inizio. Cambiare le cose. Ricominciare daccapo.

«Aveva bisogno di me.» Le parole uscirono dalle mie labbra in un mormorio stridulo, graffiandomi la gola irritata e dolente. La mia personale supplica. Dio solo sapeva che stavo cercando

22

una voce ragionevole in un mondo che non aveva senso.

La mia voce si abbassò fino a diventare un sussurro. «È nostra sorella.»

La mia *gemella*. La mia migliore amica. La mia metà.

Chelsey si girò di scatto e si avvicinò a me in un lampo. Allungò le braccia e mi afferrò il viso tra le mani, costringendomi a incrociare i suoi occhi, l'espressione angosciata mentre pronunciava la sua implorazione.

«Nostra sorella che ti farà uccidere. Ancora non l'hai capito, Alexis? Sono anni che ci provi, ormai non c'è più niente da fare. Niente che tu possa cambiare perché lei *non vuole* cambiare. L'unica cosa che accadrà è che perderò anche te, e non sono disposta a restare in disparte e lasciare che succeda.»

L'agonia mi trafisse il cuore come una lama smussata e arrugginita.

La disperazione di salvare qualcuno che non voleva essere salvato.

Tutto ciò lottò contro una paura fisica così profonda che potevo sentirla penetrare nella mia anima.

Mani vili e spregevoli sul mio corpo. Minacce malvagie nel mio orecchio.

Un fetore disgustoso nel mio naso.

Non sapevo se sarei mai riuscita a cancellare quell'uomo dalla mia pelle.

Mi sentivo... sporca. Nauseata.

Ricordi di stanotte balenarono nella mia mente, sprazzi di immagini in bianco e nero: la telefonata di mia sorella, l'essere malvagio che avevo affrontato, il mio salvatore. Quell'uomo misterioso e inebriante che era venuto in mio soccorso.

Avevo quasi creduto che fosse un'allucinazione. Un frutto della mia mente che desiderava disperatamente strapparmi a quella situazione, inducendomi a credere che mi stessero salvando. Come se mi fossi persa nella fantasia che esistesse davvero qualcuno abbastanza altruista e coraggioso da rischiare la propria vita per me.

Ero stata sopraffatta dalla gratitudine quando mi ero resa conto che non era il prodotto della mia immaginazione.

Non avrei mai dimenticato l'espressione sul suo viso quando mi avevano caricata sull'ambulanza. Il modo tenero e duro in cui mi aveva guardata, come se vedermi su una barella gli causasse un dolore fisico.

Chelsey mi strinse il viso con più forza. «Promettimi che non tornerai mai più laggiù. Non mi interessa quel che dice, Alexis. Non permetterle di rovinare anche te. So che rinunceresti a tutto per lei, ma non pensi a me?» Le sue dita affondarono con disperazione nelle mie guance. «Promettimelo.»

Mia sorella maggiore mi voleva un bene dell'anima. Si preoccupava per me. Ma non si rendeva conto di cosa mi stava chiedendo di fare.

Annuii. «Ok, lo prometto» sussurrai.

Anche se sapevo che non era vero.

6

ZEE

«Qualsiasi altra informazione possa darmi sarà apprezzata.»

Mi fermai accanto alla porta, fatta in vetro satinato per fornire la privacy necessaria, su cui era impresso il nome del detective. Mi voltai di nuovo verso di lui, che teneva ancora la mano sospesa sul taccuino sopra la scrivania su cui aveva scribacchiato appunti nell'ultima mezz'ora.

«Mi creda, se avessi altre informazioni da darle, lo farei.»

Lui piegò la testa di lato e socchiuse gli occhi, come se volesse accertarsi che stessi dicendo il vero. «Ed è certo di non aver mai visto quel tizio prima d'ora?»

L'investigatore mi aveva posto quella domanda ripetute volte, alla ricerca di qualsiasi dettaglio potessi aver tralasciato o cercato di nascondere. Quindi, probabilmente, aveva difficoltà a credere che si fosse trattato di un incontro fortuito.

Fui attraversato da un altro lampo di familiarità, ma era così maledettamente vago che lo scacciai via. Scossi la testa con decisione. «Sì, ne sono certo. Non esiterei a dirglielo se lo conoscessi. Voglio che quel bastardo venga arrestato tanto quanto lei.»

Forse di più.

L'orrore sul viso di quella ragazza balenò nella mia mente. La sensazione che avevo provato nello stringerla fra le braccia. Il bisogno di proteggerla.

Il mio intero corpo si tese. L'adrenalina martellava ancora nelle mie vene come un tamburo di guerra, ogni cellula del mio essere preda di questa selvaggia e contorta ebrezza.

Forse dipendeva solo dalla stanchezza. Non ero riuscito a chiudere occhio ieri notte. Non che potesse essere considerata tale dal momento che il sole stava appena sorgendo all'orizzonte quando finalmente avevo varcato la soglia di casa.

Ero rimasto a parlare con gli agenti sul luogo dell'aggressione per parecchio tempo dopo che l'ambulanza aveva portato via la ragazza. Mi avevano chiesto di presentarmi qui alle dieci per rispondere ad ulteriori domande.

Il problema era che non riuscivo a scuotermi di dosso l'impressione che tutto fosse sbagliato. L'inquietante sensazione che il tempo avesse continuato a scorrere mentre io ero rimasto bloccato in quell'ora buia.

Il *tempo* si sarebbe fermato per lei se io non fossi stato lì? Questo mi portava a chiedermi che cosa sarebbe successo se le cose si fossero concluse in una raffica di proiettili, e in tal caso se il tempo si sarebbe fermato anche per me.

E a quel punto?

Cosa ne sarebbe stato di *lui*?

Era sbagliato che fossi stato disposto a correre il rischio? Ad ogni modo, non avrei potuto trattenermi neanche se ci avessi provato.

Diamine, che tipo di esempio sarei stato per Liam se non mi fossi battuto per ciò che era giusto?

Ma da quando la nebbia rossa della rabbia si era dissolta, la mia testa brulicava delle mie responsabilità. Dei miei doveri e dei miei obblighi. Il senso di colpa montò in me, quasi volesse impadronirsi di tutte le emozioni racchiuse nel mio petto, e cercò di eclissare il pressante e frenetico impulso di cercarla.

Conoscevo il suo nome completo.

Non sarebbe stato difficile trovarla.

Volevo solo assicurarmi che stesse bene. Vedere il suo viso e accertarmi che questa ragazza, chiaramente buona e pura, non sarebbe stata segnata dalle cicatrici che quel bastardo aveva avuto tutte le intenzioni di infliggerle.

Forse volevo capire se quest'emozione poco familiare che ribolliva nelle mie viscere era reale. Questo travolgente bisogno di carezzarle la pelle con le dita e farle sapere che il mio tocco non le avrebbe mai fatto del male.

Era un'emozione che non provavo da tanto, tanto tempo. Non da quando avevo perso *lei*. Non da quando la mia vita si era letteralmente spezzata in due.

E quell'emozione era la ragione principale per cui dovevo assicurarmi di starle lontano.

Non potevo permettermelo. Non quando mi sarebbe costato tutto.

«Se dovessi ricordare altro, la chiamerò» dissi al detective.

Lui mi rivolse un cenno del capo. «Grazie.»

Annuii, poi mi diressi fuori in corridoio e verso la sala d'attesa all'ingresso. Suppongo che non avrei dovuto sorprendermi di trovare Ash e Anthony seduti sulle dure sedie di plastica allineate contro il muro.

Nell'istante in cui mi videro, entrambi scattarono in piedi.

Il corpo di Ash si rilassò per il sollievo. «Zee... grazie a Dio. Sei stato parecchio tempo lì dentro. Sono venuto non appena Anthony mi ha detto cos'era successo. Stavo per impazzire qua fuori.»

Ash Evans era il bassista dei *Sunder*. Era un ragazzo figo come pochi. Sempre col sorriso sulla faccia e con la battuta pronta, ma le sue frecciatine e i suoi scherzi non erano mai fatti con malizia o cattiveria.

Quando avevo preso il posto di mio fratello come batterista della band sette anni prima, Ash era stato lì, pronto a prendermi sotto la sua ala. Per anni aveva vissuto una vita sfrenata e sregolata, diventando il manifesto del vecchio cliché *sesso, droga e rock 'n' roll*, portando ogni cosa all'eccesso.

Questo fino al giorno in cui non aveva incontrato sua moglie, Willow, e si era reso conto che c'erano cose migliori per cui vivere.

Mi attirò a sé per un abbraccio, dandomi una pacca sulla schiena. «Cazzo, amico, mi hai spaventato a morte.»

Ricambiai la sua pacca. «Sto bene, amico.»

Al di là della sua spalla, incrociai gli occhi di Anthony, il manager dei *Sunder*. La preoccupazione era incisa su ogni linea del suo viso, l'espressione colma di domande e apprensione.

Perché quando succedeva qualcosa a uno di noi, ne risentivamo tutti.

Proteggerci era il lavoro di Anthony. La cosa assurda era che non lo faceva per obbligo o per incassare un assegno. Lo faceva perché gli importava. Era un membro di questa famiglia spaiata tanto quanto ognuno di noi.

Molto prima che i *Sunder* sfondassero, quando la band era agli esordi ed era ancora composta da Mark, Sebastian che tutti chiamavano Baz, Lyrik e Ash, Anthony aveva assistito a un loro spettacolo e aveva scorto il talento naturale che possedevano.

Era diventato il loro manager e li aveva sostenuti nella buona e nella cattiva sorte. Durante i casini in cui si erano cacciati Lyrik e Baz agli albori della band. Durante la tragica scomparsa di mio fratello Mark, trovato morto per overdose sul tour bus, e poi successivamente quando avevo preso il suo posto.

Era rimasto al nostro fianco quando la brutale verità sulla morte di Mark era venuta a galla.

Le mie budella si serrarono in preda al rimpianto e alla gratitudine che avrei sempre nutrito per Anthony. Perché lui era l'unico che sapeva che cosa avevo fatto. Che cosa avevo distrutto. Che ero io il colpevole.

Naturalmente, aveva cercato di convincermi che tutti facevano degli errori. Che tutto era perdonabile se eri veramente dispiaciuto di aver commesso quel peccato.

Ma io sapevo bene che non era così.

Alla fine, quando mi ero mostrato irremovibile sulla mia decisione, era stato lui a facilitare le pratiche burocratiche e gli accordi così che potessi farla franca con le mie bugie e vivere queste due vite, entrambe fragili e basate sulla mia capacità di impedire che una si riversasse nell'altra. Altrimenti quella diga sarebbe straripata, distruggendo tutto.

Ecco perché facevo del mio meglio per tenere un profilo basso in un mondo in cui sarei sempre stato sotto i riflettori, conducendo un'esistenza tranquilla e poco appariscente. Comportandomi in maniera sobria e retta in modo da evitare che i paparazzi parlassero di me e scavassero nella mia vita.

Fortunatamente, non era molto difficile per un batterista.

Ash si staccò da me, continuando a tenermi per le spalle e a squadrarmi dalla testa in giù, quasi volesse accertarsi che fossi ancora tutto intero.

Come già detto, non avevo esattamente la reputazione di un combattente. Questo non significava che non sapessi difendermi.

Ash mi guardò dritto negli occhi. «Che cazzo è successo, amico?»

Aprii e chiusi le mani ripetutamente, facendo tendere la pelle spaccata sulle nocche, dove stavano già iniziando a formarsi delle crosticine. «Sono andato a trovare un vecchio amico. Stavo tornando a casa quando ho sentito una ragazza gridare aiuto. Ho semplicemente fatto quello che andava fatto.»

Le sue sopracciglia si inarcarono per l'incredulità. «Sei andato a trovare un vecchio amico... nel bel mezzo della notte... nella zona più pericolosa della città? Che cosa stupida da fare, fratello. Sei più assennato di così. E chi era questo amico così importante?»

Questa era la parte che odiavo di più: ingannare i ragazzi. Fargli credere che fossi qualcuno che non ero.

Risposi nella maniera più vaga e svogliata possibile. «Qualcuno che conoscevo al liceo. È andato tutto bene finché non sono incappato in quell'orrenda situazione.»

«Così sei intervenuto» disse Ash in tono orgoglioso.

«Già.» Come se avessi potuto fare altrimenti.

Un sorrisetto spuntò sulle sue labbra, il solito che adorava fare. «Guarda un po', il nostro piccolo Zee Kennedy è finalmente salito sul ring. Non avrei mai pensato di vedere questo giorno.»

Non c'era nulla di piccolo in me, eppure era lo stigma che

indossavo da sempre. Ero il fratello minore di Mark che aveva preso il posto del suo fratellone, senza mai sentirsi adeguato.

Ma in questo modo era più facile fingere che non desiderassi nient'altro.

Sentendo il bisogno di allontanare l'attenzione da me, la spostai su di lui e gli lanciai un sorriso ironico. «Attento a come parli, coglione. Almeno io non mi sono fatto massacrare di botte.»

Era passato abbastanza tempo da sentirmi a mio agio nel prenderlo in giro sul gruppo di stronzi che l'avevano aggredito e lasciato in fin di vita più di un anno fa a Savannah.

«Ahi!» esclamò, fingendosi offeso. «Questo è un colpo basso, amico. Un colpo basso e sporco. Nel mio caso erano cinque contro uno. Tutti dei vigliacchi. Ma, ehi, com'è che si dice? Devi nuotare nella merda per raggiungere il buono che c'è dall'altro lato. E io nuoterei felicemente nella merda ogni giorno della mia vita se ciò volesse dire stare con la mia Willow.»

Inarcai un sopracciglio. «Sono piuttosto sicuro che non lo dica nessuno tranne te.»

Lui allargò le sue grosse e tatuate braccia in quel suo modo spavaldo ed esagerato. «Che posso dire? Sono più saggio della mia età. Citami pure.»

Proruppi in una risata incredula. «Sei ridicolo, ecco cosa sei.»

Il suo cellulare squillò e lo tirò fuori dalla tasca. «A proposito di Willow, è meglio che risponda. Se pensavi che mi fossi preoccupato troppo per te, aspetta di vedere lei. Ti avviso, amico, sei in un mucchio di guai. Preparati ad essere tempestato di attenzioni non appena la convinco che stai davvero bene.»

«Oh, merda» borbottai, passandomi una mano tra i capelli mentre un'ondata di affetto mi inondava il petto.

Tutte le ragazze erano meravigliose. Stravedevano per noi, ricoprendoci d'amore e sostegno. Soprattutto me, dal momento che ero l'unico ancora single, lo scapolo incallito di questa famiglia che era cresciuta col passare degli anni.

Ognuno dei ragazzi era stato maledettamente fortunato, poco ma sicuro.

Ash sorrise smagliante. «Dimmi che non adori che la mia donna si prenda cura di te.»

Sgranai gli occhi. «Non me lo sognerei mai.»

La verità era che volevo un mondo di bene a Willow.

Ash ridacchiò sommessamente, accettando la chiamata e allontanandosi per parlare con lei.

Non appena lo fece, Anthony cancellò lo spazio tra di noi, piegò la testa di lato e parlò con voce sommessa per mantenere la nostra conversazione privata.

«Cos'è successo là fuori, Zee? Questo non ci voleva. I paparazzi non fanno altro che parlare dell'accaduto. Ovviamente, poiché adorano distorcere le cose per adattarle a quello che vogliono loro, stanno dicendo che si è trattato di una rissa per una ragazza, affermando che hai un'amante segreta.»

«Merda» sibilai sottovoce. Scossi la testa e combattei contro l'impeto di rabbia che attraversò le mie terminazioni nervose.

Fissai Anthony con espressione seria, digrignando i denti. «Ha venduto la casa, amico. Ieri sera sono andato lì e, invece di lei, ho trovato la nuova proprietaria. Adesso vive a mezzo miglio da dove l'abbiamo tirata fuori la prima volta.»

La sua testa sussultò all'indietro e la sua mascella si irrigidì in preda all'ira. «Dannazione. E i soldi?»

Scrollai le spalle, sopraffatto dal risentimento. «Finiti.»

Con frustrazione, Anthony si passò una mano sul viso. «È incredibile» disse con voce amara.

Lanciai un'occhiata ad Ash, che ci dava ancora le spalle, poi riportai l'attenzione sul nostro agente. «Non so cosa diavolo fare. Veronica sarà anche una stronza, ma l'unica cosa su cui ho sempre potuto contare era che si prendesse cura di lui.»

Anthony si irrigidì. «Quello che devi fare è tirarlo fuori da lì.»

«Pensi che non voglia farlo?» La paura martellò nel mio petto. «Ma sai che se insisto sulla questione, lei fuggirà via. Sei stato tu a dirmi sin dall'inizio che non ho nessun diritto su di lui.»

Anthony si passò le dita tra i capelli. «Se riuscissi a dimostrare che lo sta trascurando, potresti avere una possibilità, ma non sono sicuro che trasferirlo in una zona che tu non approvi possa qualificarsi come tale.»

Un sospiro frustrato sfuggì dalle mie labbra. «Non avrei mai dovuto intestare quella casa a suo nome.»

Potei percepire che Anthony si stava sforzando di non rivolgermi uno sguardo che diceva *"te l'avevo detto"*. «È un'esperta nel manipolarti, Zee. Lo è sempre stata.»

L'emozione mi serrò la gola. «Non posso correre il rischio che scappi via. Perderlo mi ucciderebbe.»

Anthony si umettò le labbra mentre rifletteva. «Resterai in città per un po'. Tienila d'occhio mentre sei qui. Scopri cosa sta combinando. Documentalo. In questo modo avremo delle prove se mai decidessi di agire.»

«Lo farei in un battibaleno, Anthony... ma questa vita fatta di viaggi e spostamenti continui? Non è ciò che voglio per lui. Inoltre, adora sua madre. Non me la sento di allontanarlo da lei, a meno che non si trovasse in pericolo.»

«Lo capisco.» Mi posò una mano sulla spalla. «Sei un brav'uomo, Zee. So che non lo pensi, ma ti sei sempre sacrificato per tutti. La scorsa notte l'hai fatto di nuovo, per quanto stupido sia stato.» Mi rivolse un mezzo sorriso.

«Sai che non è vero. Ma quello che è successo ieri notte... lo rifarei senza pensarci due volte.»

«Al tuo posto, avrei fatto la stessa cosa.» Mi strizzò la spalla. «Non c'è vergogna nell'aiutare gli altri, ma devi sapere che, essendo tu un personaggio pubblico, la gente inizierà a parlare. Devi essere preparato per questo e per ciò che potrebbe significare. Per il modo in cui Veronica reagirà.»

«Non posso vergognarmi di ciò che ho scelto di fare.»

Improvvisamente, Ash era di nuovo accanto a noi e colse l'ultima parte della nostra conversazione. Mi gettò un braccio intorno al collo e cominciò a trascinarmi verso l'uscita, sorridendomi in maniera sorniona.

«Dunque, adesso che ci siamo gettati alle spalle le cazzate più serie, perché non mi dici davvero chi sei andato a trovare nel cuore della notte? È ora di confessare, amico. Dimmi che hai finalmente combinato qualcosa, perché la tua astinenza non è affatto normale. Adorabili fanciulle ti si gettano addosso ad ogni occasione e puntualmente tu rifiuti le loro avance. Stavo considerando l'idea di intervenire. Diamine... l'ultima volta che ti ho visto con una ragazza eri solo un marmocchio... mi sa che non ti era ancora spuntata la barba.»

Cercai di non trasalire.

Erano anni che subivo questo tipo di battutine, i costanti sfottò da parte dei ragazzi. Tutti pensavano che fossi anormale dal momento che non andavo a letto con nessuna. Avevo sempre ignorato le loro frecciatine perché, alla fin fine, non importava. Non potevano fare altrimenti, dato che non avevano idea di cosa avessi perso.

«Non esageriamo» risposi.

«È un peccato, amico. Un vero peccato. Fare a cazzotti? Nessun peccato. Non farsi una scopata? Un peccato. Prendere a calci in culo qualcuno? Nessun peccato. Fare a meno di un bel culo? Un gran peccato. Cominci a percepire un certo schema in tutto questo?» mi prese in giro lui, sgranando gli occhi.

Ridacchiai sommessamente. Solo Ash poteva uscirsene con battute simili. «Sempre il solito stronzo» borbottai.

Lui mi strinse più forte il collo. «Ma ti piaccio lo stesso.» La sua voce si abbassò. «Sul serio, però. Sono contento che tu stia bene, fratello. Non so cosa farei se ti succedesse qualcosa. Devi stare più attento.»

«Lo so, e lo farò.»

Anthony ci tenne la porta aperta e uscimmo fuori nella luce del giorno. Il sole era alto nel cielo, l'aria calda e umida.

Mi bloccai quando una nuova scarica di quell'istinto di protezione che non riuscivo a scuotermi di dosso mi attraversò i sensi, annodandomi lo stomaco e serrandomi il petto.

Ash si fermò al mio fianco, e Anthony rallentò e si voltò quando si rese conto che avevamo smesso di camminare. Potevo percepire le loro domande vorticare nell'aria mentre restavo lì impalato come un allocco.

Perché sapevo che la mia reazione mi rendeva esattamente questo. Ma non riuscivo a concentrarmi su nulla tranne che sulla ragazza che stava avanzando nella mia direzione. Non riuscivo a sentire niente a parte quello stesso brivido di energia che mi aveva infiammato le viscere e spronato all'azione ieri notte.

Alla luce del giorno, quell'energia era altrettanto forte, ma in qualche modo diversa. Ridotta a un fuoco lento che ribolliva nel mio spirito mentre percorrevo il suo corpo con lo sguardo, ansioso di trovarla illesa e intatta.

Ebbi la sensazione che la terra tremasse sotto i miei piedi quando lei alzò la testa di scatto e mi vide lì in piedi.

I miei respiri divennero più corti e affannosi ad ogni timido passo che l'avvicinava a me. Si catturò il labbro inferiore tra i denti e corrugò la fronte mentre mi fissava come se fossi un frutto della sua immaginazione.

Si fermò a mezzo metro da me.

Lo spazio tra di noi era vivo, palpitante e sfrigolante di elettricità. Come se le nostre anime riconoscessero la gravità di ciò che era successo la scorsa notte.

Le nostre strade erano state modificate. Il destino dirottato.

Sapevo di essere un bastardo per il solo fatto di pensarlo dopo quello che era accaduto.

Ma cazzo.

Era incantevole.

Così dannatamente incantevole con le sue labbra rosse ad arco di Cupido e il nasino all'insù. I suoi capelli erano lunghi e di un biondo quasi bianco, raccolti in uno chignon disordinato sopra la testa. Ciocche selvagge sfuggivano all'acconciatura come se si rifiutassero di essere domate.

I miei occhi tracciarono ogni centimetro del suo viso a forma di cuore, e qualcosa attraversò i miei sensi quando lasciai vagare lentamente lo sguardo lungo il suo corpo.

Era una ragazza minuta, snella e dolce.

Delicata e forte.

Sinuosa, tenera e coraggiosa.

Le mie dita si contrassero e quei nodi nel mio stomaco si attorcigliarono per una ragione completamente diversa: attrazione, lussuria e curiosità.

Merda.

Non potevo permettermi di provare nessuna di quelle cose, eppure erano lì, come una forza palpitante tra di noi.

Ma fu il livido sotto uno dei suoi occhi intensi che inviò una scarica di rabbia lungo il mio corpo, alimentando la frenesia che già ribolliva nelle mie vene. E il piccolo taglio sul suo labbro che mi mandò quasi in tilt.

Digrignai i denti, sopraffatto dal bisogno incontenibile di rintracciare quel bastardo.

La consapevolezza vorticò intorno a noi, e le sue labbra si schiusero in un sospiro mentre mi fissava intensamente.

A quel punto, non potei evitare in alcun modo che le mie dita fluttuassero verso il suo viso, sfiorando a malapena il punto in cui era stata ferita.

Volevo cancellare quello sfregio.

Ma questa ragazza – questa ragazza che non aveva lasciato la mia mente neppure per un secondo da quando le porte dell'ambulanza si erano chiuse ed era stata portata via – sorrise.

Mi sorrise con un'espressione così colma di meraviglia che mi investì come una furiosa tempesta.

Sollevò una mano tremante e afferrò le mie dita che erano a un soffio dal suo viso, poi se le portò alla bocca senza mai distogliere lo sguardo dai miei occhi e premette un tenerissimo bacio contro la mia pelle.

Quel semplice gesto mi bruciò come un incendio.

Non fuoriuscì alcun suono dalla sua bocca, ma percepii il sussurro delle sue labbra mentre si muovevano contro le mie dita. «Grazie.»

Una delle parole più semplici che esistessero. Eppure non ero sicuro di averla mai sentita echeggiare con una simile gratitudine.

Rimasi lì immobile mentre sentivo il mio mondo crollare intorno a me.

Potevo percepire la bontà e la gentilezza. Volevo chinarmi in avanti e inspirarle profondamente. Assimilarle e custodirle. Renderle parte di me.

Sbattei le palpebre, la gola così stretta che mi era difficile formulare le parole. «Lo rifarei. Un milione di volte.»

La sua bocca tremolò e i suoi occhi luccicarono, percorrendomi brevemente da capo a piedi prima di tornare sul mio viso. La sua voce tremava per l'emozione quando disse: «Non ne dubito nemmeno per un secondo.»

«Sbrigati, Alexis. Dobbiamo andare dentro. Ci stanno

aspettando.»

La mia attenzione si spostò sulla donna che parlò con una sorta di pacata comprensione. Probabilmente aveva qualche anno in più della ragazza di fronte a me, e le somigliava abbastanza da farmi arrivare alla conclusione che dovevano essere sorelle.

Alexis le rivolse un breve cenno del capo prima di voltarsi di nuovo verso di me, l'espressione così sincera e intensa. Con quell'unica occhiata mi trasmise un sacco di emozioni senza bisogno di dire una parola.

Alla fine, spezzò la connessione che sembrava legarci e lasciò che sua sorella la trascinasse via per un braccio. Quando chinò la testa, sua sorella mi lanciò un'occhiata da sopra la spalla mentre la conduceva verso l'ingresso della stazione di polizia.

«Grazie» mimò con la bocca, sussurrando la propria gratitudine.

Scossi la testa. Salvare Alexis era qualcosa che avrebbe fatto chiunque. Ma per qualche strana ragione il mio coinvolgimento sembrava qualcosa di più. Come se in uno di quei fatidici momenti di ieri notte, il nostro incontro si fosse trasformato in qualcosa di diverso.

Qualcosa che non avrei mai potuto permettere che si realizzasse.

Le guardai finché non scomparvero dentro, poi emisi un sospiro stremato quando la connessione tra di noi si interruppe.

Improvvisamente, la voce di Ash trafisse l'aria densa. «Bé, porca miseria. Non credo ai miei occhi. Allora c'è speranza per il nostro ragazzo qui, dopotutto» disse, facendo lo sciocco come al solito.

A disagio, Anthony spostò il peso da un piede all'altro.

Lanciai un'occhiataccia ad Ash, probabilmente più dura del necessario. «Non cominciare. Non oggi.»

Sapevo che stava solo scherzando. Che mi stava spingendo in una direzione che pensava avrei dovuto prendere. Ma in quel momento non potevo sopportare che girasse il coltello nella piaga, che mi schernisse con ciò che avrei potuto desiderare.

Perché non importava quanto ardentemente la desiderassi;

Per sempre al tuo fianco

Alexis era qualcosa che non avrei mai potuto avere.

7

ALEXIS

«Lui è là fuori, Avril, e non ho idea di cosa potrebbe farti.» La mia voce si ridusse a un sussurro sofferente mentre parlavo al telefono, stringendolo come se fosse un'ancora di salvezza. «Non ho idea di *cosa* ti abbia fatto. Ti prego, chiamami. Ho bisogno di sapere che stai bene.»

Terminai il messaggio vocale e spostai automaticamente lo sguardo verso la finestra a bovindo che si affacciava sul piccolo giardino accanto alla mia casa ancora più piccola. Il petto mi doleva, stracolmo di tristezza e preoccupazione, quest'opprimente dolore che mi attanagliava e si rifiutava di lasciarmi andare. Non ero sicura di aver mai provato una disperazione così profonda.

Mi ha abbandonata.

Chelsey mi aveva avvertita per anni che Avril mi stava soltanto usando. Che stava ricorrendo al senso di colpa per piegarmi alla sua volontà.

Ma avevo sempre nutrito la speranza che un giorno Avril avrebbe finalmente aperto gli occhi. Che prima o poi avrebbe toccato il fondo, e che in qualche modo il fatto che io fossi lì ad afferrarla avrebbe fatto la differenza.

Avevo sempre creduto che il nostro legame fosse più forte della sua dipendenza. Indipendentemente da tutto, avevo scelto di credere che il nostro vincolo – la nostra amicizia e la nostra devozione – contasse di più.

Mi ha abbandonata.

Lasciando che mi spezzasse. Che mi violasse.

Un brivido di terrore mi percorse la spina dorsale quando mi resi conto di quanto squilibrato fosse quell'uomo. Non conoscevo il suo nome. Sapevo soltanto che in qualche modo aveva fatto il lavaggio del cervello a mia sorella, inducendola a credere che gli dovesse qualcosa. Trovavo difficile anche solo pensare a cosa mi sarebbe successo per mano di quell'uomo spregevole se il mio salvatore non fosse intervenuto.

Avevo ancora difficoltà ad elaborare il tipo di controllo che quel mostro aveva su mia sorella con un semplice comando.

Mi premetti il cellulare sulle labbra corrugate in una smorfia, sforzandomi di trattenere le lacrime quando infine la consapevolezza prese il sopravvento.

La paura di Avril era molto più grande di tutto il resto. Più grande del nostro amore. Forse scaturiva dalla dipendenza che la teneva ancora in ostaggio, ma quelle catene erano controllate da quell'essere disgustoso.

Probabilmente, questo mi rendeva la persona più cretina del mondo, ma non ero mai stata più determinata di così a liberarla.

Sussultai sorpresa quando tre forti colpi risuonarono alla mia porta, rompendo il silenzio che mi circondava.

Dio, avevo i nervi a fior di pelle. Completamente tesi. Il che era davvero insolito per me.

Mi sentivo impaurita, vulnerabile e insicura. Di solito abbracciavo la vita senza remore, non fuggivo da essa.

Facendo del mio meglio per scuotermi di dosso l'inquietudine, tirai un respiro profondo, mi lisciai la maglietta e mi passai le dita nella frangetta, come se tentennare e temporeggiare potesse sciogliere il groviglio di emozioni che assediava la mia anima. Poi, lentamente, mi avviai verso la porta d'ingresso.

Una soffusa oscurità avvolgeva il mio salotto, tranne che per la cascata di luce che si riversava dentro attraverso la singola finestra a bovindo, dissolvendosi per la stanza in un bagliore pallido e sfocato.

Quasi con circospezione, mi sollevai in punta di piedi per poter sbirciare dallo spioncino.

Incespicai all'indietro mentre il mio cuore prendeva a battere all'impazzata.

Uno tsunami di emozioni mi investì con forza nel vedere chi c'era all'altro lato della porta, un mix di gratitudine e confusione che non mi aveva mai abbandonata negli ultimi tre giorni.

Ero pietrificata dal fatto che fosse lì quando un altro lieve ma implorante colpo risuonò contro il legno.

Deglutendo a fatica, mi riscossi dalla trance, girai la maniglia e schiusi lentamente la porta.

Il mio salvatore era in piedi sul mio piccolo portico, riempiendo l'intera soglia con la sua maestosità. Eclissando ogni cosa e privandomi della ragione.

Rimasi lì immobile, fissandolo imbambolata mentre lui fissava me.

I suoi occhi marroni erano profondi e gentili, ma allo stesso tempo duri e inflessibili.

Improvvisamente, mi sentivo le ginocchia deboli. Ero sopraffatta da questa sciocca attrazione che mi faceva desiderare di allungare la mano e toccargli il viso. Di esplorarlo; corpo, mente e anima. Quest'uomo che era corso in mio aiuto per raccogliere tutti i pezzi scheggiati del mio mondo e rimetterli insieme prima che fossero completamente distrutti e irreparabili.

Forse quello che provavo era puramente gratitudine. O forse era dovuto unicamente al trauma.

Mi sentivo legata a lui in una maniera inesplicabile. Come se, quando aveva tenuto insieme quei pezzi scheggiati di me, avesse staccato via un pezzetto della mia anima. Un pezzetto che sarebbe appartenuto a lui per sempre.

Si passò una mano tra i capelli, una mano grande e tatuata, attirando la mia attenzione sul suo braccio muscoloso e ricoperto d'inchiostro.

La mia mente fu attraversata dal fugace pensiero che avrei dovuto essere terrorizzata da questo sconosciuto in piedi di fronte a me, e non crogiolarmi in questo strano conforto che penetrava le mie ossa e toccava quei posti segreti custoditi nel mio spirito.

«Alexis» disse. Quella parola avrebbe potuto sembrare una domanda se non fosse scivolata sulla mia pelle con familiarità e calore.

Annuii impercettibilmente. «Alexis» confermai in un sussurro mentre il mio cuore palpitava più forte.

Il suo sguardo si abbassò per un istante, percorrendomi da capo a piedi, come se volesse assicurarsi che non fossi un'allucinazione.

C'era un che di intimo e personale in quel gesto, quasi fosse consapevole che adesso possedeva quel pezzetto della mia anima.

Si umettò le labbra con la lingua.

I miei occhi seguirono quel movimento, e un languido calore si accese nel mio ventre. Osservai il suo viso, soffermandomi sul velo di barba che desideravo sfregare con le unghie, memorizzando il modo in cui i suoi corti capelli castano chiaro diventavano bronzei quando venivano colpiti dal sole. Erano un po' più lunghi in cima, e una setosa ciocca gli ricadeva sulla fronte corrugata che morivo dalla voglia di spianare.

«Spero che non sia un problema se sono qui» disse, costringendomi a riportare l'attenzione sui suoi occhi.

Un groppo mi si formò in gola e deglutii per mandarlo giù, annuendo mentre cercavo di ritrovare la voce. «Certo che non è un problema.»

Forse avrei dovuto udire dei campanelli d'allarme. Vedere migliaia di bandiere rosse sventolare intorno a me. Perché c'era qualcosa in questo splendido ragazzo che gridava pericolo e caos. Senza dubbio, teneva stampato addosso il proprio bellissimo marchio di distruzione.

Ed io ero la sciocca che sembrava sempre correre verso il pericolo. Gettandosi nel bel mezzo di esso senza avere la minima idea di cosa mi aspettasse.

«Sono Zachary Kennedy, ma gli amici mi chiamano Zee» disse, spostando il peso da un piede all'altro come se si stesse

41

domandando che cosa ci facesse sulla mia soglia di casa.

Un lieve sorriso curvò un angolo della mia bocca. «So chi sei.»

«Davvero?» chiese, in tono quasi ironico.

Annuii.

Certo che lo conoscevo. Era il batterista di una delle rock band più famose al mondo.

E mi rendevo conto che probabilmente questo metteva entrambi in una posizione di svantaggio. Senza dubbio, c'erano un sacco di donne che gli si gettavano addosso ogni volta che scendeva dal palco o entrava in una stanza, desiderose di avere un assaggio di popolarità o un nome di cui vantarsi. Potevo solo immaginare il numero di donne che sbavavano per questo ragazzo semplicemente per ciò che era.

Non aiutava il fatto che doveva essere l'uomo più bello che avessi mai visto.

Tuttavia, per me era diverso. Provavo lo sconcertante bisogno di conoscerlo meglio. Non il ragazzo appuntato sulle bacheche di Pinterest che lo etichettavano come un bad boy sexy e tatuato. Non il ragazzo spiaccicato sui tabloid colmi di congetture e giudizi.

Ma l'uomo vero.

L'uomo fatto di carne e ossa. L'uomo che si era precipitato in un vicolo nel cuore della notte per difendere una perfetta sconosciuta. L'uomo che mi aveva cullata teneramente tra le braccia mentre una rabbia controllata irradiava dal suo corpo.

L'uomo attualmente in piedi sulla mia soglia di casa, che mi faceva girare la testa con il suo aspetto sia potente che vulnerabile.

Le mie viscere tremarono mentre facevo un passo indietro e spalancavo maggiormente la porta. «Ti va di entrare?»

Un sorriso affiorò sulla sua bocca, curvando le sue morbide e carnose labbra incorniciate da un velo di barba. Dio, quell'espressione da sola sarebbe stata la mia completa rovina. Piegò la testa di lato. «Sei incredibilmente coraggiosa ad invitare in casa un completo sconosciuto.»

Sollevai il mento e incrociai il suo sguardo. «Un completo

sconosciuto che ha messo a rischio la sua vita per me. Uno sconosciuto che si è frapposto tra me e una pistola. Saresti potuto morire, e io sarei morta di certo se non fosse stato per te. La fiducia ha svariate forme, e sono piuttosto sicura che tu ti sia già guadagnato la mia.»

Il suo pomo d'Adamo ballonzolò su e giù quando deglutì, guardandomi con quegli occhi marroni che sarebbero stati del tutto ordinari se non fosse stato per quelle pagliuzze bronzee che combaciavano perfettamente col colore dei suoi capelli. Brillavano e luccicavano come tesori nascosti alla luce del sole, facendomi provare l'impulso di scoprirli tutti.

Il suo tono si fece serio. «E se non la meritassi?»

«E se invece la meritassi?» ribattei, sfidandolo.

Lui scosse la testa come se non riuscisse a comprendermi. Il suo sguardo mi mozzò il fiato quando scivolò sulla mia pelle come una carezza, suscitandomi un brivido lungo la spina dorsale con il suo lento esame.

La tensione montò tra di noi, repressa e agitata, mentre miriadi di domande vorticavano nell'aria. Eravamo entrambi bloccati in un limbo.

In qualche modo, sapevo che ci trovavamo all'inizio o alla fine di qualcosa. Ma nessuno di noi due sembrava sapere se dovessimo fermarci o iniziare.

Quello che era successo tra di noi non era normale. Lo sapevo. E forse tutto quello che sentivo era il risultato di ciò. Forse ogni singola emozione che mi pervadeva il corpo dipendeva dal fatto che quest'uomo mi aveva salvato la vita.

Ma lì in piedi di fronte a lui, non mi interessava da dove avessero avuto origine. L'unica cosa che contava era che erano più forti di qualsiasi cosa avessi mai provato nella mia vita.

Aprii del tutto la porta, facendo la mia scelta.

Volevo iniziare.

«Ti prego, accomodati.»

Probabilmente non avrei dovuto notare il modo in cui la sua mascella si serrò e tutti quei muscoli si contrassero, quasi si stesse trattenendo. O forse si stava maledicendo, perché qualcosa di oscuro attraversò i suoi occhi prima di scomparire.

Girò leggermente le ampie spalle di lato mentre avanzava, e un'ondata di calore mi percorse la pelle quando mi oltrepassò ed entrò nel silenzioso santuario di casa mia.

Chiusi la porta e tirai un respiro incoraggiante prima di voltarmi lentamente verso l'uomo in piedi al centro del mio salotto con la schiena rivolta a me mentre si guardava intorno. Ebbi la netta sensazione che stesse scrutando la mia casa nel tentativo di scoprire piccoli dettagli di me.

Rimasi in silenzio a fissare quest'uomo, così imponente nel mio minuscolo spazio.

Era alto, dalle braccia grosse e mascoline, la schiena forte e ampia. Una t-shirt bianca aderiva alla sua pelle, abbracciando le sue spalle scolpite e la sua vita sottile, mentre un paio di jeans scuri avvolgevano il suo sedere perfetto.

No. Le bacheche di Pinterest non si sbagliavano.

Quest'uomo meraviglioso era la personificazione della sensualità. Affascinante. Ricoperto da una tela d'inchiostro che copriva ogni centimetro di pelle visibile.

Delizioso e pericoloso.

L'attrazione mi scaldò il sangue, un assalto di desiderio che mi fece venir voglia di far scorrere la punta delle dita su ogni centimetro di lui. Di scoprire, rivelare e portare alla luce.

Quel desiderio sembrava proibito. Come se i miei pensieri avessero sconfinato in territori oscuri e pericolosi.

Dopo qualche istante, si voltò verso di me, sollevando le braccia ed emettendo un lieve sbuffo d'aria attraverso quelle labbra piene e carnose. «È proprio come me l'ero immaginata.»

Mi fissò con il suo viso accattivante, quasi catastrofico nella sua bellezza.

Almeno, era così che mi sentivo sotto la sua intensità.

Distrutta.

Devastata e scombussolata in una maniera perfetta e assoluta.

Ogni centimetro di lui era una sublime contraddizione.

Il suo atteggiamento serenità e guerra.

Pace e conflitto.

Come se portasse addosso le cicatrici di mille battaglie e

riuscisse ancora a guardare oltre la brutalità del mondo.

Mi sfuggì una risata imbarazzata. «Hai immaginato la mia casa?»

Lui annuì con un breve cenno del capo. «Sì... suppongo di sì. Ho cercato di immaginare cosa avrei trovato quando sarei venuto qui.»

Mi torsi nervosamente le mani. «Sei contento o deluso?»

Il sorrisetto che curvò la sua bocca era auto-ironico, intriso di una punta di amarezza. «Solo in me stesso.»

Sbattei le palpebre. «Non capisco cosa intendi.»

Lui emise una bassa risata e si massaggiò la mascella ricoperta di barba. «Lascia stare» mormorò.

A disagio, si guardò intorno per la stanza prima di riportare gli occhi su di me. Sembrava che avesse difficoltà a trovare le parole. «Ero preoccupato per te. Ho trascorso gli ultimi tre giorni cercando di non esserlo. Cercando di smetterla di pensare a te.» Scosse la testa, quasi frustrato. «Alla fine, non sono riuscito a starti lontano.»

L'emozione mi serrò la gola. Ero combattuta su quanto rivelargli, su cosa dirgli. Mi chiedevo se fosse troppo presto o se magari fosse già troppo tardi.

Ma ero una ragazza che non aveva mai avuto paura di rischiare.

Niente paura. Vivi e basta.

«Bene. Perché sono davvero felice che tu sia qui.»

8

ZEE

L'energia sfrigolava e crepitava nell'aria, così densa che ero certo di poterla vedere galleggiare sui granelli di polvere che fluttuavano e danzavano nei brillanti raggi di luce che filtravano attraverso l'unica finestra presente nella stanza.

Il resto del modesto spazio era immerso nella penombra, e la sola fonte di luce era rappresentata dalla ragazza che brillava come un faro accanto alla porta. Si torceva le mani, quasi si stesse trattenendo dall'allungarle e affondare le dita nella mia pelle.

Ma non importava.

Potevo sentirle trafiggermi comunque. Forgiando un legame che non avrebbe mai dovuto essere creato.

Santo cielo, cosa credevo di fare inseguendo qualcosa che non potevo avere? Correndo un rischio che non valeva la pena correre?

Eppure, eccomi qui, di fronte a questa ragazza che era la miglior cosa che avessi mai visto.

Mi voltai prima di parlare, inoltrandomi maggiormente nella stanza. «Pensi che dipenda soltanto da quello che è successo?»

Percepii la sua confusione, il movimento dei suoi piedi mentre decideva se fare o no un passo in avanti. «Cosa?»

Una risatina sommessa rimbombò nel mio petto. Mi girai di una frazione, abbastanza da poter indicare lo spazio tra di noi che si animava ogni volta che eravamo vicini.

«Questo. Il fatto che non riesco a toglierti dalla testa. Il fatto che non sono riuscito ad impedirmi di venire qui. Pensi che sia dovuto soltanto a ciò che è successo, allo stress e al trauma della situazione? O pensi che se ci fossimo incontrati in un pub sarebbe stato lo stesso?»

Le mie parole vennero fuori in tono quasi frustrato. Ma pensai che se lei aveva fiducia in me, come minimo le dovevo altrettanto.

«Sinceramente, non lo so» ammise infine, mentre un delicato rossore le imporporava le guance. Un dolce candore che si fondeva con il più grande tipo di coraggio.

Quest'ultimo era evidente nelle profondità di quegli occhi ammalianti, blu come il crepuscolo e il mare più profondo.

Una punta di divertimento si insinuò nella sua voce. «Considerando che non frequento molto i pub, non sono sicura di poter essere un buon giudice.»

Ridacchiai di nuovo, stavolta più spensieratamente, percependo l'ironia intrisa nelle sue parole. «Stai per caso insinuando qualcosa, Alexis?»

Abbassò lo sguardo sui propri piedi nudi, fottutamente carini come il resto di lei, e si catturò il labbro inferiore tra i denti. Quando mi guardò da sotto le sopracciglia, un sorriso dolcissimo spuntò sul suo viso. «Frequenti gente che ha una certa reputazione.»

Un sorrisetto curvò la mia bocca. «E questo non ha cambiato la tua opinione su di me?»

Alexis scoppiò in una risata timida e argentina, poi scrollò una spalla delicata. «No. Per nulla.»

«Tremendamente coraggioso da parte tua.» Era impossibile non cogliere l'insinuazione dietro la mia affermazione, la silenziosa domanda a cui desideravo disperatamente avere una risposta.

Cosa diavolo ci facevi laggiù?

Lei scosse la testa. «Non lo definirei coraggioso. Ho fatto solo quello che dovevo fare.»

«Vuoi parlarmene?»

Non potevo fare a meno di insistere, di scavare più a fondo.

Alexis sospirò e spostò gli occhi sul muro, come se stesse riflettendo. Poi, dopo un istante, riportò il suo sguardo potente su di me, sul viso un'espressione risoluta. «Ti va una tazza di tè?»

«Perché ho la sensazione che non mi piacerà questa storia?»

«Forse perché non è una storia che mi piace raccontare» disse con un filo di voce.

«Che ne dici se faccio del mio meglio per ascoltare?»

Annuì con gratitudine, il mento scosso da un leggero tremito. «Penso che mi piacerebbe.»

Si diresse verso l'ingresso ad arco situato all'estremità della stanza che conduceva in cucina, lanciandomi continuamente delle occhiate da sopra la spalla mentre camminava con atteggiamento forte eppure timido.

Teneva di nuovo i capelli chiarissimi raccolti sopra la testa in una sorta di chignon disordinato, e indossava una sottile felpa e un paio di pantaloni da ginnastica rosa che avvolgevano le sue curve, facendola apparire innocente e sexy allo stesso tempo.

Mentre restavo lì fermo a fissarla, non mi rimase alcun dubbio.

Questa ragazza era pura e delicata.

Buona e misericordiosa.

Un angelo.

Poi vidi il piccolo tatuaggio di una stella appesa a un filo che partiva dalla nuca e percorreva la lunghezza del suo collo. Provai l'impulso di allungare la mano e sfiorarlo coi polpastrelli, e mi chiesi perché quella vista mi scottasse come un marchio.

Alexis si fermò sulla soglia della cucina. «Fa come se fossi a casa tua» disse in tono sommesso ma sicuro.

«Terribilmente coraggiosa.» La mia voce era burbera, ma per nulla dura mentre la prendevo un altro po' in giro.

Per un secondo, lei mi rivolse un sorriso che mi fece quasi cadere in ginocchio. «Cerco di esserlo» rispose, poi scosse la testa e scomparve oltre l'arcata.

Merda. Cosa stavo facendo? Domanda migliore: perché diavolo avevo deciso di restare?

Negli ultimi tre giorni, avevo lottato con me stesso.

Una parte di me mi aveva elencato tutte le ragioni per cui dovevo starle alla larga. Ovviamente, l'altra parte mi aveva lentamente ma inesorabilmente convinto che era una mia responsabilità controllare come stava. Assicurarmi che stesse bene. Che fosse illesa e felice, e non piegata in due dalla paura.

Perciò eccomi qui, incapace di andare via.

Cercai di tenere a bada tutte le idee e i pensieri che mi frullavano per la testa. Li raccolsi e li legai, prendendo una ferma decisione.

Sarei rimasto e l'avrei ascoltata, perché aveva chiaramente bisogno di qualcuno con cui parlare, poi sarei andato per la mia strada. Sarei tornato al mio appartamento, solitario e troppo silenzioso, dove le pareti echeggiavano dei miei errori.

Cazzo. Forse ero io quello ad aver bisogno di qualcuno con cui parlare.

Scrollandomi di dosso quel pensiero, inspirai profondamente e tentai di rilassarmi, vagando per la stanza con passo lento.

La sua casa era una di quelle piccole e vecchie abitazioni che erano state ristrutturate e rinnovate. Ogni cosa trasudava intimità, luce e calore. Ridacchiai sommessamente. Sembrava quasi essere uscita da un catalogo di *Pottery Barn*.

Non potei fare a meno di essere attratto dalla grande libreria situata nell'angolo della parete in fondo. Sopraffatto dalla curiosità, avanzai in quella direzione, sentendo il bisogno di dare uno sguardo più da vicino a questa ragazza. Di scavare un po' più a fondo dentro di lei. Una volta cominciato, mi accorsi che non riuscivo più a smettere.

I ripiani quadrati erano ingombri di ninnoli e libri chiaramente consunti e amati. Sparpagliate qua e là, c'erano varie foto incorniciate che mi fecero serrare lo stomaco e che suscitarono una sensazione sconosciuta nel mio petto.

Perché ognuna di esse raffigurava questa ragazza che non riuscivo a togliermi dalla testa, il viso sorridente e raggiante di fiducia e ambizione. Di coraggio e fede.

Non ero sicuro di aver mai incontrato qualcuno che sprigionasse così tanta luce. Quindi, come cazzo era finita in quel tipo di oscurità?

Dalla cucina provenne il suono di piatti che tintinnavano, così feci un ulteriore passo avanti, lasciando vagare lo sguardo sui volti che evidentemente significavano di più per Alexis. Impiegai solo un secondo per capire che si trattava della sua famiglia.

Il respiro fuoriuscì con impeto dai miei polmoni, perché quei volti erano ovunque, in ogni scatto.

Una foto ritraeva Alexis con la stessa donna che era stata con lei fuori dalla stazione di polizia.

Poi ce n'era un'altra che raffigurava una ragazza col viso identico al suo.

La mia mano tremava mentre l'allungavo per prendere una fotografia che ritraeva due bambine dai capelli biondo platino che sorridevano verso l'obbiettivo, gli occhi e il sorriso identici.

Trasalii al suono della voce addolorata dietro di me. «Quella è Avril.»

Mi voltai verso Alexis e vidi il suo viso segnato dal tormento, gli occhi blu una tempesta di dolore e amore. «La tua gemella.»

Lei annuì piano. «Sì.»

Non riuscii a trattenere un sorriso, anche se sapevo che probabilmente venne fuori un po' triste. «Trovo fantastico che due persone possano avere lo stesso aspetto. Mi sono sempre chiesto se anche le loro anime siano uguali.»

Alexis inspirò bruscamente, e serrai la mascella quando mi resi conto di aver toccato un tasto dolente. «Cazzo, mi dispiace. Non intendevo dire qualcosa che non avrei dovuto dire.»

Rimisi la fotografia al suo posto.

«No. Va tutto bene. Sono solo sorpresa che tu pensi qualcosa in cui credo.»

«Davvero?»

«Sì.»

La tensione vorticò intorno a noi, carica di domande e confusione, questa consapevolezza che non mancava mai quando lei mi era vicino.

«Perché non ci sediamo?» Indicò il divanetto situato al centro del salotto.

«Mi sembra una buona idea.»

Fin troppo buona, motivo per cui probabilmente avrei dovuto rifiutare. Invece mi diressi verso il divanetto adornato da una manciata di cuscini spaiati, i miei stivali che risuonavano sul pavimento in legno.

Mi accomodai su un lato, e Alexis mi porse una tazza. «Grazie» dissi.

«Prego.» Si raggomitolò sul lato opposto, con la schiena appoggiata al bracciolo in modo da potermi guardare in viso e un ginocchio sollevato contro il petto.

Mi osservò con tutta l'intensità dei suoi occhi intricati, acuti e perspicaci, le ciglia così scure che sembravano contornati di nero.

Temevo che se li avessi fissati troppo a lungo mi sarei perso. Sarei caduto nelle loro profondità e non sarei stato mai più ritrovato.

Una scarica di lussuria mi percorse il corpo mentre la guardavo, carezzando con gli occhi il lieve tremolio della sua gola e le delicate clavicole che spuntavano dalla sottile felpa che le ricadeva lungo una spalla.

Ogni cosa in lei era semplice e sexy.

Vederla lì seduta suscitò in me una sensazione simile alla composizione di una nuova canzone.

A quanto pareva, questa ragazza mi ispirava in un modo che avrebbe dovuto essere impossibile, perché strofe e note di bellezza sbocciarono nella mia mente e palpitarono nelle mie vene, legandosi e intrecciandosi fino a diventare qualcosa di potente e magnifico.

Le mie dita fremevano dal bisogno di suonare. Dal bisogno di toccare.

Era una sensazione che non provavo da moltissimo tempo. Una sensazione pericolosa. Ma non importava quanto mi sforzassi di scrollarmela di dosso. Di soffocarla. Era lì.

Non sapevo cosa ci fosse di speciale in Alexis che mi attraeva inesorabilmente.

Ero stato tentato un milione di volte e in mille modi diversi.

Ma solo lei era riuscita a insinuarsi sotto la mia pelle.

Soffiò sulla tazza fumante che stringeva tra le mani e parlò con voce sommessa. «Come sapevi dove trovarmi?»

Emisi una risatina. «Diciamo che ho amici potenti.»

Alexis nascose un altro di quei dolci sorrisi nella tazza. «Suona piuttosto losco.»

Inarcai un sopracciglio. «E ora inizierai a fare le domande che avresti dovuto farmi quando mi sono presentato alla tua porta?»

«Fiducia, Zachary, fiducia.» Potevo percepire la bonaria ironia intrisa nelle sue parole, benché ci fosse qualcosa di più dietro la sua affermazione. Come se volesse dirmi qualcosa.

Si schiarì la gola mentre un pizzico di solennità si insinuava nel suo tono. «Sono felice che tu sia venuto. Io... so che sono soltanto parole e che non significano granché. So che non potrò mai sdebitarmi, ma ho bisogno che tu sappia che ti sono infinitamente grata per quello che hai fatto per me quella notte.»

La rabbia mi attanagliò il petto, quella sensazione che mi consumava ogni volta che la mia mente ritornava alla ragazza inchiodata a quel muro sporco, la ragazza che singhiozzava sul pavimento lurido. «Cos'altro avrei potuto fare?»

Le sue labbra si serrarono. «Molte persone avrebbero fatto finta di niente.»

Strinsi la mano a pugno. Anche quel pensiero mi faceva incazzare. «E come diavolo avrei potuto dormire la notte se fossi andato via, sapendo che avevi bisogno di me?»

La sua voce era roca quando parlò. «È vero... avevo *bisogno* di te. E mi dispiace di averti messo in quella posizione. Ho scelto di andare laggiù, e a causa di ciò, ho messo anche te in pericolo.»

«E io ho *scelto* di aiutarti.»

L'emozione montò nell'aria, così intensa che potevo assimilarla ad ogni respiro tremante che facevo.

I suoi occhi si velarono di lacrime. «Sono così grata che tu l'abbia fatto.»

«Sei pronta a parlarmene?»

Ok, forse non erano affari miei, non era necessario che lo

sapessi, ma non sarei riuscito ad andare via da lì finché non avrei capito cosa l'aveva condotta in quel luogo osceno quella notte.

Alexis mi guardò dritto negli occhi. Con espressione onesta. Franca. «C'è una parte di me laggiù che non posso abbandonare.»

Le loro anime sono uguali.

«Tua sorella... Avril.»

Annuì con un breve cenno del capo. «Sì.»

Lo capivo. Anche fin troppo bene. Conoscevo quel senso di impotenza di amare qualcuno ed essere costretto a guardarlo spegnersi e consumarsi finché non restava nient'altro che distruzione.

Le sue labbra tremolarono in preda all'agonia e le sue mani si strinsero con forza intorno alla tazza di tè come se quest'ultima potesse proteggerla da tutto il dolore. «A volte le persone che amiamo di più finiscono in posti che non avremmo mai immaginato sarebbero finite.»

«E non importa quanto ardentemente desideriamo impedirlo, non c'è nulla che possiamo fare» dissi con voce ruvida come la ghiaia.

Il senso di colpa si accese dentro di me, scivolando sotto la superficie della mia pelle e incendiando ogni cosa. Avevo desiderato impedirlo con tutto me stesso, ma l'unica cosa che avevo fatto era stata spingere Mark oltre il limite.

Una lacrima sfuggì ai suoi occhi, correndo lungo il suo viso d'angelo. «Per tutta la vita siamo state inseparabili. So che suona stupido, ma eravamo più che sorelle. Più che lo stesso sangue. Io ero quella che voleva sperimentare ogni cosa, e lei quella più riservata.» Si asciugò la guancia. «Ma insieme eravamo una squadra. Io affrontavo la vita di petto, mentre lei mi seguiva dappertutto.»

Tremò e abbassò lo sguardo sul pavimento. «Quando avevamo quindici anni, la convinsi a sgattaiolare fuori di casa per andare a una festa a cui nostra madre ci aveva proibito di partecipare. Mia sorella aveva cercato di avvertirmi che era una cattiva idea. Che ci saremmo cacciate solo nei guai.»

Afflitta, riportò lo sguardo su di me. «Incontrò un ragazzo lì quella sera. Se ne andò con lui senza dirmi niente, cosa del tutto insolita per lei. Quando mi resi conto che era sparita, la cercai ovunque, gridando il suo nome mentre perlustravo ogni stanza della casa in cui eravamo.»

Si portò una mano sul petto, proprio all'altezza del cuore. «Avevo questa terribile sensazione che non l'avrei mai più rivista. Che l'avessi persa. Che avessi perso la parte più importante di me. Ed è così, Zee. L'ho persa quella sera. L'ho persa a causa di un mondo in cui non avrei mai immaginato sarebbe finita, e la sto cercando sin da allora.» Sbatté le palpebre. «Questa è la mia verità.»

Non potei impedirmi di allungare la mano e afferrare la parte di lei più vicina a me. Le strinsi il polpaccio, e quella connessione fomentò ulteriormente la battaglia che infuriava dentro di me.

Giusto e sbagliato.

E questo era decisamente sbagliato.

«Avevate quindici anni. Non è stata colpa tua.»

Alexis scosse la testa. «Non sarebbe mai successo se non l'avessi portata lì.»

«Non puoi saperlo.»

Lei piegò la testa di lato, e i suoi occhi si adombrarono. «No?»

La parte più difficile era stare seduto lì, sapendo esattamente di cosa stava parlando; la consapevolezza che una decisione che avevi preso aveva cambiato il corso di tutto.

Avrei voluto cancellare quella consapevolezza dalla sua coscienza, perché di una cosa ero certo: questa ragazza non meritava quel tipo di fardello.

Alexis esitò mentre una sfilza di domande vorticavano intorno a noi come pezzi deformi che cercavano di capire quale fosse il loro posto. «Tu cosa ci facevi laggiù?»

Emettendo un sospiro, staccai la mano dalla sua gamba e me la passai tra i capelli. Ebbi l'impulso di... dirle tutto.

Di confessare ogni cosa.

Il che era così maledettamente stupido che fui certo di aver perso una rotella durante quella zuffa.

«Diciamo che a volte le strade sbagliate ci conducono nel posto giusto. Sono solo contento che stessi percorrendo quella strada.»

La mia risposta suscitò solamente altre domande. Tuttavia, Alexis continuò a guardarmi con espressione carica di stima e fiducia, priva della delusione che avrebbe dovuto provare.

Non riuscii a bloccare l'immagine che mi assalì la mente. Una in cui posavo la tazza e mi avvicinavo ad Alexis, facendola distendere sul divanetto in modo da poter premere il mio corpo contro il suo. In modo da poterla toccare, assaggiare ed esplorare.

Centimetro dopo centimetro.

E ricordare cosa si provava ad abbracciare qualcosa di buono e puro.

Dovevo andarmene via da lì. Stavo camminando su un terreno molto pericoloso. Un luogo pullulante di slealtà, tradimento e vergogna.

Mi sfregai la coscia, agitato. «Devo andare.»

Eccola lì, la delusione.

Le sue sopracciglia si corrugarono, ma poi la sua testa si piegò in segno di comprensione. «Ok.»

Mi alzai dal divanetto, posai la tazza sul tavolino imbiancato e mi diressi verso la porta d'ingresso. Potevo sentire ogni suo movimento, il fremito di energia che si sprigionò nell'aria quando i suoi piedi nudi toccarono il pavimento, il movimento ancheggiante del suo corpo, il sapore dei suoi respiri.

Cazzo.

Aprii la porta, strizzando gli occhi contro la luce accecante del sole, e uscii fuori sul suo piccolo portico, consapevole di dover fuggire. Che questo doveva essere un addio.

Invece, mi voltai indietro.

Alexis era in piedi sulla soglia, così maledettamente bella e perfetta. Più luminosa del sole. L'incarnazione di ogni singola cosa che avrei voluto se non avessi mandato a puttane la mia vita.

«Lo conosci?» le chiesi.

Lo shock provocato dalla mia domanda la fece trasalire.

Non riuscivo a scuotermi di dosso la sensazione che quell'incontro non fosse stato casuale. Dal modo in cui l'investigatore mi aveva torchiato, doveva esserci qualcos'altro sotto.

Alexis titubò, poi scosse la testa. «Solo di vista.»

«È lo stesso tizio di quella sera? Di quando avevate quindici anni?»

Serrò gli occhi per un istante, prima di riaprirli. «No, è soltanto l'ennesimo di una lunga sfilza di uomini con cui si è invischiata e che col tempo peggiorano sempre di più.»

La rabbia mi investì con la stessa potenza di un treno merci al pensiero che fosse andata lì mettendosi in pericolo per affrontare quel pezzo di merda, disposta anche a perdere se ciò significava che sua sorella avrebbe avuto la possibilità di vincere.

«Vuoi sdebitarti con me?» mi ritrovai improvvisamente a chiederle.

Lei sobbalzò, colta di nuovo alla sprovvista. Dovevo sembrare uno squilibrato a malapena aggrappato alla ragione. Eppure, questa ragazza che non mi conosceva nemmeno, annuì.

«Allora sta' lontana da lui, Alexis. Stagli alla larga. Quando Avril ti chiama, contatta la polizia. Di' loro dove si trova. Basta che tu stia alla larga da quel posto.»

Capii di essere fottuto quando l'unica cosa che volevo era dirle di chiamare me.

Un'altra lacrima le rigò il viso. «È mia sorella. Non so come tu possa chiedermi una cosa simile.»

Allungai la mano e, con dita tremanti, asciugai la linea bagnata che segnava la sua guancia perfetta.

Fuoco e scintille divamparono tra di noi.

Qualcosa di invisibile ma palpabile.

«Sta' lontana da lui, Alexis. Te lo chiedo perché non riesco a tollerare il pensiero che ti succeda qualcosa.» Le parole vennero fuori più brusche del necessario, perché non avevo il diritto di fare quella richiesta.

Lo sapevo.

Perciò feci l'unica cosa che potessi fare. Mi voltai e andai via.

Uno scroscio di risatine risuonava sotto il calore del sole che brillava alto nel cielo mentre Liam correva davanti a me, i suoi piedini veloci come il vento, perfino più veloci dell'ultima volta che l'avevo visto.

Strillò mentre lo inseguivo a pochi passi di distanza, finché non lo acciuffai, facendo ruzzolare entrambi sul terreno erboso. Si avvinghiò ai miei fianchi e seppellì il viso nel mio petto mentre restavo disteso sulla schiena a fissare il cielo.

Stringerlo tra le braccia era la sensazione più bella del mondo.

Potevo percepire il suo sorriso libero e disinibito mentre passavo le dita tra i suoi setosi capelli castani.

«Perché sei stato via così tanto tempo?» chiese. Stava appena iniziando a perdere quell'adorabile pronuncia blesa e stava crescendo più velocemente di quanto avrei mai potuto immaginare.

«Perché dovevo lavorare.»

«Perché devi farlo?»

Lo abbracciai più forte, poi lo spostai in modo che potesse guardarmi in faccia. Il mio petto si colmò d'affetto per questo bambino che riempiva tutti quei posti vuoti dentro di me che pulsavano dolorosamente quando eravamo separati. «Perché è quello che fanno le mamme e i papà... lavorano per prendersi cura delle proprie famiglie.»

Liam corrugò la fronte. «Mamma non lavora.»

La rabbia mi attanagliò le viscere. C'erano un sacco di cose che volevo dire al riguardo, ma l'ultima cosa che avrei fatto era avvelenare la sua mente. Liam era l'unica cosa buona scaturita da questo sgradevole e straziante casino. L'anima innocente nata dal peggior tipo di disastro.

Nonostante ciò, tenevo nascosto il figlio di Mark come se fosse un lurido segreto. Ma ero io ad essere sporco.

Gli carezzai il mento. «È perché tua mamma trascorre il tempo a prendersi cura di te.»

Questa era l'unica certezza su cui avevo sempre potuto contare, ovvero che Veronica si prendesse buona cura di lui. Che lo proteggesse quando io non c'ero. Non l'avevo mai messo in dubbio. Non fino a poco tempo fa.

Il sorriso di Liam, incorniciato da due fossette che

abbellivano le sue guance paffute, illuminò quel posto buio nella mia anima. «Mi piace anche quando sei tu a prenderti cura di me.»

Gli carezzai la nuca, desiderando di poterlo tenere con me per sempre. «Anche a me piace, ometto. Anche a me.»

Il mio cellulare vibrò e lo tirai fuori dalla tasca. Sospirai quando lessi il messaggio, costretto per l'ennesima volta a mordermi la lingua.

Siete via da due ore.

«È tua madre. Devo riaccompagnarti a casa.»

«E se volessi tornare a casa con te?»

L'espressione adorante sul suo volto era un promemoria del perché stessi facendo quello che stavo facendo. Di cosa rischiassi di perdere. Del perché dovessi ricordarmi dove era riposta la mia lealtà.

Dovevo fingere di non provare tutte le cose che stavo provando. Che il mio cuore non fosse attratto verso l'altra parte della città e che questa preoccupazione per Alexis non mi stesse divorando vivo.

Misi da parte quei pensieri e mi concentrai su ciò che contava.

Liam.

«Che ne dici se domenica trascorriamo l'intera giornata a fare tutto quello che ti va di fare?»

Niente di meglio di una distrazione.

Lui balzò in piedi e mi porse la mano. «Affare fatto.»

Non riuscii a trattenere la risatina colma sia d'orgoglio che di tristezza che mi sfuggì dalle labbra. Stava crescendo così in fretta. Gli strinsi la mano come il piccolo uomo qual era. «Affare fatto.»

Ci provai.

Ci provai con tutte le mie forze, cazzo.

Ma non riuscivo a scuotermi di dosso il senso di terrore che mi attanagliava le viscere. Non riuscivo a scacciare via la preoccupazione. Mi sembrava di non dormire da giorni. Anzi, settimane.

Le cose si stavano incasinando più di quanto non fossero mai state. Veronica era più ambigua che mai. Ogni giorno mi esercitavo con la band, vivendo quella vita a metà. Tutti i ragazzi e le loro famiglie erano giunti in città, e i preparativi per il tour erano in pieno svolgimento.

In tutto quel frangente, quest'ammaliante ragazza teneva la mia mente in ostaggio.

Avevo la sensazione che la mia vita fosse appesa a un filo, ed era solo questione di tempo prima che quel filo si spezzasse e mi ritrovassi in una caduta libera.

Sapevo cos'era importante. Sapevo per cosa stavo combattendo. Per cosa stavo vivendo.

Eppure eccomi qui, a pedinarla come un coglione squilibrato, gli occhi incollati alla sua coda di cavallo biondo platino che oscillava tra la folla così da non perderla di vista.

La rabbia contrasse i miei muscoli e attorcigliò il mio stomaco quando mi resi conto che si stava dirigendo verso la parte più losca della città.

Le avevo chiesto di stare lontano da lì. L'avevo praticamente supplicata. Purtroppo, però, la maggior parte delle persone non sapeva cosa fosse meglio per loro.

E quant'era vero Iddio, nemmeno io lo sapevo.

9

ALEXIS

«Vieni a casa con me.» La paura formicolò lungo la mia pelle mentre spostavo lo sguardo di qua e di là, odiando il fatto di essere terrorizzata.

Avril mi fissò intensamente mentre eravamo nascoste all'ombra di un edificio, fin troppo vicine per i miei gusti alla deprava- zione in cui mi aveva trascinata tre settimane prima. Dovevo es- sere un'idiota per essere tornata di nuovo qui.

I nostri occhi erano della stessa forma e colore. Ma i suoi... erano scavati e cerchiati di nero. Vacui. Un immenso vuoto in- festato da fantasmi e orrori che non riuscivo nemmeno a imma- ginare.

Spostò il peso da un piede all'altro a disagio, la voce poco più che un sussurro, come se temesse che qualcuno potesse sentire la sua confessione. «Sai che non posso farlo.»

Il dolore attanagliò ogni cellula del mio corpo. «Quell'uomo... non so chi sia... ma è... pericoloso. Non sai cosa aveva intenzione di farmi?»

Allungai la mano e l'afferrai per il polso, tirandola e pregando che la connessione fisica potesse riavvicinarla a me. «So che hai paura, ma ti aiuterò. Ti proteggerò.»

La sua risata era triste. «Sai che non è così semplice.» Si liberò dalla mia presa e si guardò alle spalle con ansia prima di voltarsi di nuovo verso di me. «Devo proprio andare ora.»

«Avril...»

Lei scosse la testa, interrompendomi.

«Ti voglio bene» le sussurrai, ricorrendo alla mia ultima risorsa. Cosa potevo fare quando non mi permetteva di dirle altro?

Un debole sorriso affiorò sulle sue labbra. «Lo so.»

La tristezza mi serrò la gola, e mi ritrovai ad annuire mentre frugavo nella mia tasca.

Una stupida, ecco cos'ero. Perché le diedi una mazzetta di banconote alla penombra dell'edificio accanto a cui eravamo.

Nel profondo di me, sapevo che era colpa mia. L'avevo abituata a pensare che, qualora mi avesse chiamata, sarei venuta di corsa. Senza fare domande o pretendere spiegazioni. Consapevole che avrebbe soltanto calpestato nuovamente il mio cuore.

Perché quando allungò una mano tremante e strinse i soldi in un pugno disperato, sapevo in che modo li avrebbe spesi. Ma come potevo ignorare le sue grida d'aiuto quando mi supplicava dicendo che era affamata? Che non aveva un posto dove dormire?

Quasi freneticamente, si infilò il denaro nella tasca anteriore e incominciò ad indietreggiare.

Un panico straziante mi investì da tutti i fronti, e feci un passo disperato in avanti. «Avril» dissi con voce implorante.

«Grazie» sussurrò, prima di voltarsi e iniziare ad allontanarsi da me.

Avanzai di un altro passo, sopraffatta dall'impulso di seguirla. «Avril... ti prego.»

Lei girò l'angolo prima che potessi fermarla. Non si fermò neppure una volta per guardarsi indietro.

Sentendomi sconfitta, mi accasciai in avanti e cercai di soffocare le lacrime e l'insopportabile dolore nel mio petto. Quel posto che doleva e gemeva ogni volta che andava via, portando con sé un altro pezzo di me.

Abbassai la testa e tirai dei respiri profondi mentre cercavo di ricompormi. Sembrava che l'unico "amore duro" in questa situazione fossero i colpi brutali che Avril mi infliggeva ogni volta.

Raddrizzandomi, inspirai verso il cielo, avvertendo il bisogno di sentire il sole sul mio viso, di rammentare che c'erano tantissime cose belle a questo mondo oltre alla bruttezza e alla depravazione.

Poi mi bloccai quando una familiare consapevolezza sfrigolò nell'aria, suscitandomi la pelle d'oca. Sentii il mio asse inclinarsi, piegarsi e curvarsi finché la mia direzione non venne alterata.

Inspirando profondamente, sbirciai alle mie spalle, e il mio cuore tremò e palpitò.

Il mio sguardo incrociò un paio di brillanti occhi marroni che infuriavano e fiammeggiavano, promettendomi che avrebbero scatenato un nuovo tipo di devastazione nella mia vita.

Al lato opposto della strada, Zachary si staccò dal muro contro cui era appoggiato. Non esitò nemmeno un istante. Venne dritto nella mia direzione. Distolse lo sguardo da me solo per guardarsi rapidamente a destra e a sinistra prima di attraversare la stradina in lunghe e decise falcate.

Una frenesia divampò nell'aria, un fremito d'attrazione che scuoteva e stimolava.

Ero inchiodata sul posto, completamente rapita mentre osservavo l'intricato inchiostro danzare e ondeggiare sui muscoli scolpiti delle sue possenti braccia. C'era così tanta forza nel suo corpo e così tanta bellezza nel suo essere.

Avrei potuto giurare che rubò tutto l'ossigeno nell'aria quando si fermò a mezzo metro da me. Serrò le mani a pugno e mi fissò torvo.

«C-cosa... cosa ci fai qui?» balbettai.

«Potrei farti la stessa domanda» rispose in tono duro.

Mi riscossi dal mio torpore. «Mi stai pedinando?»

Le mie parole vennero fuori come un'accusa. Mi sentivo per metà compiaciuta e per metà offesa.

Di fronte a me c'era un uomo che era poco più di un estraneo e che mi aveva pedinata, eppure non potevo frenare l'eccitazione che mi scuoteva le ossa. Non potevo soffocare il sollievo che mi suscitava la sua preoccupazione.

Ma sapevo che era molto più di questo.

Nelle ultime tre settimane, avevo trascorso fin troppo tempo a chiedermi se avrei mai rivisto questo splendido ragazzo.

Quando si era presentato a casa mia, avevo creduto che avessimo forgiato un certo legame, anche più forte di quello che avevamo instaurato quella notte.

E poi era... sparito. Ma non prima di avermi confessato che non tollerava l'idea che mi succedesse qualcosa di brutto.

Così avevo ceduto alle fantasie.

Rammentando il modo in cui la sua mano mi aveva scottata piacevolmente quando mi aveva toccato la gamba mentre sedeva sul mio divano a fissarmi. Ricordando il modo in cui il suo sguardo famelico aveva vagato per il mio corpo, dandomi la certezza che stesse pensando la mia stessa cosa.

Domandandomi come sarebbe stato se si fosse disteso sopra di me sul divano, facendo aderire e intrecciare i nostri corpi.

La cosa triste era che quelle fantasie mi avevano anche riempita di insicurezze. Ennesima cosa insolita per me. Perché non volevo un uomo che non apprezzasse ciò che avevo da dare.

Ma questo ragazzo era un dio del rock. Una leggenda avvolta da un alone di mistero tutto suo. Il tipo di ragazzo che non avevo la minima idea di come gestire.

Sapevo che poteva allungare la mano e scegliere qualsiasi ragazza volesse. Come sapevo che volevo che scegliesse me.

«Forse» rispose frustrato. Se con se stesso o con me, non avrei saputo dirlo.

Sbattei le palpebre, ammutolita. «È... strano» dissi infine, confusa e sorpresa.

Dio, che risposta arguta.

Ma cosa avrei dovuto dire? Questo ragazzo mi coglieva continuamente alla sprovvista, mettendomi sempre in una posizione di svantaggio.

Emise una risatina sia esasperata che incredula. «Strano?»

Mi morsi il labbro, trattenendo un sorriso inopportuno. Ma come potevo non gioire quando era di nuovo *qui*, sopraggiungendo ancora una volta in un momento in cui mi sentivo impotente e vulnerabile.

Annuii con enfasi, aggrappandomi alla leggerezza che librava nell'aria. «Esatto. Strano.»

Lui si grattò la nuca col dito indice ed emise una risatina bassa che rimbombò nei miei sensi e mi riscaldò il ventre. «Sono sicuro che ci sono parecchi altri modi in cui potremmo chiamare questo frangente a parte strano, non pensi? È solo che...»

Quando si interruppe, mi accigliai e feci un passo nella sua direzione. «Cosa?»

Zachary mi guardò con espressione impotente. «Non posso andare avanti così, Alexis. La mia vita è già bella incasinata, eppure l'unica cosa a cui riesco a pensare sei tu. Non riesco a dormire la notte perché sono fottutamente terrorizzato che tu possa fare qualcosa che ti metterà di nuovo in pericolo. Che io non sarò lì a salvarti la prossima volta. E quando finalmente mi addormento? Mi risveglio in preda al panico, pregando che tu stia bene e non avendo alcun modo per accertarmene.»

Si umettò le labbra con la lingua, ed io seguii quel movimento con lo sguardo, rapita dal ballonzolio del suo pomo d'Adamo quando deglutì.

«Non ho la più pallida idea di cosa tu mi abbia fatto, ma non sono certo di poter gestire qualunque cosa sia quello che sto provando.»

Un mix di affetto, rimorso e gratitudine mi attanagliò il petto. «Odio farti preoccupare.»

La sua espressione si indurì. Guardò oltre la mia spalla come se volesse distruggere la strada che improvvisamente era diventata il suo peggior nemico. «A quanto pare, non mi sono preoccupato per nulla, vero?»

Mi afferrai il labbro inferiore tra i denti. «Te l'ho detto... è mia sorella. Non posso recidere quel legame come se nulla fosse. E non sono tornata lì. Le ho detto di incontrarci qui, dove è sicuro.»

Uno sbuffo frustrato proruppe dalle sue labbra mentre stringeva la ciocca più lunga dei suoi capelli in una mano, guardandosi intorno. «Dove è sicuro? Qui non è sicuro, Alexis.»

Scossi la testa. «Non è che io viva a Beverly Hills.»

Lui si massaggiò il mento pronunciato. «Sai che è diverso. Il tuo quartiere è... decente» disse infine.

Il mio cuore palpitò alle sue parole, all'affetto intriso nel suo tono. «Grazie per la tua premura. Per esserti preoccupato per me. So di averti involontariamente trascinato nei miei problemi, e mi dispiace per questo, anche se non trovo le parole giuste per dirti quanto ti sia grata per aver fatto ciò che hai fatto.» Sbattei rapidamente le palpebre. «Ma non puoi piombare nella mia vita e dirmi di rinunciare a mia sorella.»

Zachary si sfregò la faccia con entrambe le mani, poi le lasciò ricadere lungo i fianchi. «Dio, lo so bene. Ma il fatto che tu sia tornata qui dopo quello che è successo mi fa impazzire.»

«Ti assicuro che starò attenta. Voglio solo...» Mi mordicchiai il labbro e guardai in lontananza, raccogliendo i pensieri prima di riportare gli occhi su di lui e parlare con assoluta onestà. «Devo tirarla fuori da lì, Zee. Farle capire che la vita non è quella che sta vivendo lei. Mi fa star male il pensiero che la stia sprecando.»

Lui emise un sospiro teso, abbassando lo sguardo sul pavimento. «Lo capisco, Alexis. Io e te siamo molto più simili di quanto pensi.»

Volevo tempestarlo di domande, scoprire perché quegli occhi marroni che luccicavano e brillavano come il bronzo erano improvvisamente offuscati di dolore e rimpianto.

Invece, mi distrasse con il sorriso che spuntò sul suo viso e che lo rese ancora più bello. «È pazzesco, vero?»

«Cosa?»

Indicò lo spazio tra me e lui. «Questo. Noi. Io che ti seguo quaggiù quando non ne ho il diritto. È tutto assurdo.»

Sarebbe stato sbagliato dirgli quanto mi piacesse? Ammettere che suscitava un calore nelle mie vene che non provavo da tanto, tanto tempo? Forse da sempre?

Perché lui era diverso. Così diverso da tutti gli uomini di questa città che inseguivano una cosa soltanto.

Ed ecco che mi richiedevo se ci fosse qualche altra motivazione oltre a un distorto senso del dovere. Qualcos'altro a parte il peso che avevo posto sulle sue spalle la notte in cui lo avevo inavvertitamente risucchiato nella parte più distruttiva della mia vita.

La parte che minacciava di essere la mia rovina.

Zee mi guardò con sincerità. «Non ti farei mai del male. Lo sai, vero? Pedinarti...»

Mia sorella maggiore Chelsey mi aveva sempre accusata di non avere un briciolo di istinto di autoconservazione. Mi prendeva continuamente in giro dicendo che mi gettavo a capofitto in ogni situazione, senza ragionarci su.

Forse aveva ragione.

Piegai la testa di lato e corsi il rischio. «Hai fame?»

Lui sgranò gli occhi per la sorpresa, poi si massaggiò la nuca, attirando la mia attenzione sul suo braccio muscoloso. «Santo cielo, Alexis, non so proprio cosa fare con te. Ti ho appena seguita per cinque miglia come uno stalker squilibrato e tu mi chiedi se ho fame?»

«Te l'ho già detto; la fiducia si conquista in tanti modi diversi.»

Un'emozione intensa attraversò i suoi lineamenti, e per qualche ragione sapevo che stava combattendo con qualcosa di invisibile.

Poi fece un sorriso che mi inondò il petto, riempiendo la mia anima. «Sei pazza.»

Le mie labbra si curvarono verso l'alto e le mie guance si colorarono di rosso. «Niente paura. Vivi e basta.»

10

ZEE

Niente paura. Vivi e basta.

Non avevo mai incontrato una ragazza come quella seduta di fronte a me. Quella che scatenava ogni sorta di caos nel mio mondo già incasinato. Ma non avevo mentito; non c'era assolutamente nulla che potessi fare per starle alla larga.

Mi era sembrato di impazzire. Giorno dopo giorno. Ora dopo ora. Logorato dalla preoccupazione per lei, perché capivo la sua situazione meglio di quanto potesse mai immaginare.

Non importava quanto ardentemente avessi lottato per trattenermi. Non ero stato in grado di ignorare il legame che si era creato tra di noi senza il mio permesso.

Perciò eccomi qui, seduto a un tavolo in un luogo pubblico insieme a questa ragazza, sapendo che era la cosa peggiore che potessi fare.

Certo, eravamo in una zona della città dove c'erano poche probabilità che qualcuno mi riconoscesse, che qualcuno si accorgesse di me. E così mi ero rifilato un'altra bugia per zittire la mia coscienza.

Finsi di non pendere da ogni parola che fuoriusciva dalla sua deliziosa bocca. Finsi di non amare il modo in cui mi faceva sorridere senza sforzo, di non essere ammaliato dalla luminosa luce che brillava intorno a lei.

Avrei potuto dare la colpa ai raggi di sole che filtravano dalla finestra, facendo risplendere i suoi capelli quasi bianchi e rifulgere i suoi occhi blu.

Ma conoscevo la verità.

«Dimmi che non ti stai lamentando di essere una rockstar.» La nota canzonatoria intrisa nelle sue parole amplificò soltanto l'intensità che ci circondava. Una serena energia che vorticava intorno a noi come una gioia inebriante.

«Che c'è?» replicai, fingendomi offeso. «Per tua informazione, è dura la vita *on the road*. Spostarsi continuamente di città in città, senza mai sapere quale di esse considerare tua.»

«Perché hai case in così tante città da dimenticare dove vivi? Dev'essere un'atrocità» disse in tono adorabilmente beffardo. Non c'era cattiveria nella sua voce, solo questa leggerezza che permeava l'atmosfera in maniera naturale.

Niente a che vedere con gli stratagemmi che Veronica mi rifilava da anni. Sempre desiderosa di avere di più, mai soddisfatta finché non rimaneva più nulla.

Una risata sommessa scaturì dal mio petto e la mia voce si abbassò di un'ottava. Come se ci fosse la minima possibilità che potessi essere infastidito dalle sue frecciatine. «Non posso credere che tu abbia così poca stima di me. Giusto per la cronaca, ho solo una casa che posso definire mia. L'ho comprata l'estate scorsa. Dato che ho ventisette anni, parecchie persone lo considererebbero piuttosto patetico.»

Mi chiesi cosa avrebbe pensato se avesse saputo il perché. Se avesse scoperto le ragioni per cui avevo rimandato così a lungo, sperando che qualcosa cambiasse. Pregando che quando sarebbe successo, sarebbe cambiato in mio favore.

«Non ci credo.» I suoi occhi blu luccicarono di allegria.

«È la verità.»

«Ebbene... questo posto che hai comprato... è qui a Los Angeles?» Potevo quasi sentire la speranza dietro le sue parole, e mi domandai se stesse desiderando che le dessi quelle cose che non potevo darle.

Era sbagliato che una parte di me desiderava potergliele dare comunque?

«Sì. È un loft situato nell'area rivitalizzata di Hollywood.»

Alexis diede un morso al suo hamburger, masticando piano mentre mi scrutava, osservandomi come se sapesse che qualunque cosa avrei detto sarebbe stata importante. Come se le interessasse davvero. «Perché ora?»

Tirai un respiro profondo, desiderando di poterle confessare ogni cosa, rivelarle tutto. Lasciare che assimilasse la verità e che prendesse la sua decisione.

Ma sapevo bene di non dover imboccare quella direzione. Di non dover svelare più di quanto potessi. Non importava con quanto fervore desiderassi condividere quella parte della mia vita con qualcuno. Soprattutto qualcuno come lei.

Come facevo sempre, optai per le mezze verità che potevo permettermi. Almeno non erano una bugia. «Hai presente Ash, il bassista dei *Sunder*?» domandai, non sapendo con certezza cosa sapesse della parte pubblica della mia vita.

Lei annuì, indicandomi di continuare.

Era chiaro che sapeva esattamente di chi stavo parlando. Sembrava assurdo che la mia notorietà non influisse affatto sulla percezione che aveva di me. Non c'era alcuna finzione tra di noi per via di ciò che potevo darle. Nessun lucichio avido e calcolatore nei suoi occhi, contrariamente a tutte quelle ragazze che volevano affondare i loro artigli dentro di me.

Se ne stava seduta lì, luminosa come il sole. Così fottutamente bella che ogni volta che la guardavo mi si mozzava il fiato.

Un angelo.

La luce più luminosa nel mezzo della mia oscurità.

Starshine, una stella splendente.

Deglutii il groppo di emozione che improvvisamente attanagliava ogni cellula del mio corpo.

Cazzo.

Non potevo perdermi in questa ragazza. Ma c'era una parte di me che voleva farlo comunque. Che voleva cedere e arrendersi.

La mia voce era roca quando mi costrinsi a continuare. «Si è sposato l'estate scorsa.»

Un dolce sorriso affiorò sulle sue labbra. «Potrei aver letto qualcosa al riguardo» ammise con un pizzico di timidezza.

Emisi una risatina carica dell'affetto che provavo per Ash e Willow. «Avranno il loro primo figlio tra un paio di mesi.» Scossi la testa, ancora grato che il mio caro amico avesse finalmente trovato ciò che gli mancava. «Ash è stato l'ultimo della mia combriccola a capitolare e a fare il grande passo. Onestamente, pensavo che non avrei mai visto quel giorno. Negli ultimi anni, mentre il resto dei ragazzi metteva su famiglia, ho vissuto con lui nella casa che la band possiede qui nelle Hills, e quando andavamo a Savannah, dormivo nella villa che ha comprato lì. Ma dopo che si è sposato...»

Un rossore le imporporò le guance quando si sporse in avanti e sussurrò: «Le cose sono diventate un po' imbarazzanti?»

Ridacchiai. «Già. Dopo averli sorpresi varie volte in momenti intimi, ho cominciato a sentirmi a disagio. Così mi sono fatto coraggio e ho preso un posto tutto mio. La maggior parte dei ragazzi e le loro famiglie si sono stabiliti a Savannah, ma ognuno di loro ha acquistato anche una casa qui per quando siamo in città. Tutti tranne Lyrik e sua moglie Tamar. Ha un bambino fantastico di nome Brendon che vive dall'altra parte della città con sua madre biologica, quindi trascorrono quanto più tempo possibile a Los Angeles.»

Scrollai le spalle con nonchalance, come se non significasse nulla, quando in realtà le stavo rivelando più di quanto avessi mai rivelato a chiunque altro. «Anche la mia famiglia vive da queste parti, quindi mi è sembrato logico mettere radici qui.»

Sia la famiglia che mi aveva cresciuto – mia madre e mio padre – sia quella che nessuno di loro conosceva.

Veronica aveva fatto un gran bel lavoro a tenermi vicino e, allo stesso tempo, a una galassia di distanza. Era stato facile decidere di sistemarmi a Los Angeles, nel tentativo di guadagnare più tempo, anche se lei sembrava intenzionata a sottrarmene sempre di più. Tornare e scoprire che aveva venduto la casa che le avevo comprato era una prova sufficiente.

Anthony mi aveva avvertito che era stupido metterla a nome suo, ma l'avevo fatto come offerta di pace. Un patto.

Suppongo che avrei dovuto dargli ascolto.

Un piccolo cipiglio le corrugò la fronte. «Sembra complicato. Andare continuamente avanti e indietro. Case in due città diverse. Cercare di tenersi in contatto.»

Non riuscii a trattenere un sorrisetto. «Te l'ho detto che è una vita dura.»

Alexis rise, e quel suono dolce e cadenzato tintinnò intorno a me come una melodia. Potevo quasi vedere le note di una nuova canzone danzare nei raggi di sole che splendevano attorno a lei.

Questa ragazza era musica.

Armonia.

Rimase in silenzio a riflettere, mordicchiando una patatina fritta. Quando infine parlò, il suo tono era cauto, quasi si vergognasse di sapere qualcosa di tanto personale su di me quando non le avevo dato la chiave per quel lucchetto. «Mi dispiace... ho sentito che hai perso tuo fratello maggiore... e che è per questo che ti sei unito alla band. Hai preso il suo posto quando è morto?»

Un antico dolore si abbatté su di me, insieme al rimpianto, alla tristezza e a ogni errore che avessi mai commesso. «Sì.»

«Hai sempre saputo suonare la batteria?» Le rughe sulla sua fronte si intensificarono.

Una risata priva di umorismo rimbombò nel mio petto. «Sì... ho sempre saputo suonare la batteria.»

I ricordi mi investirono. Le aspirazioni che erano state l'unico obbiettivo della mia vita. Non sapevo quale dei miei errori me le avesse sottratte. Il cataclisma che mi aveva condotto su una strada che non mi sarei mai aspettato di percorrere. Immagino che fosse stata la somma di tutto. Una sfilza di dolore, tradimento e rammarico che aveva distrutto sia la mia vita che quella di Mark.

Qualcosa di tenero addolcì l'espressione di Alexis che si appoggiò allo schienale della sedia, piegando la testa e mettendo in mostra la delicata e cremosa pelle del suo collo.

Una scarica di lussuria mi trafisse le viscere. La volevo.

Forse era semplicemente passato troppo tempo. Forse ero soltanto un uomo. Ma questa ragazza mi scombussolava come non mi era mai successo prima.

«Il mio piccolo batterista» mormorò in tono canzonatorio.

Non importava. Perché qualcosa nella sua voce mi attraversò come un fulmine. Era come se potessi sentire le sue piccole mani su di me, carezzandomi, guarendomi ed eccitandomi.

Incapace di trattenermi, mi sporsi in avanti, sentendo improvvisamente il bisogno di avvicinarmi un po' di più. Di scavare un po' più a fondo. «Dimmi la tua verità, Alexis. Se potessi fare qualsiasi cosa, cosa faresti? E non intendo qualcosa per qualcun altro, perché so cosa stai per dirmi. Intendo per te e soltanto te.»

Lei proruppe in una risata strozzata. «Bé, questa domanda è piuttosto inaspettata. Come riesci a prendermi sempre alla sprovvista?»

Sorrisi. «Mi piace tenere la gente sull'attenti.»

«Sei pazzo» disse.

«Pensavo che quel titolo appartenesse a te» ribattei, adorando il modo in cui la sua pelle si tinse di rosso.

Alexis abbassò lo sguardo e scosse la testa con fare timido e adorabile.

Mi avvicinai ulteriormente. «Dimmelo. Voglio saperlo.»

Perché ero lo sciocco che d'un tratto voleva sapere ogni singolo dettaglio di lei. Che voleva esplorare e scoprire. Insinuarsi nella sua bellissima mente e sondare i suoi pensieri.

Svanire nel suo corpo.

Per un istante, distolse lo sguardo e osservò fuori dalla finestra le persone che passeggiavano sul marciapiede. Poi riportò quegli occhi blu su di me, una collisione di cielo e mare.

Esitò, quasi avesse bisogno di racimolare il coraggio per darmi la sua risposta. «Se potessi fare una cosa per me stessa, imparerei a suonare il pianoforte. Lo desidero da quand'ero bambina. Ero solita implorare mia madre di farmi prendere qualche lezione, ma non abbiamo mai avuto i soldi per permettercelo. Poi sono andata al college e in seguito mi sono immersa nel lavoro. In pratica, non ce n'è mai stata l'occasione.»

La fissai intensamente senza fiatare.

Alexis avvampò in viso e cominciò a giocherellare con il cucchiaio accanto al suo piatto. Sembrava che questa coraggiosa ragazza fosse diventata improvvisamente timida. Come se ci fosse la minima possibilità che potesse dire la cosa sbagliata.

«È stupido, lo so» bisbigliò.

«No. Non è stupido. Per nulla.» La mia voce era roca. «Non c'è canzone più bella di una suonata al pianoforte.»

Varie idee cominciarono a brulicare nella mia mente. Idee molto, molto pericolose.

Dovevo metterle sottochiave, e in fretta.

Alexis dovette cogliere l'emozione contenuta nelle mie ultime parole, perché si appoggiò allo schienale della sedia e mi guardò con una scintilla d'eccitazione negli occhi. «Non dirmi che suoni anche il piano?»

Feci spallucce. Mi domandai se notò l'esitazione dietro il mio gesto. Perché stavo attraversando un terreno instabile, avvicinandomi sempre di più a quei confini che non potevo oltrepassare. Lasciandola entrare in un luogo che era sterile da tanto, tanto tempo.

Per quanto sapessi di non doverlo fare, non riuscii a trattenermi dal confessare: «Suono di tutto.»

Lei inarcò un sopracciglio con espressione interrogativa. «Cosa intendi con tutto?»

Scrollai di nuovo le spalle, stavolta a disagio, poi mi passai nervosamente una mano tra i capelli e guardai fuori dalla finestra. «Non è niente di che. Semplicemente, se c'è uno strumento in giro, posso prenderlo e suonarlo con facilità.»

L'incredulità riempì la sua voce. «Non è niente di che? Zee, questa dev'essere la cosa più straordinaria che abbia mai sentito.»

Parole come prodigio e genio vorticarono nella mia mente, parole che mi erano state rivolte quando ero soltanto un bambino, ignaro del loro significato. Fino al giorno in cui non avevano significato tutto.

Quella era soltanto l'ennesima porta che mi era stata sbattuta in faccia sette anni fa.

«Sono stato fortunato, suppongo.»

Alexis mi fissò attentamente, sul viso un'espressione addolorata e comprensiva. Come se scorgesse qualcosa in me che forse neppure io riuscivo a vedere.

L'aria sfrigolò intorno a noi quando si sporse sul tavolo, avvicinandosi a me il più possibile. Mi ritrovai a fare altrettanto, cancellando lo spazio tra di noi che fremeva e implorava.

«Se potessi fare una cosa per te stesso, quale sarebbe?» chiese.

Immagino che non avrei dovuto sorprendermi che mi rigirò la domanda.

Mi renderei libero.

«Tornerei indietro e cambierei ogni cosa. Sia per lui che per me.» Quella confessione, dura e afflitta, mi graffiò la gola.

Lentamente, Alexis si ritrasse quel tanto da potermi guardare dritto negli occhi. Il mio petto si serrò mentre restavamo lì seduti a fissarci, inspirando l'uno il respiro dell'altro.

«Tuo fratello?» mormorò.

«Sì. Tornerei al giorno in cui ho commesso l'errore peggiore della mia vita.» La mia voce non era altro che schegge e polvere mentre lasciavo entrare Alexis un po' più a fondo dentro di me. Più di quanto avessi mai permesso a chiunque altro.

I suoi occhi blu scrutarono il mio viso, occhi simili a una tempesta che montava ai margini di un cielo infuocato.

Avevo la netta sensazione che questa ragazza avrebbe rinunciato a tutto pur di prendersi parte del mio dolore. Che volesse affondare in me, desiderosa di scoprire tutti i miei segreti con la stessa disperazione con cui io desideravo scoprire i suoi.

«Cosa ci facevi davvero laggiù quella notte? La gente va in quella zona della città dopo il crepuscolo solo per due cose.» Il suo mento tremolò. «Droga o sesso. Di solito per entrambe» disse con voce spezzata.

Il dolore mi strinse la gola. «Non mi trovavo lì per nessuna di quelle due cose, Alexis. Te lo giuro. Un amico aveva bisogno di me.»

Mi sentii strangolare da quella bugia, perché Veronica era un sacco di cose, ma di sicuro non era mia amica. Tuttavia, ignorai quella sensazione, sopraffatto da un desiderio incontenibile.

Avvicinai il mio viso a quello di Alexis e le sfiorai la guancia con le labbra. «Alla fine è saltato fuori che tu avevi più bisogno di me.»

Il suo potente sguardo fiammeggiò. «Ti sei mai chiesto se ogni giorno della nostra vita sia già scritto? Se ogni passo che facciamo ci conduca esattamente dove dovremmo essere?»

Abbassò lo sguardo e, con dita tremanti, toccò l'inchiostro inciso sul dorso della mia mano. Tracciò la stella cadente che brillava luminosa prima di spegnersi.

Frammenti ridotti in polvere.

Rabbrividii, cercando di trattenere questo desiderio che ribolliva nelle mie vene, di tenerlo a bada.

«Vorrei credere che sia così. Ma poi mi interrogo sulle cose brutte. Sull'orrenda merda che avviene nel mondo e sulle cose terribili che le persone si fanno a vicenda» dissi in tono amaro.

Alexis si catturò il labbro inferiore tra i denti, e il mio uccello si contrasse a quella vista. Questa ragazza mi stava risucchiando sempre di più, trascinandomi più a fondo e facendomi mettere in dubbio ogni singola cosa in cui credevo.

«E se i bei momenti fossero una tregua? Misericordia che ci viene concessa?»

Dio. Questa ragazza era pura, piena di bontà.

Quasi fosse stata inviata come un respiro galvanizzante in un mondo che rischiava di soffocare.

Chiarezza in una vita piena di confusione, dubbi e domande.

Premetti le mani sul tavolo e mi allontanai. Come se mettere distanza tra di noi bastasse a estinguere le fiamme. A spegnere le braci che stavano diventando sempre più ardenti.

Ed eccole di nuovo, le strofe iniziali di una canzone. Potevo sentire le note unirsi e intrecciarsi, le parole fondersi per creare qualcosa di intero.

Per la prima volta dopo anni, le mie dita fremevano dalla voglia di mettersi al piano e darle vita. Creare e comporre.

Questa canzone sarebbe stata soave, dolce e tenera.

Esattamente il tipo di amore che questa ragazza sarebbe stata.

Ne ero certo.

Lo sentivo divampare nello spazio tra di noi.

Dolce.

Semplice.

Vero.

La consapevolezza che stavo camminando su un filo sottilissimo mi fece serrare lo stomaco. Era ora di mettere fine a questo incontro, prima che facessi qualcos'altro di cui mi sarei pentito.

Rassegnato, emisi un sospiro stanco e mi alzai, estrassi il portafoglio e gettai una manciata di banconote sul tavolo. «Andiamo, ti accompagno a casa.»

La sorpresa balenò sul suo viso prima di tramutarsi in qualcosa di fin troppo simile al rifiuto. Con riluttanza, annuì. «Ok.»

Feci del mio meglio per ignorare il modo in cui Alexis tremò quando posai il palmo alla base della sua schiena. Per ignorare le fiamme che crepitarono e sfavillarono. Per ignorare il modo in cui i nostri respiri divennero corti e affannosi quando la nostra pelle entrò in contatto.

La sospinsi oltre la porta del locale e sul marciapiede affollato. Nell'istante in cui uscimmo fuori, l'agitazione si accese in me. Ansiosamente, guardai a destra e a sinistra, perché l'ultima cosa di cui avevo bisogno era ritrovarmi con una macchina fotografica puntata in faccia.

Dio, avevo agito stupidamente.

Con circospezione, Alexis si voltò verso di me così da potermi guardare in viso. Era come se percepisse che mi stavo allontanando, perché l'oscura tempesta nei suoi occhi mi stava supplicando di restare.

Le mie dita si contrassero e il mio cuore prese a battere in maniera erratica nelle mie vene. Vacillai, cercando di dissuadermi. Avrei dovuto sapere che era inutile, perché bastò il debole sorriso che spuntò sulla sua deliziosa bocca per ridurre in briciole la mia forza di volontà.

Perché c'era qualcosa di triste nella sua espressione... un addio.

«Grazie mille per il pranzo. Per esserti preoccupato per me oggi. Non sai quanto significhi per me, ma se ci fosse un modo per mostrartelo, lo farei.»

Il panico affiorò in superficie. Non riuscivo a sopportare il pensiero di lasciarla andare. Dovevo sapere che era al sicuro e protetta finché quel bastardo non fosse stato arrestato.

Ignorai il fatto che si trattava chiaramente di più di quello. Che volevo dare a questa ragazza qualsiasi cosa.

Perciò, cedetti.

La mia mano tremava terribilmente quando la allungai e la posai sulla sua guancia. Il calore si diffuse lungo la mia pelle, riscaldando tutti quei posti bui e freddi dentro di me che bramavano disperatamente il suo tepore. «Vuoi davvero imparare a suonare il piano?» chiesi in un sussurro.

Questa ragazza splendida e coraggiosa si bloccò alle mie parole, guardandomi con gentilezza e fiducia. Annuì contro la mia mano. «Lo desidero più di ogni altra cosa.»

Non c'erano dubbi che ci fosse qualcosa di più dietro alla sua semplice affermazione.

Cazzo, ero proprio uno stolto. Perché la mia offerta venne fuori prima che potessi fermarla.

«Lascia che te lo insegni, e in cambio tu mi permetterai di proteggerti finché quel bastardo non sarà sparito dalla circolazione.»

Alexis mi fissò dritto negli occhi. «Che intendi?»

«Che dovrai restarmi vicino. Se tua sorella chiama, me lo farai sapere. Se hai bisogno di incontrarla, verrò con te. Mi permetterai di starti accanto. Semplice.»

Quell'energia si agitò intorno a noi come una tempesta in avvicinamento.

«Allora perché sembra così complicato?»

11

ALEXIS

L'atrio interno era deserto e silenzioso mentre attendevo di fronte alle grandi doppie porte di metallo. Il mio cuore correva all'impazzata, animato da questa euforia che mi accompagnava da quattro giorni.

Avrei potuto giurare che quando Zee si era improvvisamente alzato dal tavolo quel giorno al bar non ci saremmo più rivisti. Che qualunque ostacolo ci fosse tra di noi era diventato troppo grande per lui. Che forse mi ero spinta troppo oltre.

Ma non ero mai stata il tipo di persona da tergiversare. Da mordermi la lingua quando sentivo di avere qualcosa di importante da dire. E offrirgli tutte quelle verità mi era *parso* importante.

Vitale.

Tirai un respiro incoraggiante e battei il pugno contro un'anta della porta. Quella trepidante energia si amplificò quando udii un movimento dall'altro lato, pulsò e vibrò quando la serratura scattò e la porta si aprì, rivelando l'uomo in piedi sulla soglia.

L'uomo più intrigante che avessi mai incontrato.

Inciso nel mistero e scolpito nella segretezza.

«Alexis.» La sua voce mi carezzò la pelle e il suo sguardo mi percorse dalla testa ai piedi, lasciando una scia elettrizzante al suo passaggio.

Un brivido mi attraversò i sensi quando feci lo stesso, osservando il suo corpo avvolto da un paio di morbidi jeans consunti e una maglietta ancora più soffice.

Ebbi lo strano impulso di allungare le braccia e poggiare le mani su di lui per sentire la forza che vedevo fremere sotto il tessuto.

«Ciao» sussurrai.

Zee fece un passo indietro e spalancò la porta. «Sono davvero contento che tu sia venuta.»

«Pensavi che non l'avrei fatto?»

Piegò la testa di lato e si grattò il collo. Un angolo della sua bocca si curvò in un sorrisetto. «No. Pensavo solo che fossi finalmente rinsavita.»

«E perché mai dovrei fare una cosa simile?» dissi in tono giocoso, anche se mi stavo stringendo la borsa contro il petto come se potesse fungere da scudo. Da protezione contro quello che questo ragazzo stava acquisendo il potere di farmi.

Il che era assurdo, perché ero la ragazza che non aveva mai paura.

Una risatina echeggiò nell'aria mentre mi guardava con un lieve sorriso sulle labbra. «Ecco la ragazza che rinuncerebbe a tutto per salvare il mondo ma che non si preoccupa affatto di salvare se stessa.»

Potevo quasi udire l'avvertimento dietro la sua affermazione, ma scelsi di ignorarlo ed entrai nel suo loft.

«Wow.»

Che eloquenza.

Ma non pensavo ci fosse un'altra parola sufficiente a descrivere il suo appartamento.

«Ti piace?» chiese alle mie spalle. «Willow, la moglie di Ash, mi ha aiutato ad arredarlo. Mi ha aiutato a renderlo accogliente e confortevole.»

«È incredibile.»

Sia lussuoso che ospitale, il loft era un enorme open space

con un pavimento in legno grigio scuro e un soffitto con travi e tubature a vista alto due piani. Quattro colonne portanti in cemento erano distribuite in maniera omogenea per la stanza, divani in pelle e morbide poltroncine erano disposte nel mezzo, fondendosi perfettamente con antichi tavoli e mobili restaurati.

Il mio sguardo vagò verso destra, dove una rampa di scale conduceva a una camera da letto in un soppalco che si protendeva sulla cucina sottostante. La stanza era circondata solo da una ringhiera di metallo, e un enorme letto sedeva in bella vista, dominando la zona giorno al piano inferiore.

Ma fu la parete di finestre alta due piani situata sulla sinistra a catturare completamente la mia attenzione. Mi diressi in quella direzione, attratta dalla vista da un milione di dollari della città tentacolare sottostante.

Il sole stava appena iniziando a tramontare, calando all'orizzonte e gettando uno sfolgorio scintillante sugli edifici e sulle automobili circostanti.

Sfiorai il vetro con le dita, sopraffatta dalla bellezza, poi rimasi senza fiato quando lanciai uno sguardo a Zee, in piedi al centro del soggiorno. Mi stava fissando come se fossi un'allucinazione.

«Guardati, mio piccolo batterista, vivi come un re.» Mi sforzai di infondere ironia nel mio tono, ma la mia voce si incrinò per lo sforzo. Mi chiesi come fosse possibile che pensassi di poterlo reclamare così facilmente come mio.

Lui scosse la testa. «Difficilmente.»

Osservai ogni movimento del suo viso, e le mie parole vennero fuori quasi come una domanda. «Sei il batterista di una delle band più famose al mondo.» Allargai le braccia. «Possiedi questo posto fantastico. Eppure ti offri di fare questo per me? Di darmi qualcosa che desidero da tanto tempo? Mi sembra il colmo. Dovrei essere io a fare qualcosa per te.» La mia voce si affievolì. «Ma cosa puoi offrire al ragazzo che ha tutto?»

«Niente di tutto questo conta quando non ho nessuno con cui condividerlo. E il fatto che tu sia qui?» Si interruppe, e il mio cuore si strinse in una morsa. Poi abbassò la testa verso il pavimento come se non volesse che leggessi l'espressione scritta sul suo viso, desideroso di nascondere le cose così evidenti nei suoi occhi.

Dopo qualche istante, sollevò la testa e mi guardò intensamente, deglutendo con forza. «Averti qui per un giorno è più che sufficiente. A volte diventa stancante vivere nell'ombra. E per qualche ragione, quando ci sei tu non è più così buio.»

«È così che ti senti? Come se fossi invisibile?» Quel legame tra di noi che non comprendevo si accese nel mio petto. Crescendo e intensificandosi. «Assurdo, perché tu sei l'unica cosa che vedo.»

Lui sussultò. «È proprio questo il problema.»

«Quale?»

«Il fatto che non riesco a starti lontano quando so maledettamente bene che è ciò che dovrei fare. È solo che...» Si sfregò una nocca sulle labbra corrucciate. «Cazzo, non riesco a sopportare il pensiero che quel pezzo di merda sia là fuori, Alexis. Che sia ancora in circolazione. Un pericolo per te. Ho bisogno di averti qui... con me... finché non sarò certo che quella minaccia sia stata eliminata.»

L'emozione montò in fretta dentro di me. «Quindi... sono qui perché vuoi proteggermi?»

Non sapevo se essere delusa o al settimo cielo.

La sua voce divenne burbera. «Sei qui perché è dove voglio che tu stia. Il fatto che nel frattempo possa anche darti qualcosa che desideri ardentemente? Diciamo che è la ciliegina sulla torta.»

La sua confessione prese possesso dell'aria. Il desiderio divampò, crepitando tra di noi e palpitando tra le mie cosce.

Ero in un mucchio di guai.

Sbattendo le palpebre, cercai di riportarci su un terreno sicuro. «Allora...» cominciai, guardandomi intorno e costringendomi a sorridere. «Come procediamo? Sono piuttosto nervosa, ad essere sincera.»

Era la verità. Desideravo suonare il piano da quando avevo memoria.

Zee fece un passo in avanti, come se si stesse liberando da quel nodo di tensione che lo teneva bloccato sul posto. Il suo tono cambiò, diventando così sexy da inviare un'altra scarica di attrazione lungo il mio corpo. «Perché sei nervosa?»

Mi catturai il labbro inferiore tra i denti e lo morsi, cercando di contrastare il rossore che potevo sentire colorarmi le guance. «Come potrei non esserlo? Non ho la minima idea di cosa stia facendo, e tu, *una rockstar*...» Il mio tono di voce mutò, tingendosi di incredulità. «Vuoi insegnarmi a suonare il piano. Non dovrebbe sorprenderti che questa cosa mi intimorisca un po'.»

Zee mi si avvicinò ulteriormente, così tanto che riuscii a cogliere il lieve sentore di cedro e spezie. Il profumo che irradiava da questo bellissimo ragazzo era nettamente mascolino.

Travolgente.

Tirai un respiro tremante, e la sua presenza mi scosse nel profondo quando fece un altro passo nella mia direzione. Era così vicino che potevo allungare la mano e perdermi in lui.

«Non voglio che tu ti senta intimorita da me» disse con voce roca, torreggiando su di me.

Troppo tardi.

Mi costrinsi ad incrociare i suoi occhi. «Ok.»

Lui arretrò di una frazione e borbottò piano: «Sono io quello che non sa cosa sta facendo.»

Ebbi l'impressione che quella dichiarazione non avesse nulla a che fare con la musica.

«Vieni» disse, poggiando la sua grande mano alla base della mia schiena. Nell'istante in cui mi toccò, i miei respiri si fecero più corti.

Mi condusse verso la parete in fondo dove un pianoforte a mezza coda era situato tra il lungo bancone che separava la cucina dal resto della zona living e la parete di finestre.

Non riuscii a trattenermi dall'allungare la mano e scorrere i polpastrelli sul legno lucido. Lo strumento, invece che nero come al solito, era di un rosso intenso. Mogano immerso nel cioccolato.

Zee emise un respiro tremante, attirando la mia attenzione sul suo viso.

La sua espressione era un misto di panico e paura.

«Che succede?» bisbigliai.

Lui si passò una mano tra i capelli, agitato. «È passato... molto tempo.»

Un cipiglio mi corrugò la fronte. «Non suoni il pianoforte?»

«No, ho smesso parecchi anni fa» rispose con un sorrise triste.

Sbattei le palpebre, cercando di vedere al di là del velo di mistero e segretezza che lo circondava. Optai per la cosa più ovvia. «Ma ti manca.»

Annuì. «Sì.»

Mi voltai di nuovo verso il pianoforte. «Eppure, mi hai portata qui.»

«Sì» ripeté.

Com'era possibile dare un senso a quest'uomo combattuto? Potevo percepire che il suo spirito era diviso in due, come se desiderasse disperatamente una cosa e allo stesso tempo fosse terrorizzato di reclamarla.

Ciononostante, stava uscendo dalla sua *comfort zone* per me.

Si schiarì la gola, spezzando l'intensità del momento. «Allora... hai mai preso qualche lezione di musica prima d'ora?»

«In quarta elementare, con la signora Lindstrom. Sapevo suonare il flauto benissimo.» Gli rivolsi un sorriso, desiderando che avesse il potere di cancellare qualunque cosa lo stesse tormentando.

Lui ridacchiò. «Notevole.»

«Già.»

«Ti ha insegnato a leggere la musica?»

Feci una smorfia. «Un po', ma onestamente non ricordo granché.»

«Non importa. Se sai leggere, puoi anche imparare a leggere la musica. È come imparare una nuova lingua. Ci vuole solo tempo e dedizione.»

Tempo e dedizione.

Ero più che disposta a darglieli se ciò significava poter trascorrere più tempo con lui.

«Sembra... difficile.»

La sua meravigliosa bocca si curvò in un mezzo sorriso. «E io che pensavo che fossi pronta alla sfida.»

«Lo sono. È solo che... non voglio deluderti.»

Un suono frustrato proruppe dal suo naso. «Non penso che una cosa simile sia possibile, Alexis.» Sospirò di nuovo, prima di chinarsi e tirare fuori lo sgabello. «Siediti» disse, e io obbedii. Poggiò le mani sulle mie spalle, suscitandomi un brivido lungo la spina dorsale.

Cosa mi stava facendo?

«Ti darò alcune cose da studiare a casa prima della prossima lezione. Ma per oggi, quello che voglio che tu impari è che la musica è tutta una questione di sentimenti. Sì, ci sono tecniche e regole, e tu le imparerai tutte. Ma la musica vive al di sopra di esse. Al di là di esse. A dispetto di esse.»

Il suo alito mi circondava, la sua presenza mi eclissava.

L'energia vibrava e pulsava mentre il suo cuore batteva in maniera erratica contro la mia schiena.

Si piegò in avanti, imprigionandomi tra le sue braccia, portando le dita a un soffio dai tasti. I suoi muscoli si flettevano e si contraevano, e avrei giurato di poter vedere l'inchiostro impresso sulla sua pelle supplicare di suonare.

Il fremito di quella stella cadente.

«Poggia le mani sulle mie.»

Il mio respiro divenne un rantolo quando lo feci. Ogni cosa prese vita, sfrigolando e scintillando nell'aria.

Potei sentire la sua brusca inspirazione, il modo in cui il suo grande corpo tremò alle mie spalle, il tremito delle sue mani quando suonò un singolo accordo.

Uno sbuffo d'aria fuoriuscì dalla sua bocca non appena lo fece, come se fosse sbalordito dal suono che echeggiò contro le pareti.

Percepii il momento in cui cedette, la gravità che riempì la stanza quando cominciò a suonare.

Le sue dita talentuose fluttuarono sui tasti, portando le mie con sé.

Tesserono una ragnatela di bellezza.

Un labirinto di tristezza.

Rabbrividii, travolta dal desiderio di supplicarlo di cantarmi le strofe della canzone. Di mostrarmi tutto; ciò che viveva nella sua mente e ciò che dimorava nel suo spirito.

La sua voce mi carezzò l'orecchio. «Lo senti, Alexis? Si tratta di entrare in sintonia con le emozioni. Il dolore. La gioia. L'amore. La lussuria.» Le ultime parole vennero fuori roche, inebriandomi i sensi e riscaldandomi il corpo.

Mi mossi con lui.

Con le sensazioni.

Col movimento ondeggiante del suo corpo.

Le sue dita volarono sui tasti e la canzone crebbe d'intensità.

Trasformandosi in qualcosa di magico.

«Lo senti?» disse in un ansito, come se fosse rapito. Distante. Perso in un luogo che, per una volta, apparteneva unicamente a me e a lui. «La musica è viva. Una luce che brilla da qualche parte nello spazio, in attesa che noi la afferriamo. Che la catturiamo. Che le diamo voce e vita. Dimmi che lo senti.»

«Sì, lo sento» bisbigliai in un sussurro roco.

Perché potevo sentirlo.

Potevo sentire l'intensità, la bellezza, il suo talento.

Un fremito di desiderio attraversò il mio corpo quando sentii la sua erezione premere contro la mia schiena.

Forse dipendeva solo dalla lussuria che trasudava dalla canzone.

Una canzone sia disperata che dolceamara.

Sconosciuta e in qualche modo familiare.

Ma volevo avvicinarmi di più a lui. Voltarmi e scorgere la passione e il bisogno che avrei trovato sul suo viso.

«È sempre così ogni volta che suoni? Ogni volta che sei sul palco?»

La melodia rallentò, ma il suo cuore continuò a martellare, i suoi respiri corti e affannosi. Esitò, poi infine disse: «Soltanto qui... quando sono davanti a un pianoforte.»

Non riuscii a trattenermi. Mi girai di lato in modo da poterlo guardare in volto. I miei sensi, già sopraffatti dalle sensazioni, furono colti dalle vertigini. «Allora perché suoni la batteria?»

Nei suoi occhi marroni infuriò una guerra. Era come se fosse intrappolato in uno spazio vuoto, tra il potere di quella canzone e le catene della sua realtà. «Perché devo la mia vita a mio fratello.»

Alla sua ammissione, le mie labbra si schiusero in un brusco respiro. Sapevo che mi stava offrendo una parte segreta di se stesso. Uno scorcio in quel posto che troppo spesso si adombrava. Parte della sua verità.

Sconcertata, scrutai il suo viso, la sua espressione e quegli occhi ipnotici. La mia mente vorticava di infinite domande a cui non riuscivo a dare voce.

Con cautela, Zee allungò la mano e la posò sul mio viso.

Tremai, incapace di respirare.

«Lex» disse in un mormorio che mi attorcigliò lo stomaco in migliaia di nodi intricati, mentre ogni altra parte di me si scioglieva.

Completamente alla sua mercé.

Avrei giurato di poter vedere il desiderio che sfrigolava nell'atmosfera.

D'un tratto, uno squillo acuto infranse l'intensità del momento.

Zee balzò all'indietro come se si fosse scottato.

Sbattei le palpebre, combattendo contro l'improvviso senso di rifiuto che montò rapidamente in me e che mi pizzicò gli occhi.

Come riusciva a farmi mettere in discussione cose di cui non avevo mai dubitato prima? Non ero mai stata il tipo di ragazza da dubitare del mio valore o merito, eppure eccomi lì, con la mente in subbuglio.

Non avevo idea di quale fosse il mio posto, se stessi precipitando, e in tal caso, dove sarei atterrata.

Perché mi resi conto che l'unica cosa che volevo fare con lui era *cominciare*.

E ogni parola che usciva dalla sua bocca lasciava intendere che lui voleva solo qualcosa di temporaneo.

Si passò una mano sul viso. «Cazzo, mi dispiace.»

«Per cosa?» chiesi, scavando più a fondo, alla disperata ricerca di *qualcosa*. Desideravo con tutta me stessa che mi facesse entrare in quel posto in cui potevo sentirlo trascinarmi inesorabilmente, che lo volesse o no.

Le parole lasciarono la sua bocca come una sporca confessione. «Mi dispiace di non riuscire a starti lontano.»

«E se non volessi che tu lo facessi?» sussurrai in tono implorante.

L'amarezza curvò le sue labbra. «E se non avessi nulla di buono da darti?» ribatté lui con voce intrisa di rimpianto.

«Tutti hanno qualcosa da offrire, Zee. *Tutti*. Vivere è una scelta. Siamo *noi* a decidere come ci svegliamo ogni mattina e affrontiamo la giornata. Se farci guidare dalla speranza o governare dalla paura. E non permetterò che le circostanze mi definiscano. Forse sono una stupida, perché resterò in piedi o cadrò, ma non permetterò mai alla paura di tarparmi le ali.»

Mi voltai di nuovo verso il pianoforte mentre il mio spirito continuava a danzare con la canzone appassionata che era stata taciuta per troppo tempo, con l'accecante e cruda realtà che, per qualche ragione, quest'uomo aveva smesso di vivere per se stesso.

Riportai lo sguardo su di lui. «Forse hai soltanto dimenticato come volare.»

Il dolore balenò sul suo viso. «Nessun uomo è libero se è già condannato.»

Le sue parole mi trafissero come una freccia. Volevo allungare le mani e abbracciarlo. Carezzarlo. Supplicarlo di toccarmi.

Il suo cellulare squillò di nuovo. Imprecando sottovoce, Zee gli lanciò un'occhiata e lo strinse così forte che pensai lo avrebbe stritolato. «Mi dispiace. Devo rispondere.»

Annuii piano, delusa. «Suppongo sia ora che vada, allora.»

Sentendomi come se avessi corso una maratona in cui mi avevano spintonata e strattonata, mi alzai dallo sgabello e mi chinai per recuperare la borsa. Me la misi in spalla e mi diressi verso la porta d'ingresso.

«Merda» borbottò Zee sottovoce alle mie spalle. Poi, improvvisamente, sentii i suoi passi pesanti percorrere il pavimento. «Cazzo, Alexis, non andare.»

Aumentai il passo mentre quell'inesistente senso di autoconservazione prendeva finalmente il sopravvento su di me.

Zee mi afferrò per il polso e mi voltò verso di sé,

costringendomi a guardarlo in viso. La sua espressione era una maschera di indecisione e turbamento. «Non andare» disse a bassa voce.

La tristezza mi serrò il petto. «Se mi concedo a qualcuno, Zee, lo faccio con tutta me stessa. Con tutto quello che ho. Do e do, e lascio che le persone prendano e prendano. Ma con te? Non sono sicura di poter sopportare che tu non mi dia nulla in cambio, perché non ho idea di cosa tu voglia da me.»

L'onestà a volte era brutale. A volte era difficile da confessare. A volte ti rendeva vulnerabile e piccolo.

Io ero trasparenza, lui nebbia e specchi.

Zee chiuse una mano a pugno e se la premette contro la bocca, quasi stesse cercando di trattenere le parole che teneva sulla punta della lingua. Nell'istante in cui abbassò la mano, vennero fuori con impeto. «Io.. io voglio insegnarti a suonare il piano. Voglio che tu ritorni. Voglio...» Si interruppe, lasciando le sue intenzioni sospese nell'aria. Poi sbatté le palpebre. «Soprattutto, ho bisogno di sapere che stai bene. Finché quel bastardo non sarà dietro alle sbarre, ho bisogno di sapere che sei al sicuro.»

Mi passai i denti sul labbro inferiore, cercando un terreno solido quando lui mi aveva già tolto la terra da sotto i piedi. «Mi confondi.»

Un sorriso mesto affiorò sulla sua bocca. «Credimi, bellezza, anche tu mi confondi.»

12

ZEE

«Quindi significa altri tre mesi?»

Dietro alla scrivania, Anthony si dondolò sulla sedia, spostando l'attenzione su ognuno di noi, seduti nel suo ufficio. «Sì, questo è il tempo che richiederebbe. In alcune delle città più grandi farete due concerti. Ai piani alti si aspettano il tutto esaurito ovunque. Vi esibirete solo in arene e stadi. Lo stipendio è...» Scosse la testa. «Sarebbe folle rifiutare.»

Assurdo, questo era esattamente quello che avevamo sempre voluto. Quello per cui avevamo lavorato, sudato e lottato duramente.

Ripensai a tutte le difficoltà che i miei compagni avevano sopportato. Alla vita in cui mio fratello era stato trascinato. Alla devastazione e alla distruzione. Alle vittorie e ai trionfi.

Ero stato con loro quando avevano toccato il fondo. E adesso eravamo a un passo dalla vetta più alta.

Eppure, ero certo di non aver mai partecipato ad un incontro più teso.

Lyrik abbassò lo sguardo sul pavimento e appoggiò gli avambracci sulle ginocchia. Si sfregò la nuca con una mano tatuata, prima di rialzare la testa con fare stanco. «Ciò vuol dire stare lontano da casa per un sacco di tempo, amico. Saremmo già stati via per quattro mesi. Adesso ci stai chiedendo di stare via per sette?»

Potevo percepire l'agitazione che ribolliva in Austin, seduto al mio fianco, un'agitazione che divenne ancora più evidente quando si massaggiò il viso con entrambe le mani. «Sette mesi. Più di metà anno.»

Austin era il nostro frontman e, proprio come me, si era fatto avanti per prendere il posto di suo fratello maggiore nella band. Anche se le loro circostanze erano completamente diverse dal momento che suo fratello Baz era seduto accanto a lui, lì per sostenerci in ogni decisione che prendevamo.

Baz faceva ancora parte della band come il giorno in cui si era ritirato per trascorrere più tempo con la sua famiglia, iniziando a produrre i nostri album piuttosto che esibirsi sul palco con noi. Aveva detto che il suo cuore non riusciva più a sopportare di andare in tournée e lasciare a casa la sua famiglia.

Il che ci portava al nocciolo della questione.

La tensione rimbalzava tra le quattro mura della stanza troppo piccola per contenere l'inquietudine che si dibatteva nell'aria. La lealtà, la devozione e la dedizione che infuriavano e vorticavano nei nostri animi.

Il problema era che nessuno di noi sapeva più cosa ciò volesse dire esattamente.

Austin scosse con veemenza la testa, e qualcosa di simile al dolore si insinuò nella sua voce roca. «Cristo... probabilmente Sadie saprà già camminare per quando tornerò a casa.»

Edie, la moglie di Austin, aveva dato alla luce Sadie tre mesi fa. La piccina era la gioia della sua vita.

La tristezza mi attanagliò la gola. Lo capivo benissimo. I miei giorni erano sempre così: limitati, brevi scorci di ciò che avrebbe potuto essere.

Lyrik sospirò e guardò Austin. «Pensi che non lo capisca, amico? Pensi che io voglia partire e lasciare Tamar e Adia per così tanto tempo? Per non parlare di Brendon, che già adesso riesco a vedere a malapena. Questa situazione è... brutale.»

Anthony si schiarì la gola e parlò con tono esitante. «Sapete che l'unica cosa che voglio è il meglio per ognuno di voi. Il meglio per le vostre famiglie. Ma vi ho visti farvi un culo così per anni per arrivare a questo punto. Ho visto la dedizione e l'impegno che ci avete messo per raggiungere i vostri obbiettivi. Il sangue, il sudore e le lacrime che avete versato. I *sacrifici* che avete fatto.»

Il suo sguardo si posò su ognuno di noi. «So che cosa mi avete detto di volere, ed è questo. Quest'occasione è il coronamento dei vostri sogni. Inoltre, non è che non potrete tornare a casa tra una pausa e l'altra, o che le vostre famiglie non potranno raggiungervi ovunque vi troviate. Ve lo prometto, faremo in modo che funzioni.»

Sapevo che era difficile per lui spingerci in questa direzione. Ma aveva sempre fatto ciò che era meglio per la band. Dopotutto, era per questo che lo avevamo assunto.

Lyrik scosse la testa, facendo ondeggiare i capelli scuri intorno al suo viso. «Sai che non è più così semplice. Adesso abbiamo dei bambini che non possiamo sballottare da un paese straniero all'altro. Le ragazze... hanno le proprie ambizioni. Non voglio che Tamar pensi che il suo dovere sia di seguirmi in giro per il mondo soltanto perché sto vivendo il mio sogno.»

«Ma sai che lo farebbe se glielo chiedessi» interloquì Baz con un cenno del mento nella sua direzione.

La voce di Lyrik si tinse d'affetto. «Certo che lo farebbe. Proprio come ognuna delle vostre donne. Ecco perché non voglio sradicarla quando è finalmente felice. Sistemata.»

Anthony tamburellò le dita sulla scrivania, anch'egli preda dell'agitazione. «Mi assicurerò che facciate una pausa almeno una volta al mese in modo da poter tornare a casa per qualche giorno, o addirittura per un paio di settimane.»

Lyrik sollevò la testa verso il soffitto, sfregandosi la gola con espressione pensierosa.

Austin sospirò e si appoggiò allo schienale della sedia.

Tutti si voltarono verso Ash, che era rimasto in silenzio finora. Teneva la testa stretta fra le mani e il corpo piegato in avanti come se avesse mal di stomaco. All'improvviso, sollevò il capo di scatto. «È questo il desiderio di tutti?»

Austin sbatté la testa contro la sedia in pelle. «È il nostro lavoro, cazzo.»

«Già» concordò Lyrik. «Niente che nessuno di noi non si aspettava. Semplicemente, fa schifo quando ti prende alla sprovvista.»

Mossi nervosamente la gamba su e giù, non essendo contento l'idea di dover stare via così a lungo. Non con il casino che stava succedendo con Veronica. Non con il suo comportamento imprevedibile e il suo venir meno all'accordo che avevamo stipulato.

Non con Alexis.

Quel pensiero si affacciò spontaneamente alla mia mente. Questo avrebbe dovuto essere un avvertimento sufficiente. Un segno che stavo camminando su una lastra di ghiaccio sottile.

Il fatto che stessi pensando a lei nel bel mezzo di tutto quello che stavo già cercando di bilanciare era incredibilmente stupido.

Perché questa era la mia vita. Ciò per cui vivevo. Il mio dovere.

L'eredità di mio fratello.

Non vi avrei mai rinunciato.

Emisi un sospiro teso e spostai l'attenzione su Ash, grande e grosso e ricoperto di tatuaggi, dall'aspetto minaccioso se non fosse stato per il sorriso che teneva perennemente stampato in viso. Ma in quel momento sembrava sul punto di perdere il controllo.

Si passò agitatamente una mano sulla bocca. «Devi assicurarmi che sarò qui quando il bambino nascerà, e che potrò trattenermi in città per almeno un paio di settimane. Non posso lasciare Willow da sola. Cioè, cazzo... e se mi perdessi la nascita di mio figlio?» La sua espressione era tormentata. «Promettimelo, Anthony. Promettimi che ci sarò.»

Anthony si sporse in avanti, appoggiando i gomiti sulla scrivania. «Per l'amor del cielo, certo che te lo prometto, Ash. Pensi che ti chiederei di rinunciare a una cosa simile?» Spostò lo sguardo su ognuno di noi. «Sapete quanto detesti farvi prendere una decisione simile. Se potessi rendere le cose più semplici, lo farei. Ma è il mio lavoro prendermi cura di voi come band. È il mio lavoro mettervi al corrente di un'opportunità diversa da qualsiasi altra abbiate mai avuto. Adesso tocca a voi decidere.»

Rimasi in silenzio, lasciando che fossero gli altri a scegliere, com'era mia consuetudine fare. Forse dipendeva dal fatto che non mi ero mai sentito parte del gruppo. O forse perché avevo la sensazione di non essermi mai guadagnato il diritto di stare con loro.

«Ok, allora abbiamo deciso?» domandò Austin.

Lyrik annuì. «Per me va bene.»

Ash allargò le braccia e le scosse, come se si stesse gasando. «D'accordo.»

Anthony indicò verso di me con un cenno del mento e tutti gli occhi si puntarono nella mia direzione. «Zee?»

Non c'era neppure bisogno di chiedermelo. «Sai che ci sto.»

Come sempre.

Dopo la riunione, Anthony mi tirò da parte. «Novità su Veronica?» mi chiese a bassa voce.

Emisi uno sbuffo frustrato. «Continua a sostenere che può fare tutto quello che vuole con quei soldi. Non vuole dirmi nulla.» Scossi la testa. «Ancora non riesco a credere che sia tornata in quel tugurio. Che l'abbia portato lì.»

Anthony mi rivolse un'occhiata eloquente mentre conversavamo sommessamente con le teste chine. «Sul serio sei sorpreso? Ti sta manipolando sin dal primo giorno, Zee.»

La rabbia montò in me. «Pensi che non lo sappia? Ma non è che avessi molte alternative, no?»

«Davvero?» ribatté lui.

Un'antica furia, accumulata per troppi anni, mi fece serrare i pugni al solo pensiero dell'alternativa. «Sai bene cosa avrebbe fatto.»

«Anche quella potrebbe essere stata un'altra bugia. Sai che

dalla sua bocca non esce nulla di cui ti puoi fidare.»

«Allora che cazzo devo fare?»

«Devi decidere cos'è che vuoi, Zee. Puoi continuare ad assecondare le sue assurde richieste o farti coraggio ed esigere un cambiamento.»

Rabbia e preoccupazione pulsarono nel mio sangue. «Dio... odio l'idea di confondere Liam. Ama sua madre, e prima che tornassi da Savannah, avrei giurato che anche lei lo amasse più di qualsiasi altra cosa.»

Fino a quel momento, non me n'era fregato un cazzo di come mi trattava. L'unica cosa che contava era il modo in cui trattava Liam.

«Sei preoccupato?» mi chiese Anthony.

Chinai la testa, grattandomi la barba corta, prima di guardarlo dritto negli occhi. «Sì... sono fottutamente terrorizzato. Sai che è sempre stata una mina vagante. Ma ho sempre potuto contare sul fatto che lo mettesse al primo posto. Che si prendesse cura di lui nel modo in cui merita.»

Anthony spostò il peso da un piede all'altro in preda ai dubbi e al nervosismo. «Pensi che sia ricaduta nella droga?»

Il terrore minacciò di stritolarmi il cuore. «Non voglio neppure prendere in considerazione questa possibilità.»

Quella era l'unica promessa che le avevo detto categoricamente di non infrangere. Doveva restare pulita.

Stavolta per sempre.

La compassione addolcì la voce di Anthony. «Potresti doverlo fare.»

Guardando il soffitto, buttai fuori un lungo respiro. «Lo so, Anthony, lo so. E ora dovrò stare via per sette mesi?» La mia preoccupazione raddoppiò a quel pensiero. «Finora, tutte le volte che sono partito, sapevo di potermi fidare di lei. Non sono sicuro di poterlo fare stavolta.»

«Basta che tu tenga un profilo basso mentre sei qui. Probabilmente, Veronica sta solo cercando qualcos'altro da poter usare contro di te. Non dare hai paparazzi niente di succoso di cui parlare. Sorridi alle telecamere. Firma qualche autografo. La tua reputazione è immacolata. Mantienila tale e Veronica non avrà nulla da dire.»

Mi sfregai una mano sul viso. «Mi sembra di tenere un profilo basso da tutta la vita, cazzo. Sono bloccato nello stesso posto sin da quando avevo vent'anni, fingendo di essere qualcuno che non sono. Non so quanto ancora potrò resistere prima di uscire fuori di testa, amico. Ho bisogno di sapere che Liam sta bene.»

Il dolore crebbe e lottò per avere il predominio, pizzicandomi la pelle e tormentando il mio spirito. «Il mese prossimo saranno sette anni. Non sono sicuro di poter andare avanti così» confessai a malapena.

La comprensione spuntò sul volto di Anthony. «Lo so, Zee, lo so.»

13

ZEE
SEDICI ANNI

Zachary si fece largo nella casa gremita di gente. La musica risuonava a tutto volume, e il suo battito cardiaco accelerò mentre
si inoltrava nella fitta mischia. Le persone erano accalcate l'una
contro l'altra e gridavano per farsi sentire al di sopra del basso
potente che rimbombava dagli altoparlanti.

Col petto stretto in una morsa, Zee fece vagare lo sguardo a
disagio. Quel malessere aumentò mentre la sua attenzione si
spostava sulle ragazze in abiti succinti con in mano dei bicchieri
rossi e sulle labbra un rossetto ancora più rosso. Gli uomini in-
dugiavano lungo il perimetro della stanza, come predatori a caccia pronti a colpire.

Quell'apprensione si intensificò ulteriormente quando i suoi
occhi si posarono su un tizio seduto sul divano che stava dispo-
nendo strisce di cocaina sul tavolino davanti a sé con due ragazze
fin troppo impazienti che sbavavano al suo fianco.

Un campanello d'allarme suonò nella sua mente. Era quella
parte dentro di lui che gli diceva di voltarsi e andare via. Non

doveva trovarsi lì. Quello non era il suo ambiente. Non più, almeno.

Non era la prima volta che assisteva a una scena simile. Per anni aveva seguito Mark dappertutto, pregando che un giorno potesse essere fico anche solo la metà di suo fratello maggiore, che da piccolo era stato la cosa più bella del suo mondo.

Questo non era cambiato.

Ma era giunto il momento in cui Zee doveva fare una scelta. Sapeva di non poter continuare a frequentare questa gente.

Certo, la musica era musica.

Ma ciò non significava che i loro mondi non fossero completamente diversi, e Zee non poteva far parte di entrambi e aspettarsi di realizzare i propri sogni e le proprie aspirazioni.

Ogni cosa richiedeva un costo.

Un sacrificio.

Ma stasera tutto questo non sembrava importare.

Continuò ad avanzare, facendosi strada tra la folla.

Glielo aveva promesso.

E la verità era che Zee voleva essere presente per lui.

«Zee, eccoti qua.»

Venne travolto dal sollievo quando vide suo fratello seduto a un alto tavolo appena fuori dalla cucina che gli faceva segno di avvicinarsi, una sigaretta stretta tra le labbra.

Si affrettò in quella direzione.

Mark gli gettò un braccio intorno alle spalle e spense la sigaretta in un posacenere. «Finalmente, stronzo. Pensavo che non saresti venuto.»

Un sorriso curvò la bocca di Zee. «Te l'avevo detto che ci sarei stato.»

Mark lo strinse a sé, scuotendolo. «Allora non avrei dovuto avere alcun dubbio, giusto?»

Con la mano libera, Mark lo indicò e, ad alta voce, si rivolse al gruppo di persone ammassate intorno al tavolo, persone che Zee non aveva mai visto prima.

«Vedete questo ragazzo qui? È il mio fratellino, il miglior ragazzo al mondo. Posso contare su di lui per qualsiasi cosa.»

Un'ondata d'affetto premette contro le costole di Zee. Era la stessa sensazione di appartenenza che lo avvolgeva ogni volta che si trovava vicino a suo fratello.

«Già, già, già» disse Zee, sorridendo a suo fratello che lo elogiava sempre, facendolo apparire più in gamba di quanto non fosse in realtà.

Mark scosse la testa. La sua voce era troppo concitata e le pupille quasi obliteravano il marrone dei suoi occhi. «Sul serio, fratello. Sei il migliore, cazzo. Non so cosa diavolo farei senza di te.» Riportò lo sguardo sui suoi amici. «È anche maledettamente brillante.» Ricominciò a sfotterlo bonariamente. «Questo stronzetto è stato accettato in una specie di scuola per geni. È un ragazzino prodigio. Sa suonare il pianoforte come nessun altro. Si siede sullo sgabello e compone una canzone come se ci avesse lavorato su per anni. Lo fa sin da quando aveva tre anni. È un po' come Beethoven. In confronto a lui, sembro un patetico dilettante.»

Mark gli sorrise, in maniera troppo ampia ed esagerata. Zee sapeva che era strafatto. Non sapeva di cosa, ma sembrava che ultimamente lo fosse di continuo.

Zee detestava questo fatto. Lo preoccupava da morire. Le cose andavano meglio quando era al suo fianco. Quando poteva tenere d'occhio suo fratello e assicurarsi che non esagerasse. Il senso di colpa montò nel suo petto, e per l'ennesima volta si chiese se valesse la pena abbandonare il mondo che capiva bene per entrare in uno in cui non era sicuro si sarebbe mai integrato perfettamente.

Residui della canzone su cui stava lavorando vorticarono nella sua mente, agitandosi come un desiderio insoddisfatto nelle sue dita.

Doveva credere che fare quella scelta fosse giusto.

Ma in quel momento, nessuna di quelle cose sembrava avere importanza.

L'unica cosa che contava era che l'orgoglio che Mark provava per lui era reale. Quasi quanto l'orgoglio che Zee provava per suo fratello. «Smettila, fratellone» gli disse Zee. «Quello che succede nella mia vita non conta nulla stasera. Siamo qui per festeggiare te.» Rafforzò la presa sulla spalla di Mark e mormorò nel suo orecchio. «Ce l'avete fatta. Tu ce l'hai fatta. Avete trovato un'etichetta discografica. È grandioso. Sono così orgoglioso di te... non puoi immaginare quanto.»

Voleva dirgli di custodire questa opportunità. Di proteggerla. Di godersela, ma anche di assicurarsi che non lo uccidesse lentamente.

Perché tutte le cose belle avevano un rovescio della medaglia.

Un lato oscuro.

E Zee non poteva sopportare di vedere Mark buttare via la sua vita.

Tuttavia, non disse nulla, si tenne tutto dentro, perché non voleva rovinare il momento.

«Niente male, vero? Adesso mi guarderai esibirmi su un grande palco. Basta con quelle bettole» ribatté Mark, stringendolo di nuovo. «Mi prenderò cura di te, fratellino. Sempre. Ce la caveremo.»

Zee si avvinghiò a suo fratello. Al suo migliore amico. Al ragazzo che aveva sempre desiderato essere.

«Ce la caveremo.»

Mark sorrise e ondeggiò all'indietro, il braccio ancora avvolto intorno alle spalle di Zee mentre lo indicava di nuovo. «Qualcuno porti a questo marmocchio un cicchetto e una ragazza da fottere» disse con voce troppo alta.

«Merda, Mark... piantala» borbottò Zee, desiderando di strozzare suo fratello per essere sempre così dannatamente volgare. Ma non gli dispiacque poi tanto quando mandò giù il bicchierino colmo di un liquido nero luccicante. E gli dispiacque ancora meno quando una bambola gli si avvicinò, strusciandosi contro di lui.

No.

Era sicuro che non gli dispiacque affatto.

14

ALEXIS

«Sei pronta a parlarmene?»

Lanciai un'occhiata alle mie spalle e trovai Chelsey seduta al piccolo tavolo rotondo situato accanto alla finestra della mia cucina. Il sole di mezzogiorno filtrava nella stanza in fasci di luce argentata che si riversavano sul tavolo e sul pavimento.

Mia sorella maggiore mi fissava intensamente, giocherellando con il filo della bustina del suo tè caldo.

La preoccupazione era evidente sul suo volto.

Mi domandai se fosse assurdo il fatto che fossi costantemente preoccupata per Avril e che Chelsey fosse nello stesso stato d'animo per me.

O forse era perfettamente normale.

Una tipica gerarchia.

Riportai l'attenzione sui piatti che stavo caricando nella lavastoviglie. «Di cosa vuoi parlare?»

«Suvvia, Alexis. Sai esattamente a cosa mi riferisco. Sono passate più di tre settimane e non mi hai detto una sola parola su quella notte sin da quando ti ho riaccompagnata a casa dopo aver lasciato la stazione di polizia.»

Nostra madre aveva fatto due lavori diversi per mantenerci mentre crescevamo. Aveva fatto affidamento su Chelsey per prendersi cura di me e Avril, e tutte e quattro eravamo diventate un team che funzionava alla grande.

Dentro di me, sapevo che Chelsey si sentiva responsabile tanto quanto me per l'allontanamento di Avril. Solo che lei aveva scelto di gestire la cosa in maniera completamente diversa.

Un sospiro fuoriuscì dalle mie labbra. «Non credo ci sia altro da dire.»

Alle mie spalle, Chelsey sbatté la tazza sul tavolo, aggiungendo ulteriore tensione all'atmosfera già pesante. «Ti ha più chiamata da allora?»

Esitai.

«Dannazione, Alexis. Dimmi che non sei tornata laggiù. Buon Dio... le hai dato altri soldi?»

Mettendo lo strofinaccio da parte, mi voltai lentamente e mi appoggiai contro il bancone.

Volevo bene a mia sorella. Davvero. E sapevo che desiderava il meglio per me. Ma sembrava che avesse dimenticato che *entrambe* volevamo il meglio anche per Avril.

Mi misi sulla difensiva. «Sì, le ho dato dei soldi, ma non sono tornata in quel posto.»

Ricordi di Zee balenarono nella mia mente. Un brivido mi percorse il corpo quando ripensai al calore del suo sguardo mentre era poggiato contro il muro.

Scuotendo la testa, Chelsey abbassò lo sguardo sulla tazza di tè. «Non ti sta soltanto mettendo in pericolo, Alexis, ti sta anche *derubando*. Ti sta derubando della tua sicurezza, delle cose che potresti volere avere o fare. Ti impegni duramente in un lavoro che non ti piace nemmeno e poi *dai* quasi tutto quello che guadagni a lei. È una follia.»

«Mi piace il mio lavoro.» Perché la mia argomentazione suonava così debole?

«Tolleri il tuo lavoro» dissentì lei, alzando finalmente gli occhi su di me e piegando la testa di lato. «Pensi che non sappia che preferiresti fare un milione di altre cose piuttosto che lavorare in uno studio legale?»

«Non vedo cosa c'entri il mio lavoro con questo.»

«C'entra eccome. È solo un altro esempio di come fai sempre quello che avvantaggia tutti tranne te. Guadagni un sacco di soldi, ma solo per poter sostenere quella scroccona di tua sorella. Prima che mamma si trasferisse in Iowa, trascorrevi quasi tutti i weekend a farle visita, e adesso non esci mai a divertirti perché nel tempo libero fai volontariato.»

Feci per difendermi, ma lei sollevò una mano per interrompermi.

«Prima che tu dica qualcosa, so bene che non c'è nulla di sbagliato nel voler aiutare gli altri ogni volta che puoi. Ma quando è stata l'ultima volta che hai fatto qualcosa unicamente per te stessa?»

Abbassai lo sguardo sui miei soffici calzini bianchi nella speranza di nascondere ciò che balenò sulla mia espressione.

Il rossore, il calore e le vestigia dell'uomo che aveva gradualmente reclamato ogni parte di me, rubando i miei pensieri, i miei sogni e il mio respiro.

Avrei dovuto sapere che Chelsey se ne sarebbe accorta comunque.

«Oh...» esclamò in tono carico di comprensione e curiosità.

Non la stavo nemmeno guardando, ma sapevo che aveva quel sorrisetto sul viso. Quello compiaciuto che diceva che mi aveva colto in flagrante.

«Alexis.» Pronunciò il mio nome come un'incitazione.

Con circospezione, la guardai da sotto le ciglia.

Stava sogghignando e agitando il dito nella mia direzione. «Dimmi cosa mi nascondi.»

Mi schiarii la gola ma le parole vennero fuori balbettanti comunque. «I-io... sto facendo qualcosa per me stessa.»

Inarcò le sopracciglia, facendomi cenno di continuare.

«Sto... imparando a suonare il pianoforte.»

«Davvero?» Il suo sorriso si allargò. «Perché non me l'hai detto? È fantastico.»

«È una cosa recente.»

«Dove stai prendendo lezioni?»

Questa era la parte che non ero sicura di volere che lei

sapesse.

Le gambe della sedia stridettero sulle piastrelle quando Chelsey si alzò in piedi, attraversando la cucina in tre falcate e appoggiando il fianco contro il bancone a mezzo metro da me. «Perché ho la sensazione che ci sia dell'altro dietro a questa storia?»

Mi morsi l'interno della guancia, domandandomi quanto rivelarle. Perché avrebbe voluto delle risposte, e non avevo idea di cosa volesse dire tutto questo.

Chelsey mi posò una mano sulla spalla. «Ehi... sono tua sorella. Puoi dirmi qualsiasi cosa. Lo sai, vero?»

Sollevai il viso per guardarla. «Lo so.» Il mio tono era cauto. «Il ragazzo che mi ha salvata...»

I suoi occhi si sgranarono per la sorpresa. «Intendi il batterista?»

Annuii.

«Non ci credo» boccheggiò sbalordita.

Mi torsi le mani. «È venuto a controllare come stavo qualche giorno dopo l'incidente. E... siamo diventati amici. Si è offerto di insegnarmi a suonare il piano.»

Chelsey emise una risatina intrisa di scetticismo. «La tua espressione suggerisce che non siete propriamente amici.»

Strinsi il bancone alle mie spalle con entrambe le mani, come se potesse sostenermi. «Perché non sono sicura di voler essere soltanto sua amica.»

Il suo viso si tinse di nuovo di preoccupazione. «È un uomo bellissimo, Alexis, quindi capisco perché ne sei attratta. Quella mattina fuori dalla stazione di polizia... l'atmosfera tra di voi era piuttosto intensa. Avete indubbiamente vissuto un momento difficile insieme. Ma correre dietro a un ragazzo come lui? Non è nel tuo stile. E quel batterista rock davvero suona il piano? Io...» La sua voce si affievolì perché anche la sua mente era piena di interrogativi.

Capivo il paradosso. Esteriormente, Zee appariva così minaccioso e sfrontato con i suoi tatuaggi e quell'alone di mistero che ogni giorno desideravo svelare sempre di più. Ma quello che Chelsey non riusciva a vedere era la vulnerabilità che brillava interiormente.

Scossi la testa. «Lui è diverso.»

Incomparabile con chiunque altro avessi mai incontrato.

«Devi stare attenta, Alexis» mi raccomandò Chelsey. «Ti getti sempre a capofitto nelle cose senza pensare alle conseguenze.»

Sbuffai piano. «Mi dici continuamente che devo uscire e fare qualcosa per me stessa, poi nell'istante in cui lo faccio, comincio a dirmi di stare attenta. Ho venticinque anni. Non sono più una bambina, Chelsey. Devi smetterla di mettere in dubbio e criticare tutto quello che faccio.»

Lei mi toccò la spalla. «Ma sarai sempre la mia sorellina» disse con una punta di ironia nella voce.

Un lieve sorriso spuntò sulla mia bocca. «Lo so. Ma devi capire che a volte correre il rischio vale qualsiasi conseguenza.»

Chelsey fece un passo in avanti e mi cinse tra le braccia. «Ti voglio bene.»

L'abbracciai forte. «Anch'io te ne voglio.»

Mi dondolò e rise, prima di dire in tono malinconico: «Che ne dici di fare un accordo? Tu la smetterai di rincorrere le cose pericolose e io la smetterò di preoccuparmi per te.»

Una mesta risata scaturì dalle mie labbra mentre serravo gli occhi e seppellivo il viso nel suo collo. «Non sono sicura di poter fare questo accordo.»

Perché a volte il consiglio migliore era il più difficile da seguire.

15

ZEE

Bivi.

Erano costantemente lì. All'orizzonte. Ad ogni secondo che passava, si avvicinavano sempre di più, finché non erano di fronte a noi.

La strada era lastricata di ostacoli che ci distraevano e ci allontanavano dalla direzione che sapevamo di dover seguire. Rallentandoci quando non avremmo dovuto fare altro che procedere alla massima velocità.

Sapevo dove sarei dovuto andare. Quale direzione *dovevo* seguire. Eppure eccomi qua... distratto.

Il senso di colpa mi stritolò le viscere, una sensazione dolorosa e corrosiva che mi tormentava di continuo perché ero così dannatamente egoista da non riuscire a tagliare i rapporti con Alexis, cosa che avrei dovuto fare sin dall'inizio.

Lo sapevo bene. Fin troppo bene, cazzo. Ma quella consapevolezza di sicuro non sembrava in grado di fermarmi ogni volta che le ero vicino.

A breve, sarebbe arrivata a casa mia per la sua prossima lezione di pianoforte.

Il fatto che questa fosse l'unica cosa a cui ero riuscito a pensare per tutto il giorno avrebbe dovuto essere un campanello d'allarme sufficiente.

Un sospiro pesante proruppe dai miei polmoni, fendendo il silenzio come un rimprovero. Perché correre questo tipo di rischio era la cosa più stupida ed egoista che potessi fare.

Ma quella realtà si mescolava al fatto che non correre il rischio per lei sembrava un peccato mortale.

Il cielo bruciava al di là delle finestre mentre il sole calava all'orizzonte, mandando il mondo in fiamme.

D'un tratto, mi ritrovai di fronte al pianoforte. Il pianoforte appartenuto a mia nonna. Il pianoforte dove avevo praticamente trascorso la mia infanzia e la mia adolescenza, passando innumerevoli ore davanti alla tastiera.

Un brivido di inquietudine mi attraversò la pelle, che subito dopo formicolò di nostalgia.

Alexis ci aveva azzeccato. Non suonavo il piano da anni.

Non da quando tutto era andato a rotoli e quel tappeto comodo e confortevole mi era stato strappato da sotto i piedi.

I sogni erano stati infranti.

Le aspirazioni erano andate perdute.

I cuori erano stati spezzati.

In tutti questi anni, non avevo mai sentito quella smania ridestarsi dentro di me.

L'ispirazione era morta.

Finché Alexis, in qualche modo, non l'aveva riportata in vita.

Sabato scorso, aveva acceso qualcosa in me. Ed ero terrorizzato dalla piacevole sensazione che avevo provato quando mi ero avvolto intorno al suo corpo nel momento in cui mi ero arreso. Quando la sua canzone era venuta fuori nello stesso identico modo in cui l'avevo udita nella mia testa.

Un nodo mi si formò in gola, e tremai, sopraffatto da quel familiare bisogno che mi indusse a sedermi sullo sgabello. I miei occhi si chiusero e le mie dita trovarono il loro obbiettivo.

L'esitazione tremolò nel mio petto prima che cedessi.

Lasciando libera la sua canzone.

Gli accordi, le note, la melodia.

L'armonia.

Soffocai le strofe che vorticavano nella mia mente, esigendo di essere liberate, e lasciai che fossero le mie dita a cantare le sue parole.

Bisogno.

Lussuria.

Fede.

Così tante domande e troppa confusione.

La musica si riversò dalle mie dita mentre il mio corpo si chinava, inarcava e ondeggiava. Il pianoforte divenne simile a una vecchia fiamma. La mia prima amica.

E quell'energia... vibrò, pulsò e martellò.

Viva.

Troppo intensa. Troppo potente. Così vicina.

Una vampata di calore mi investì il corpo, suscitandomi la pelle d'oca con il suo travolgente ardore.

Alexis si sedette sullo sgabello accanto a me, così colma di bontà e grazia.

Le mie dita si fermarono sulla tastiera, e cercai di tirare un respiro profondo per dare ossigeno ai miei polmoni che bruciavano per lo sforzo di suonare la sua canzone.

«Mi dispiace di averti spaventato.» La sua voce era sommessa, come se non volesse infrangere la passione che permeava la stanza. «Ho bussato, ma non mi hai risposto. Potevo sentirti suonare... la porta non era chiusa a chiave, così sono entrata.» Si agitò in quel suo modo innocente. «Spero non sia un problema.»

Con cautela, annuii. «Certo che no.»

Il mio sguardo tracciò le linee squisite del suo corpo. Indossava un paio di jeans super attillati che fecero correre immediatamente la mia fantasia, e una delicata camicetta che suscitò in me pensieri maliziosi.

Lussuria.

Mi attanagliò lo stomaco e palpitò nelle mie vene.

Dorati raggi di sole illuminavano la sua pelle di porcellana come una torcia.

Ma era lei a rischiarare la stanza.

Provai una fitta al petto, perché Alexis era una specie di

miracolo. Avrei voluto allungare la mano e prendere un po' di magia per me stesso.

Ciocche di capelli biondo platino incorniciavano il suo dolce viso dalle guance arrossate e dalle labbra lussureggianti. Ma erano i suoi occhi a sbalordirmi, così simili a una tempesta formatasi sul mare dei Caraibi. Il tipo di blu più profondo e distruttivo.

«Cantamela» disse in tono di supplica.

Rimasi a fissarla imbambolato, e lei proseguì la sua preghiera.

«È così bella la canzone che stavi suonando. È la stessa che hai suonato il primo giorno che sono venuta qui, vero? Cantamela. Scommetto che hai una voce incredibile, non è così, piccolo batterista?» mormorò con voce sommessa, così soave sullo sfondo del sole calante.

Col petto ansante, lottai contro il desiderio che bruciava e ardeva dentro di me. Il mio uccello era così duro da farmi quasi male, bramoso del suo tocco.

«Quelle sono parole che non canterò mai» risposi.

«Perché?»

«Perché fanno troppo male.»

Alexis sfiorò con i polpastrelli la stella sul dorso della mia mano in una sorta di delicato incoraggiamento. «Prima... sono rimasta fuori ad ascoltare. La canzone che stavi suonando... sembrava sia triste che colma di speranza. Quasi come se tu volessi credere.»

Dio.

Come riusciva questa ragazza a leggermi dentro?

La mia lingua sembrava spessa e impastata. «È il culmine di ogni desiderio e di ogni rimpianto, Alexis. Quindi sì, c'è speranza in essa. Ma suppongo che la parte che la rende triste sia il fatto che non sarò mai in grado di averla.»

Le mie dita indugiarono sui tasti, e lei allungò una mano e la posò sulla mia.

Calore e luce.

Invasero i miei sensi. Offuscarono il mio giudizio.

Girai la mano, portando il palmo in su, e Alexis intrecciò le sue dita alle mie, piegando la testa di lato con dolcezza.

Questa ragazza era così maledettamente buona.

«Cos'è che vuoi, Zee? Cos'è che non puoi avere?»

Te.

Te.

Te.

Le fiamme divamparono nello spazio tra di noi. Vive, danzanti e ammalianti.

Come il canto di una sirena.

Mi umettai le labbra con la lingua e, tremando, sollevai le nostre mani unite. Sfregai delicatamente le nocche lungo la pelle setosa della sua guancia e osservai il delicato rossore che il mio semplice tocco suscitò in lei.

Alexis emise un respiro tremante che si mescolò al mio.

Le nostre bocche erano vicine – troppo vicine – e i nostri nasi si sfioravano mentre indugiavamo in quella posizione.

«Voglio cose che so mi rovineranno soltanto, Alexis. Ma tu... tu me le fai desiderare comunque. Mi fai credere che c'è una possibilità che possano appartenere a me.»

La tensione si strinse intorno a noi come una rigida fascia che mi faceva titubare, avvicinandomi sempre di più alla resa mentre combattevo contro le stupide idee che cercavano di mettere radici.

Capitolare mi avrebbe soltanto distrutto. Ma nulla di tutto ciò sembrò importare quando mi sporsi in avanti e sfiorai con le labbra l'angolo della sua bocca.

La sua bocca così terribilmente deliziosa.

Perché, cazzo, avevo almeno bisogno di un assaggio. Qualcosa da portare con me. Qualcosa da custodire, anche se farlo sembrava un brutale tormento.

Alexis ansimò a quel contatto.

Arretrai di una minuscola frazione e vidi che stava facendo dei piccoli, brevi respiri.

Respiri che assorbii dentro di me.

I suoi occhi incrociarono i miei. Famelici e imploranti. Traboccanti di fiducia e speranza.

Sfregai il pollice sull'angolo della sua bocca che avevo appena carezzato con le labbra. «Sei bellissima. Non ho mai incontrato una ragazza come te.»

Qualcosa di estremamente genuino prese possesso della sua espressione. «Ti conosco a malapena... eppure mi fai sentire come se lo fossi davvero. Quando mi guardi... ho la sensazione che tu veda la persona che ho sempre sperato di diventare.»

Ogni cosa si fermò alle sue parole.

Alla sua confessione.

Perché questo era ciò che volevo.

Che questa fantastica ragazza capisse il modo in cui la vedevo. Che accanto a lei, provavo qualcosa di diverso da tutte le stronzate che avevo dovuto affrontare per tutta la vita.

Mi sentivo un uomo diverso. Un uomo migliore. La persona che un tempo avevo sperato di diventare.

Afferrai il suo splendido viso tra le mani, cercando di fare appello alla mia determinazione. Di aggrapparmi a quella dedizione che al momento sembrava irraggiungibile.

«Zee» sussurrò.

Bastò questo a far spezzare quella fascia.

Le mie mani affondarono nei suoi capelli. E la mia bocca? La mia bocca divorò la sua.

Reclamandola con frenesia. Supplicandola nello stesso modo in cui i suoi occhi avevano supplicato me. Comunicandole tutte le cose che non avrei mai potuto dirle.

Le nostre lingue si intrecciarono e il mio spirito si librò in volo. Il calore si diffuse come un incendio di desiderio. La lussuria divampò nell'aria densa, simile all'intangibile bramosia contro cui stavamo combattendo, cercando la via più rapida per raggiungere l'apice.

Le nostre mani tastarono, agguantarono ed esplorarono.

Eravamo un groviglio di membra mentre ci affannavamo per avvicinarci maggiormente l'uno all'altra sullo sgabello.

«Zachary... Zachary» gemette Alexis, afferrandomi per la nuca. Strisciò in avanti in modo da potersi mettere a cavalcioni su di me.

Porca puttana.

Quando affondai le mani nei suoi fianchi, si sollevò e premette quelle splendide tette contro il mio petto, dove il mio cuore batteva selvaggiamente. Un gemito rimbombò da qualche parte nel profondo della mia anima.

Era così perfetta. Così bella.

Volevo toccarla. Esplorarla. Reclamarla.

Il mio uccello premette contro il tessuto dei miei jeans stretti quando Alexis sfregò il delizioso calore tra le sue cosce contro il mio inguine.

Era passato troppo tempo. Dannatamente troppo tempo. Stavo per uscire fuori di senno.

«Cazzo... Alexis... Lex. Ho bisogno di te... Dio, ti desidero così tanto che non riesco a ragionare.»

«Io ti desidero più di qualsiasi cosa abbia mai desiderato in tutta la mia vita» gemette lei in maniera maniacale tra un bacio frenetico e l'altro.

Le sue parole e il suo respiro si abbatterono su di me.

Cosa sto facendo?

Cosa sto facendo?

Le mie mani scivolarono lungo i suoi fianchi, fino a stringersi nei suoi capelli. La baciai profondamente – follemente – prima di costringermi a ritrarmi.

Alexis ansimò e boccheggiò, gli occhi blu selvaggi e fiammeggianti di desiderio.

Sbattendo le palpebre, cercai di scacciare via dalla mia mente la lussuria che distorceva tutte le mie lealtà. Poi mi schiarii la gola, lasciai andare i suoi capelli e mi staccai lentamente da lei.

«Io...» cominciai.

«L'hai sentito anche tu?» mormorò Alexis nell'aria, la voce simile all'eco di quella canzone che continuava a cercare di prendere possesso del mio spirito.

Con cautela, la spostai via dal mio grembo e mi alzai in piedi. Dovevo mettere un po' di distanza tra di noi prima di fare qualcosa che non avrei potuto cancellare. Prima di fare più sbagli di quanti ne avessi già commessi.

Alexis rimase seduta al pianoforte, guardandomi con circospezione, sul viso la stessa confusione che provavo io. Probabilmente si stava chiedendo se avesse fatto qualcosa di sbagliato.

Il problema era che la colpa era unicamente mia. Lo era

sempre.

Sollevò la mano nella mia direzione. «Zachary... dimmi cosa c'è che non va.»

Mi passai il dorso della mano sulla bocca, come se potessi cancellare la dolce sensazione che il suo bacio mi aveva lasciato addosso.

Impossibile.

«Ho solo... bisogno di un minuto, ok? Ehm... perché non suoni un po' quello su cui ti sei esercitata durante la settimana? Hai guardato i video che ti ho detto, giusto?»

Stavo blaterando, ma ero alla disperata ricerca di una distrazione diversa. Una deviazione che non fosse rischiosa. Una strada che non fosse irta di segnali di pericolo.

Il dolore e la delusione adombrarono la sua espressione, ma annuì. «Sì, ho guardato i video e mi sono esercitata un po' sulla pianola come mi hai chiesto.»

Dannazione. Non sopportavo di aver suscitato quell'espressione sul suo viso.

Feci scorrere il pollice sotto il suo occhio, sentendo il bisogno di tranquillizzarla. Di rassicurarla che non aveva fatto nulla di sbagliato. O forse, da stronzo qual ero, stavo solo cercando una scusa per toccarla di nuovo. «Brava ragazza. Torno subito, ok?»

Alexis deglutì rumorosamente e io indietreggiai, lasciando che lo spazio tra di noi aumentasse.

Avevo bisogno di un momento di lucidità al di fuori di questa attrazione che mi attirava sempre di più verso di lei.

Prima di lasciare che questa cosa si evolvesse ulteriormente, dovevo rammentare i miei propositi. Dovevo ricordare per cosa stavo combattendo.

Le catene erano un gran rottura di scatole.

Ma certe volte erano l'unica cosa che ci legava a ciò che era più importante.

Arretrai fino alla rampa di scale, sostenendo il suo sguardo, finché non mi voltai e salii di corsa i gradini fino alla mia camera da letto.

Andai dritto verso il bagno annesso, separato dal resto della stanza da un alto muro divisorio. Chiusi la porta alle mie spalle, ma ciò non servì a smorzare le note incerte e tintinnanti che fluttuarono verso l'alto per solleticare le mie orecchie.

Poggiai le mani sul ripiano del lavandino e fissai il mio riflesso nello specchio mentre Alexis si spingeva completamente oltre i confini.

Toccando quel posto freddo nel mio cuore.

In sette anni non ero mai stato tentato.

In sette anni non avevo mai messo in dubbio le mie scelte.

In sette anni non avevo mai *fallito*.

Eppure ora eccomi qui, a fissare il bastardo nello specchio che moriva dalla voglia di commettere il tradimento più grande di tutti. Ma come potevo impedirmi di desiderarla? Era impossibile farlo mentre la semplice canzone che stava suonando si librava nell'aria, danzando e stuzzicando.

Era una canzone che avevo imparato a suonare quando avevo tre anni.

"Brilla, brilla la stellina".

Abbassai lo sguardo sulla mia mano serrata a pugno sul lavandino di porcellana, sulla stella che aveva brillato per pochi fugaci momenti prima di disintegrarsi.

Tramutandosi in polvere, cenere e detriti.

Ma al di sotto di quei resti, sentivo ardere qualcosa.

Una scintilla di un tizzone morente che avevo creduto avesse perso la sua fiamma.

Armonia.

Non avevo idea di cosa diavolo mi stesse facendo questa ragazza.

16

ALEXIS

L'energia mutò nell'istante in cui Zee tornò al piano di sotto. Potei percepire il modo in cui la tensione aumentò e pulsò ad ogni passo che faceva, crescendo sempre più man mano che si avvicinava.

Quest'uomo mi aveva già messa in ginocchio con il suo bacio sconvolgente.

Con il calore del suo tocco e il desiderio nel mio corpo.

E poi, con la stessa velocità con cui aveva cominciato, si era fermato. Si era allontanato da me di colpo, come se toccarmi fosse qualcosa di scellerato.

Il dolore cercò di insinuarsi e stabilirsi nel mio petto, ma mi sforzai di contrastarlo mentre strimpellavo la canzone al pianoforte, fingendo di non sentirmi così emotivamente vulnerabile, più di quanto mi fossi mai sentita in tutta la mia vita.

«Penso che tu abbia un talento naturale.» Le sue parole erano una ruvida carezza che mi bruciò la pelle.

Un piccolo suono, a metà tra una risata autoironica e un lamento, sfuggì dalla mia gola serrata. «È una canzone per bambini, Zachary.»

Potevo percepirlo alle mie spalle, ma leggermente di lato, come se non volesse avvicinarsi troppo.

«Nessuna canzone è meno importante di un'altra» disse con voce così bassa da essere pericolosa per la mia sanità mentale. Avanzò verso di me, e l'aria palpitò ad ogni passo incerto che faceva. «Seconde te, quante vite ha condizionato questa canzone? Quante anime ha toccato? Quante madri hanno cullato i propri figli mentre canticchiavano questa canzone? Parla di un bambino che crede. Non dare mai e poi mai per scontato questo fatto.»

Il suo respiro sfiorava a malapena la pelle nuda della mia spalla, facendomi desiderare che cancellasse di nuovo lo spazio tra di noi.

Volevo sentirlo.

Dappertutto.

Avevo sempre rincorso nuove esperienze. Avevo sempre amato la sensazione del sole sul mio viso e creduto nel potere di una stella cadente.

Questo ragazzo sembrava racchiudere entrambe le cose. La vita e la morte. Il principio e la fine.

Armeggiai con i tasti, cercando di portare a termine la canzone ma senza riuscirci. Mi fermai di botto e mi voltai verso di lui. «Cosa sta succedendo tra di noi?» Gesticolai selvaggiamente con la mano. «Tra me e te? Perché sembra qualcosa di importante.»

«Vorrei che potesse esserlo... qualcosa di importante» disse con voce roca.

«Perché non può esserlo?» Le mie parole erano intrise di disperata confusione.

Un'espressione desolata balenò sul suo viso. «Perché non possiamo sempre avere le cose che vogliamo.»

Fissai attonita quest'uomo complicato e disorientante. «Cosa ti impedisce di prendere ciò che vuoi? Perché di sicuro non sono io.»

Ed ecco che lo rifacevo. Mi gettavo a capofitto nel pericolo, proprio come diceva Chelsey.

«È proprio questo il punto, Alexis. Vedo il modo in cui mi

115

guardi. Come se potessimo essere qualcosa. E lo vorrei con tutto me stesso, cazzo. Vorrei essere qualcosa per te. Essere degno di te. Ma ho distrutto quella possibilità parecchio tempo fa, e non sono sicuro che siano rimasti abbastanza pezzi di me da darti. Questa è la mia verità.»

Quasi non riuscisse più a reggersi in piedi, Zee cadde in ginocchio davanti a me. Come un'offerta.

Mi voltai completamente sullo sgabello in modo da poterlo guardare dritto negli occhi.

Allungando la mano, feci scorrere il pollice sulle rughe sulla sua fronte e piegai la testa di lato mentre l'osservavo, in cerca di una risposta. «A chi appartengono quei pezzi?» Scossi il capo. «A chi appartieni, Zee?»

Una bassa e straziante risata scaturì da qualche parte nel profondo di lui. «Appartengo ai miei errori. Alle scelte che ho fatto molto tempo fa. Adesso, non mi resta che rimanere fedele ad esse. Ricordare i miei obblighi.»

Spostò lo sguardo verso le finestre, prima di riportarlo su di me e avvicinarsi di pochi centimetri. Mi tremavano le ginocchia per la voglia di aprirle e fare spazio per accoglierlo.

«Invitarti qui... è probabilmente la cosa più avventata che abbia fatto da anni.»

Il mio cuore precipitò. Per quale ragione sentirglielo ammettere faceva così male?

Sia a lui che a me. Perché potevo vedere chiaramente il dolore e il rammarico incisi sul suo bellissimo viso.

«Allora perché sono qui?» insistetti.

Una risata priva di umorismo fuoriuscì dalla sua gola mentre si sporgeva in avanti per reggersi allo sgabello, poggiando le mani su entrambi i lati delle mie cosce.

I suoi occhi bronzei mi inchiodarono sul posto.

Ipnotizzanti. Inebrianti.

«Perché a quanto pare sono incapace di starti lontano, anche se so che farlo sarebbe per il mio bene. Per il tuo bene. Ma ho bisogno di questo, Alexis. Tanto quanto te. Ti sto dando quei pochi frammenti che mi sono rimasti. Brevi attimi nel mezzo di questo caos in cui ho trasformato la mia vita. E sì, è stupido, avventato e sconsiderato...»

Strisciò in avanti, e lo sentii cedere. Solo di una frazione. Il suo grande corpo divaricò delicatamente le mie ginocchia mentre si insinuava tra le mie cosce per invadere il mio spazio.

Il mio istinto di autoconservazione sparì del tutto quando inspirai il suo odore.

Cedro, spezie e sesso.

Volevo chinarmi in avanti e tirare un respiro profondo. Memorizzare ogni cosa di lui. Perché, da qualche parte dentro di me, sapevo che un giorno sarebbe svanito nel nulla.

Posò le mani sulla mia vita e mi tirò a sé, prima di pronunciare la sua supplica in un mormorio basso e disperato. «Ma ne ho bisogno, Alexis. Ho bisogno di sapere che sei al sicuro. E per un po'... ho bisogno di te. Ho bisogno di ricordare cosa si prova a far parte di qualcosa di bello. E cazzo, so che chiederti di restare quando tra di noi non può esserci nulla di duraturo è la cosa più egoista che io possa fare. Ma so che anche tu hai bisogno di questo. Di questa sensazione. Quindi, per il poco tempo che abbiamo, permettimi di restare al tuo fianco. Fingiamo che questo sia qualcosa che potremmo avere davvero.»

Tremai da capo a piedi. «Cosa succederà quando mi spezzerai il cuore?»

Le sue dita affondarono maggiormente nella mia carne. «Non mi darai il potere di farlo. Quando quel bastardo sarà dietro le sbarre, te ne andrai via da me. Troverai qualcuno che possa darti tutte le cose che io non posso darti.»

Una parte di me voleva sentirsi sollevata di poter avere qualsiasi pezzo di lui. Era disposta a prendere qualunque cosa mi avrebbe offerto.

Ma la parte razionale di me fece resistenza. La parte che stava gridando un avvertimento che la mia coscienza non poteva ignorare. «Perché questo... noi... stare qui... è sbagliato? Perché stiamo facendo qualcosa di sbagliato?»

Zee avvolse una delle sue grandi mani nei miei capelli. «Non potresti mai essere sbagliata, Alexis. Quello che devi tenere a mente è che lo sono io. Ci sono cose che non posso dirti. Inoltre, la gente non può sapere di noi... di questo. Ma ti prometto che non ti mentirò mai.»

Mi morsi il labbro inferiore. «Vuoi che io sia il tuo sporco segreto.»

Il suo viso sbiancò e la sua mano si serrò in un pugno stretto. «Cristo, no, Alexis. Non sei tu ad essere sporca.»

E in quel momento capii; era lui a custodire tutti i segreti.

Oscuri, profondi e distruttivi.

Se fossi stata furba, mi sarei alzata e sarei fuggita. Ma questo non avrebbe cambiato il fatto che desiderassi disperatamente scoprire quei segreti, vedere che cosa significavano e perché gli causavano così tanto dolore.

«I tabloid... dicono che non sei mai stato visto con una ragazza. Fanno continuamente congetture... inventandosi ragioni per cui hai vissuto una vita così diversa da quella del resto dei tuoi compagni. È vero... che non sei mai stato con una ragazza da quando sei un membro dei *Sunder*? Oppure tieni dei segreti come me ovunque vai?»

Non volevo che le mie parole venissero fuori come un'accusa o intrise di patetica gelosia, ma anche se lui non se ne rendeva conto, mi stava chiedendo di mettere a repentaglio il mio cuore.

Mi stava già scombussolando, facendomi dubitare di ogni cosa. Chi eravamo e che cosa volevo che fossimo.

«Non sto con una donna da molto, moltissimo tempo, Alexis.»

«Perché proprio ora?»

Lui emise uno sbuffo frustrato. «Perché proprio ora? Per colpa tua, e non avresti potuto piombare nella mia vita in un momento peggiore.»

Le lacrime minacciarono di bagnarmi gli occhi, ma Zee... mi guardò con una tale tenerezza da toccare tutti quei posti segreti dentro di me.

Mi avvolse il mento in una mano. «Sei arrivata nel momento peggiore, Alexis. Ma suppongo che sia vero quello che si dice... le cose migliori arrivano sempre nei momenti peggiori.»

«Allora cosa facciamo?» chiesi con voce incrinata dall'emozione. «Ho l'impressione che tu mi stia chiedendo di avere una relazione temporanea con te, che finirà nell'istante in cui quel mostro sarà in galera.»

«Non possiamo avere una relazione, Alexis. L'unica cosa che so è che voglio trascorrere quanti più momenti possibili con te finché non ce ne saranno più.»

Una risata strozzata fuoriuscì dalle mie labbra. «Quindi terrai le mani a posto?»

Un debole sorriso curvò la sua bocca. «Dico solo che ci proverò. Tu mi fai desiderare cose che non merito di avere. Mi fai credere che i sogni si possono avverare. Mi fai credere in noi... anche quando so che è solo una finzione.»

«È una follia» dissi in tono di resa.

Lui giocherellò con una ciocca dei miei capelli, sfregandosela tra le dita. «Bé, dal momento che abbiamo già stabilito che sei pazza, non dovrebbero esserci problemi.»

«Scemo» dissi con affetto. Questo ragazzo mi stava facendo provare cose che non avrebbe dovuto avere il potere di farmi provare.

Infilandomi la ciocca di capelli dietro l'orecchio, Zee sospirò e lanciò un'occhiata al grande orologio appeso al muro. «Merda» borbottò, scostandosi un pochino. «È già passata un'ora. Devo andare. I ragazzi mi aspettano per le prove di stasera.»

«Oh.» La mia esclamazione venne fuori più delusa di quanto volessi.

Con espressione contrita, Zee si sfregò il palmo sulla bocca, ed io osservai meravigliata il modo in cui il suo atteggiamento cambiò e i suoi occhi si illuminarono d'affetto.

In quel momento vidi due lati di lui scontrarsi.

«Il prossimo tour inizierà tra circa quattro settimane. L'anno scorso, ce la siamo presa con calma per via di tutti gli impegni familiari in corso, ma è ora che torniamo in tournée, prima che i fan si dimentichino di noi. Stiamo lavorando sulla scaletta per migliorarla, cercando di riprendere il ritmo. Di rientrare in connessione con la musica. Tutti i ragazzi e le loro famiglie sono in città per prepararsi, quindi la mia presenza è obbligatoria. Se non vado, verranno qui a prelevarmi con la forza.»

«Non fa niente. È il tuo lavoro» gli dissi.

«Sì, ma non si tratta solo di questo. Nonostante nelle nostre vene non scorra lo stesso sangue, siamo una famiglia. Una squadra. Anche se presentarmi alle prove non facesse parte del mio lavoro, vorrei essere lì comunque.» Il sorriso che fece era il più dolce che avessi mai visto. «Le loro mogli adorano coccolarmi dal momento che sono lo scapolo del gruppo.»

Affetto. Era così evidente nei suoi occhi. Non potevo fare a meno di essere felice che avesse delle persone che significavano chiaramente così tanto per lui.

«Sul serio, non c'è problema. Lo capisco perfettamente.» Lanciai un'occhiata al pianoforte alle mie spalle. «Ci siamo fatti un po' distrarre.»

Zee ridacchiò. «Sì, suppongo di sì. Ma non posso lamentarmi.»

Ci avrebbe fatto bene mettere un po' di distanza tra di noi. Trascorrere un po' di tempo lontani per capire che cosa significava tutto questo.

Alzandomi dallo sgabello, mi chinai e raccolsi la mia borsa dal pavimento.

Dietro di me, potevo sentire Zee mettersi in piedi.

Potevo sentirlo riflettere. Meditare.

«Vieni con me» disse d'un tratto.

Scioccata, mi voltai di scatto verso di lui. «Cosa?»

«Mi hai sentito bene. Vieni con me.» La sua voce era così burbera che non riuscivo a capire se fosse una richiesta o un ordine.

Sbattei le palpebre. «Penso che venire con te potrebbe inviare segnali contrastanti. Mi hai appena detto che non dobbiamo essere visti insieme.»

Lui scrollò le spalle. «Lascia che i miei amici pensino ciò che vogliono. Non mi va di sprecare il poco tempo che abbiamo. E con il tour in procinto di iniziare, quel tempo si esaurirà in un lampo. Inoltre, se c'è qualcuno di cui mi fido ciecamente, sono loro. La situazione è piuttosto calma al momento, quindi non dobbiamo preoccuparci che i paparazzi sbuchino da un cespuglio per scattarci una foto. Sarà divertente.»

«Sei sicuro?» Perché lo volevo. Volevo far parte del suo mondo. Del suo tempo. Anche se per poco.

Osservai il suo pomo d'Adamo ballonzolare su e giù quando deglutì. «Sì, sono sicuro.»

«Ok... qual è l'indirizzo?» Cominciai a frugare nella mia borsa per cercare il cellulare così da poter inserire l'indirizzo.

La sua espressione mutò. Qualcosa di potente balenò dietro a quel velo buio e oscuro. Poi un sorrisetto spuntò sulla sua bocca.

Quella bocca che era stata sulla mia meno di venti minuti prima.

Quella bocca che mi aveva consumata, inebriata e fatto desiderare cose che non ero sicura di aver mai desiderato finora.

Quando si umettò le labbra con la lingua, feci un passo barcollante all'indietro.

Oddio. Questo era il lato di Zee che non ero certa di poter gestire.

Il lato malizioso che prometteva caos e disordine. Quello selvaggio e temerario. Quello a decidere che, se proprio doveva cedere, si sarebbe preso tutto ciò che poteva già che c'era.

Famelico. Avido. Possessivo.

«Oh no, Alexis. Che uomo sarei se ti facessi guidare fin lì da sola? Penso che stasera monterai con me.»

Perché le sue parole suonavano come una minaccia?

Inarcai le sopracciglia e strinsi la borsa come se fosse uno scudo. «Monterò con te?»

Zee allungò il braccio e sfilò la tracolla dalla mia spalla, dopodiché mi tolse la borsa dalle mani, gettandola su una sedia lì vicino.

Dolce, seducente arroganza tremolò sulle sue labbra e danzò nei suoi occhi intensi. «Non ti servirà.»

Una scarica d'eccitazione mi attraversò il corpo, un brivido di euforia che mi corse nelle vene.

Chelsey mi aveva sempre avvertita che avevo zero istinto di autoconservazione.

Aveva ragione.

Perché non volevo perdermi quest'esperienza con lui per nulla al mondo.

17

ALEXIS

Mi ci vollero meno di dieci minuti per diventare la ragazza più felice della Terra.

Qualcuno poteva forse biasimarmi?

La grande motocicletta divorava il terreno sotto di noi col suo metallo scintillante che trasudava pura potenza e orgoglio. L'asfalto sfrecciava in un vertiginoso turbinio di colori e luci mentre la notte eclissava il sole e prendeva possesso del cielo.

Le mie braccia erano avvinghiate saldamente intorno alla sua vita, il mio petto premeva contro la rigida forza della sua schiena mentre Zee padroneggiava la moto che ruggiva fragorosamente, facendoci saettare lungo la strada.

Con l'aria che mi frustava il viso, tirai un profondo respiro.

Imprimendo il suo odore nella mia mente.

Fissandolo indelebilmente nella mia anima.

Cedro, spezie e pura potenza.

Sexy e mascolino.

Era un profumo che aveva invaso i miei pensieri e che si era insinuato nei miei sogni.

Audace e definito. Fiero e ipnotizzante quanto lui.

L'adrenalina mi percorreva il corpo mentre Zee navigava con sicurezza tra le strade, facendo rombare il motore sotto di noi. L'interno delle mie cosce, schiacciate contro l'esterno delle sue, tremava e fremeva.

Le sue braccia tatuate erano distese e l'inchiostro si tendeva e muoveva sopra i muscoli che si contraevano mentre le sue mani stringevano forte il manubrio.

Il mio stupore aumentò ulteriormente quando svoltò in un quartiere storico che doveva essere lì da almeno un secolo. Sembrava che mi avesse condotta attraverso un portale e catapultata nello sfarzo e nel glamour dei primi anni di Hollywood.

Zee abbassò il piede e rallentò fino a fermarsi. Quando spense il motore, il ruggito nelle mie orecchie venne sostituito dall'improvviso frastuono del silenzio.

Le gambe mi tremavano così tanto che non ero sicura di potermi reggere in piedi. Il problema era che non avevo idea se dipendesse dall'adrenalina della corsa o semplicemente dall'effetto sconcertante che Zee aveva su di me.

Il suo grande palmo coprì entrambe le mie mani avvinghiate ai suoi addominali tonici. Il calore del suo corpo mi stava facendo impazzire. «Tutto bene?» mi chiese.

«Io... è stato incredibile.»

Lui ridacchiò piano. «Ah, ti piace la mia moto. Sei la mia ragazza ideale, allora.»

La mia ragazza ideale.

«Sì, mi piace decisamente la tua moto» riuscii a dire.

Dovevo dirgli che mi piacevano tante altre cose di lui? Dovevo ammettere che c'era qualcosa che mi intrigava nell'equazione contorta e contrastante che rappresentava?

Era facile realizzare che volevo essere un fattore. Che volevo contare. Anche se mi aveva detto che questo poteva durare solo per breve tempo. Ma indipendentemente dalla *durata*, volevo che il tempo che trascorrevamo insieme contasse.

Tenendomi per mano, mi aiutò a scendere dalla moto. Poi, torreggiando sopra di me e senza mai distogliere lo sguardo dal mio viso, sciolse il cinturino del casco che aveva insistito che indossassi.

I suoi polpastrelli mi sfiorarono la gola, suscitandomi la pelle d'oca come accadeva sempre quando mi toccava.

Spostai l'attenzione sulla villa d'epoca di fronte a noi. Era alta due piani e fronteggiata da sei colonne bianche che sostenevano il portico. Era indubbiamente una pietra miliare dell'epoca iniziale di Los Angeles, ristrutturata con cura per mantenere il suo antico stile.

Eppure, in qualche modo, irradiava accoglienza e calore.

Conforto.

Zee indicò l'abitazione con un cenno del mento. «Questa è la casa di Ash e Willow. Qualche anno fa, Ash ha comprato una villa a Savannah, sfarzosa come questa, forse anche di più, e il cretino ha pensato che dovesse averne una anche qui. Non riesce a trattenersi. È il ragazzo più esuberante e impulsivo che esista, quindi sei avvertita. Ma ha un cuore grande come il sole, quindi gliela facciamo passare sempre liscia.»

Per un istante, si grattò la testa, quasi stesse riflettendo su cosa dire, combattendo contro il proprio nervosismo mentre cercava di tenere a bada il mio. «Sono tutti... fantastici. Difficilmente troverai persone migliori di loro.»

«Persone intimidatorie» dissi, sentendo il rossore affiorare sul mio viso.

Lanciai un'altra occhiata alla casa, catturandomi il

labbro inferiore tra i denti.

Sembrava assurdo che fossi finita qui. Non ero una patita di gossip, ma questo non significava che vivessi sotto una campana di vetro.

Per anni avevo visto le loro facce spiaccicate sulle copertine di riviste e sui siti scandalistici. Non mi ero persa gli scandali e le congetture che avevano seguito questi ragazzi selvaggi ovunque andassero. I problemi che avevano scatenato avevano ottenuto quasi la stessa notorietà della musica che suonavano.

«Sei nervosa?» mi chiese.

«Sto cercando di non esserlo. I tuoi amici sono...» Tirai un respiro profondo. «Mi sembra pazzesco condividere il loro spazio, il tuo spazio. E ti giuro che non sono una strana fangirl o qualcosa di simile. È solo... strano.»

Zee ridacchiò. «Strano, eh? Continui a ripeterlo.»

Risi sommessamente e giocherellai con l'orlo della sua t-shirt mentre un lieve sorriso curvava un angolo della mia bocca. «Sembra che tu sia circondato da stranezze, piccolo batterista.»

Lui scoppiò a ridere alla mia battuta. «Oh, i miei amici sono strani eccome, bellezza. Sono delle pesti. Ma ti prometto che non potrai fare a meno di innamorarti di loro.»

Forse era proprio questo che mi preoccupava di più; innamorarmi.

«Allora, chi siamo là dentro?» Lì fuori, con lui, mi sentivo sicura. Ma non avevo idea di come Zee volesse gestire la cosa una volta oltrepassata la soglia.

Mi carezzò il mento. «Siamo noi stessi. Per quanto complicato sia il nostro rapporto, io dico di entrare dentro e comportarci come ci sembra più giusto. Che te ne pare?»

Inarcai un sopracciglio. «Mi pare complicato.»

Zee scoppiò a ridere e gettò una delle sue grosse braccia intorno al mio collo, stampandomi un bacio sulla testa.

«Come fai a rendere migliore ogni singola cosa, piccola?» mormorò.

Piccola.

Oddio.

Questo ragazzo mi teneva nel palmo della sua mano. Potevo solo pregare che non mi schiacciasse alla fine.

Fermandosi sotto l'arcata che conduceva in un pittoresco salotto situato alla destra dell'ampio atrio, Zee mi strinse la mano e si schiarì la gola. «Ragazzi, stasera ho portato con me qualcuno che volevo farvi conoscere.» Abbassò lo sguardo su di me, inclinando la testa verso la stanza. «Alexis, questa è la mia pazza famiglia che sarai praticamente costretta ad ignorare.»

Oh, santo cielo.

Mi avvicinai maggiormente a Zee. Il mio protettore. Il mio salvatore. Lì in piedi sulla soglia di questa incredibile casa con circa dieci paia d'occhi che mi fissavano, ero piuttosto sicura che ne avrei avuto bisogno.

Un gruppo di bambini giocava sul pavimento mentre i membri dei *Sunder* erano sparpagliati per il salotto, così maestosi e audaci, circondati da un'aura di potere e da un oscuro, minaccioso fascino e magnetismo. Al loro fianco, donne che erano ancora più belle che in foto.

Tutti si raddrizzarono sui morbidi divani su cui erano rilassati.

Ash Evans balzò in piedi, tappando le orecchie di un ragazzino dai capelli neri davanti a lui. «Porca T-R-O-I-A!»

Il ragazzino si districò dalla sua presa. «Zio Ash, non c'è bisogno che mi copri le orecchie. Pensi davvero che non abbia capito la parola di cui hai fatto lo spelling? Dovrai migliorare parecchio prima che tu e Willow abbiate quel bambino se vuoi ingannare qualcuno. Probabilmente ti servirà un barattolo delle parolacce come ce l'ha il mio papà. Mamma Blue è piuttosto ricca.»

Brendon... doveva essere Brendon, il figlio di Lyrik, il chitarrista della band.

Ebbi l'impulso di portarmi una mano alla bocca per soffocare una risata.

Spostai il peso da un piede all'altro, cercando di non essere timida, ricordando a me stessa che affrontavo sempre ogni situazione come l'avventura qual era.

Ma stavolta sembrava diverso.

«Hai ragione, Brendon» concordò Ash, lanciando un sorrisetto scaltro a Zee. «Ma a volte gli uomini come me non sanno come gestire una simile sorpresa quando sono in presenza di bambini. Le parole scappano senza volere.»

Brendon scrollò le spalle come se fosse ovvio. «Basta un barattolo delle parolacce e il problema è risolto.»

Willow, la donna che sapevo essere la moglie di Ash, si alzò da uno dei divani, il suo pancione così rotondo che pensai che questa sessione di prove rischiasse di essere interrotta da un viaggio a sorpresa in ospedale.

Emanava un'aura dolce, gentile e incoraggiante. Passò le dita tra i capelli di Brendon. «Penso che sia la soluzione perfetta, Brendon. Vada per il barattolo delle parolacce. L'ultima cosa che ci serve è che questo zoticone insegni al nostro bambino parole che non ha bisogno di conoscere.»

Brendon annuì orgoglioso, e mi ritrovai a nascondere un sorriso contro il braccio di Zee mentre sbirciavo con la coda dell'occhio la sua famiglia spaiata.

Willow si avvicinò a noi. «Alexis... è un vero piacere conoscerti. Benvenuta a casa nostra.»

«Grazie per l'ospitalità.»

«Quando vuoi.» Rivolse un'occhiata curiosa a Zee, prima di riportare lo sguardo su di me. «Gli amici di Zee sono anche amici nostri.»

Ash batté le mani con un sorriso ironico sulle labbra. «Esatto, Alexis. Siamo felicissimi che tu sia qui, giusto, ragazzi?»

L'intero gruppo annuì, sorridendo mentre si alzavano per presentarsi.

Zee mi disse i nomi dei bambini: Connor e Kallie appartenevano a Shea e Sebastian, Adia e Brendon appartenevano a Lyrik e Tamar, e Sadie, la più piccina, era la figlia di Austin e Edie.

Ash mi colse completamente alla sprovvista quando mi sollevò in un esuberante abbraccio, scuotendomi come una bambola di pezza. «Benvenuta al circo dei matti, dolcezza. L'ingresso è gratuito, ma una volta entrata non puoi più andartene.»

«Oh mio Dio, non ci credo!» esclamò Willow, dando a suo marito una spinta sulla spalla. La sua espressione era un misto di affettuosa incredulità e puro orrore.

Ash barcollò di lato, poi si raddrizzò e allargò le sue enormi braccia tatuate, continuando a raccontare una storia da cui anch'io ero un tantino inorridita. Ma lo faceva con una tale naturalezza che era difficile non lasciarsi travolgere dalla sua vivacità.

«Che c'è? Era il ventunesimo compleanno del nostro Zee. Cosa ti aspettavi che facessi? Era mia responsabilità occuparmene.»

Zee era piombato in uno stato d'animo che non

riconoscevo. Così disinvolto e calmo. Rilassato. Mi lanciò uno sguardo con un sorriso luminoso sul viso.

Non riuscivo a staccare gli occhi dalle sue labbra mentre il ricordo del suo bacio continuava a scorrermi come un fiume nelle vene.

Riportò l'attenzione su Ash e parlò con voce intrisa di bonario sarcasmo. «Era l'ultimo regalo di compleanno di cui avevo bisogno. L'ultimo. Non dimenticherò mai il momento in cui ho acceso le luci della mia camera d'albergo, pronto a crollare come un sasso dal momento che voi stronzi mi avevate tenuto in giro per tutta la notte, e ho trovato questa ragazza legata al mio letto.»

Incredulo, Ash sbuffò. «L'ultimo regalo di cui avevi bisogno? Di che diavolo stai parlando, amico? Sono abbastanza sicuro che fosse l'unico, considerando che non ti vedevo con una ragazza da quando ti eri unito ai *Sunder* l'anno prima. Era il minimo che potessi fare.»

Guardai di sottecchi Zee, desiderando di potergli chiedere di più. Di discutere maggiormente dell'argomento che avevamo soltanto sfiorato a casa sua prima.

Volevo dare un senso al suo comportamento. Era l'uomo più sexy che avessi mai visto, eppure aveva scelto di respingere le attenzioni delle ragazze che si gettavano su di lui ad ogni occasione.

Nessuna avventura di una notte. Nessuna relazione. Niente di niente.

Sembrava impossibile.

Ci sono cose che non posso dirti.

Quell'ammissione mi assalì la mente e un briciolo di quell'istinto di autoconservazione che mi mancava mi esortò a fare attenzione.

Invece, sorrisi e mi persi nell'atmosfera rilassata. Perché come Zee aveva detto, se il nostro tempo si stava esaurendo, dovevamo goderci ogni momento che avevamo.

La bocca di Shea si spalancò. «Una spogliarellista? Ash, cos'hai che non va?»

Shea, la moglie di Sebastian, era adorabile. Tutto in lei gridava country, dagli stivali rossi alla graziosa pronuncia strascicata che usciva costantemente dalla sua bocca.

Sebastian sfregò il naso tra i suoi capelli. Dal modo in cui continuava a toccarla, avevo la sensazione che non riuscisse a starle lontano. «Ah, piccola, ormai dovresti sapere che una cosa del genere è normalissima per Ash. Zee è fortunato che non ci fosse una prostituta ad aspettarlo in camera.»

Zee scosse la testa con genuina spensieratezza. «Uhm, sono piuttosto sicuro che fossero interscambiabili. Diciamo solo che non era necessario che si spogliasse dal momento che era già nuda.»

Ash puntò un dito contro Zee. «Ripeto, dovresti ringraziarmi.»

Oddio, questi ragazzi erano fuori di testa.

Fluttuai nella loro gioia.

«Ringraziarti?» Zee scosse di nuovo la testa. «L'unica cosa che volevo era darti la caccia e strangolarti. Avresti dovuto vedere la faccia della ragazza quando ho aperto la porta e le ho chiesto di andarsene. Pensava che fosse una specie di perverso gioco di ruoli che non era sicura di voler fare. Sai, dal momento che stavo facendo del mio meglio per essere rispettoso liquidandola con "per favore" e "grazie". Non penso avesse mai udito quelle parole. Ed essendo un tipo generoso, come tu ben sai, l'ho spedita nella tua stanza. Nel giorno del mio ventunesimo compleanno, per giunta.»

Ash allargò le braccia. «Bé, cosa ti aspettavi? Alla poveretta è bastato darmi una sola occhiata per non capirci più niente.»

Willow scosse la testa. A quanto pareva, c'era abituata e

accettava il modo in cui suo marito aveva vissuto prima che lei diventasse il centro del suo mondo. Dopotutto, lui aveva una certa reputazione quando si erano conosciuti.

Ma fu Edie, la sorella minore di Ash, che si coprì le orecchie. «Ah, smettila. Non voglio sentire tutte le cose assurde che succedono quando siete in tournée.»

Austin avvolse un braccio intorno alle sue spalle e avvicinò la bocca al suo orecchio. «*Succedevano*» disse con enfasi, sorridendo alla bambina che Edie teneva in grembo. «L'aspetto fondamentale di questa storia è che fa tutto parte del passato. Diciamo solo che prima che prendessi il posto di Baz, ho assistito a certe stronzate riprovevoli. Sono piuttosto sicuro che i *Sunder* abbiano scritto un libro sulla cattiva condotta.»

Zee aveva assolutamente ragione. Non potevo fare a meno di amarli. Non riuscivo a smettere di sorridere mentre li ascoltavo punzecchiarsi e prendersi in giro. Il sincero affetto che provavano l'uno per l'altro era evidente in ogni parola, e mi chiesi come sarebbe stato far parte del loro gruppo.

Shea proruppe in una dolce risata dal marcato accento del sud, seppur venata di un lievissimo rimprovero. «Se ci fossi stata io, non avrei mai permesso che facessero scherzi del genere davanti a te, Austin. Dovreste vergognarvi per essere stati una così pessima influenza.»

Austin sorrise, ma la sua espressione si addolcì e si tinse di gratitudine quando guardò in modo significativo suo fratello maggiore e poi di nuovo Shea. «Penso che i ragazzi abbiano fatto del loro meglio, date le circostanze. L'unica cosa che conta è che è andato tutto bene.» Abbassò lo sguardo su sua moglie e mormorò: «Più che bene, in realtà.»

«Ti amo» sussurrò Edie, sfiorando le labbra di suo marito per un breve istante.

Il mio spirito danzò e palpitò di fronte a quella dolce

scena.

Quante volte, vedendo una stella cadente, avevo espresso il desiderio che un giorno un uomo potesse guardarmi in quel modo?

Abbassai la testa quando Zee guardò nella mia direzione e mi sorprese a fissare Austin e Edie e l'evidente amore che condividevano.

Allungò la mano e carezzò la pelle sensibile del mio avambraccio con le dita.

Suscitandomi la pelle d'oca.

Accendendo le fiamme del desiderio.

La sua voce era un basso mormorio destinato solo a me. «Grazie mille per condividere questo momento con me. Non sai cosa significhi per me.»

18

ZEE

Due ore dopo il mio arrivo con Alexis, io e i ragazzi eravamo finalmente entrati in sala musica. Come al solito, ci eravamo persi nei ricordi, scherzando e godendoci la vita meravigliosa che ai miei amici era stata concessa mentre i loro bambini giocavano sul pavimento.

Adesso, Baz era stravaccato sul divano da cui ci aveva guardati eseguire una canzone che doveva essere ottimizzata prima che andassimo in scena.

Come di consuetudine, avremmo aperto il nuovo tour qui a Los Angeles nel nostro auditorium preferito. Era una tradizione tanto quanto gli shottini che Ash ci faceva bere dopo ogni concerto.

Era l'auditorium dove i *Sunder* erano stati scoperti. Dove Anthony aveva parlato per la prima volta a Baz dopo che i ragazzi avevano ottenuto la loro prima grande occasione aprendo per una celebre band.

La stessa notte in cui la vita di Lyrik era andata a scatafascio.

Pazzesco come quel vecchio detto fosse ancora vero: quando una porta si chiude, se ne apre un'altra. All'epoca, dubitavo seriamente che Lyrik avrebbe scelto la porta verso cui i suoi errori l'avevano spinto. Ma alla fine quella porta l'aveva condotto da Tamar.

Quella notte erano stati forgiati dei legami. Definiti degli obbiettivi. Fissate delle aspirazioni.

Era lì che era cominciato tutto. Ecco perché ci era sempre sembrato un appropriato punto di partenza.

Il sudore mi imperlava la schiena e la fronte, perciò sollevai l'orlo della maglietta per asciugarlo, cercando di recuperare il fiato che avevo consumato durante le prove.

«Cazzo, è stato fantastico!» Ash si morse il labbro inferiore mentre sistemava il basso sul supporto. «Tutte quelle dicerie sui *Sunder* che stanno perdendo il loro tocco? Che si stanno rammollendo troppo per spaccare? Che sono da buttare? Queste sì che sono le cazzate più offensive che i paparazzi abbiano mai sputato. Se ci conoscono anche solo un minimo, dovrebbero sapere che spacchiamo sempre. Questa è l'unica cosa che non è cambiata e che mai cambierà.»

Lyrik si passò una mano tra i capelli madidi di sudore. «Già. Certe cose rimangono sempre uguali. E se questa è la nostra unica costante? Mi sta bene. Nessuna lamentela da parte mia, amico.»

Austin sorrise gongolante mentre tracannava una bottiglia d'acqua. «Ehi, stronzetti, mi avete preso con voi al posto del mio fratellone. Pensavate davvero che non avremmo spaccato per il resto dei nostri giorni una volta che fossi salito anch'io sul palco? Forse, se Baz non si fosse ritirato, adesso staremmo raccontando una storia diversa.»

Baz gli puntò un dito contro. «Oh, ti piacerebbe, fratellino. Ma sono stato io a far sfrecciare il treno sui binari giusti. Tu sei solo balzato su come un *hobo* che scrocca un passaggio gratis.»

«Io un *hobo*?» Austin si avventò su di lui, fingendo di tirargli dei pugni in faccia che Baz schivò come un professionista. «Parli proprio tu che trascorri metà del tuo tempo a oziare sulla spiaggia a Tybee Island» lo sfotté Austin mentre saltellava di qua e di là, tirando pugni e mancando di proposito la faccia di suo fratello.

Baz sollevò le mani, palmi in fuori. «Ehi, non essere geloso del fatto che posso rilassarmi. Ho lavorato sodo all'inizio, e adesso mi merito di riposarmi e raccogliere i frutti.»

Lyrik sbuffò e parlò con voce intrisa di sarcasmo. «A trentun anni. Amico, tutti quegli anni di estenuante lavoro che hai fatto... non so come tu sia riuscito a sopravvivere.»

Baz ridacchiò. «Attento, bello, o la prossima volta che vorrete venire da me a Savannah per registrare il vostro prossimo album sarò improvvisamente al completo.»

Ash ansimò e si portò una mano al cuore. «Non oseresti.»

«Oh, sai che ne sarebbe capace» lo canzonò Austin.

Dal modo in cui si azzannavano, si poteva pensare che ci fosse del malanimo tra di loro, ma si percepiva solo un profondo supporto tra quelle pareti insonorizzate. Le loro parole erano un'eco di incoraggiamento mentre rimbalzavano e risuonavano nell'aria.

D'un tratto, venni travolto da un'ondata di rimorso.

Mark avrebbe dovuto essere qui. Far parte di questo.

Digrignai i denti e cercai di tenere a bada il flusso di ricordi, ma era come se sedermi a quel pianoforte li avesse liberati, risvegliando le domande che avevo fatto del mio meglio per schivare.

Avevo accettato la strada che mi era stata posta dinanzi e l'avevo percorsa senza fare domande. Senza distrazioni o deviazioni.

Proprio com'era successo a Lyrik, una porta mi era stata sbattuta in faccia ed ero stato spinto attraverso un'altra da tutti i fottuti errori che avevo commesso.

Adesso, quegli errori mi presero a pugni, un gancio destro dopo l'altro.

E se Mark fosse stato lì? Se non l'avessi spinto oltre il limite? Se avesse avuto una *famiglia*?

Il rammarico divampò dentro di me, e cercai di scuotermelo di dosso mentre riordinavo la roba che tenevo qui da Ash. Era più facile per ognuno di noi avere i propri strumenti nelle rispettive case così che potessimo suonare ogni volta che venivamo colti dall'ispirazione. Di solito avveniva di punto in bianco.

Proprio come la musica.

Come un sentimento.

Un'emozione.

Quando eravamo incazzati e dovevamo affrontare situazioni difficili, o quando fluttuavamo sulle nuvole e qualcosa di fantastico succedeva nelle nostre vite.

Improvvisamente, sentii lo sguardo intenso di qualcuno sul mio viso. «Quindi... Alexis, eh?»

Era Ash, il bastardo. Non avevo idea di come avesse fatto a trattenersi così a lungo.

Scrollai le spalle. «Siamo solo amici.»

«Davvero?» domandò in tono di sfida.

Feci del mio meglio per fingere indifferenza, frenando l'impulso di urlargli contro e allo stesso fottuto tempo di confessare tutto. «Sì. Mi sono imbattuto in lei un paio di settimane fa.»

E con imbattuto intendevo che l'avevo pedinata come un pervertito. Ma i miei amici non avevano certo bisogno di altri motivi per prendermi in giro.

«Ti sei "imbattuto" in lei?»

Ok, forse la mia bugia era fin troppo ovvia.

«Sì.»

«E...?» insistette Ash.

«E abbiamo legato subito. È una ragazza davvero in gamba. Vuole imparare a suonare il pianoforte, perciò mi sono offerto di insegnarglielo. Inoltre, quel pezzo di merda è ancora a piede libero dopo ciò che le ha fatto. Non riuscirei a dormire la notte se pensassi che lei sia laggiù, a cacciarsi di nuovo nei guai.»

Il silenzio risuonò nella stanza come l'esplosione di una bomba.

Assordante.

Baz mi guardò come se stesse cercando di scavare dentro di me. «Le insegnerai a suonare il piano?»

Annuii con un cenno secco del capo.

Lui si sfregò una mano sul viso e distolse lo sguardo prima di riportare i suoi occhi grigi su di me. «Quanto tempo è passato, Zee?» chiese con cautela.

Girai il viso di lato. «Non ha importanza.»

Baz si alzò in piedi. «Hai davvero intenzione di startene lì e fingere che non abbia importanza?»

Rabbia, rimpianto e senso di colpa mi serrarono la gola, creando un cocktail pericoloso. «Non cominciare, amico.»

Ash scosse la testa con compassione. «Andiamo, vuoi davvero farci credere che non significa niente dopo tutti i casini che abbiamo passato? Ci hai visti nei nostri momenti peggiori. Ci sei stato accanto quando commettevamo ogni errore possibile. E durante tutto quel tempo, tu sei rimasto... sobrio. Ti sei preso cura di noi, facendo tutto da solo come se fosse una tua responsabilità.»

Era una mia responsabilità, ma lui non aveva bisogno di saperlo.

«Sin dal giorno in cui hai preso il posto di tuo fratello, non ti ho mai visto con una donna. Non da quando hai rotto con quella ragazza di cui non ricordo il nome quando eri soltanto un moccioso. E non fingere che non ci siano un mucchio di donne che supplicano per avere la tua attenzione. Poi, d'un tratto, porti una ragazza nel nostro gruppo e ti comporti come se niente fosse?»

Solo il fatto che avesse menzionato Julie mi faceva venir voglia di impazzire.

«Non ho detto che non significa niente.»

Ash fece un sorriso a trentadue denti. «Non fraintendermi, perché sono un uomo felicemente sposato, ma quella ragazza è incredibilmente sexy. E dal modo in cui ti guarda? Sono abbastanza sicuro che siete a un passo dal fare *boom*.»

Il coglione ebbe la faccia tosta di sbattere pure le mani.

Il suo sorrisetto si allargò. «E adesso sono due ore che sta insieme alle nostre ragazze. Sei nei guai fino al collo, amico. Tanto vale che le consegni le tue palle, perché sono pronto a scommettere qualche centone che quella ragazza ti tiene per il pisello.»

Provando una nuova tattica, mi costrinsi a sorridere. «Dovresti sapere bene che non ti conviene, Ash, considerando che sono sempre io a sottrarti la grana.»

Austin ridacchiò dalla sua posizione contro il muro. «Tranne che per le camerette, Zee... tranne che per le camerette rosa e celesti. Quella scommessa l'hai persa di brutto, fratello.»

Anni prima, quando Ash aveva acquistato la villa a Savannah, Shea aveva scommesso che avrebbe dipinto tutte le camere da letto al piano di sopra di rosa e celeste e che le avrebbe riempite con tanti piccoli Ash.

Ero stato uno sciocco a scommettere contro di lei. Ma all'epoca ero certo che Ash non avrebbe mai messo su famiglia. Però, era una scommessa che avevo perso volentieri.

Tuttavia, stetti al gioco, difendendo la mia scommessa persa con una risata. «Ha riempito solo una stanza finora. Shea deve ancora vincere la scommessa dato che ha detto *tutte* le stanze. Ce ne sono sette in totale, quindi il nostro caro Ash ha ancora un bel po' di lavoro da fare.»

Lyrik scoppiò a ridere. «Dagli tempo, Zee, dagli tempo.»

Baz posò una mano sulla mia spalla. «Dai, Zee, confessa. Perché, per come la vedo io, non c'è nulla di male.»

La nostra conversazione venne interrotta dal rumore della porta che si apriva.

Grazie a Dio.

Non avevo idea di come rispondere alle loro domande. Non sapevo cosa fosse cambiato o perché mi fossi messo sulla difensiva in primo luogo. Per anni mi avevano punzecchiato, sfottendomi ad ogni occasione. Ma l'avevano sempre fatto in maniera innocente, senza mai insistere troppo e lasciandomi essenzialmente in pace.

La pace era l'ultima cosa che sentivo al momento.

Soprattutto quando nella stanza entrarono un gruppetto di donne meravigliose dai cuori ancora più belli, avanzando nell'angolo relax situato di fronte al grande spazio che serviva da sala musica.

Ma fu la ragazza che entrò dopo di Shea a rubarmi il respiro. Letteralmente.

Alexis incrociò i miei occhi e sollevò la mano in un piccolo, timido saluto prima di seguire Shea all'interno.

Vederla insieme alle donne che erano diventate importantissime per me, mi diede la sensazione che quello fosse esattamente il suo posto. Il luogo a cui apparteneva.

Shea si lasciò cadere su uno dei morbidi divani. «Spero non vi dispiaccia se vi interrompiamo, ma dal momento che Alexis è venuta fin qui per trascorrere la serata con noi, abbiamo pensato che dovesse almeno vedere i nostri sexy uomini fare quello che sanno fare meglio.»

Ash finse una ferita mortale, una pugnalata dritta al cuore. Il solito pagliaccio. «Oh, mia povera, bellissima Shea. Se pensi davvero che *questo* sia ciò che sappiamo fare meglio, allora il tuo caro Baz sta sbagliando tutto.»

Quest'ultimo assestò uno scappellotto ad Ash. «Ti piacerebbe che fosse così, eh? Semplicemente, Shea non voleva mettere in imbarazzo voi idioti davanti alle vostre donne. È soltanto premurosa, tutto qua. Anche se sono sicuro che mia moglie debba sforzarsi parecchio per non vantarsi con le sue amiche di quanto sono bravo in ciò che so fare meglio.»

«Non preoccuparti, tesoro, racconto continuamente alle ragazze di come soddisfi bene i miei bisogni» disse Shea senza esitazione, flirtando con suo marito.

Le labbra di Baz si curvarono in un sorriso sia tenero che severo. «Proprio quello che pensavo. La mia donna non saprebbe raccontare una bugia così grande.»

Shea si premette una mano sul cuore. «Oh, no... non potrei mai dire una bugia così *grande*» biascicò in tono carico di doppi sensi.

Tamar si scompisciò dalle risate e sollevò il bicchiere verso quello di Shea, facendoli tintinnare. «Oh, sì! Questo è esattamente quello che mi piace sentire. Uomini fighi che sanno soddisfare una donna. Credo proprio che abbiamo vinto alla lotteria.»

«Puoi dirlo forte!» concordò Shea, bevendo un grosso sorso di vino.

Willow e Edie si coprirono la bocca con una mano e ridacchiarono, entrambe rosse in viso per via delle battutine di Shea e Tamar. Avrebbero dovuto esserci abituate, ormai.

Ma fu l'espressione sul viso di Alexis che mi investì come un fiume in piena.

Un'emozione travolgente montò tra di noi.

Attirandoci sempre di più.

Qualcosa di dolce, tenero e delicato.

Alimentato dalla fiducia e dalla convinzione che tutte le cose belle di questo mondo erano a un soffio da noi. In attesa di essere catturate.

Era come se vedesse tutte quelle belle cose luccicare come scintillanti fasci di luce ai margini della stanza.

Avevo la sensazione che stesse facendo del suo meglio per riversare quella fede in me.

Spronandomi a vederle.

Ad allungare la mano e prenderle.

Cazzo. Non avevo idea di come elaborare il fatto che lo volessi, pur sapendo di non poterlo fare e attingendo comunque le dita per un assaggio.

Sapevo bene che questo avrebbe portato al disastro.

Forse era egoista da parte mia, ma avevo la sensazione che questi momenti rubati con Alexis potessero valerne la pena.

«Penso sia ora di concludere qui la serata. Devo accompagnare Alexis a casa.»

Shea mise il broncio. «Così presto?»

Guardai l'orologio che avevo al polso. «È mezzanotte.»

«Appunto, è presto» interloquì Tamar.

Sgranai gli occhi. «Avete intenzione di tenere Willow sveglia tutta la notte quando ha bisogno di riposare e conservare le energie per dare alla luce il bambino?»

Ok, forse era un colpo basso. Un po' manipolativo. Perché proprio come immaginavo, Ash scattò in azione.

«Fuori. Tutti fuori» disse, agitando le braccia e dando una spintarella a Baz e Lyrik. «So che non potete sopportare il pensiero di non essere in mia compagnia dal momento che la mia presenza rende sempre ogni cosa migliore, ma è ora che porti la mia ragazza di sopra e che la metta a letto così da massaggiarle i piedi, la schiena e la pancia. Poi, se le va, potrei mostrarle un altro po' di quello che *io* so fare meglio.»

Willow si guardò i piedi con espressione accigliata. Bé, in quella direzione almeno, perché ero piuttosto sicuro che non potesse vederli. «Ma sono brutti e gonfi.»

Ash schioccò la lingua. «Non dire sciocchezze, tesoro. Ogni centimetro di te è meraviglioso come il giorno in cui ti ho incontrata, e non sarò mai in grado di smettere di guardarti.»

Willow si sciolse alle sue parole.

Ero fottutamente contento che quei due si fossero trovati. Questo mi faceva anche venir voglia di strapparmi i capelli e digrignare i denti, e l'ultima cosa di cui avevo bisogno era che i miei fratelli si accorgessero del mio stato d'animo.

Sollevai il mento in direzione di Alexis, maledicendomi per desiderare di attraversare la stanza e stringerla tra le braccia.

Baciarla come avevo fatto prima.

Stavolta senza fermarmi.

«Sei pronta?»

Il cenno d'assenso che mi rivolse sembrava riluttante. «Certo.»

Salutò tutti, abbracciando e parlando con le ragazze come se fosse la cosa più naturale al mondo mentre diceva loro quanto fosse stato fantastico conoscerle, e quanto fosse grata di aver trascorso la serata con loro.

Sussurrò qualcosa a Willow con un'espressione tenera sul viso, carezzandole dolcemente il pancione e catturandosi il labbro inferiore tra i denti. Come se stesse sognando il giorno in cui sarebbe toccato a lei.

Mi rendeva un bastardo il fatto che stessi male al solo pensiero di quell'eventualità?

La gelosia mi fece serrare le mani a pugno. Non riuscivo neppure a sopportare l'idea di lei con un altro uomo mentre riversava su di lui tutta quella bontà. Non quando desideravo disperatamente tenere tutta quella luce per me.

Come se Alexis potesse mai essere mia.

Cristo. Cosa mi stava succedendo?

Emisi un profondo respiro nel tentativo di schiarirmi la mente, diedi una pacca sulla schiena ad Ash e Lyrik, poi battei il pugno contro quello di Austin mentre dicevo loro che ci saremmo visti domani.

Baz mi fermò posando una mano sul mio avambraccio. «Tutto bene?» chiese.

«Certo.»

Una fottuta bugia. Come sempre. Ed ero sicuro che lo sapesse anche Baz, sin dal giorno in cui mi ero presentato a casa sua con uno zaino in spalla e una straziante agonia nel cuore.

Baz mi scrutò con occhi socchiusi. Alla fine, mi rivolse un riluttante cenno del capo. «Ci vediamo.»

«Sì.»

Mi diressi verso Alexis. Mentre mi avvicinavo, lei si voltò nella mia direzione, quasi sentisse quel legame tra di noi stringersi, attirandoci maggiormente l'uno verso l'altra, come un filo teso e potente.

Mi sorrise dolcemente. E quell'espressione da sola mi colpì dritto al petto.

«Andiamo via da qui.»

Intrecciai le mie dita alle sue, senza avere la più pallida idea di come si sarebbe evoluto il nostro rapporto. Ma per un po', mi sarei tenuto stretto lei e quello che avevamo.

Niente paura.

Vivi e basta.

La ricondussi attraverso l'enorme casa di Ash e Willow. Senza dire una parola, aprii la porta d'ingresso ed uscimmo fuori nella notte densa, buia e profonda.

Qualcosa di sconosciuto pulsò nelle mie vene, un'euforia e una gioia che non sentivo da molto tempo. Da così tanto tempo che mi domandai se fosse reale o se stessi cadendo in una trappola che alla fine mi avrebbe solo distrutto.

Perché avevo due lealtà. E questa ragazza non poteva essere una di esse.

Ma ciò non fermò la determinazione nei miei passi mentre la conducevo giù per i grandi gradini di cemento.

Il cielo notturno si aprì come un mare oscuro e magnetico sopra di noi quando superammo il portico e giungemmo sul viale.

Sentii Alexis boccheggiare e la sua mano stringersi intorno alla mia.

Quando mi voltai, la trovai con il viso all'insù mentre guardava la debole scia di una stella cadente, crogiolandosi nella sua bellezza.

«Hai espresso un desiderio?» gracchiai.

Alexis abbassò il viso e mi guardò con occhi colmi di meraviglia. «Non sai che le stelle cadenti non sono fatte per esprimere desideri? Rappresentano un desiderio che si realizza. Da qualche parte... il sogno di qualcuno si sta avverando.»

La sua affermazione mi fece quasi cadere in ginocchio. Riuscii a malapena a pronunciare la mia confessione mentre mi domandavo come cazzo facesse questa ragazza ad essere così perfetta. «Lo pensavo anch'io una volta... prima che mi rendessi conto che sono soltanto i desideri della gente che volgono al termine. Che si spengono.»

Lei mi fissò in quel modo che mi faceva attorcigliare le budella e sentire come se stessi su un terreno instabile. «Forse hai soltanto dimenticato come desiderare.»

Lo spazio tra di noi sfrigolò di energia, e la sua voce assunse un tono malinconico che mi trafisse il petto.

«Se non crediamo nei miracoli, allora cosa ci resta?»

«Lex...» L'attirai verso di me. «Perché ho la sensazione che tu sia un miracolo?»

Lei seppellì il viso nella mia maglietta, aggrappandosi a me con entrambe le mani. «Sei tu il miracolo, Zee. Eri lì nel momento in cui avevo più bisogno di te» mormorò dolcemente.

Feci scorrere le dita nei suoi capelli, carezzando la stella tatuata sul suo collo. «Voglio esserci, Lex. Voglio esserci per te» bisbigliai sopra la sua testa.

«Grazie per avermi portata qui, stasera. Avevi ragione. Mi sono... innamorata dei tuoi amici. Di ogni loro pazza sfaccettatura.»

«Suppongo che questo significhi che ti adatti perfettamente a loro, no?» Si adattava in maniera così perfetta che mi doleva il cuore.

Lei emise una risatina e mi abbracciò più forte. «Scemo.»

Le massaggiai la schiena, sia amando che odiando il modo in cui stare sotto le stelle con lei sembrava così naturale.

Alla fine, mi riscossi dal torpore e l'aiutai a rimettersi il casco. Montai in moto e avviai il motore. Senza mai lasciare andare la sua mano, l'aiutai a salire in sella e l'attirai a me, così che il suo delizioso corpo aderisse al mio.

Calore, ardore e perfezione mi pervasero.

Il motore rombò, profondo e feroce come il rombo nel mio petto. Premetti le sue mani contro il mio stomaco che fremeva di desiderio.

«Reggiti forte» le dissi.

Il suo alito mi sfiorò l'orecchio quando sussurrò: «Non ti lascerò andare.»

Dal tono in cui lo disse sembrava una promessa. Una promessa che morivo dalla voglia di mantenere ma che non avrei mai potuto ricevere.

Mi immisi in strada, e l'aria fredda della notte sferzò i nostri volti. Alexis mi strinse un po' più forte, come se non riuscisse ad avvicinarsi abbastanza. Potevo sentire il suo cuore martellare contro la mia schiena, proprio come ero certo che lei poteva sentire il mio cuore battere selvaggiamente nel mio petto e che prese a galoppare ancora più rapidamente.

Dovevo allontanarmi da lei. Accompagnarla a casa e lasciarla sulla soglia dove non potevo farle del male. E dovevo farlo prima che mi avvicinassi troppo a quei posti in cui non potevo andare.

Ma la sua auto era parcheggiata a casa mia. Un'altra pessima mossa che avevo fatto in questo gioco senza vincitori.

Quindici minuti dopo, rallentai davanti al mio edificio e digitai rapidamente il codice per accedere al garage al piano terra. La mia moto vibrò e rombò mentre entravo lentamente dentro.

La porta del garage si chiuse automaticamente alle nostre spalle mentre parcheggiavo nel mio posto riservato. Poggiai i piedi a terra e spensi il motore.

Il silenzio che ci avvolse era così denso e carico di energia che potevo vederlo vorticare intorno a noi, echeggiando di lussuria, domande e necessità.

Alexis rabbrividì quando l'aiutai a mettersi in piedi. Le sue gambe tremavano, e dal modo in cui ruggiva il mio sangue, sapevo che non dipendeva soltanto dalla corsa in motocicletta. Anche lei sentiva quello che sentivo io.

Scesi dalla moto e l'aiutai di nuovo a togliersi il casco, sfiorandole la pelle con le dita. Lei emise un sospiro ansante e bisognoso. Il calore del suo fiato mi carezzò la pelle e inviò una scarica di eccitazione nelle mie vene.

«La mia borsa è ancora nel tuo loft.» Le sue parole sembravano sia un avvertimento che una confessione.

«Già» mormorai.

Deglutii con forza nella speranza che potesse tenere a bada parte di quest'emozione che minacciava di andare fuori controllo. Le strinsi la mano, cercando di ricordare a me stesso tutte le ragioni per cui non potevo cedere. Tutte le ragioni per cui non potevo oltrepassare il limite.

Cercai di ricordare esattamente chi avrei tradito e che cosa avevo da perdere.

Nessuno di noi disse una parola mentre salivamo in ascensore. Le porte di metallo si chiusero, bloccandoci dentro e, allo stesso tempo, risucchiando via l'aria. Cancellando il buonsenso, la ragione e il concetto di giusto e sbagliato che andava scemando sempre di più.

Tenere le mani a posto, questo era tutto ciò che dovevo fare.

Le avevo detto che ci avrei provato.

Ma questa ragazza mi rendeva pazzo di desiderio.

Il modo in cui inalavo i suoi respiri ansanti e lei faceva altrettanto con i miei mi inebriava i sensi.

L'energia montò intorno a noi.

Sfavillante e luminosa.

Viva ed esigente.

Esigente quanto la supplica del mio corpo quando d'un tratto mi voltai e la bloccai contro la parete a specchio. Le mie mani erano poggiate sopra la sua testa e il suo corpo tonico e delizioso era schiacciato contro il mio.

Un ansito scioccato sfuggì dalle sue labbra. Mi guardò con i suoi occhi blu sgranati e bisognosi e chiuse le sue piccole mani nella mia maglietta. «Zachary.»

Pronunciò il mio nome come se fosse una supplica.

Una preghiera.

Le fiamme divamparono tra di noi.

Ardenti.

Posai i palmi su entrambi i lati del suo collo, cullandola tra le mie mani.

Il suo battito accelerò e il mio uccello si indurì. Disperato quanto il resto di me.

«Niente paura. Vivi e basta» disse in un sussurro.

Niente paura. Vivi e basta.

E Dio, solo per un po', volevo sapere che cosa si provava ad essere vivi.

La mia bocca si abbatté sulla sua. Dura ed esigente in confronto alla sua tenera fiducia.

Alexis schiuse le labbra e si arrese.

19

ALEXIS

Le sue labbra, calde e insistenti, premettero contro le mie. Il suo corpo, duro e imponente, mi schiacciò maggiormente contro la parete dell'ascensore.

La mia testa girò vorticosamente e le mie mani si avvinghiarono alla sua maglietta, desiderando disperatamente di aggrapparsi a questo momento.

Il mio cuore accelerò e fece una capriola.

Mi sollevai in punta di piedi nel tentativo di avvicinarmi di più. Di intrufolarmi e perdermi in quel posto sacro dove avrei potuto scoprire tutti i suoi segreti.

Dove avrei potuto vivere nel suo splendore.

Zachary gemette, e il suo tocco divenne urgente, come se volesse cancellare ogni centimetro che ci separava. Unirci in ogni modo possibile.

Le sue grandi mani, posate sul mio collo, scivolarono verso l'alto, suscitandomi la pelle d'oca al loro passaggio. Mi afferrò in modo possessivo per la mascella e mi tenne ferma mentre mi mordicchiava il labbro inferiore, persuadendomi e blandendomi con la sua calda e carnosa bocca. Poi fece lo stesso con il mio labbro superiore.

Mi baciò con fare dominante, possessivo ed esigente.

Ogni incertezza svanì.

Il desiderio sbocciò, luminoso e accecante, strappandomi un gemito, e ogni parte di me cedette quando approfondì il bacio.

La sua lingua carezzò la mia.

Accendendo una luce e un fuoco divorante dentro di me.

Questo bacio era diverso dal precedente.

Perché, mentre quello era sembrato un incidente, questo sembrava una resa.

Ogni intenzione divenne frenetica. Un bisogno caotico montò nell'aria e divampò nel nostro sangue.

Tentai di attirarlo maggiormente a me, toccandolo dappertutto con dita frenetiche.

Tracciai l'inchiostro sulle sue braccia, la forza delle sue spalle, la magnificenza del suo ampio petto.

Posai la mano sul ruggito del suo cuore ammaliante e tormentato.

Riusciva a sentire il mio? Il modo in cui martellava, scalpitava e supplicava?

Con lo stomaco attanagliato dal desiderio, allacciai le braccia intorno al suo collo. Lui mi tirò più su e mi inchiodò contro la parete con i suoi fianchi. Affondò le dita nella carne delle mie cosce mentre avvolgeva le mie gambe intorno alla sua vita.

Un mugolio bisognoso mi sfuggì dalle labbra quando ondeggiò contro il centro del mio piacere, sfregando il suo membro duro e prominente contro il mio sesso, facendomi precipitare in un desiderio frenetico.

Barcollammo.

Entrambi sopraffatti dall'improvvisa potenza di quell'irresistibile connessione che si era sviluppata in maniera costante.

Un punto di rottura.

Una voragine che non poteva essere attraversata.

Così, invece, cademmo.

L'ascensore tintinnò e le porte si aprirono.

«Reggiti forte» mormorò, continuando a baciarmi follemente, rifiutandosi di lasciarmi andare. Si frugò in tasca, tirò fuori le chiavi e aprì la serratura. Con un piede spalancò una delle doppie porte di metallo e la richiuse alle nostre spalle con un calcio, portandomi nelle buie profondità del suo loft.

Senza mai interrompere il bacio.

Una luce soffusa filtrava all'interno attraverso l'enorme parete di finestre che si affacciava sulla città e sul cielo, e in qualche modo sapevo che era attratto da essa, infatti i suoi passi ci condussero in quella direzione, verso la bellezza che abbondava e risiedeva nel firmamento.

In attesa che lui allungasse la mano e l'afferrasse.

Rabbrividii quando la mia schiena entrò in contatto con il vetro freddo.

«Zachary» sussurrai contro le sue labbra, continuando a baciarlo con la stessa frenesia con cui lui stava baciando me.

Era come se qualcosa dentro di lui si fosse sciolto. Liberato. Qualcosa che gli era mancato e che in qualche modo aveva trovato in me.

«Lex... Dio... Lex.»

Il suo uccello premeva con impazienza contro i miei jeans. Mi sentivo come se stessi bruciando internamente, le fiamme lambivano il mio spirito e la mia anima mentre il tocco possessivo di questo ragazzo incendiava e marchiava la mia pelle dall'esterno.

Gemetti quando tirò giù il colletto della mia sottile camicetta, abbassando contemporaneamente una coppa del mio reggiseno. L'aria fredda mi colpì la pelle, e il mio capezzolo si inturgidì per la trepidazione.

Zee si ritrasse leggermente e catturò il mio seno nella sua bocca calda, umida e perfetta.

Fui travolta dalle sensazioni che, simili a un cavo elettrico, fomentarono il desiderio che consumava ogni cellula del mio corpo. Mi dimenai contro la sua rigida lunghezza mentre leccava e succhiava la mia carne finché non posò una mano sul mio viso e riportò la bocca sulla mia, baciandomi appassionatamente.

«Sei bellissima. Così dannatamente bella» sussurrò tra un bacio e l'altro, lambendomi la lingua con la sua. «Non riesco a toglierti dalla mente, Lex. Non importa quanto ci provi, non ci riesco. Mi sei entrata sotto la pelle. Profondamente.»

Le mie dita affondarono nei muscoli scattanti delle sue spalle. «Perché vorresti smettere di pensare a me? Non lo senti anche tu?»

La sua voce era addolorata. «Ancora non lo capisci? È questo il problema. Sento *tutto*. Ti desidero così disperatamente, ma non potrò mai averti.»

Fui travolta da un'improvvisa e travolgente emozione.

Questo ragazzo.

Questo ragazzo.

Questo ragazzo altruista che avrebbe dato la sua vita per me. Senza un nome, una ragione o una prova che meritassi la sua compassione.

Il mio bacio si fece tenero. Così tenero mentre carezzavo le linee e le curve del suo splendido viso. «Perché non mi meriti? Mi hai *salvata*.»

La sua stretta intorno ai miei fianchi si rafforzò e il suo corpo ondeggiò in un arco lento e bisognoso. Digrignò i denti mentre sfregava il membro contro il calore che bruciava tra le mie cosce come se ciò gli causasse dolore fisico. Al contrario, io ero certa di non aver mai provato nulla di così perfetto.

«Dimmi perché non puoi avermi» ansimai.

Il dolore balenò nelle profondità dei suoi occhi bronzei. «Te l'ho detto, ci sono cose che non puoi sapere. E cazzo, Alexis... ci sono cose che meriti e che io non posso proprio darti.»

«Tipo?»

Infilò le dita nei miei capelli. «Meriti qualcuno che possa amarti nel modo in cui dovresti essere amata. Qualcuno che possa uscire con te alla luce del giorno, qualcuno che sappia di avere la ragazza migliore che esista al proprio fianco e che non desideri altro che mostrare al mondo intero quanto grandiosa sia. Meriti una relazione. Un uomo da cui tornare. Dimmi che non è ciò che vuoi. Dimmi che non è qualcosa che desideri da sempre. Ti conosco abbastanza bene da sapere che se neghi di volere quelle cose è soltanto una bugia.»

Sbattei le palpebre. «Certo che è qualcosa che voglio. Qualcosa che anelo da tutta la vita.»

«E non hai ancora trovato quel ragazzo?» Era rabbia quella che guizzò nei suoi occhi tempestosi?

Deglutii il groppo di emozione che improvvisamente mi ostruì la gola. «No. Ho sempre saputo che l'avrei capito quando avrei incontrato quello giusto. Ho avuto dei ragazzi... un paio di relazioni serie. Ma nessuno di loro mi ha mai fatta sentire nel modo in cui sapevo mi sarei sentita quando avrei incontrato quello destinato a me.»

Zee continuò ad ondeggiare contro di me in un ritmo disperato e bisognoso.

Ero a un passo dal perdere la testa. E sentivo tutte quelle cose che sapevo avrei provato... questa sensazione mozzafiato che mi stavo innamorando.

In fretta e perdutamente.

Quello che non avevo previsto era la paura che ne sarebbe derivata. Suppongo che non avessi mai considerato come mi sarei sentita ad avere il cuore a rischio.

Ero combattuta tra il supplicarlo di colmare il divario tra di noi e lo spingerlo via mentre un'ondata di terrore montava nel mio petto e quella domanda persistente che cercavo di ignorare si rifiutava di essere ignorata.

Con voce roca, mi costrinsi a pronunciare le parole. «Prima che ci spingiamo oltre, devo sapere una cosa. Dimmi che non stai tradendo nessuno.»

La sua forte mascella tremò. «No.»

Il sollievo si abbatté su di me.

Era giusto che lo provassi?

Non lo sapevo. Perché c'era qualcosa di strano nella sua risposta, nelle sue incertezze. Qualcosa di sbagliato. Eppure tutto il resto sembrava perfettamente giusto. La strada che stavamo percorrendo sembrava nostra. Prestabilita.

Gli cinsi il viso tra le mani, costringendolo a guardarmi negli occhi, prima di baciarlo dolcemente. Reverentemente.

Poi feci un salto di fede, perché avevo sempre creduto che la fede mi avrebbe afferrata. «Allora non mi importa cosa ci impedisce di stare insieme fintantoché abbiamo il presente.»

Con il cuore che gli martellava contro le costole, Zee fece

scorrere le mani lungo le mie cosce e affondò le dita nella morbida carne del mio sedere, attirandomi maggiormente contro il suo corpo eccitato.

Gemette e roteò gli occhi all'indietro. «Cazzo... è così bello. Così bello.»

Una risatina sgorgò dalla mia gola, un suono carico di meraviglia, confusione ed euforia. La mia voce era un tremante e ansante mormorio di lussuria ed emozione quando dissi: «Mi stai toccando a malapena.»

Per qualche ragione, quell'affermazione sembrava una bugia. Perché potevo sentirlo dappertutto.

Una bassa risata rimbombò nel suo petto, ma c'era qualcosa di oscuro in essa, qualcosa di rammaricato e stupefatto quando seppellì il viso nel mio collo e mormorò: «Non hai idea, Lex. Non hai idea di cosa mi faccia toccarti in questo modo. Se morissi adesso, lo farei da uomo felice... ma dobbiamo fermarci.»

La frenesia era scemata, e i miei sensi stavano lentamente tornando in sé. Mi mordicchiai il labbro, facendo appello al mio autocontrollo in un momento in cui desideravo soltanto lasciarmi andare. «Probabilmente hai ragione. Dovremmo rallentare. Non sono esattamente una ragazza da una notte e via.»

Ed ero certa che una volta che gli avessi dato quella parte di me, non mi sarei più ripresa quando sarebbe sparito dalla mia vita.

Immagino che avessi un briciolo d'istinto di autoconservazione, dopotutto.

Ridacchiando, Zee fece scorrere una nocca lungo la mia guancia. «No?»

Scossi la testa e un lieve sorriso mi curvò le labbra. «No.»

«Bene, perché anch'io non sono un ragazzo da una notte e via.»

Osservai il suo splendido viso, e le mie viscere tremarono per il bisogno di conoscerlo meglio.

Me l'avrebbe mai permesso?

«Che tipo di ragazzo sei?»

Lui digrignò i denti e serrò le mani intorno ai miei fianchi, come se fosse combattuto su cosa rivelarmi. Lentamente, mi abbassò a terra e mi aiutò a sistemarmi i vestiti con gesti delicati. Mi guardò negli occhi mentre mi rimetteva a posto la camicetta sulla spalla.

«Se potessi, sarei il tipo di ragazzo da "per sempre". Ma ho rinunciato al mio per sempre tanto tempo fa.»

L'affetto traboccò dentro di me, intrecciandosi al dolore e alla preoccupazione per questo ragazzo spezzato. Desiderai che ci fosse un modo per sistemare i suoi problemi, qualunque essi fossero.

Mi schiarii la gola e mi allontanai da lui. «Meglio che vada. È tardi.»

Lui fece un passo indietro, mettendo ulteriore distanza tra di noi. «Credo sia meglio, o potrei non lasciarti più andare.»

Mi diressi verso la mia borsa, lanciando un'occhiata all'uomo che mi osservava dolcemente mentre camminavo. Potevo sentire i suoi occhi seguire ogni mio movimento, carezzandomi come avevano fatto le sue mani.

Residui del desiderio di prima tremarono sotto la superficie della mia pelle.

Il mio corpo era già dipendente da lui.

Bisognoso del suo tocco.

Sobbalzai quando il mio cellulare iniziò a squillare nella mia borsa. «Oh, cavolo... non mi ero nemmeno resa conto di averlo lasciato qui.»

Suppongo che fosse ciò che accadeva quando ti perdevi in un ragazzo ipnotizzante: dimenticavi ogni cosa, persino te stessa.

Frugai nella borsa in cerca del cellulare che trovai in fondo a tutto, e il desiderio che avevo sentito finora si disperse al vento come le ultime foglie d'autunno.

Avril.

Deglutii nel tentativo di farmi forza per rispondere alla sua chiamata. Non sapevo mai cosa mi aspettasse all'altro capo della linea. Quello che sapevo per certo era che non era mai nulla di buono.

Con mani tremanti, accettai la chiamata e mi portai il telefono all'orecchio, dando le spalle a Zee perché, per qualche ragione, non sopportavo il pensiero che mi guardasse mentre parlavo con mia sorella.

«Avril» dissi a bassa voce.

«Ho bisogno di te» piagnucolò lei tra i singhiozzi.

Ovvio.

«Te l'ho detto, devi smetterla, non puoi continuare così.» Glielo ripetevo da anni.

«Ho solo bisogno di qualcosa da mangiare.»

Accasciai la testa in avanti e mi portai le dita alle tempie, sapendo che la sua scusa non era altro che una bugia. «All'una del mattino?»

«Ti prego.»

«Dannazione, Avril» dissi in un sospiro di resa. Lo sapeva bene anche lei.

Cominciò a sproloquiare. «Grazie mille, Alexis. Dopo stavolta, non ti chiederò più niente. Te lo prometto. Ho solo bisogno di... qualcosa per superare la notte.»

L'agonia attanagliò ogni cellula del mio corpo.

Sapevo cosa intendeva. In cosa era piombata. Di cosa aveva realmente bisogno.

Il senso di colpa mi serrò il petto quando le dissi di incontrarci allo stesso incrocio dove ci eravamo viste l'ultima volta, il giorno in cui Zee mi aveva seguita, mettendo in moto tutto questo.

Terminai la chiamata.

Il silenzio calò sulla stanza, riempiendola come acque nere di un mare furioso e tempestoso.

Mi venne la pelle d'oca sulla nuca quando sentii l'alito di Zee sfiorarmi il collo, soffiando tra le ciocche aggrovigliate dei miei capelli mentre la sua rabbia scivolava lungo la mia spina dorsale come un avvertimento.

«Era tua sorella?»

Fui percorsa dai brividi.

Avrei dovuto provare paura. Ma l'unica cosa che sentivo era la sicurezza che traevo dalla sua rabbia. Il conforto che traevo dalla sua paura.

«Ha bisogno di me» sussurrai, odiando che sembrassi così impotente. Ma in questa situazione, ero esattamente questo.

Zee avvolse un braccio intorno alla mia vita così che la sua mano poggiasse sul mio stomaco e mi attirò contro il suo petto muscoloso.

«E se avessi bisogno di te? Se avessi bisogno di saperti al sicuro? Se avessi bisogno che tu stia lontano da quella zona della città così che io non finisca in prigione?» mormorò con la bocca contro la mia guancia.

Percepii la verità contenuta nella sua minaccia.

Con voce roca, risposi: «La sento, Zee. Quando sta male, sto male anch'io. E so esattamente cosa sta provando. Non posso ignorarlo. Non per me. Non per te.»

Tormento. Potevo percepirlo. Sia il suo che il mio.

Come se in qualche modo capisse che cosa significava essere nella mia posizione, lui rafforzò la presa intorno alla mia vita, tirandomi maggiormente contro il suo corpo ancora teso, forse anche più di prima, perché i suoi muscoli fremevano irrequieti, in balia di questa tempesta a malapena contenuta che minacciava di andare fuori controllo.

«Te l'ho già detto quella sera. Non permetterò che quell'uomo ti faccia del male. Mai più.» Avvolse anche l'altro braccio intorno alla mia vita. «Sai che verrò con te.»

Non era una domanda.

E in quel momento capii che se Zee faceva una promessa, l'avrebbe mantenuta ad ogni costo.

20

ZEE

Tolsi le chiavi dalle sue mani tremanti. Scioccata, Alexis mi guardò. L'angoscia turbinava nelle profondità di quegli occhi blu che solitamente erano così luminosi.

Aprii la portiera del passeggero. «Sali.»

«Posso guidare.»

Presi la sua mano e la premetti sul mio petto che vibrava e tremava. «Scordatelo, Alexis. Pensi davvero che ti permetterò di metterti al volante mentre sei in questo stato?»

Il problema era che avrei scommesso che l'aveva già fatto un centinaio di volte in passato. E ogni volta, non aveva mai avuto nessuno al suo fianco.

Fece vagare lo sguardo su di me per un istante, poi annuì piano e si accomodò sul sedile del passeggero. Mi chinai in avanti per allacciarle la cintura di sicurezza mentre questo assurdo istinto di protezione cresceva in me.

Una tempesta in avvicinamento, pronta a distruggere ogni cosa.

Ogni centimetro del mio corpo si irrigidì e la mia mascella si serrò quando iniziai ad indietreggiare, prima di rimanere avvinto dal suo magnifico e fiducioso volto.

Posai una mano sulla sua guancia. «Pensi davvero che ti lascerei andare lì da sola?»

Lei scosse la testa. «No. È solo che... di solito non sono così agitata quando chiama. Io...» Lasciò la frase in sospeso e abbassò lo sguardo sul proprio grembo.

«Tu cosa?»

I suoi occhi ritornarono su di me. «Quella notte...» Deglutì, prima di confessare con voce rauca: «Mi ha cambiata, Zee. Quell'uomo mi ha fatto temere cose che non avevo mai temuto prima. Detesto sentirmi in questo modo.»

La rabbia ribollì nelle mie viscere. Volevo dare la caccia a quello stronzo. Farlo fuori. Cancellarlo dalla faccia della terra.

Odiavo il fatto che avesse assoggettato, anche solo per un secondo, la fiducia e le convinzioni di questa ragazza.

Cinsi il suo dolce viso tra le mani e portai la bocca a un soffio dalla sua, incrociando il suo sguardo. «Niente paura. Vivi e basta.»

Una singola lacrima scivolò dall'angolo del suo occhio. «Sei tu che mi hai ridato la vita. Che ti sei assicurato che non la perdessi, mettendo a rischio la tua. Le parole non contengono il potere per descrivere che cosa significa questo per me. L'effetto che ha avuto su di me.» Afferrò la mia mano e se la portò sul battito martellante del suo cuore. «Il modo in cui mi hai marchiata, proprio qui.»

Il mio spirito intonò le strofe della sua canzone. Una canzone intensa, confusa e dolcissima. Le cui parole detenevano troppo potere e dicevano tutte le cose che non avrei mai potuto dire.

«Lo so, Lex. Lo so. Quella notte ha cambiato anche me.»

E per nulla al mondo avrei permesso che succedesse di nuovo una cosa del genere. Non a lei.

Né ora né mai.

Girai intorno alla sua auto e mi sedetti al posto di guida, avviai il motore e mi immisi in strada. L'oscurità sfrecciava al di là dei finestrini come un incubo confuso mentre ci dirigevamo verso il luogo di quella fatidica notte.

Ricordi di mio fratello inondarono la mia mente, assalendomi con una violenza così forte da tagliarmi in due. Una parte di me l'aveva odiato per quello che mi aveva fatto passare. Per la preoccupazione, le notti insonni e i tradimenti che avevo preso come un insulto personale.

Buffo come, alla fine, i miei inganni fossero stati molto più grandi dei suoi.

Non c'era stato tempo per le scuse. Per le spiegazioni. Per dirgli che avrei cancellato tutto se avessi potuto. Perché il suo tempo era terminato. Proprio come si stava esaurendo il tempo per me e Alexis.

Combattei contro quell'assalto furioso, stringendo le mani intorno al volante fino a far diventare le nocche bianche e digrignando i denti così forte che ero certo si sarebbero ridotti in polvere.

Una mano delicata mi sfiorò l'avambraccio. «Non biasimarla.»

Come faceva Alexis a sapere cosa stavo pensando? Poteva percepire che volevo scuoterla? Gridarle che era tutto inutile e allo stesso tempo dirle di non arrendersi mai?

Lo sapeva?

Ogni mia terminazione nervosa era in allerta quando parcheggiai l'auto di fronte a uno schifoso minimarket aperto ventiquattr'ore al giorno che sembrava una specie di contorto portale verso una fossa piena di nefandezze.

Dio solo sapeva quante volte c'ero stato anch'io.

Quella possessività e quell'istinto di protezione si tramutarono in una fiamma quando pensai a tutte le volte che questa ragazza era venuta in questa parte della città nel cuore della notte.

Non appena Alexis fece per aprire la portiera, posai una mano sul suo braccio. «Non muoverti.»

Scesi dalla macchina e andai dal suo lato. La mia attenzione era acuminata mentre perlustravo l'area circostante con lo sguardo, valutando ogni faccia e ogni intenzione.

Alla fine, i miei occhi si posarono sulla logora ragazza rannicchiata contro il muro di un edificio dall'altra parte della strada, la sua sagoma appena fuori dal raggio di luce del lampione.

Quando uscì dall'ombra, cercai di tenere a freno la rabbia che provavo al pensiero che anche Alexis dovesse avere a che fare con questo schifo.

Appena Alexis vide sua sorella, spalancò lo sportello e scese dall'auto.

Avril attraversò la strada con le mani infilate nelle tasche. «Sei venuta.»

Il dolore, intenso e palpabile, percorse Alexis da capo a piedi. «Un giorno non lo farò più. Ma il fatto che io sia qui significa che non ho ancora rinunciato a te.»

Il mento di Avril tremolò. «Non so cosa mi succederà quel giorno. Quando rinuncerai a me. Quando smetterai di volermi bene.»

L'emozione sfrigolò tra di loro.

Cristo. Che situazione straziante.

Alexis si portò una mano chiusa a pugno sul petto. «Sai che non smetterò mai di volerti bene. Ma non so per quanto tempo ancora potrò continuare così. Ogni volta che ti vedo, porti via con te un pezzetto di me. Non posso andare avanti in questo modo finché non rimarrà più nulla. Non posso continuare a mettermi in pericolo solo perché vuoi restare qui.»

Avril trasalì e con un filo di voce disse: «Sai che non voglio essere questa persona.»

Alexis fece un passo implorante verso sua sorella. «Allora non esserlo. Vieni con noi. Adesso. Ti porteremo via da qui, e non dovrai mai più tornarci.»

Sussultando come se fosse stata colpita da un'improvvisa scarica di paura, Avril si lanciò un'occhiata alle spalle, verso le ombre da cui era sbucata, prima di voltarsi di nuovo verso Alexis. Nervosamente, sussurrò con voce ancora più bassa. «Sai che non è così semplice. Lui mi troverà.»

La rabbia mi trafisse le viscere.

Fu in quel momento che capii cosa stava dicendo Avril. Quanto orribilmente legata fosse a quel pezzo di merda.

Il terrore mi attanagliò lo stomaco.

Era per questo che quel verme aveva inchiodato Alexis contro quel lurido muro? Pensava che potesse attirarla in quel tipo di vita? O voleva semplicemente proteggere le sue *proprietà* a qualsiasi costo, e pensava che il modo migliore per farlo fosse togliersi Alexis dai piedi?

Mi afferrai i capelli, cercando di mantenere il controllo mentre mi voltavo per guardarmi alle spalle. Cercando e scrutando.

Il vento soffiò, facendo rotolare una lattina di birra lungo il parcheggio deserto all'altro lato della strada, spezzando l'assordante silenzio che ci circondava.

Mi girai giusto in tempo per vedere Alexis afferrare sua sorella per il braccio. «Lui non ti possiede.»

La tristezza attraversò i lineamenti di Avril. «È qui che ti sbagli.» Deglutì rumorosamente e allungò la mano con il palmo all'insù.

Alexis emise un sospiro carico di dolore, poi si voltò e frugò nella borsa, tirando fuori una mazzetta di banconote. La posò nella mano di Avril ma non la lasciò andare.

Cazzo.

Questo era troppo da sopportare.

«Ti voglio bene» disse infine Alexis, prima di mollare la presa.

Avril fece un passo indietro. «Lo so. Anch'io ti voglio bene.» Arretrò di altri due passi, gli occhi fissi sulla ragazza che si stava insinuando sempre di più nel mio spirito ad ogni gesto altruistico che faceva.

Questa ragazza che si lasciava usare proprio come sua sorella, anche se in una maniera completamente diversa.

Non riuscii a tollerarlo oltre. Non un secondo di più.

Feci un passo verso Avril e parlai in tono basso e urgente. «Vieni con noi. Mi prenderò cura di te. Ti proteggerò. Non permetterò che quel bastardo ti tocchi. Mai più.»

Per la prima volta, Avril portò lo sguardo su di me, come se si fosse appena accorta della mia presenza. Ero soltanto un altro volto insignificante fra tutti quelli che le sfrecciavano davanti nella sua lotta per la sopravvivenza. Scoppiò in una risata fredda e vuota. «Non è così che funziona» disse, poi si voltò, guardò rapidamente a destra e a sinistra, e attraversò in fretta la strada.

La osservammo in silenzio finché non scomparve. Nell'istante in cui svanì nell'ombra, mi precipitai verso Alexis e la ressi in piedi quando crollò tra le mie braccia. Si aggrappò alla mia maglietta, bagnandomi il tessuto con le sue lacrime. «Fa male, Zee. Fa tanto male.»

Le carezzai la testa con la mano. «Lo so, piccola, lo so.»

La mia attenzione vagò per il parcheggio e verso il minimarket. C'era un tizio strafatto appoggiato contro il cofano della propria auto che ci guardava con fin troppo interesse. «Forza, andiamo via da qui. Non appartieni a questo posto.»

«Nemmeno lei.»

«No» concordai. Ma in quel momento, Avril non sembrava intenzionata a cambiare la sua situazione.

Aiutai Alexis a salire in macchina, chiusi la portiera e girai velocemente intorno all'auto. Balzai sul sedile del guidatore, accesi il motore e misi la marcia. Quando voltai l'auto, i fari trafissero la strada davanti a noi, illuminando le ombre in cui Avril era sparita.

Quel fascio di luce, simile a un maledetto riflettore, fece scappare via una manciata di topi nelle fogne.

Due uomini fuggirono in una direzione, mentre tre donne si rannicchiarono contro il muro.

Avril si trovava nel mezzo.

La rabbia ribollì furiosa nelle mie vene quando il mio sguardo si posò sul bastardo situato a pochi passi da loro, gli occhi luminosi come quelli di un demone nella luce che fendeva la notte.

I miei muscoli si tesero e si contrassero, pronti a combattere, mentre il mio piede fremeva dalla voglia di schiacciare l'acceleratore.

Quel figlio di puttana era proprio lì, cazzo.

Alexis posò una mano sul mio avambraccio. «Non farlo. Non ne vale la pena» disse con voce intrisa di paura.

Serrai le mani intorno al volante, cercando di contenere la violenza che stava facendo sbandare l'asse del mio mondo. Di tenere a bada l'istinto di protezione che mi pervadeva.

Lo stronzo sollevò il mento nella nostra direzione, e un sorrisetto arrogante spuntò sulla sua bocca.

Il panico mi assalì i sensi.

Perché il bastardo conosceva Alexis. Conosceva la sua

macchina. Sapeva che sarebbe venuta.

E senza dubbio, sapeva che questa non sarebbe stata l'ultima volta che tornava qui.

Fui sopraffatto dalla nausea quando mi resi conto di cosa voleva realmente da lei.

Voleva legarla e soggiogarla. Renderla una pedina del suo mondo malato e perverso. Sfruttare il suo corpo mentre altri uomini annientavano lentamente il suo spirito e la sua mente.

Era così che facevano gli stronzi come lui. Quando incontravano una persona innocente e vulnerabile, la vedevano come una buona opportunità.

Distolsi l'attenzione da quel pezzo di merda all'altro lato della strada e la portai su Alexis.

Lei mi fissò con i suoi occhi blu sgranati e agitati, simili a una travolgente collisione tra mare e cielo. I suoi capelli erano scompigliati per via delle mie dita, le guance rosee e rigate di lacrime.

«Lui no, ma tu sì.»

21

ALEXIS

Zee svoltò nel mio stretto vialetto. Mi aveva riaccompagnata direttamente a casa, dicendomi che avrebbe trovato un modo per tornare al suo appartamento.

Avrei voluto dirgli che potevo accompagnarlo io. Che dopo quello che aveva fatto per me, era il minimo che potessi fare. Ma come potevi sdebitarti con qualcuno quando gli dovevi la vita?

Inoltre, in quel momento, non sembrava un uomo con cui poter discutere.

Parcheggiò la mia auto e spense il motore. Un quieto silenzio riempì l'abitacolo e l'oscurità ci avvolse. Ero sicura che la tensione tra di noi fosse diventata più potente che mai.

Selvaggia, tempestosa e in qualche modo dolce.

Zee spostò gli occhi su di me.

Era di una tale bellezza che mi colpì come una freccia, penetrante e squisita.

Il mio corpo palpitò quando rammentai il modo in cui si era schiacciato contro di me, le sensazioni che avevo provato sotto le sue carezze, l'intensità del suo bacio.

Lì seduta, mi sentivo come se fossi stata su un ottovolante

con lui stasera. Avevamo raggiunto le vette più alte ed eravamo precipitati negli abissi più profondi, girando e vorticando, slittando e sbandando.

Adesso stavo sperimentando quella strana sensazione da capogiro che mandava l'intero mondo sottosopra quando la corsa si fermava bruscamente.

E non avevo idea di dove questo ci avesse condotti.

«È tardi» mormorò con quella sua voce cupa.

«Sì, lo è.»

Aprii lo sportello e lui fece lo stesso, girando rapidamente intorno all'auto per raggiungermi. Potevo sentirlo torreggiare sopra di me mentre mi seguiva a un passo di distanza verso la porta d'ingresso.

La notte danzava intorno a noi, calda e mite. La lampada esterna appesa accanto alla porta rischiarava il portico con il suo bagliore dorato.

I miei respiri divennero più corti quando Zee allungò il braccio e infilò la chiave nella serratura. Girò la maniglia e la porta si aprì lentamente, rivelando l'immobile oscurità che attendeva all'interno.

Alzai lo sguardo su di lui, volendo vedere il suo volto, scoprire qualcosa in più su quest'uomo, le cui espressioni erano una mappa che portava dritto al suo cuore tormentato.

Il tumulto balenò sui suoi lineamenti, affiorò sulle sue labbra e tremolò nelle sue dita. Dita che fece scorrere lungo la mia guancia.

«Mi terrorizzi, Alexis.»

Attratta, mi girai lentamente verso di lui. Il calore mi bruciò la pelle, irradiandosi per tutto il mio corpo e colmando lo spazio tra di noi. «Odio averti trascinato nei miei casini» gli dissi.

Odiavo ancora di più che avessi avuto bisogno di lui lì. Con me. Al mio fianco. Non avevo idea di cosa sarebbe successo stanotte se non ci fosse stato.

Quando Avril mi aveva telefonata, mi aveva promesso che ci sarebbe stata solo lei. Che sarei stata al sicuro. Forse non avrebbe dovuto sorprendermi il fatto che, invece di attirarmi nell'abisso del suo sordido mondo, lo avesse portato più vicino a me.

«E io odio che tu continui a farti trascinare sempre più a fondo in essi» ringhiò, cancellando un altro centimetro tra di noi.

Il mio sguardo venne catturato dal movimento della sua gola muscolosa quando deglutì.

«Saresti andata laggiù da sola stanotte se non ti avessi chiesto di farmi quella promessa» proseguì.

Con riluttanza, annuii. Non perché non volevo che lo sapesse, ma perché volevo che la verità fosse diversa. «Quando mia sorella mi chiama... io... la immagino lì fuori tutta sola. Impaurita. E so che dovrei rifiutarmi, dirle che è colpa sua, ma a quanto pare "l'amore duro" ha più effetto su di me che su di lei.»

Il suo sguardo mi toccò più profondamente di chiunque altro prima di lui.

E lo volevo... volevo che mi vedesse davvero.

«Questo mi rende debole?» chiesi.

Zee tracciò le mie labbra con i polpastrelli. «No, ti rende la persona più coraggiosa e altruista che conosca.»

Fece scorrere le dita più in basso, sfiorandomi la mascella e carezzandomi il collo fino all'incavo della gola.

Sentii le farfalle nello stomaco quando un angolo della sua bocca si sollevò. Avrebbe potuto essere quasi un sorriso canzonatorio se non fosse stato per il senso di protezione che trapelò da esso.

«Ma questo ti rende anche la persona più avventata che io conosca.» La sua mascella si contrasse. «Non puoi cacciarti in pericolo. Nemmeno per lei. Ci sono altri modi per aiutarla che abbandonare tutto e correre lì ogni volta che ti chiama.»

Affetto e preoccupazione montarono dentro di me. «Ho l'impressione di aver tentato di tutto. Non so cos'altro fare. Mi sento così... bloccata. Impotente.»

Un lampo di rabbia balenò nel suo sguardo. «Quel tizio, quello che ti ha aggredita...»

La paura mi serrò il petto, e sentii le lacrime formarsi nei miei occhi. «Non posso credere che fosse lì con lei. Che mia sorella mi abbia messo in quella situazione dopo ciò che è successo. Lo sapeva, Zee. Era lì quella notte... prima che tu arrivassi. Ha visto cos'aveva intenzione di farmi quell'uomo.»

«Dobbiamo andare alla polizia. Dargli un nome. Dev'esserci qualcosa che possono fare. Quello stronzo era lì, Alexis. Proprio lì, cazzo.»

Il mio petto si contorse ulteriormente. «Sai che non abbiamo un nome. Gli ho descritto il suo viso e mi hanno detto che faranno l'impossibile per trovarlo, ma ho la sensazione che ci sia dell'altro sotto. Che stiano aspettando qualcosa. Che vogliano incastrarlo con qualcosa di più grave di quello che ha fatto a me.»

Potevo solo immaginare in che giro di droga fosse coinvolto. Quanto potenti fossero i suoi agganci.

Percepii la rabbia di Zee di fronte alle mie parole.

La sua mano si strinse intorno al mio collo.

In maniera possessiva.

Un brivido mi percorse dalla testa ai piedi.

«Voglio solo che finisca, Zee» ammisi, esausta. «Voglio che mia sorella stia bene. Non voglio che sprechi la vita che le è stata donata. Troppe persone lo fanno. Mi fa star male il pensiero che stia facendo quella scelta.»

Il dolore attraversò la sua espressione. «E io sto male perché tu continui a metterti in pericolo a causa di ciò. Perché stai sprecando *i tuoi giorni*, Alexis.»

La comprensione corse tra di noi. «Nemmeno io voglio sprecarli.»

Intendevo in più di un senso.

Intendevo per me, per lui, per noi.

Non volevo sprecare qualunque cosa fosse quello che avevamo.

Ebbi la sensazione che anche lui provasse lo stesso, perché fece scivolare la mano verso il basso, fino a posarla sul mio petto, come se stesse traendo energia dal battito del mio cuore, permettendogli di sostenere una parte di sé.

«Lex» sussurrò. «Cosa mi stai facendo? Qualunque cosa sia, non riesco a fermarla.»

Le pagliuzze bronzee e dorate nei suoi occhi scuri, che apparivano quasi neri nelle ombre della notte, luccicarono.

Il desiderio si diffuse sotto il peso della sua mano, propagandosi e scorrendo liberamente.

Gemetti, e Zee mi fece voltare, portando la mia schiena contro il suo petto. Avvolse un braccio intorno alla mia vita e seppellì il viso nel mio collo. «Mi fai impazzire, Alexis, lo sai? Voglio farti stare bene. Solo per una notte... lascia che ti faccia stare bene.»

Mi sospinse in avanti, oltre la porta spalancata che sedeva come un faro.

Un brivido mi percorse la spina dorsale quando raccolse i miei capelli nella mano libera e premette una scia di baci sulla giunzione tra spalla e collo, spostandosi sulla stella che mi ero tatuata lì per ricordarmi di non smettere mai di credere.

La sua voce era un mormorio roco contro la mia pelle. «La prima volta che sono venuto qui, lo sapevo. Sapevo che eri diversa. Sapevo che non sarei mai più stato lo stesso.»

Con un calcio, chiuse la porta dietro di noi.

La sua mano si spostò sul mio ventre, che tremolò e fremette.

L'oscurità, spezzata solo dal chiaro di luna che filtrava attraverso la finestra, ci inghiottì nel suo calore.

Zee mi baciò dietro l'orecchio, sfregandomi il lobo con i denti.

Quel desiderio che si era smorzato tornò a divampare dentro di me.

Boccheggiai quando, improvvisamente, mi voltò di nuovo e mi spinse sul divanetto. Mi aggrappai ai cuscini, muovendomi irrequieta mentre mi fissava nella penombra.

«Quel giorno eri seduta proprio qui» disse con voce così bassa da sembrare quasi minacciosa. «Ero venuto per controllare come stavi, e l'unica cosa a cui riuscivo a pensare era strisciare sul tuo corpo delizioso, distenderti sul divano e *sprofondare in te*.»

Rabbrividii e la mia mente vorticò. «Togliti la maglietta.»

Oddio. Da dove mi era uscito? Ma lo volevo. Volevo vederlo. Perché anch'io avevo avuto le sue stesse fantasie.

Lentamente, Zee si afferrò l'orlo della maglietta e la sollevò lungo il corpo, sfilandosela dalla testa e lasciandola cadere a terra.

Deglutii intorno al groppo di emozione che pulsava nella mia gola mentre con lo sguardo carezzavo ogni centimetro di lui.

L'avevo già detto prima. Quest'uomo era perfetto. Magnifico.

Dentro e fuori.

Le sue spalle erano ampie e la sua pelle liscia si tendeva sui rigidi e delineati muscoli che si contraevano al di sotto. Il suo addome era piatto e scolpito, con linee ben definite che si assottigliavano verso la vita sottile.

Mi venne l'acquolina in bocca mentre immaginavo di tracciare quelle linee con la lingua, assaggiando, toccando ed esplorando.

Ma fu l'inchiostro inciso sulla sua pelle a far vacillare il mio spirito nel tentativo di attirarlo maggiormente a me.

Era la prima volta che riuscivo a osservare per intero i suoi tatuaggi, a capire che cosa si era impresso sul corpo come un tributo e una lode.

Un braccio era un mosaico di vita; un cielo stellato in una notte perfetta e infinita.

L'altro rappresentava la morte; un drago sul fondo del mare più profondo, con i teschi delle sue vittime impilati come trofei ai suoi piedi.

Su un lato della sua clavicola c'era un semplice tatuaggio che in qualche modo sembrava incredibilmente profondo, scritto in caratteri quasi medievali.

Inesorabile.

Era facile capire a quale di quei due mondi fosse incatenato.

«Sei bellissimo» riuscii a dire a malapena.

Una bassa risatina scaturì dalla sua bocca. «Se vedessi tutto quello che si cela dentro di me, non la penseresti così.»

«Non ti credo» sussurrai mentre torreggiava sopra di me nell'oscurità della notte.

Lui posò entrambe le mani sullo schienale del divano ai lati della mia testa, poi si chinò in avanti e mormorò: «Questo perché sei la *personificazione della fede.*»

Lentamente, si mise in ginocchio.

Ogni cosa tremò: il mio corpo, l'aria e le fondamenta del mio cuore.

Posò le mani sulle mie ginocchia. «Sei tutto ciò che è buono a questo mondo. Pensi che non lo veda, Alexis? Che non lo senta? E io sono il bastardo che non riesce a starti lontano. Che desidera disperatamente un assaggio.»

Fece scorrere i palmi verso l'alto, sulla parte superiore delle mie cosce.

Il mio ventre tremò, e inspirai bruscamente quando le sue mani calde si insinuarono sotto il tessuto della mia camicetta. La tirò su, suscitandomi la pelle d'oca mentre me la sfilava dalla testa. Gettò l'indumento da parte, poi fece scivolare le mani dietro la mia schiena, dove sganciò il reggiseno e abbassò le bretelline lungo le mie braccia.

«Zachary.»

«Ti darò piacere, Alexis. Dopo stanotte... ho bisogno di farti sentire bene» disse, portando le dita sul bottone dei miei jeans. Ansimai quando me li abbassò insieme alle mutandine.

Denudandomi centimetro dopo centimetro.

Fui scossa dai brividi, e quell'energia divenne soffocante, quasi impossibile da sopportare mentre il suo sguardo, meravigliato e incantato, vagava su di me.

Mi tolse le scarpe e si piegò all'indietro per sfilarmi i jeans dalle caviglie. Ed eccomi lì, completamente nuda e distesa sul divano davanti a lui come un'offerta.

Quello era esattamente ciò che volevo essere.

«Sei la cosa migliore che abbia mai visto. Non riesco a credere di poterti vedere in questo modo. Di avere questa possibilità.»

Udii il significato dietro le sue parole. Questa sarebbe stata l'unica volta, l'unica occasione.

Zee si sporse in avanti, facendosi largo tra le mie ginocchia e poggiando una mano accanto a me sul divano per sorreggersi. Incrociò i miei occhi mentre con i polpastrelli tracciava la pelle della mia coscia, salendo su per il mio fianco e battendo un ritmo delicato sulla mia pancia tremante.

Inarcai la schiena sotto le sue carezze stuzzicanti. «Oddio... Zee.»

«Shh... lo so, piccola, lo so.»

Fece scorrere le dita verso il basso, sfiorandomi a malapena mentre lambiva la corta peluria che copriva il mio sesso, prima di separare le grandi labbra e affondare le dita nella mia carne bagnata.

Mi stuzzicò e torturò, carezzandomi lievissimamente il clitoride.

I miei fianchi scattarono in avanti, bramosi di avere di più. «Zachary...»

Lui incontrò di nuovo il mio sguardo. «Hai bisogno di me? Dimmelo, Alexis. Hai bisogno di me?»

Toccai il suo splendido viso scolpito nella pietra e inciso nell'autocontrollo. «Ho bisogno di te.»

Zee ringhiò, prima di riportare le mani sulle mie ginocchia e divaricarmi le gambe. Un istante dopo, seppellì la lingua nel mio sesso.

Di scatto, portai le mani nei suoi capelli. «Zee.»

Mi leccò a fondo e a lungo. Fece scivolare le mani su e giù per le mie cosce, palpando e carezzando, prima di infilarle sotto le mie natiche per afferrarmi il sedere e trascinarmi fino al bordo del divano.

Si ritrasse leggermente e mi trafisse con il suo sguardo famelico. «Sei un miracolo, Alexis.»

Le sue dita massaggiarono la mia carne, facendomi dimenare e inarcare i fianchi in una supplica silenziosa. Sfregò i pollici lungo la piega situata tra le mie cosce e il centro del mio piacere.

Solleticandomi.

Eccitandomi.

«Mi fai ricordare.»

La mia mano tremava terribilmente quando la spostai sul suo viso, continuando a tenere le dita intrecciate nei suoi capelli. «Cos'hai dimenticato?»

Zee abbassò la testa e premette un semplice bacio sulla giuntura che stava carezzando coi pollici, prima di sussurrare contro la mia pelle sensibile: «Mi fai ricordare che cosa si prova a sentire delle emozioni. Che cosa vuol dire desiderare qualcuno in un modo che ti fa sentire come se stessi uscendo fuori di testa. Fuori di senno.»

«Tu mi hai fatta sentire così sin dalla prima volta.»

Mi strinse più forte a sé, carezzandomi con le dita, affondandole nel mio sesso e facendole scorrere lungo il solco tra le mie natiche. Il suo respiro era simile a una fiamma quando soffiò piano sul mio clitoride.

Il mio cuore incespicò e palpitò. «Zachary... ti prego.»

«Ti prego cosa?»

«Ho bisogno di te.»

Non appena pronunciai quelle parole, lui si lasciò andare. La sua lingua sprofondò completamente nel mio sesso, il suo ringhio vibrò per tutto il mio corpo come il crepitio di un incendio boschivo, prima che la sua attenzione si focalizzasse sul mio clitoride.

Leccò e succhiò.

Ogni cosa bruciò.

Mi agguantò con forza una natica mentre si sollevava maggiormente sulle ginocchia, e con l'altra mano affondò due dita nella mia fessura.

Ansimai in preda al piacere mentre le mie pareti intime si stringevano intorno alle sue dita, che insieme alla sua lingua presero a muoversi ad un ritmo devastante.

Quell'energia turbinò e vorticò man mano che Zee mi conduceva verso il culmine del piacere, che si stava avvicinando rapidamente. L'estasi mi attanagliò il ventre e confluì nel mio clitoride. Ansimai e boccheggiai quando Zee mi catapultò in questo posto dove l'aria era assente.

Dove il mio unico respiro era lui.

Quest'uomo.

Quest'uomo.

Ogni cosa esplose.

Andò in frantumi.

Venni travolta da una beatitudine accecante che si diffuse come stelle.

Stelle che bruciavano mentre cadevano e brillavano.

Le mie gambe si serrarono intorno alla sua testa con la stessa forza con cui le mie dita strinsero i suoi capelli, e avrei potuto giurare che tutto il mio corpo si sollevò di quindici centimetri dal divano.

Urlai il suo nome.

Desiderando di *raggiungerlo*, anche se non mi ero mai sentita così vicina a qualcuno come in quel momento.

Intanto, Zee mi stava sussurrando cose che non riuscivo a udire, baciandomi l'interno delle cosce mentre boccheggiavo con il viso rivolto verso il cielo stellato e nascosto alla vista.

Dove lentamente caddi.

Zee era lì, pronto ad afferrarmi. Mi massaggiò e mi blandì, dicendomi con le dita tutte le cose che pensava di non dovermi dire.

Annaspai in cerca d'aria, cercando di rallentare il battito del mio cuore che martellava e ruggiva selvaggiamente. Mi sentivo stordita. Sbalordita. Come se non sarei mai più stata la stessa.

Zee si staccò da me. «Sei davvero magnifica quando vieni.»

Le mie guance si tinsero di rosso mentre mi sporgevo in avanti e posavo le mani sul suo petto. Non capivo come riuscisse a farmi sentire sia coraggiosa che incredibilmente timida. Era come se mi guardasse in maniera diversa da qualsiasi uomo avessi mai conosciuto. Come se vedesse cose che solo lui poteva vedere.

Quando lo sospinsi all'indietro, mi rivolse un sorrisetto tinto di lussuria e colmo di adorazione.

Feci scorrere il palmo sull'inchiostro che seguiva la curva della sua clavicola.

Inesorabile.

Stampai un bacio sulla sua pelle. «Per chi stai combattendo?» sussurrai contro il suo tatuaggio.

Zee gemette e afferrò i miei capelli in una mano, stringendoli con forza quando cominciai a disegnare una scia di baci lungo il suo corpo possente, tirando in fuori la lingua per assaggiare e tracciare le linee definite del suo addome come avevo sognato di fare.

Lui sussultò sotto le mie carezze, rafforzando la presa nei miei capelli. «Cazzo... Lex. Non posso.»

Mi misi in ginocchio, guardandolo da sotto le ciglia mentre gli sbottonavo i jeans. «Sì che puoi. Voglio sentirti. Toccarti.»

«Merda... piccola.»

Potevo percepire la sua riluttanza, il suo tentativo di aggrapparsi a una parvenza di autocontrollo. Ma ogni resistenza scomparve quando tracciai con la lingua il sottile velo di peluria sotto il suo ombelico.

Reclinandosi all'indietro per farmi più spazio, Zee usò il tavolino alle sue spalle come supporto per sollevare i fianchi e permettermi di calargli i jeans e i boxer.

Il suo uccello balzò fuori, ondeggiando contro il suo ventre. A quella vista, il mio stomaco si contorse in preda a una delirante bramosia.

La mia voce era un sussurro, una preghiera. «Sei... bellissimo, Zee. Ogni centimetro di te lo è.»

La mia mano tremava mentre accarezzavo la pelle morbida e vellutata che copriva il suo grosso e turgido pene, la cui punta pulsava e lacrimava di desiderio. «Non riesco a credere di poterti toccare in questo modo.»

Zee mi tirò i capelli, avvolgendoli intorno alla sua mano fino alla radice. «Sono io che non riesco a credere che tu mi stia toccando in questo modo. Che mi sia concesso di condividere questa cosa con te. Non dimenticherò mai questo momento, Alexis.»

Un dolce struggimento minacciò di insinuarsi in quel posto segreto dentro di me che Zee aveva toccato, quel posto che sapevo l'avrebbe riconosciuto quando sarebbe venuto.

Volevo trovare i pezzi di questo ragazzo audace e coraggioso che per qualche ragione era spezzato e tenerli stretti finché non avesse trovato un modo per rimetterli insieme.

Invece, mi spostai in modo da mettermi a cavalcioni sulle sue ginocchia.

Zee si sfilò completamente i pantaloni mentre lo prendevo con entrambe le mani, sfregandolo con movimenti lunghi e vigorosi.

Il suo membro sussultò nella mia stretta. «Cazzo... è passato... troppo tempo, Lex. Troppo.»

Allora non avrei perso altro tempo.

Posai un bacio sulla punta del suo sesso, tirando in fuori la lingua per leccarlo, assaggiarlo. Inarcai la schiena mentre abbassavo ulteriormente la testa per prenderlo più a fondo nella mia bocca, appiattendo la lingua contro la parte inferiore della sua asta.

Le sue mani erano nei miei capelli, le sue dita nel mio collo, il mio nome nel suo respiro.

Sibilò una sfilza di imprecazioni mentre sollevava spasmodicamente i fianchi dal pavimento.

Forse avrebbe dovuto preoccuparmi il fatto che vidi anch'io le stelle quando venne.

Forse avrebbe dovuto preoccuparmi il fatto che mi sentissi distaccata dal mio corpo in quel momento.

Sospesa nell'aria.

Ma non ne ebbi il tempo, perché un attimo dopo precipitai.

22

ZEE
DICIOTTO ANNI

Zachary stava iniziando a capire che erano i momenti semplici che spesso significavano di più. I momenti in cui non succedeva quasi nulla che avevano l'impatto maggiore.

Chi avrebbe mai pensato che un confortevole silenzio potesse parlare più forte delle parole?

Seduto nel giardino sul retro sotto lo scuro manto del cielo nell'ora più buia della notte, Zee sapeva che questo era uno di quei momenti.

Rilassato su una sedia da esterno, Mark fece un lungo tiro dalla sigaretta e espirò verso la volta celeste. Il fumo turbinò e vorticò sopra la sua testa, fluttuando verso la tela infinita spiegata sopra di loro, prima di disperdersi e scomparire, diventando un tutt'uno con il vasto nulla.

«Quante di quelle stelle pensi che stiano ancora custodendo i nostri sogni?» La voce di Mark era sommessa e contemplativa quando ruppe la silenziosa immobilità che li circondava.

Con una bassa risatina, Zee sprofondò maggiormente nella

175

sedia a sdraio. Non era sorpreso che il suo tono fosse pieno di quella stupefatta meraviglia che aveva provato da bambino quando rispose. «Vale anche se desideravo sempre le stesse cose?»

Mark sorrise e si grattò la gola, poi si voltò verso Zee. «I tuoi desideri ruotavano tutti intorno a quel pianoforte, vero?»

La sua voce era quasi canzonatoria, tinta da un profondo affetto che sarebbe stato impossibile non notare.

Zee si sentiva leggermente in imbarazzo quando replicò. «Suppongo di sì. Stare seduto dinanzi a quei tasti d'avorio è iniziato a sembrarmi la cosa più importante del mondo.»

«È importante» gli disse Mark.

Con un cenno del capo, Zee si mise seduto dritto e poggiò i gomiti sulle ginocchia. «Sì. Ma questo non significa che non mi manchi passare del tempo con te. Detesto il fatto che ormai non riusciamo quasi più a vederci.»

Mark scrollò una spalla. Non in segno di noncuranza, ma d'incoraggiamento. «Le cose importanti richiedono dedizione e sacrificio, Zee. Lo so bene, anche se il mio mondo è lontano anni luce dal tuo. Vuoi realizzare il tuo sogno? Allora devi fare ciò che è necessario. Proprio come abbiamo dovuto fare io e i ragazzi per i *Sunder*. Questo non sminuisce quello che proviamo l'uno per l'altro. Sarai sempre la persona più importante della mia vita.»

Il senso di colpa divorò Zee. «Ma questi ultimi due anni...»

«Sono stati uno schifo» lo interruppe Mark. Scrollò di nuovo le spalle e continuò con voce sommessa. «Sì, è stato un brutto periodo, fratello. Brutale, cazzo. Ma solo perché il mio mondo aveva smesso di muoversi, non significava che mi aspettassi che anche il tuo si fermasse. Insegui questo sogno da anni.» Gli rivolse un sorriso. «Credimi, ti spaccherei il culo se ci rinunciassi.»

Due anni fa, dopo un concerto a Los Angeles, Baz e Lyrik si erano cacciati in un mare di guai. Baz era finito dietro le sbarre per quasi un anno mentre Lyrik aveva combattuto per rimettere insieme i pezzi della sua vita dopo che aveva perso la sua famiglia a causa degli errori che aveva commesso quella notte.

Durante tutto quel tempo, Zee sapeva che era stata dura per

Mark. Sapeva che era sprofondato in quei posti oscuri sempre più spesso, pompandosi le vene per mascherare la paura e il senso di smarrimento.

Gli era sembrato impossibile raggiungere suo fratello.

Ma nell'ultimo anno, da quando Baz era uscito di prigione, i *Sunder* si erano riorganizzati per tornare alla ribalta.

La loro etichetta aveva onorato il contratto, proprio come il loro nuovo manager, Anthony Di Pietro. Avevano pubblicato un nuovo album ed erano andati in tour per promuoverlo. La loro popolarità sembrava aumentare ad ogni giorno che passava.

Tra quelle due cose e i propri numerosi impegni, Zee aveva l'impressione di avere a malapena il tempo di comunicare con suo fratello maggiore.

Ma Mark aveva ragione.

Niente poteva indebolire il loro legame. Infatti, eccoli lì, seduti sotto le stelle, proprio come quando erano bambini.

Sembrava che non fosse passato nemmeno un giorno.

Ma questo non significava che le cose non fossero cambiate.

Zee esitò prima di confessare: «Ho conosciuto una ragazza.»

L'attenzione di Mark scattò nella sua direzione. «Scherzi?» esclamò con occhi sgranati.

Zee si sfregò una nocca sul labbro inferiore mentre veniva travolto da un'altra ondata di affetto. Solo che questa era di natura completamente diversa. Era un'emozione che riscaldava il suo stomaco e pulsava nel suo petto.

«Non scherzo» rispose.

«È una cosa seria?» chiese Mark.

Zee sollevò la testa per incrociare il suo sguardo. «La amo, fratello. Da impazzire.»

Mark rise sommessamente. «Quindi il mio fratellino è capitolato, eh?»

Una breve risata proruppe dalle labbra di Zee, che scosse la testa. «Immagino di sì.»

La verità era che era capitolato di brutto.

Mark corrugò le sopracciglia con fare pensoso e lo canzonò come faceva da anni. «Allora rinuncerai a tutte le ragazze che si affollano intorno a te ogni volta che oltrepassi la soglia di casa mia? A tutto quell'amore senza impegno? Sembra quasi che sia tu la rockstar dall'espressione sognante che assumono ogni volta che decidi di farti vivo. Dimmi che non ti mancherà tutto questo.»

«Non mi mancherà» rispose Zee con onestà. «Stare con Julie è... facile.»

La cosa migliore che avesse mai fatto.

Mark ridacchiò e si accasciò ulteriormente sulla sedia. «Innamorarsi è la parte facile.» Tirò un'altra boccata di fumo e sollevò di nuovo il viso verso il cielo. «Raccogliere tutti i pezzi dopo è la parte difficile.»

23

ZEE

Frenai un po' troppo bruscamente accanto al marciapiede. Ebbene sì, forse ero ancora irritato per il fatto che avessi dovuto lasciare il calore di Alexis per occuparmi di questa stronzata.

Per una sola dannata notte, avrei voluto fingere.

Nell'istante in cui i messaggi erano cominciati ad arrivare, avevo desiderato prendere a pugni il muro.

L'ultima cosa che volevo era guardare quella brava e gentile ragazza negli occhi e propinarle una patetica scusa su un vecchio amico che aveva bisogno di me.

Ma me l'ero cercata, no? Prendendo quel poco che non avrei dovuto prendere.

La portiera del passeggero si spalancò.

«Dov'è Liam?» Furono le prime parole che uscirono dalla mia bocca.

La rabbia mi divorò lo spirito, questo violento dolore che mi inghiottì quando guardai Veronica scivolare sul sedile anteriore della mia auto.

Ero tornato al mio appartamento in taxi da casa di Alexis, avevo preso la mia macchina e guidato direttamente qui.

179

Veronica sbuffò. «Non mi saluti nemmeno? Il solito genti-luomo.»

Già, perché lei era l'epitome dell'eleganza.

«Penso che abbiamo passato da parecchio tempo la fase dei convenevoli, non credi?» dissi con sarcasmo.

Lei alzò gli occhi al cielo. «Se lo dici tu.»

«Dov'è?»

«Da mia madre.»

«Bene.»

Un cipiglio le corrugò il viso. «Questo cosa vorrebbe dire?»

Era davvero così ottusa o mi stava solo prendendo in giro?

«Significa che almeno so che è in buone mani. Che è al si-curo.»

«Sono sua madre.»

Volevo gridarle di comportarsi come tale, allora. Pretendere di sapere cos'era cambiato da farle improvvisamente pensare che andasse bene portare Liam in quello schifo di posto.

Ma quando mi ero fermato a rifletterci su, mi ero reso conto che c'erano stati dei segni premonitori. Era sempre stata una ma-nipolatrice, facendo di tutto per far volgere la situazione a suo favore, quasi godesse nel vedermi soffrire. In passato, questo non era mai avvenuto a scapito della sicurezza e della felicità di Liam. Ma negli ultimi due anni, avevo percepito un cambia-mento.

Forse non avevo voluto prendere in considerazione l'idea che Veronica ricadesse nelle sue vecchie abitudini. La verità era che probabilmente avrei dovuto aspettarmelo sin dall'inizio.

Questa non era la prima volta che mi trovavo in una situa-zione simile, a guidare da una parte all'altra della città per incon-trarla nel cuore della notte. Mi aveva scritto dicendo che aveva bisogno di vedermi immediatamente, perché era "un'emer-genza".

Mi sfregai il viso con una mano per cercare di scacciare via l'amarezza.

«Vuoi dirmi quale cazzo è il problema? Sono le tre del mat-tino, Veronica, e non mi sembra che tu stia sanguinando.»

Ok, forse era una battuta da stronzo.

La sua fronte si corrugò in un cipiglio. «Dovresti esserci sempre per me.»

Certo. Perché eravamo una grande famigliola felice.

«Ecco perché sono qui. Quindi sputa il rospo.»

Lei abbassò lo sguardo e si torse nervosamente le dita, recitando la parte della ragazza innocente e indifesa. «Ho bisogno di soldi.»

Ovviamente.

Scoppiai in una risata ostile. «Chissà che ne hai fatto di tutti quelli scomparsi.»

Veronica si mosse a disagio sul sedile. «Mia mamma aveva bisogno di aiuto.»

Serrai la mascella. Quante volte aveva usato quella scusa? Anthony aveva ingaggiato un uomo per scovare informazioni, vedere se era vero.

«Quanto ti serve?»

«Duemila dollari dovrebbero bastare... per coprire l'affitto e le bollette. Cibo e roba varia» disse, fingendosi inerme e affranta.

Dannazione.

Mi morsi il labbro inferiore fino a far uscire il sangue, desiderando di urlarle contro. Invece, mi piegai in avanti e tirai fuori il portafoglio. Già sapevo quale sarebbe stata la sua emergenza, perciò ero venuto preparato.

Non era una novità.

Estrassi una grossa mazzetta di banconote. «Te ne do mille. Il tuo solito assegno arriverà sul tuo conto la prossima settimana. Falli durare fino ad allora.»

Veronica mise il broncio, prima di cogliere la mia espressione, la rabbia che ribolliva appena sotto la superficie, in attesa di esplodere.

Mi strappò i soldi di mano. «Mi fai sembrare una bambina.»

Allora smettila di agire come tale.

Strinsi con forza il volante, e lei allungò la mano e mi carezzò la guancia.

Troppo dolcemente.

Allontanai di scatto la testa per sottrarmi al suo tocco.

Veronica sorrise e un lampo maligno balenò dietro la sua

181

finta facciata. «Non mi tradiresti mai, vero, Zee?» disse con voce mielosa.

Il mio petto si serrò di fronte alla sua manipolazione, come se stesse letteralmente affondando i suoi squallidi e luridi artigli nel mio spirito. Strizzandolo e torcendolo come aveva sempre fatto.

«Sono piuttosto sicuro che sia stata tu ad aver infranto quella promessa molto tempo fa.»

Con la mano sulla maniglia della portiera, sussurrò in tono minaccioso: «Non sono io a doverla mantenere.»

Poi scese dall'auto e sparì.

24

ZEE
DICIOTTO ANNI

Julie corse lungo la navata del teatro e si gettò tra le braccia di Zachary, che la sollevò e la fece volteggiare in aria.

Quest'ultimo stava ansimando, ancora in preda all'euforia e al settimo cielo, mentre cercava di rallentare il battito del suo cuore, pur amando il modo in cui martellava selvaggiamente.

Gioia.

Provava così tanta gioia.

«Ce l'hai fatta.» Le parole di Julie erano un respiro che vorticò intorno a lui, penetrando l'incredulità che continuava ad avvolgerlo.

La realtà stava ancora cercando di irrompere nella sua coscienza.

«Non riesco a crederci» disse.

Julie si ritrasse leggermente per guardarlo in viso quando la rimise a terra. «Pensavi davvero che sarebbe andata in maniera diversa?»

«Considerando che non ho chiuso occhio nell'ultima

settimana, penso che fosse esattamente quello che temevo.»

Julie gli sorrise smagliante. Portava sempre i capelli acconciati alla perfezione, dei maglioni aderenti e le perle di sua nonna. Era bella in una maniera conservatrice. Così diversa dalle ragazze in mezzo a cui era cresciuto, quelle che se la facevano con suo fratello e i suoi amici.

«Sono davvero orgogliosa di te» gli disse, prima di sollevarsi in punta di piedi e sussurrargli all'orecchio: «Quanto sei stanco?»

Zee ridacchiò e le avvolse un braccio intorno alla vita, attirandola a sé, perché adorava quando si slacciava qualche bottone e si scioglieva i capelli. Quando passava dall'essere puritana a malleabile e arrendevole. «Non credo che potrei mai essere così stanco.»

«Bene, perché questa è un'occasione da festeggiare.»

«Dobbiamo prima fare quella cosa con mio fratello.»

Julie riportò i talloni a terra, diventando improvvisamente nervosa. «Non so se mi senta a mio agio ad andare lì.»

«Ehi, lo so che è un ambiente diverso da quello a cui sei abituata, ma ti assicuro che sono dei bravi ragazzi» le disse, posandole una mano sul viso e carezzandole lo zigomo con il pollice. «Inoltre, si tratta di mio fratello. È importante per me.»

Julie strinse le labbra e intrecciò le dita alle sue. «So che è importante per te. È solo che... quella non è gente con cui voglio immischiarmi.»

Lui la trasse maggiormente a sé e le posò un bacio sulla testa. «Lo capisco... e non ci mescoleremo con loro. Ma ha organizzato una festa per me... perché mi vuole bene. L'ha fatto per questo.»

Zee agitò una mano verso il pianoforte in cui aveva appena riversato il suo cuore durante l'audizione. Il pianoforte che era sembrato un'amante. Una carezza. La perfezione.

Seduto a quel piano, non si era mai sentito così vivo.

Proprio come Julie, Mark non aveva dubitato che ce l'avrebbe fatta. Gli aveva semplicemente inviato un messaggio prima dell'audizione.

Ce la farai, fratellino. Non ho mai incontrato nessuno talentuoso quanto te. Torno in città alle 8. Stasera

festeggiamo.

Zee infilò le dita nei lunghi capelli castani di Julie, amando la sensazione di averla tra le braccia. «Non preoccuparti, piccola. Ti prometto che mi prenderò cura di te. Oggi è stato il giorno più bello della mia vita... ho bisogno di averti lì con me.»

Julie annuì e strinse le mani nella sua maglietta. «Non voglio essere da nessun'altra parte.»

«Bene» rispose Zee semplicemente.

Perché anche lui non la voleva da nessun'altra parte.

25

ZEE

*P*ranziamo insieme?

Inviai il messaggio non appena lasciai la casa di Lyrik nelle Hills. Non vedevo Alexis da una settimana e... ne avevo bisogno. Stavo per impazzire. I ricordi di quella notte a casa sua mi tormentavano di giorno e mi perseguitavano di notte.

Alexis aveva dovuto lavorare per tutta la settimana, e io avevo trascorso quasi ogni ora del giorno ad esercitarmi con i ragazzi. Durante quel periodo c'eravamo scambiati qualche messaggio, girando intorno all'argomento perché nessuno di noi due sapeva bene cosa fossimo adesso.

Questo era quello che succedeva quando i confini si offuscavano.

Ma resistere era diventato troppo difficile.

Trenta secondi dopo, il mio cellulare vibrò.

Certo! Dove?

Digitai una risposta veloce.

Passo a prenderti fra quindici minuti.

Perfetto. Vado a prepararmi.

Meno di tredici minuti dopo, svoltai l'ultima curva ed entrai nel suo quartiere mentre venivo travolto da un'altra ondata di trepidazione al pensiero di stare di nuovo insieme a lei. Non potevo fare a meno di essere elettrizzato.

La mia eccitazione aumentò quando Alexis uscì di casa radiosa come un dolce raggio di sole, i capelli simili a una bianca cascata scintillante che si riversava lungo la sua schiena. Indossava un corto abito svolazzante di un azzurro pastello con una stampa a fiori rossi e delle bretelle sottilissime.

Non avrebbe dovuto esserci nulla di sexy in quel vestito, ma su di lei era quasi osceno. Il tipo di tentazione che mi faceva formicolare le dita e inturgidire l'uccello.

Non attese neppure che scendessi dall'auto prima di spalancare la portiera del passeggero e saltare dentro. Un sorriso spontaneo adornava le sue labbra carnose e una leggera sfumatura rosa le colorava le guance.

Questa ragazza era un vero schianto, ed ero sicuro che lei non ne fosse nemmeno consapevole.

«Ciao» disse, allacciandosi la cintura di sicurezza. Quando mi guardò, si catturò il labbro tra i denti. «Mi sei mancato» confessò, chiaramente incerta se dirlo o no.

«Anche tu mi sei mancata.»

Ero maledettamente sicuro che *io* non avrei dovuto dirlo, ma le parole mi erano sfuggite prima che potessi fermarle.

Quella solita energia permeò il piccolo abitacolo, reclamando attenzione, ma feci del mio meglio per fingere di non percepirla e cercare di tenere l'atmosfera leggera. «Dimmi che hai mantenuto la tua parola e che non sei andata in nessuna missione di salvataggio pericolosa dall'ultima volta che ci siamo visti.»

Una risatina sommessa le sfuggì dalle labbra. «No... te lo giuro. Le cose sono state piuttosto calme dalle mie parti nell'ultima settimana.»

Il sollievo mi inondò lo spirito. «Mi fa piacere saperlo.»

Lei sgranò gli occhi. «Ti fa piacere sapere che la mia vita è noiosa?»

Scoppiai a ridere. «Ehi, a volte noioso significa sicurezza.»

Alexis finse un broncio. «Sembra piuttosto noioso.»

Scossi la testa mentre tornavo sulla strada principale. «Sei pazza.»

Lei fece uno di quei sorrisi che mi mozzavano il fiato. «Questo lo sapevamo già.»

Venti minuti dopo, la condussi dentro un pittoresco e tranquillo ristorante un po' fuori mano e lontano da occhi indiscreti.

Il pavimento era in cemento azzurro screziato e il soffitto spiovente e di vetro. Fili di luci pendevano dalle travi e alberi in vaso erano situati lungo il perimetro della sala, dando quasi l'impressione di trovarsi all'esterno.

Alexis mi lanciò un'occhiata da sopra la spalla nuda. «Questo posto è fantastico. Come l'hai trovato?»

La direttrice di sala ci condusse a un tavolo in fondo a tutto, dove scostai una sedia per far accomodare Alexis, prima di sedermi al lato opposto.

«Io e i ragazzi eravamo soliti venire qui ogni volta che volevamo rilassarci tenendo un profilo basso. Sai, diamo un po' troppo nell'occhio quando siamo tutti insieme.»

I suoi occhi blu luccicarono di allegria e serenità. «Posso solo immaginarlo.»

«Inoltre, fanno la cheesecake migliore nel raggio di mille miglia.»

«Ah... quindi hai un debole per i dolci, eh?»

Un sorrisetto curvò un angolo della mia bocca. «Che uomo sarei se non l'avessi? Mia mamma mi costringeva a ripulire il piatto se volevo avere il dolce.»

«Suppongo sia stata una buona tattica?»

«Uhm... sì. Direi di sì.» La risatina che mi sfuggì era malinconica, perché il ricordo del sorriso che un tempo abbelliva il viso di mia madre trafisse quella ferita aperta nel profondo di me che non si sarebbe mai rimarginata.

Alexis aprì il menù. «Allora vada per la cheesecake. Ma cosa mangiamo prima?»

Ordinammo e la cameriera ci portò due bicchieri di tè freddo addolcito con frutti di bosco freschi. Alexis bevve un sorso, guardandomi da sotto le ciglia. «Questo è... imbarazzante?» chiese con un filo di voce mentre le sue guance si imporporavano.

Una lieve risatina proruppe dalla mia gola. «No, Alexis. Penso sia ben lungi dall'essere imbarazzante. Semmai, è fin troppo piacevole.»

Troppo naturale e giusto.

Lei abbassò leggermente il viso mentre un sorriso timido e contento le adornava la bocca. Ciocche di capelli biondo platino le ricaddero su una spalla quando piegò la testa di lato e giocherellò con la cannuccia, infilzando un mirtillo con la parte finale come se fosse un pugnale.

«Parlami di Avril... di com'era prima. Di com'è avere una gemella.»

Alexis sollevò lo sguardo su di me, sorpresa. Un lampo di tristezza attraversò il suo viso prima di trasformarsi rapidamente in tenerezza. Una piccola risata sgorgò dalle sue labbra mentre girava la cannuccia nel tè, perdendosi nei ricordi.

«Eravamo inseparabili, come puoi immaginare. Era come avere la tua migliore amica sempre accanto. Un'amica che non doveva mai tornare a casa e che era esattamente come te.»

«Vi piaceva fare le stesse cose?»

Alexis annuì con un breve cenno del capo. «Sì, ma come ti ho detto, io ero un po' più avventurosa. Dovevo persuaderla a seguirmi quando era spaventata. Ma poi sul suo viso compariva sempre questo sguardo... Era diverso dal mio. Quando lo vedevo, sapevo che era felice. Libera. Che stava sperimentando qualcosa che non pensava avrebbe mai avuto il coraggio di fare.»

Mi guardò dritto negli occhi, e la sua voce si abbassò quando confessò: «Penso sia per questo che l'ho spronata così tanto. Volevo vedere quell'espressione sul suo viso perché mi faceva sentire benissimo dentro. Illuminava quel posto dove avvertivo maggiormente il nostro legame.»

Il suo tono divenne malinconico. «Posso ancora vederla...

Avevamo sette anni e Chelsey ci aveva portate al parco. Avril non voleva salire sulla giostra. Io sono balzata su e l'ho supplicata di venire con me. Le ho detto che non l'avrei lasciata cadere. Era terrorizzata ma alla fine è salita su. Ci siamo aggrappate entrambe alla stessa sbarra, mettendoci l'una di fronte all'altra e intrecciando saldamente le nostre braccia, mentre Chelsey ci faceva girare e girare.»

Un piccolo sorriso affiorò sulla mia bocca. «Riesco a immaginare la scena. Scommetto che eravate adorabili.»

Alexis deglutì in preda all'emozione prima di continuare. «Potei vedere il momento in cui iniziò a rendersi conto di quanto divertente fosse. Di cosa si sarebbe persa se non fosse salita sulla giostra.» Un mesto sorriso spuntò sul suo viso. «Io la spronavo sempre ad andare più veloce e più lontano, mentre lei mi incoraggiava sempre a fermarmi e guardarmi intorno. Ad apprezzare quello che già mi circondava.»

«E insieme avete sperimentato le cose migliori della vita» dissi, volendo rassicurarla, anche se le mie parole erano colme di tristezza, di nostalgia per i giorni andati perduti.

Sia per Alexis e Avril che per me e Mark.

«Esatto.» La sua espressione divenne quasi implorante. «So che ai tuoi occhi è una persona orribile, Zee. Ma io continuo a vedere la persona che era un tempo... quella che si nasconde sotto la superficie. La vera Avril. E non posso fare a meno di credere che quella persona esista ancora.»

Allungai la mano sul tavolo e intrecciai le mie dita alle sue. «Nessuno dovrebbe mai chiederti di smettere di crederci. L'unica cosa che ti chiedo è di salvaguardare te stessa. Stai vivendo per lei, ma anche tu meriti che qualcuno viva per te.»

Forse intendevo dire di più con quelle parole. Forse ero esattamente come Avril; prendevo tutto il bene possibile da Alexis finché potevo.

Mi schiarii la gola. «Quindi... eravate solo tu, Avril, tua sorella maggiore e tua madre?»

Alexis sembrò scuotersi di dosso la malinconia, anche se potevo vedere alcuni residui aggrapparsi a lei. «Sì. Mamma doveva lavorare parecchio per mantenerci, quindi tante volte toccava a

Chelsey guardarci e tenerci in riga. In verità, non ha ancora abbandonato quel ruolo.»

Ridacchiai. «È protettiva nei tuoi confronti, eh?»

Alexis alzò lievemente gli occhi al cielo. «Puoi ben dirlo.»

Risi un po' più forte. «Non c'è nulla di male se qualcuno si preoccupa per te.»

«Oh, ma lei esagera.»

«Mi piace già» affermai.

Alexis emise un risolino. «Tra te e lei, non so nemmeno come io faccia a uscire di casa. Sono sorpresa che nessuno di voi due si sia offerto di scortarmi al lavoro questa settimana.»

«Mi sembra un'ottima idea.»

Scosse la testa. «Scemo.»

Mi si serrò il petto. Adoravo il modo in cui mi parlava. Come se fossi un ragazzo qualunque.

No, non un ragazzo qualunque, mi corressi. Il *suo* ragazzo.

Il tipo di ragazzo che poteva essere degno di una ragazza come lei.

Sfregai il pollice sulle sue nocche, continuando a tenere le dita intrecciate alle sue, perché mi rifiutavo di spezzare questa connessione da cui ero dipendente. «Allora... è stato difficile crescere senza un padre?»

Lei abbassò lo sguardo, pensierosa, prima di riportarlo su di me e fissarmi con espressione schietta. «È stato difficile perché non abbiamo avuto la possibilità di trascorrere più tempo con nostra madre. È una donna fantastica... davvero unica. Era spesso fuori casa per via del lavoro, quindi è stata dura per tutte quante, soprattutto per lei perché non voleva lasciarci e per Chelsey perché si è ritrovata con tante responsabilità sulle spalle. Ma a parte questo?»

«Sì?» la esortai.

Scrollò le spalle. «No. Siamo state meglio senza di lui. Se n'è andato quando io e Avril eravamo a malapena in grado di camminare. Avrei potuto lasciare che questa cosa mi avvilisse. Che mi trasformasse in una persona bisognosa di attenzioni. Ma non penso di aver mai sentito davvero la sua mancanza. L'amore che ho ricevuto da mia madre e dalle mie sorelle... è stato sufficiente... e posso solo sperare che anche per loro sia stato lo stesso.»

Cristo.

Questa ragazza.

«Sei diversa da chiunque altro abbia mai incontrato, Alexis.»

Lei arrossì e abbassò il viso, trattenendo uno di quei sorrisi che toccavano tutte le corde dentro di me. Corde che si stavano legando a lei sempre di più.

Mi strizzò la mano. «E tu? Hai un buon rapporto con i tuoi genitori?»

Suppongo che non fossi preparato al fatto che spostasse la conversazione su di me, perché inspirai bruscamente e portai lo sguardo sul pavimento, cercando di ricompormi. Di trovare una risposta da darle che non fosse una bugia.

Ma perlomeno parte della verità.

«Un tempo sì.» Fissai le sue dita, giocherellando con esse mentre parlavo. «Eravamo molto uniti. Come tua madre, anche la mia lavorava parecchio ma, diversamente da te, avevo anche un padre che lavorava altrettanto duramente.» Una risatina addolorata scaturì dal profondo del mio petto. «Io e Mark... eravamo piuttosto scatenati. Dato che eravamo maschi, penso che i nostri genitori non si preoccupassero più di tanto. Finché giocavamo fuori e non appiccavamo incendi, eravamo liberi di scorrazzare e fare a pezzi la campagna.»

Il sorriso di Alexis era dolce e intriso di incoraggiamento. «Perché ho la sensazione che abbiate appiccato qualche incendio?»

Emisi una risata strozzata. «Oh, sì, l'abbiamo fatto eccome.»

La nostalgia piegò un angolo della mia bocca. «Mark aveva cinque anni più di me. Si potrebbe pensare che volesse liberarsi di me... che mi considerasse un fastidio. Invece mi voleva sempre al suo fianco.»

La compassione balenò sui lineamenti di Alexis, che sfregò le dita sulla stella tatuata sul dorso della mia mano, suscitandomi un brivido. «Mi dispiace tanto che non ci sia più. Doveva essere un ragazzo fantastico.»

L'emozione mi attanagliò la gola e le parole vennero fuori

roche. «Lo era. Era il mio migliore amico.»

Sbattendo le palpebre per scacciare via le lacrime, Alexis distolse lo sguardo. Quando lo riportò sul mio viso, non stava guardando me. Stava guardando *dentro* di me. «E adesso... sei ancora legato ai tuoi genitori?»

Mi grattai la barba, cercando di tenere a bada le emozioni. «Non li vedo molto spesso. È difficile... andare a trovarli dopo la morte di Mark. È come se ci fosse un vuoto dentro di loro che mi sento in obbligo di riempire, ma so che non sarà mai possibile.»

Un cipiglio le corrugò la fronte. «Ma pensavo avessi detto che ti eri sistemato qui per stare vicino ai tuoi genitori, o sbaglio?»

Era proprio quello il punto. Rimanevo sempre ai margini, osservando da lontano le cose belle della mia vita senza mai essere in grado di farne parte.

«Non sono sicuro di meritare di stare con loro.»

Alexis si sporse sul tavolo, avvicinandosi a me. «Come puoi dire una cosa simile, Zee? Scommetto che sentono terribilmente la tua mancanza.»

In quel momento, la cameriera giunse con le nostre pietanze. Alexis si rilassò contro lo schienale della sedia e io feci altrettanto. Ma non importava. Potevo comunque percepire quel legame che c'era tra di noi. Lo spirito di questa ragazza che mi tirava a sé, esigendo tutte le cose che non potevo darle.

Stavo cominciando a pensare che non ci fosse nulla che potessi fare per impedirlo.

«Grazie per il pranzo. È stato squisito.»

«Scommetto che non hai mai assaggiato una cheesecake più buona.»

Camminando accanto a me, Alexis mi rivolse un sorrisetto civettuolo con un pizzico di sensualità. «Non hai assaggiato la mia cheesecake.»

Mi cedettero quasi le ginocchia quando una scarica di lussuria mi trafisse le viscere. «Donna, non stuzzicarmi.»

«Ehi, sei stato tu a sfidarmi. Sembra che con te sia sempre pronta alle sfide.»

Non potei più fare a meno di toccarla. Posai la mano su quel punto delizioso alla base della sua schiena, allargando le dita nella speranza di palpeggiare il suo grazioso culetto. Sorridevamo entrambi quando spalancai la porta del ristorante e la condussi fuori, sotto il sole del pomeriggio.

Chiacchierammo serenamente mentre l'accompagnavo verso la mia auto parcheggiata accanto al marciapiede. Aprii la portiera del passeggero, l'aiutai ad accomodarsi sul sedile e, quando la richiusi, sentii l'esclamazione sorpresa di qualcuno che si era fermato bruscamente a un metro da me.

«Oh mio Dio... sei proprio tu... Zee Kennedy, il batterista. Oddio. Non posso crederci. È pazzesco. Le mie amiche non ci crederanno mai. Possiamo farci una foto... e... e... ehm... puoi autografarmi questo?»

Una ragazzina che non poteva avere più di quindici anni mi porse il suo zaino mentre se ne stava lì a farfugliare.

Al contrario, io rimasi imbambolato.

Un'ondata di panico mi investì in pieno. Saturando ogni cellula. Sopraffacendomi. Cercai di sbattere le palpebre, di concentrarmi, di sentire al di sopra dell'improvviso fischio nelle mie orecchie.

Idiota.

Sei un fottuto idiota.

Deglutii nervosamente, a malapena in grado di reggere il pennarello che la ragazza aveva tirato fuori dallo zaino. Scribacchiai il mio autografo sulla tasca anteriore.

Il mio sorriso era più simile a una smorfia quando mi abbassai abbastanza da permetterle di scattare un selfie di noi due.

Almeno, ebbi il buonsenso di assicurarmi che l'obbiettivo fosse rivolto nella direzione opposta a quella della mia auto.

«È stato un piacere incontrarti» borbottai nell'istante in cui scattò la foto e, senza darle il tempo di dire altro, sfrecciai verso il lato del guidatore, col fiato corto e il cuore che martellava in preda al terrore.

Avviai il motore e inserii la marcia, schiacciando contemporaneamente l'acceleratore e immettendomi in strada come se farlo potesse darmi la possibilità di lasciarmi alle spalle tutti questi stupidi sbagli.

Battei il palmo della mano sul volante e digrignai i denti mentre combattevo contro la nausea che minacciava di sopraffarmi.

Cosa ti è saltato in mente?

Il disagio montò e pulsò nell'aria, assediando quell'energia che si rifiutava di scomparire. Quell'energia che era diventata oscura e minacciosa, piena di domande e confusione, di questo vibrante caos fatto di tristezza e dolore.

Sfrecciai in mezzo al traffico come una specie di squilibrato, sterzando bruscamente tra le corsie, facendo slittare l'auto mentre prendevo curve troppo strette.

Schiacciai i freni con forza quando giunsi di fronte alla casa di Alexis.

Non ci eravamo scambiati una sola parola durante l'intero tragitto, e adesso quel teso silenzio echeggiò intorno a noi, in qualche modo amplificato dal basso ruggito del motore.

Alexis allungò una mano tremante e la posò sul mio avambraccio. «Sei turbato perché quella ragazza ti ha riconosciuto?»

Potei percepire il dolore intriso nella sua domanda.

Feci l'errore di guardarla. Di guardare la ragazza che aveva fatto del suo meglio per rovinarmi nel migliore dei modi; cuore, corpo e mente.

Quei capelli quasi bianchi le incorniciavano il viso.

Era così dannatamente bella.

Stupenda, sia dentro che fuori.

Un angelo.

«Dimmi cos'è successo poco fa» chiese, la voce incrinata dall'emozione che permeava l'abitacolo. «Dimmi perché sei così turbato. Ti prego.»

La mia mascella si contrasse in preda alla rabbia. Rabbia indirizzata unicamente a me stesso. Potevo percepirla ribollire sotto la superficie, pronta a scoppiare.

«Vuoi sapere cos'è successo poco fa, Alexis? È successo che ho commesso un errore dopo l'altro, proprio come faccio sempre. Ho mandato tutto a puttane. Ho trascurato le cose che devo proteggere di più. Proprio come ti ho detto che avrei fatto.»

Lei corrugò la fronte e scosse la testa, confusa. «Che cosa significa?»

La mia pelle prese a formicolare fastidiosamente, come i sintomi di un'orrenda eruzione cutanea. La nausea montò dentro di me quando i ricordi mi assalirono la mente.

Troppo intensi. Troppo dettagliati. Troppo vividi.

«È morto, amico... è morto, cazzo.»

Incredulità. Orrore. Afflizione.

Caddi in ginocchio, non riuscivo a respirare. Mi afferrai la testa tra le mani mentre piangevo.

Cosa ho fatto? Cosa ho fatto?

«Significa che non posso continuare così. È stato un errore.» Le mie parole vennero fuori più dure di quanto intendessi, cariche di quest'odio per me stesso che non riuscivo a contenere.

Alexis sussultò come se l'avessi schiaffeggiata. «Si tratta di me? Del fatto che non posso essere vista insieme a te?» Rimase lì seduta attonita mentre giungeva alla sua sbagliata conclusione.

Non si trattava di lei. Neanche lontanamente.

Riguardava me.

Ma era meglio così. Questa cosa doveva finire.

Prima che fosse troppo tardi.

26

ALEXIS

«Che stronzo... un vero e proprio stronzo» borbottai sottovoce, strappando con mani tremanti le erbacce nel mio piccolo
giardino fiorito di fianco a casa.

Anche mentre pronunciavo quelle parole, la mia coscienza
sussurrava che non era vero.

Una strana sensazione si abbatté su di me. Sventrandomi. Pa-
ralizzandomi in un modo che non riuscivo a comprendere.

Zee aveva usato il mio shock come strumento per farmi
uscire dalla sua auto il più velocemente possibile. Così da poter
andare via. Scappare. Fuggire da qualunque cosa lo stesse inseguendo.

O forse la sua intenzione era stata di ritornare di corsa alle
sue catene. Di sottomettersi a qualsiasi cosa lo tenesse legato.

Perché avevo percepito l'agonia che irradiava da lui.

Un vuoto immenso.

Un buco nero.

La desolazione lasciata dal tornado che aveva ridotto questo
ragazzo a brandelli.

Le lacrime corsero bollenti lungo il mio viso e le asciugai con l'avambraccio, boccheggiando mentre mi accovacciavo sui talloni. «Merda» sussurrai, tirando su col naso e guardandomi intorno come se potessi trovare la risposta al suo improvviso cambiamento.

Il pranzo che avevamo condiviso era stato... magico. Per tutta la settimana mi era mancato da matti, e il vuoto del mio letto non mi era mai sembrato così enorme da quando quell'uomo affascinante aveva lasciato il suo marchio su di me. Potevo solo sperare che in qualche modo anch'io avessi lasciato il mio marchio su di lui.

Solo quando mi ero trovata di fronte a lui a pranzo ero stata colta dalla consapevolezza che lui mi capiva più di chiunque altro avesse mai fatto. Vedeva i miei punti di forza e non mi giudicava per le mie debolezze. Proprio come io vedevo le sue qualità.

Allora perché pensava che io l'avrei giudicato per le sue debolezze?

La delusione e una schiacciante tristezza crebbero dentro di me. Mi alzai in piedi, mi diressi verso il retro con passo strascicato e salii i tre gradini che conducevano alla porta posteriore. Entrai in cucina, illuminata soltanto dalla luce del tardo pomeriggio, e mi trascinai verso il lavello per sciacquarmi le mani.

Aprii il rubinetto al massimo e mi sfregai via il terreno dalle unghie, cercando di convincermi a lasciarlo andare. Ad ignorare la persistente sensazione che pulsava ad ogni battito del mio cuore. Ma era troppo rumorosa per ignorarla.

D'altronde, non ero mai stata il tipo da far finta di nulla.

L'ansia permeava le mie terminazioni nervose mentre andavo avanti e indietro per il corridoio, bisbigliando con la testa abbassata, ricordando a me stessa il motivo per cui ero qui. Dovevo solo fargli sapere che c'ero per lui. Che se avesse mai avuto bisogno di qualcuno con cui parlare, volevo che fossi io quella persona.

Forse desideravo qualcosa di più, ma andava bene anche così. Sarei stata onorata di essere considerata una sua amica.

La pesante porta di metallo si spalancò, e Zee comparve sulla soglia, aggrappandosi ad entrambi i lati del telaio per sostenersi.

Angoscia e tormento erano dipinti sul suo viso.

I suoi capelli castano chiaro erano scompigliati, con ciocche che andavano in ogni direzione, come se avesse trascorso tutto il giorno a strapparli e tirarli.

Ma furono i suoi occhi – punteggiati di bronzo, segreti e ardore – a frantumare il mio mondo e a inviare una scarica d'affetto nel mio sangue.

«Dimmi la tua verità» sussurrai.

Lungo il tragitto per venire qui, mi ero preparata un discorso, ma forse fu la mia verità a venire fuori. Volevo che sapesse che poteva fidarsi di me. Che avrei tenuto al sicuro i suoi segreti.

«Alexis» disse lui in un grugnito di sollievo e autocontrollo.

L'aria si fece carica di intensità, e ansimai quando Zee si fiondò su di me.

La sua bocca si abbatté sulla mia.

Divorando. Annientando. Esigendo.

Prendendo tutto ciò che avevo da offrire.

La sua lingua schiuse le mie labbra, reclamando di più.

Mi trascinò dentro e chiuse la porta con un tonfo, schiacciandomi contro di essa e premendo contemporaneamente il suo corpo contro il mio.

Volevo piangere per il sollievo, per la sensazione di averlo tra le braccia.

Quest'uomo bellissimo e complicato.

«Lex. Pensavo che sarei morto dopo averti lasciato... dicendoti quelle cose. Come potresti essere uno sbaglio? Come?»

Le sue parole erano quasi folli. Deliranti. Proprio come l'ondata di pazzia che turbinò nella mia mente quando ondeggiò contro il centro del mio piacere.

«Zachary» mormorai. «Non voglio lasciarti andare. Non lasciarmi andare.»

Girò su se stesso, portandomi con sé e sollevandomi tra le braccia mentre mi conduceva nel suo loft. Avvolsi le gambe intorno alla sua vita, schiacciando i seni contro il suo petto per dare un po' di sollievo ai miei capezzoli duri e in fiamme. Affondai le dita nelle sue spalle, reggendomi forte e baciandolo con trasporto, incapace di avvicinarmi abbastanza.

Un'esclamazione scioccata proruppe dalla mia bocca quando d'un tratto mi premette contro la ringhiera di metallo delle scale. Inarcai la schiena e reclinai il capo all'indietro quando insinuò un ginocchio tra le mie cosce, disegnando una scia di baci famelici lungo la mia gola.

Mi tenne per la vita con una mano mentre faceva scivolare l'altra su per la mia coscia. «Quest'abito...» gemette, scostando di lato le mie mutandine di pizzo.

Ansimai non appena affondò due dita dentro di me.

In maniera possessiva.

Senza esitazione.

Gli graffiai il petto con le dita mentre mi dimenavo contro le sue dita che continuavano il loro perfetto assalto. «Zee... oddio.»

«Questo corpo, Alexis...»

Abbassò la testa, spostando la bocca sullo scollo del mio vestito e baciandomi appena sopra i seni. Respirò sulla stoffa sottile, disegnando una linea di baci su quel punto che palpitava e correva all'impazzata. «Questo cuore... questo cuore incredibilmente meraviglioso. Mi fai desiderare di essere migliore. Tu... mi fai dimenticare. Mi fai scordare chi sono.»

Le sue parole erano un mormorio frenetico mentre le sue dita continuavano ad affondare nel mio sesso.

La mia pelle fu percorsa da brividi di desiderio quando prese a baciarmi nella valle tra i seni. «Forse stai semplicemente ricordando chi sei. Chi avresti dovuto essere da sempre» ansimai.

Avevo la sensazione di essere vicinissima a conoscerlo. A conoscere fino in fondo questo ragazzo la cui bellezza era stata smorzata.

Lui gemette e, in tono sia addolorato che esigente, disse: «Tu mi fai quasi sentire come se lo fossi.»

Staccandomi dalla ringhiera, schiacciò il mio corpo contro il suo e mi portò al piano di sopra. In questo posto magico dove il crepuscolo carezzava ogni angolo, sussurrando i propri segreti e danzando nelle proprie ombre.

Non appena mi gettò sul letto, scivolò sopra di me, sollevandomi e sfilandomi il vestito di dosso.

Con gesti frenetici come i suoi, gli strappai la maglietta dalla testa. Posai le mani sul suo petto per sentire il battito selvaggio del suo cuore tormentato, percependo la lotta che infuriava nella sua anima.

Zee piegò la testa e catturò di nuovo la mia bocca. Mi baciò e mordicchiò mentre mi teneva il viso tra i palmi delle sue mani. Poi si spostò più in basso, tempestandomi la mascella, l'orecchio e il collo di teneri baci fino a farmi impazzire.

Gettai la testa all'indietro e un inaspettato grido di piacere proruppe dalla mia gola quando morse uno dei miei capezzoli e infilò le dita nel calore del mio sesso.

«Così piccola e stretta. Perfetta. Proprio come ogni centimetro di te.»

«Zachary... ti prego.»

Mi contorsi sul letto in preda alle vertigini mentre lo fissavo torreggiare su di me.

Il suo corpo era ricoperto di muscoli duri e cesellati. Muscoli che scattavano e guizzavano, come se il desiderio che ribolliva nelle sue vene vagasse avanti e indietro, simile a un predatore in gabbia alla ricerca di un modo per liberarsi.

Il mio sguardo vagò sul tatuaggio impresso sulla sua clavicola.

Inesorabile.

«Combatti per me» lo implorai.

Lui gemette quando pronunciai quelle parole. Si spostò di lato e scese dal letto, sfilandomi contemporaneamente le mutandine dalle gambe.

In quell'istante qualcosa prese vita. Qualcosa cedette sotto l'intensità che risplendeva e divampava tra di noi.

Zee sembrava quasi fuori di sé mentre armeggiava con la patta dei jeans per sbottonarli. Poi se li abbassò e li scalciò via, rimanendo totalmente nudo.

Il mio cuore saltò un battito di fronte alla magnificenza di quest'uomo splendido e meraviglioso.

«Dimmi che hai bisogno di me, Alexis. Dimmi che hai bisogno di questo tanto disperatamente quanto me. Dimmi che va bene. Che non sono l'unico che sta perdendo la testa.» La sua voce era roca e aspra, alimentata dalla passione.

L'emozione, così intensa e giusta, mi serrò la gola. «Ho bisogno di te.»

Gli ultimi fili di qualunque cosa stesse trattenendo Zee si spezzarono.

Ritornò sopra di me, veloce come un fulmine, toccandomi ovunque con mani frenetiche e impazienti. Abbassò la testa e mi catturò un capezzolo tra i denti, mordendolo brevemente prima di lambirlo con la lingua.

Mi aggrappai ai suoi capelli, al suo collo, alle sue spalle, desiderando di avvicinarmi maggiormente a lui con la sua stessa disperazione.

Zee si ritrasse per un breve istante, soffiando sul capezzolo che aveva appena succhiato tra le labbra. Quel groviglio di desiderio nel mio ventre fremette e rabbrividì quando voltò la testa e fece lo stesso con l'altro seno.

Il piacere pulsò tra le mie cosce. Così intenso. Così viscerale. Incontenibile.

Desideravo disperatamente quest'uomo.

La sua bellezza, le sue carezze, il suo tutto.

«Dillo ancora» disse, leccandomi l'incavo della gola.

Mi dimenai sul letto quando fece scorrere le dita sulla mia pancia, scatenando una tempesta col suo tocco magico. «Ho bisogno di questo. Ho bisogno di te.»

Lo sapeva?

Avevo bisogno che lo sapesse.

«Ho bisogno di te più di qualsiasi cosa abbia mai desiderato» confessai.

«Dannazione, Alexis.» Si sfregò contro il mio sesso, ansimando e cingendomi di nuovo il viso tra le mani. Divaricai le gambe per accoglierlo meglio e ogni cosa risplendette luminosa.

Lui gemette e ondeggiò contro il mio bacino, stuzzicando me con la beatitudine e torturando se stesso con l'ignoto. «Dimmi che prendi la pillola. Dimmelo, Alexis. Dimmi che questo è giusto. Dimmi che va bene.»

Annuii freneticamente, stringendogli il volto tra le mani. «Niente paura. Vivi e basta.»

Un ringhio scaturì da qualche parte nel profondo di lui. In un lampo, cambiò posizione e si prese il membro in una mano, posizionando la punta all'entrata di quel posto dove lo volevo disperatamente.

Un grido acuto proruppe dalla mia bocca quando mi penetrò completamente in un solo affondo.

Privandomi di tutto.

Luce. Senno. Mente.

Risucchiandomi in quell'oscurità che ruotava e vorticava intorno a lui, facendomi annegare nella notte più buia.

Era così grande e travolgente che bruciava. Cercai di riprendere fiato, di adattarmi alla sua circonferenza, di dare un senso a questa sensazione che mi percorreva con la forza di un'onda d'urto. Questa sensazione di totale appartenenza che strimpellava dentro di me come la passione di quella canzone.

La sua canzone.

«Cazzo» imprecò Zee, chiudendo le mani intorno alle mie spalle. Il suo petto, scosso dagli spasmi, si sollevava e abbassava in una sorta di contorta restrizione mentre le catene che lo tenevano legato si allentavano e cedevano fino a spezzarsi del tutto.

Mi afferrò dietro al ginocchio, divaricandomi ulteriormente le gambe. La sua espressione era selvaggia, i suoi occhi feroci.

Prese a muovere quei suoi fianchi potenti.

Reclamando.

Prendendo.

Possedendo.

Le pareti del mio sesso si serrarono freneticamente intorno a lui. La sensazione di averlo dentro di me era quasi troppo intensa, troppo bella da sopportare, mentre la parte ingorda di me sapeva che non ne avrei mai avuto abbastanza.

Mi avvinghiai alle sue spalle, sforzandomi di andare incontro alle sue spinte. I suoi fianchi scattavano, spingevano e scopavano, e i suoi occhi socchiusi mi tenevano in ostaggio con il loro sguardo dominante.

Non smise mai di fissarmi in volto mentre soggiogava ogni centimetro di me.

Inesorabile.

In quel momento compresi il significato di quel tatuaggio. Questo magistrale ragazzo dalle abili mani stava riversando in me ogni singola cosa che aveva.

Il mio corpo si accese sotto il suo tocco, e il piacere crebbe ad ogni movimento del suo bacino.

I suoi ansiti erano profondi, gutturali, selvaggi.

Improvvisamente, rotolò sulla schiena, trascinandomi sopra di sé e mettendosi seduto sul letto. Intrecciò una mano nei miei capelli e strinse l'altra intorno al mio fianco, spronandomi a cavalcarlo. Più forte. Più veloce.

Boccheggiai mentre i nostri corpi ondeggiavano e sussultavano, e il mio cuore si librò sempre più in alto mentre il piacere cresceva di pari passo.

«Lex... è così bello stare dentro di te. Troppo bello. Non posso...»

Zee si sollevò di nuovo sulle ginocchia, portandomi con sé. Eravamo entrambi così persi nel godimento da non renderci conto di essere sul bordo del letto, da cui poi cademmo, finendo sul tappeto che copriva il pavimento.

Si issò sulle mani e condusse entrambi verso il culmine del piacere, muovendo il suo meraviglioso corpo imperlato di sudore sopra di me.

Avevo sempre inseguito nuove esperienze, desiderando tutto quello che avevano da offrire. Ma in qualche modo, sapevo che non avrei mai più provato un'esperienza simile.

«Alexis... piccola... io...»

«Lo so» dissi in un gemito.

Insinuò una mano tra di noi, disegnando cerchi precisi e perfetti intorno al mio clitoride con le dita. Mi blandì con i suoi occhi brillanti mentre il resto del suo corpo mi conduceva verso l'estasi.

Sospingendomi sempre più in alto con stoccate profonde e veloci.

Finché entrambi non spiccammo il volo.

Finendo in uno spazio vuoto che apparteneva soltanto a noi.

Dove le stelle splendevano così luminose da essere abbaglianti.

Dove l'unica cosa che potevo vedere era questo ragazzo.

Questo ragazzo bellissimo ed eccezionale.

Zee aumentò il ritmo, muovendo i fianchi in maniera implacabile, ogni centimetro del suo corpo teso e rigido. Un brivido lo percorse da capo a piedi e si aggrappò alle mie spalle prima di affondare un'ultima volta dentro di me, emettendo un gemito profondo mentre sussultava e veniva.

Il mio nome uscì dalla sua bocca come una preghiera.

Si accasciò in avanti mentre entrambi annaspavamo in cerca d'aria, completamente sbalorditi.

Teneramente, passai le dita nei suoi capelli.

Potevo sentirlo deglutire. Potevo sentire l'apprensione che minacciava di sopraffarlo di nuovo.

Si ritrasse leggermente e mi guardò in maniera così dolce da far male.

«Lex» sussurrò, come se anche questo gli causasse dolore.

Le cose migliori lo facevano sempre.

Cambiò posizione e mi attirò contro il suo fianco, stampando una scia di baci sulla mia testa. Posai una mano sul suo petto, sul battito erratico del suo cuore, e quando lo guardai da sotto le ciglia, mi stampò un bacio sulla fronte, carezzandomi la nuca con la sua grande mano.

«Lex» mormorò di nuovo, stavolta in tono più basso. Sfiorando tutti quei posti segreti dentro di me che aveva appena reclamato come suoi.

Avvolse la mia mano nella sua e sfregò delicatamente le labbra sulle mie nocche. La sua bocca si piegò in un mezzo sorriso. «Perdo la testa quando sono con te.»

Uno sfarfallio di luci scintillò al di là delle finestre che si affacciavano sulla sconfinata città sottostante, brillando contro la tela della volta celeste notturna che ammantava ogni cosa come un caldo abbraccio protettivo.

Nella camera da letto di Zee, lontana dal resto del mondo, era così che mi sentivo: protetta.

Sospesa da qualche parte tra la terra e il cielo.

«Io, invece, ritrovo me stessa quando sono con te.»

Un basso ruggito echeggiò nel suo petto. «Sai che questo non sarebbe dovuto accadere.»

«Non credo sia vero. Penso che tu ed io... fossimo destinati a stare insieme sin dal principio.»

Sentii il suo sospiro contro la mia testa. Ma sentii anche il suo sorriso.

Premette un bacio sui miei capelli. «Forza, diamoci una ripulita. Scommetto che stai morendo di fame.»

Zee aveva ragione. Stavo *davvero* morendo di fame.

Ero seduta sull'isola della cucina, le gambe penzoloni oltre il bordo, con indosso la sua maglietta e le mie mutandine mentre lo guardavo cucinarmi la cena con addosso solo un paio di boxer.

Mi sentivo stordita. Stavo ancora cercando di riprendermi dall'orgasmo di prima. E vederlo in quello stato non era affatto d'aiuto.

Mi torsi le mani mentre il ricordo di ciò che avevamo appena fatto mi imporporava le guance e mi scaldava il ventre. Com'era possibile che mi sentissi così profondamente soddisfatta e allo stesso tempo desiderassi disperatamente qualcosa di più?

«Che profumo delizioso.»

Zee mescolò la pietanza che stava preparando in padella e mi lanciò un'occhiata. «Aglio e burro. Non puoi mai sbagliare con questi due ingredienti. E con ciò intendo dire che questo è il piatto di pasta più semplice che mangerai mai. Non entusiasmarti troppo. Era un must ai tempi in cui riuscivamo a malapena a sbarcare il lunario, perché è facile ed economico.»

Mi ritrovai a scuotere la testa.

«Che c'è?» domandò, senza nemmeno sforzarsi di trattenere quel sorriso che mi suscitava lo stesso effetto di una carezza.

La curiosità ebbe la meglio su di me. «Com'è... passare dal tirare avanti a stento all'avere tutto?»

Lui mugugnò e calò gli spaghetti nell'acqua in ebollizione. «Non ho tutto, Alexis. Neanche lontanamente.»

«Sai che non intendevo in questo senso. Mi riferivo al successo. Cosa si prova ad averlo dopo che vi siete sforzati tanto per raggiungerlo? Immagino debba essere incredibile.»

Voltandosi, Zee si appoggiò contro il bancone e incrociò le braccia sul petto. «Lo è. I ragazzi... hanno lavorato a lungo per ottenerlo. L'hanno sognato sin da quando andavano alle medie. Si sono prefissati un obbiettivo e non si sono fermati finché non l'hanno raggiunto.»

Aggrottai le sopracciglia. «E tu?»

Con un sospiro, si voltò per girare la pasta e aggiungere un barattolo di pomodoro al soffritto nella padella. La sua risposta era intrisa di cautela. «Suonare con i ragazzi è il mio posto. È quello che devo fare.»

«Ma ti piace?» Ecco che tornavo a insistere. Ma non sapevo come trattenermi quando ero in sua compagnia.

Lui mi sorprese rivolgendomi un sorriso mentre si dirigeva verso l'enorme frigorifero all'altro lato della cucina. «Fai sempre un sacco di domande, eh, Alexis Kensington?»

Afferrai il colletto della maglietta che indossavo e lo sollevai per coprirmi il naso e la bocca, combattendo contro l'impeto di timidezza che mi arrossì la pelle e si mescolò all'ondata di euforia. «Sono fatta così, Zachary Kennedy. Se ti piaccio abbastanza, ti ci abituerai.»

Lui ridacchiò sottovoce e scosse la testa mentre poggiava una mano sullo sportello del freezer e apriva il frigorifero con l'altra. «Suppongo che dovrò abituarmi, allora.»

Quell'euforia aumentò. «Penso che sia una buona idea.»

«Cosa vuoi da bere?» mormorò mentre frugava in frigo.

«Hai del bianco?»

Mi lanciò un'occhiata. «Intendi il vino?»

D'un tratto, mi sentivo insicura. «Sì.»

Lui scosse la testa. «No, scusa. Niente vino. Ho bottiglie di soda, acqua e ogni sorta di succo di frutta. Scegli quello che preferisci.»

In quel momento mi sovvenne che tutti i suoi amici, incluso le loro mogli, avevano condiviso un paio di bottiglie di vino la sera in cui eravamo andati a casa di Ash. Anch'io avevo bevuto qualche bicchiere. Ma Zee si era astenuto.

Il rammarico mi serrò il petto quando compresi. «Mi dispiace... Tu non bevi, vero?»

Emise un altro grugnito. «Diciamo di no. Di sicuro non tengo bevande alcoliche in casa. Anche se la band ha questa tradizione, una specie di patto che risale a molto tempo fa. Beviamo un cicchetto tutti quanti insieme prima o dopo un concerto. Partecipo anch'io, ma mi fermo lì.»

Mi mossi a disagio sul bancone. «Posso chiederti perché?»

Lui mi rivolse un sorrisetto. «Dubito che potrei impedirtelo.»

«Non intendo ficcanasare... voglio solo... conoscerti meglio.»

Zee venne verso di me e posò una mano sul mio viso, carezzandomi la guancia col pollice. Persino quel semplice tocco suscitò una scintilla in me.

«Lo so, Alexis. Non devi scusarti. E hai ragione, non bevo. E il motivo è che non ne vale la pena. Facciamo delle scelte e degli sbagli terribili quando non siamo nelle nostre piene facoltà mentali, e non sono disposto a mettermi di nuovo in quella posizione.»

Di nuovo.

La consapevolezza aleggiò nell'aria.

Zee si schiarì la gola e si staccò da me, tornando ai fornelli per mescolare la pasta e il sugo.

«Una coca va benissimo» dissi piano, facendogli sapere che lasciavo cadere l'argomento. Che rispettavo lui e la sua privacy.

La tensione nelle sue spalle si allentò. «Vada per la coca.»

Versò del ghiaccio in un bicchiere, afferrò una bottiglia di soda e la mise sul bancone accanto a me, prima di tornare a preparare la nostra cena. Andò al lavello, scolò gli spaghetti nello scolapasta e li dispose nei piatti.

«Allora... quando hai imparato a suonare il piano?»

Scoppiò a ridere. «Ancora domande?»

Mi sfregai i denti sul labbro inferiore, cercando di trattenere la risatina che voleva sfuggirmi dalla bocca. «Oh, andiamo, questa è facile.»

Tornò ai fornelli e coprì gli spaghetti col sugo di pomodoro mentre rispondeva. «Diciamo che l'ho sempre saputo suonare.» Con un gesto del mento, indicò il pianoforte dove mi aveva impartito delle lezioni. «Quello era di mia nonna. Mi disse che quando avevo tre anni mi trovò seduto sullo sgabello a sonicchiare la sigla di un cartone animato che guardavo quando mi faceva da babysitter. Il resto è storia.»

«Che tipo di storia?»

Zee abbassò lo sguardo sul pavimento, portandosi le mani sui fianchi con espressione pensierosa, prima di rialzarlo per rispondermi. «Cominciai a prendere lezioni di pianoforte, parecchie, e a suonare giorno e notte. Poi a sedici anni venni accettato in una prestigiosa scuola di musica. Suonare il piano era tutta la mia vita.»

«Wow! Caspita...» esclamai.

L'aveva raccontato con così tanta facilità, ma sapevo che per lui significava molto. Che c'erano tante cose racchiuse nella sua risposta. Era parte integrante di quella guerra che infuriava in lui ogni volta che si sedeva a quel pianoforte. La ragione per cui non lo suonava più.

«Cosa ti aspettavi da quella scuola?»

Zee si appoggiò al bancone, scrollando le spalle con indifferenza. «Non lo so. Forse speravo di trasferirmi a New York e scrivere brani per opere teatrali. O forse sarei rimasto qui e avrei composto musica per i film. Suppongo che mi sarebbe piaciuto sentirmi parte di un'emozione che può essere portata in vita nell'immaginazione e negli occhi della gente.»

Lo senti?

La stessa intensità di quel giorno riverberò dentro di me, forte come allora. «E ci hai rinunciato... per prendere il posto di tuo fratello.»

Lui annuì, senza guardarmi negli occhi. Sospirando, afferrò entrambi i piatti fumanti e li posò sull'isola centrale accanto a me. Poi premette le mani sul bancone ai lati delle mie cosce e mi fissò dritto in faccia. Sembrava così vulnerabile.

«Il mio piccolo batterista» sussurrai, sfiorando con le dita il tatuaggio inciso sul suo petto.

«Lex» mormorò lui, insinuandosi tra le mie ginocchia. Strinse i miei capelli in una mano e mi baciò languidamente.

Stavolta non era una supplica.

Era una promessa.

Poi si ritrasse, prese due forchette dal cassetto e ne porse una a me. «Mangia, dolcezza.»

27

ZEE

Sedevo al mio pianoforte.

Il silenzio avvolgeva l'immobile oscurità del loft, lambendo la mia pelle nuda come onde fresche e soffici. Quella sensazione era abbastanza piacevole da convincermi che non stavo annegando. Che non stavo soffocando.

Sette anni.

Per sette anni ero rimasto ben saldo alle fondamenta della mia lealtà.

Adesso la prova del mio tradimento era distesa tra le lenzuola al piano di sopra.

Il mio tormento perfetto.

Un castigo irreprensibile.

Sapevo che alla fine avrei perso anche lei. Era così che andava sempre. Proprio quando arrivavi a un soffio dall'afferrare qualcosa di grandioso, esso ti veniva strappato via.

La gioia non era altro che una crudele tentazione.

Ma non potevo fare a meno di provarla, anche se solo un po'.

La sentivo avvolgermi in morbidi nastri proprio come le carezze di questa ragazza che stava soffiando tutta la sua vibrante vitalità dentro di me.

La sua convinzione.

Niente paura. Vivi e basta.

Un sospiro fuoriuscì dalle mie labbra. Quell'energia – un ritmo costante che batteva nel mio sangue – non si era placata sin da quando l'avevo stretta tra le mie braccia sei ore prima. Era caduta in un sonno pacifico, privandomi del mio e allo stesso tempo offrendomi tranquillità.

Il netto contrasto di ciò che mi faceva provare era allucinante.

Ma non importava quanto duramente cercassi di rifuggire da quella sensazione. Era proprio lì, a seguirmi come un'ombra e a solleticare il mio spirito.

Le mie dita si contrassero quando il lieve sussurro di quella canzone mi percorse le vene.

Vivi e basta.

Tirai un respiro profondo e, come attratto, posai le dita sui tasti.

L'emozione mi serrò la gola, e poggiai il piede sul pedale tonale per diminuire l'intensità del suono.

Uno sbuffo d'aria proruppe dai miei polmoni non appena schiacciai i tasti e l'accordo riverberò sulla mia pelle come una vampata di fuoco.

Suonai, e le note echeggiarono sommesse nell'oscurità del mio loft, amplificandosi nello spirito di Alexis che trapelava dall'alto verso il basso.

Non c'era nulla che potessi fare. Nulla per impedire alla canzone di riversarsi fuori, traboccando e straripando.

Mi persi in essa, fluttuando nelle emozioni.

Nella musica che danzava intorno a me, in attesa che allungassi la mano e l'afferrassi. Che la facessi mia. Che le dessi vita e bellezza.

Quella bellezza che sembrava andare di pari passo con l'incessante dolore.

Ogni cosa si intensificò, e mi abbandonai alla canzone. Al testo che crebbe e si snodò.

Le parole destinate a lei presero a mormorare

silenziosamente sulla mia lingua.

Scritto nel cielo
Stelle piangenti e cuori spezzati
Desideri dispersi e sogni infranti
Non ho mai saputo che tu fossi lassù
Insieme a loro

Sembravano reali. Proprio come lei aveva detto. Destinati ad essere.

Fluirono nella mia mente come le note fluivano nelle mie dita.

Quello spazio tra di noi divenne vivo.

Più grande di prima.

Struggente.

Ogni cosa sfrigolò e i peli sulla mia nuca si rizzarono. La mia attenzione venne rapita. Il desiderio pulsò nelle mie viscere, diventando un'entità rigogliosa quando sentii i suoi polpastrelli scivolare lungo la pelle nuda della mia schiena.

La terra tremò sotto i miei piedi.

Alexis era la prima ragazza a suscitarmi dei brividi. La prima a farmi pensare che potesse esserci qualcosa di meglio là fuori della costante delusione. Della tortura quotidiana.

Avvolse le sue confortevoli e sottili braccia intorno a me, premendo le labbra sulla mia spalla.

«Magico» mormorò. «Il mondo ti vede suonare la batteria, e non ha idea del talento che si nasconde dentro di te.» Si sporse in avanti e sussurrò contro il mio orecchio, le parole simili a una promessa. «Il mio piccolo batterista.»

Un gemito sgorgò dal mio spirito, fendendo l'aria. Le afferrai il polso e mi girai.

Alexis era lì in piedi con soltanto il mio lenzuolo a cingerle il corpo. La bianca cascata dei suoi capelli si riversava intorno alle sue spalle in morbide e seducenti onde, facendola risplendere, e quel luccichio perspicace danzava e brillava nella passione e nella forza di quei sorprendenti occhi blu.

Uno scontro tra il mare più profondo e il cielo più buio.

Starshine, una stella splendente.

«E tu sei una magnifica visione.»

Mi alzai lentamente in piedi e Alexis fece un passo indietro. Indossavo soltanto un paio di boxer, e il mio uccello premeva contro il tessuto come una bestia scatenata.

Dal momento che avevo ceduto, tanto valeva che mi prendessi tutto.

La sua attenzione guizzò verso quella parte di me che la desiderava come un indemoniato, quasi sentisse il peso della richiesta del mio corpo. Un rossore le imporporò il petto, risalendo su per la delicata curva del suo collo.

Non potevo vederlo nella penombra, ma lo percepivo. Potevo sentire il calore. L'attrazione che divampava tra di noi.

Il bisogno e la confusione che sfrigolavano in quello spazio che si animava ogni dannatissima volta che eravamo vicini.

Forse era stato questo a spingermi finalmente oltre il limite.

E forse fu sempre questo a farmi avanzare nella sua direzione, spronandola ad arretrare.

Alexis si catturò il labbro inferiore tra i denti, trattenendo uno di quei dolci e timidi sorrisi che cercava di fare capolino, continuando ad indietreggiare ad ogni passo che facevo. Un piccolo ansito le sfuggì dalla bocca quando la sua schiena urtò contro il vetro della finestra.

Premetti entrambe le mani sopra la sua testa. Intrappolandola.

Perché, cazzo, non volevo lasciarla andare.

Retroilluminata dalle luci della città, sembrava il fulcro di un prezioso quadro. Una sagoma luccicante. Una luce nell'oscurità che mi teneva prigioniero.

Cominciai a fare pensieri sciocchi.

Come chiedermi se sarei riuscito a trovare un modo per uscire dall'oscurità e tornare finalmente libero se lei avesse illuminato la strada abbastanza a lungo.

«Hai la vaga idea di cosa mi stai facendo, bellezza? Stai cercando di mandarmi completamente fuori di testa?» Tracciai la curva della sua mascella con la punta dell'indice.

Lei rabbrividì sotto il mio tocco, gettando la testa all'indietro mentre facevo scorrere il dito più in basso, seguendo la linea del suo collo delicato e della sua clavicola.

Mi sporsi in avanti, finché non respirammo l'uno il respiro dell'altra.

«Lo spero, perché io sono sicura di aver già perso la mia» mormorò.

«Alexis» dissi in un grugnito, schiacciandola maggiormente contro il vetro. «Adesso che ti ho avuta, non voglio più fermarmi.»

Lei sollevò il mento con fare coraggioso, avanzando altre richieste che non sapevo come esaudire e, ancor meno, come resistere. «Dimmi che hai bisogno di me.»

Strinsi la mano intorno al lenzuolo che copriva il suo delizioso e tonico corpo. «Non ho mai avuto bisogno di nessuno... di niente... come ho bisogno di te.»

Diedi uno strattone e il tessuto satinato si sciolse, cadendo come un mendicante ai piedi di quest'angelo che non era altro che una tentazione.

Mettendo in mostra la sua pelle nuda e vellutata.

«Lex.» Posai il palmo sul battito del suo cuore, proprio in mezzo a i suoi splendidi seni. Avvolsi quello destro in una mano e sfregai il pollice sul delizioso capezzolo rosa, adorando il modo in cui si inturgidì.

Il suo respiro si fece squisitamente affannoso quando scesi verso il basso, carezzando la pelle delicata della sua pancia, prima di serrare la mano intorno al suo fianco.

«Zachary» boccheggiò.

«Di cosa hai bisogno?» chiesi in tono esigente.

Lei non esitò. «Di te.»

Con un gesto repentino, la voltai verso la finestra, premendo le sue mani contro il pannello di vetro. Avvolsi le lunghe ciocche dei suoi capelli intorno alle mie dita e avvicinai la bocca al suo orecchio. «Sei così dannatamente adorabile. Così magnifica.»

Con l'altra mano, tracciai la sua spina dorsale, dove quella maledetta stella mi tormentava con la sua promessa. Quando il suo sedere si sporse in fuori, avvolsi una natica rotonda nel palmo.

Alexis fremette, e la sua dolce voce si fece roca per il deside-rio. «Zee.»

«Lo so, piccola. So esattamente di cosa hai bisogno.»

Non avrei dovuto saperlo. Avrebbe dovuto essermi così estraneo da non averne la più pallida idea. Ma per qualche ra-gione, questa ragazza mi faceva ricordare chi ero, esattamente come mi aveva fatto ricordare la mia passione per il pianoforte.

Rafforzai la presa nei suoi capelli, guidandola verso il basso, esigendo tutto quello che aveva da offrire.

«Sei la perfezione.»

I suoi respiri divennero più corti e affannosi quando l'afferrai per i fianchi, tirandola maggiormente verso di me. Lei continuò a tenere le mani sulla finestra per reggersi su gambe tremanti.

Venni sopraffatto da un'improvvisa consapevolezza.

Non volevo assolutamente vedere questa ragazza cadere. Non volevo che si oscurasse o affievolisse.

Volevo che brillasse per sempre.

Il che significava che quello che volevo di più era estinguere la minaccia alla sua sicurezza.

Tenendola ferma con una mano, mi sfilai i boxer e li scalciai via. Mi afferrai il membro alla base e sfregai la punta lungo il suo umido calore. Era così bagnata e pronta per me.

La lussuria mi attanagliò ovunque, e il mio spirito venne schiacciato da un bisogno devastante.

Inarcai il bacino di scatto e Alexis gridò, come se non si aspettasse che la penetrassi in un solo affondo. Come se fosse stata colta impreparata tanto quanto lo ero stato io dal caos che mi aveva devastato quando l'avevo trovata sulla soglia di casa mia qualche ora prima.

In quel momento aveva sciolto qualcosa di intrinseco dentro di me.

E adesso non sapevo come tenerlo a bada.

Perciò, la possedetti nello stesso modo in cui potevo sentire lei prendere possesso del mio cuore, agguantandola per il culo mentre affondavo ripetutamente nel dolce e stretto calore del suo corpo.

Le pareti del suo sesso si serrarono intorno al mio uccello, inebriando la mia mente con una stupefacente beatitudine.

Adoravo il fatto che questa preziosa ragazza mi permettesse di prenderla senza alcuna barriera tra di noi. Come se sentisse il bisogno di avermi il più vicino possibile. Come se ciò potesse cancellare parte delle stronzate che cercavano in tutti i modi di separarci.

Feci scorrere i pollici lungo il solco tra le sue natiche, accendendo in lei un desiderio frenetico mentre la scopavo selvaggiamente.

Gridò il mio nome.

Zachary. Zachary. Zachary.

Caddi preda di quel potere ammaliante. Della sensazione del suo corpo e del suono dei suoi gemiti. Mi persi in quell'energia che sfrigolava nell'aria.

Alexis precipitò oltre il bordo, intrufolandosi in ogni angolo della mia anima e portandomi con sé.

Il mio corpo si inarcò quando venni con forza, sopraffatto da un piacere strabiliante e sconvolgente.

Affondai ulteriormente le dita nei suoi fianchi, perché non volevo più lasciarla andare.

Se avessi potuto, avrei lasciato che questa ragazza mi portasse dovunque andasse.

Alla fine, le sue ginocchia cedettero e il suo corpo si afflosciò. La afferrai e la presi tra le braccia, recuperando contemporaneamente il lenzuolo da terra, prima di riportarla nel mio letto.

Senza dubbio, ero il più grande idiota che fosse mai vissuto.

Perché era lì che avrei voluto tenerla per sempre.

Il suono del mio cellulare che vibrava sul comodino mi destò dal sonno. Gemetti e sbattei le palpebre contro la luce del giorno nascente.

Senza voltarmi, lo cercai a tentoni. La verità? Non volevo muovermi. Per pochi istanti, desideravo soltanto crogiolarmi nella sensazione di Alexis accoccolata tra le mie braccia, con la testa appoggiata sulla mia spalla e quel dolce corpo rannicchiato contro il mio.

Quando il cellulare squillò di nuovo, portai l'attenzione sullo schermo.

Era Baz.

Accettai la chiamata e mi portai il telefono all'orecchio, parlando con voce impastata dal sonno. «Spero che sia importante, stronzo. Non sono nemmeno le sei del mattino.»

Senza contare che stavo facendo la dormita migliore di tutta la mia vita. L'ultima cosa che volevo era svegliarmi dal sogno. Da questo perfetto, impossibile sogno.

«Mezz'ora fa, Ash mi ha chiamato per dirmi che a Willow si sono rotte le acque nel bel mezzo della notte. È con lei in ospedale già da qualche ora. Sembra che partorirà a breve. Io e Shea stiamo andando lì. È il momento di stare insieme come una famiglia, fratello.»

Un'ondata di paura mi travolse, un'ansia che non riuscivo mai a scuotermi di dosso. Come il bisogno di tenere questa famiglia unita. Al sicuro.

Alexis si mosse e cambiò posizione, guardandomi con espressione preoccupata.

«Non è troppo presto?» gli chiesi.

Potei percepire la serenità di Baz attraverso la linea telefonica, così come la sua trepidazione. «No, amico, è circa tre settimane in anticipo. Shea dice che non fa niente. Se il bambino è pronto, vuol dire che è il momento.»

La paura si trasformò in eccitazione, e quella devozione che provavo nei confronti della mia famiglia acquisita pulsò nelle mie vene. «D'accordo. Sarò lì tra poco.»

Riattaccai e lasciai cadere il cellulare sul letto.

Il mio mondo si fermò bruscamente quando guardai la ragazza sollevata su un gomito che mi fissava con sguardo intenso, pronta a starmi accanto nello stesso modo in cui io volevo stare al suo fianco.

Era così fottutamente bella. Meravigliosa in maniera semplice. Quel sentimento mi strinse il petto. Quel sentimento che non potevo permetterle di farmi provare ma che suscitava in me comunque.

Avrei dovuto dirle che dovevo andare via. Che ci saremmo visti più tardi, consapevole che nel farlo l'avrei esclusa dalla mia vita. Perché non potevo permettere che si avvicinasse ulteriormente a me. Non potevo permettere che qualunque cosa stesse succedendo tra di noi si evolvesse.

Avrei dovuto concluderla lì, perché dopo la scorsa notte le cose erano diventate più intense di quanto non fossero mai state.

Avrei dovuto.

Invece, sorrisi e le diedi una pacca sul culetto. «Andiamo, c'è un bambino in arrivo.»

.

28

ALEXIS

«Sei sicuro che la mia presenza non sia un problema?»

Zee mi prese per mano mentre salivamo in ascensore. Mi strinse a sé e mi lanciò un'occhiata che mi carezzò come la calma dopo una violenta tempesta estiva.

La sua espressione era una di quelle che ti facevano venir voglia di guardare verso il cielo con meraviglia. Di memorizzare il momento – imprimerlo nel tuo cuore – perché eri certo che non avresti mai più provato nulla di così bello.

«Ti voglio qui con me.»

Ero ancora scossa dopo la scorsa notte, ancora sbalordita dal fatto che avesse ceduto alla passione.

Avevo percepito il cambiamento nei nostri mondi quando ogni cosa si era inclinata, trasformandosi in qualcosa di completamente nuovo.

Qualcosa di meglio.

Un legame profondo.

Mi accoccolai maggiormente a lui. «Bene, perché è esattamente dove voglio essere.»

Quattro persone salirono in ascensore con noi. Il mio spirito si colmò d'affetto quando Zee non si allontanò da me, né cercò di mettere spazio tra di noi. Finora, era sembrato terrorizzato all'idea che qualcuno potesse vederci insieme e facesse due più due, reputandoci una coppia.

Avevo cercato di non permettere a questa cosa di offendermi. Mi ero sforzata di comprendere le sue ragioni e di non prenderla come un rifiuto.

Ma era difficile farlo quando l'uomo con cui volevi stare ti teneva nascosta nell'ombra. Quando quell'uomo ti trasformava in un altro dei suoi segreti senza rivelarti il motivo per cui li teneva in primo luogo.

Faceva male e aveva sempre lo stesso effetto di uno schiaffo in faccia.

Era un severo promemoria che la nostra relazione sarebbe finita.

Perciò, quando sollevò le braccia e mi cinse il viso con entrambe le mani, significò... tutto.

«Perfetto, bellezza, perché qui è esattamente dove voglio che tu stia.» Un angolo della sua bocca si curvò e un'espressione sicura e spavalda attraversò i suoi lineamenti. Chinandosi in avanti, mormorò nel mio orecchio: «Vuoi sapere una cosa riguardo a ieri sera, Alexis?»

Un brivido mi percorse la pelle, e riuscii ad annuire a malapena.

«È stata la serata più bella che abbia passato da anni.»

Lo fissai dritto negli occhi, confessando la mia verità. Perché mi rifiutavo di camminare in punta di piedi. Di sminuire i miei sentimenti. «Ieri sera è stata la serata più bella della mia vita.»

Volevo chiedergli qual era stata la sua. Se riusciva a ricordare il momento preciso in cui la sua vita era cambiata definitivamente per il meglio, o se i segreti e la vergogna avevano oscurato quell'istante, graffiando e scalfendo quel luogo sacro finché non era diventato spento e opaco.

Zee sfregò il pollice lungo il mio zigomo. Il suo sguardo luccicò di tenerezza e paura. «Non dovresti nemmeno essere reale, Alexis Kensington. Sei un dono. Un tesoro prezioso.»

Avrei voluto dirgli che i doni dovevano essere accolti.

Ricevuti. Accettati senza preoccuparsi o sentirsi in colpa. Ma, per qualche ragione, avevo la sensazione che fosse terrorizzato che io potessi costargli un prezzo troppo alto.

Abbassai la voce per non far udire la mia confessione alle altre persone in ascensore. «Sei giunto nella mia vita come un regalo, Zee. Completo, intero e disposto a rinunciare a tutto. Hai la minima idea di cosa significhi per me?»

Allungai la mano e tamburellai le dita sul ruggito che batteva nel suo petto. «Ci tengo a te... ci tengo a questo cuore generoso... più di quanto tu possa immaginare.»

Le parole non dette erano proprio lì, a vorticare nell'aria, amplificate negli stretti confini dell'ascensore.

Ti adoro.

Sono persa di te.

Sono innamorata di te.

Tenni a bada le mie dichiarazioni d'amore, la devozione che tenevo sulla punta della lingua.

Ma mentre torreggiava sopra di me, fissandomi con la potenza del suo sguardo, pensai che forse lo sapesse comunque.

L'ascensore tintinnò e si fermò con un sussulto, facendoci barcollare. Non riuscii a trattenere l'ondata di euforia che mi investì quando Zee mi lanciò un sorrisetto d'intesa. Mi catturai il labbro inferiore tra i denti come se potessi contenere quella sensazione.

Custodirla per sempre.

«Coraggio, penso che dobbiamo andare di qua.»

Seguimmo le indicazioni che ci condussero verso il reparto di ostetricia e ginecologia. Il corridoio si aprì su una grande sala d'attesa gremita di persone.

I *Sunder* avevano preso il controllo della stanza.

Sembravano completamente fuori posto con il loro aspetto minaccioso, cattivo e audace. Ma era impossibile non percepire l'eccitazione che irradiava da ognuno di loro mentre aspettavano qualcosa di incredibilmente prezioso.

Prezioso quanto i bambini riuniti intorno a loro. I due più grandi, Kallie e Brendon, erano seduti su una sedia condividendo un iPad, mentre i due più piccoli, Adie e Connor, erano sul pavimento a giocare coi giocattoli.

Shea, Tamar e Edie, che reggeva Sadie tra le braccia, erano impegnate in un'animata conversazione.

Quando avevo lasciato la casa di Willow e Ash quella notte, avevo creduto di comprendere l'amore che i membri di questa famiglia patchwork provavano l'uno per l'altro. La forza della devozione che avevano gli uni verso gli altri.

Ma immagino che fino a questo momento non l'avessi compreso realmente.

Non finché non percepii in maniera evidente la lealtà che pulsò in Zee quando si unì alla mischia.

Baz balzò in piedi. «Zee, sei qui. Era ora, amico.»

Si scambiarono una stretta di mano e si diedero una pacca sulla schiena. «Bé, se mi avessi dato un po' più di preavviso, sarei arrivato prima.»

Baz mi lanciò un'occhiata scaltra, e un sorrisetto ironico affiorò sulla sua bocca. «A quanto vedo, avevi altro a cui pensare.»

Abbassai lo sguardo e serrai le labbra nel tentativo di nascondere la vampata di imbarazzo che mi imporporò le guance.

Pensavo che Zee si sarebbe allontanato da me. Che avrebbe messo spazio tra di noi.

Amici.

Invece, mi rivolse un sorriso tenerissimo. «Già, suppongo di sì.»

L'emozione mi attanagliò ovunque. Affetto, calore e speranza.

Shea scattò in piedi. «Oh mio Dio, Alexis, sei qui.» Mi strinse in un forte abbraccio. «Mi fa davvero piacere rivederti.»

«Anche a me.»

Ero sincera. Così come lo ero quando salutai Austin e Lyrik. E quando abbracciai Tamar e Edie.

La verità era che mi ero innamorata un po' di tutti loro.

Con i polpastrelli, carezzai la piccola mano chiusa a pugno di Sadie e le sue dita ancora più piccole. Era una bambina dolcissima con rosee labbra imbronciate e il viso da cherubino.

Il mio cuore palpitante prese a martellare freneticamente quando Zee si abbassò su un ginocchio accanto a Adia e

Connor, portandomi con sé. Carezzò le loro testoline con fare amorevole mentre sussurravo a entrambi i miei saluti.

Certe cose erano talmente adorabili che facevano fisicamente male.

Zee si rialzò in piedi, continuando a tenermi per mano. «Come va là dentro? Qualche novità?»

Lyrik scosse la testa e si passò nervosamente i palmi sulle cosce, premendo le mani tatuate sui jeans. «Chi lo sa, amico. Sono lì dentro da quasi cinque ore ormai. L'unica esperienza che ho in materia è Adia, e lei di sicuro non sembrava voler mollare la presa sulla mia Blue.»

Tamar gli sorrise. «Testarda, proprio come suo padre.»

L'espressione di suo marito era colma di adorazione mentre si guardavano negli occhi. Chiaramente, stavano entrambi rivivendo le emozioni di quel giorno.

«Puoi dirlo forte, è proprio come suo padre. Guardala... quella piccola diavoletta non permetterà ai ragazzi di comandarla a bacchetta.»

Adia stava borbottando ordini incoerenti a Connor mentre giocavano con una pila di mattoncini di legno sul pavimento.

Lyrik riportò lo sguardo su Zee. «Penso che noi siamo stati circa trenta ore in sala parto. Diamine, stavo quasi per uscire fuori di testa per la preoccupazione. Non riesco nemmeno a immaginare come se la stia cavando Ash in questo momento. Sono sorpreso che le infermiere del reparto non stiano fuggendo a gambe levate. Sono pronto a scommettere qualche dollaro che Ash è là dentro a comportarsi come una bestia iperprotettiva.»

Austin ridacchiò e carezzò sua moglie con lo sguardo mentre la guardava cullare la loro bambina. «E la mia Edie ha fatto appena in tempo ad arrivare in ospedale. Temevo che avrei dovuto accostare l'auto e farla partorire sul sedile posteriore.»

Edie sbuffò, anche se il suono era carico di tenerezza. «Sono sicura che se fosse stato per te, non ci sarebbe stato alcun parto. C'è mancato poco che svenissi.»

Baz rise e lo canzonò bonariamente. «Ah, fratellino, non sei riuscito a tirare fuori gli attributi e a gestire la situazione con calma quando le cose si sono complicate, eh?»

Shea gli diede un colpetto sul braccio. «Oh, hai intenzione di startene lì e prendere in giro Austin?» Puntò il pollice contro suo marito. «Avreste dovuto vedere il modo in cui questo ragazzone sudava in sala parto quando ho avuto Connor. Sembrava che avesse corso una maratona, quando ero io quella che stava cercando di sfornare un bambino.»

Baz era tutto sorrisi e affetto. «Ehi, non sono troppo grande per riconoscere quando voi ragazze ci superate.»

«Il più forte sopravvive, tesoro» disse Shea, facendogli l'occhiolino.

Tamar batté il cinque con Shea. «Esatto.»

Lyrik sollevò le mani. «Nessuna obiezione da parte mia.»

Zee scosse la testa. «Bé, speriamo che questo parto sia il più indolore possibile... sia per Ash che per Willow.» Mi sorrise, tirandomi per mano. «Meglio che ci mettiamo comodi... potrebbe volerci un po'.»

Mi accoccolai accanto a Zee su una sedia. Tamar e Shea erano sedute all'altro lato di me. Mi sentivo parte di loro mentre ero circondata dai loro sommessi mormorii di incoraggiamento e dalle risatine che risuonavano di conforto.

Non riuscivo a staccare gli occhi dai bambini. Dal modo in cui Zee li guardava con palese adorazione.

Il suo atteggiamento era così sereno, tuttavia era impossibile non notare la tristezza che lo attraversava ogni volta che il suo sguardo si posava su di loro.

Dolcemente, gli carezzai la gamba e parlai con voce ancora più dolce, scavando un po' più a fondo, cercando di insinuarmi dentro di lui. «Vuoi anche tu una famiglia un giorno?»

Zee serrò le mani a pugno, ma mi guardò comunque. I suoi occhi erano intensi. Risoluti. «Il termine famiglia assume significati diversi a seconda delle persone.»

«Qual è la tua definizione di famiglia?»

«Devozione» rispose senza riserve, indicando i presenti con un gesto del mento. «Queste persone... morirei per loro, Alexis. Sono completamente devoto a loro. Nelle nostre vene non scorre lo stesso sangue, ma questo non ha nessuna importanza. Sono la mia famiglia. In tutto e per tutto.»

Usai un tono di voce discreto per tenere la nostra conversazione privata, consapevole di star insistendo troppo ma incapace di fermarmi. «Ma che mi dici di ciò che hanno? Amore? Matrimonio? Bambini? Non desideri avere anche tu tutto questo?»

Zee mi colse di sorpresa quando afferrò il mio viso con entrambe le mani, portandolo a un soffio dal suo. «Pensi che non lo voglia, Alexis? Pensi che se potessi averlo, non sarebbe l'onore più grande per me? Ma te l'ho già detto... ho le mie lealtà e sono incise nella pietra. Sono legato ad esse. Non importa quanto ardentemente desideri avere di più. *Lui* è la mia vita.»

Ci pietrificammo entrambi nell'istante in cui lo disse.

Lo guardai sbattendo le palpebre. Scrutandolo. Supplicandolo.

Raccontami ogni cosa.

I cellulari di tutti suonarono contemporaneamente, segnalando l'arrivo di un messaggio.

Baz scattò in piedi con un enorme sorriso sulla faccia. «È nato.»

Tutte le coppie fecero a turno per incontrare il nuovo arrivato. Un'ora dopo, ero al fianco di Zee mentre ci dirigevamo verso la stanza di Willow.

Zee bussò alla porta che era già aperta di uno spiraglio e fece capolino oltre la soglia. «Si può?»

«Sì» rispose una voce profonda.

Zee spalancò la porta e la tenne aperta per lasciarmi entrare. Dentro, le luci erano soffuse e Willow era appoggiata contro lo schienale del letto. La stanchezza era evidente sul suo viso, anche se brillava di una felicità diversa da qualsiasi cosa avessi mai visto prima. Risplendeva intorno a lei come un alone, facendola sembrare un'entità di un'altra dimensione.

La sua attenzione era concentrata su suo marito, che sedeva su una sedia accanto a lei con la testa china, reggendo tra le grosse braccia la creatura più piccola che avessi mai visto.

Ash sollevò la testa e ci guardò con espressione trasognata mentre ci avvicinavamo. Era un ragazzo possente e muscoloso. Le poche volte in cui l'avevo visto, aveva riso e scherzato per tutto il tempo. Quindi fu uno shock vedere le lacrime nei suoi occhi che luccicavano di devozione, amore e meraviglia.

Sbatté le palpebre e parlò con voce roca, riportando lo sguardo sul bambino. «Ho un figlio.»

Zee lasciò andare la mia mano e avanzò maggiormente nella stanza carica di intensità. Posò una mano sulla spalla di Ash e abbassò lo sguardo sul neonato. «È bellissimo, amico. Assolutamente perfetto» disse con voce incrinata dall'emozione.

«Non posso crederci, Zee. Non riesco a credere che tengo mio figlio tra le braccia. Colton.»

La mia attenzione si spostò su Willow, che li stava guardando con occhi velati di lacrime.

«Congratulazioni» sussurrai, incerta su quale fosse il mio posto in questa circostanza ma onorata di farne parte comunque. «Sono davvero felice per voi.»

Il suo sorriso era tenero quando portò lo sguardo su di me. «È l'unica cosa che abbia mai desiderato.» Si voltò di nuovo verso suo marito e suo figlio. «Una famiglia» disse in un riverente sussurro.

Ash la guardò. «Non ho mai saputo che fosse esattamente ciò di cui avevo bisogno finché non ho incontrato te.»

Bisogno.

Una marea di emozioni mi investì come un pugno allo stomaco. La travolgente devozione. La convinzione che c'erano cose buone che attendevano ognuno di noi. Avevo così tanto per cui essere grata nella mia vita.

L'unica cosa che mi era mancata era qualcuno che credesse in *me*.

Almeno finché non avevo incontrato Zee.

Quest'uomo affascinante che posò teneramente la sua grande mano sulla testolina del figlio di Ash e Willow. Affetto e amore trasudavano da ogni suo poro. «Te lo meriti, fratello. Sia tu che Willow. Abbi cura di questo dono e non lasciarlo mai andare.»

Sopraffatto dalla commozione, Ash annuì, scambiando con Zee un tacito sguardo d'intesa.

Mi sentivo come un'estranea che sbirciava qualcosa di grande. Mi mancavano i dettagli, e non c'erano dubbi che le loro storie avessero radici profonde, ma questo non significava che non riuscissi a vedere il quadro generale, e volevo farne parte anch'io.

Zee raddrizzò la schiena. Feci un passo indietro quando vidi la sua espressione, spiazzata dalla quantità di emozioni che c'erano sul suo viso.

Amore e dolore.

Paura e vita.

Allungò il braccio e strinse la mano di Willow. «Sei stata bravissima, Willow. Davvero brava.»

Lei annuì e Zee la lasciò andare, tornando verso di me e prendendomi per mano senza dire una parola. Mormorai i miei saluti e mi domandai come avessi fatto a perdere la bussola in quei brevi istanti.

Uscimmo in corridoio dove il resto dei ragazzi era radunato.

«Avresti mai pensato di vedere questo giorno?» chiese Baz.

Zee scosse la testa. «No, ma ne sono davvero felice. Se c'è qualcuno che se lo merita, quello è Ash.»

Baz gli diede un colpetto sulla spalla. «Forse è ora che cominci a credere di meritarlo anche tu.»

Ebbi la sensazione che Zee non volesse guardarmi. Gli diedi una stretta alla mano, dicendogli silenziosamente che andava tutto bene.

La porta si aprì alle nostre spalle e tutti ci voltammo per vedere Ash uscire dalla stanza. Si passò una mano sul viso, apparentemente nervoso. «Possiamo scambiare due parole, ragazzi?»

Non attesi che qualcuno mi chiedesse di andarmene. Sfiorai il braccio di Zee con le dita e dissi: «Ti aspetto là in fondo.»

Scivolai nell'angolo, sperando di essere fuori portata d'orecchio e sentendomi una ficcanaso quando le parole di Ash fluttuarono fino a me.

«Non ce la faccio... Mi dispiace tantissimo, cazzo, ma non

posso andare in tournée e lasciarli da soli.»

L'aria si colmò d'apprensione.

Arretrai ulteriormente, sapendo che non avrei dovuto ascoltare qualcosa di così privato, ma incapace di allontanarmi abbastanza da non sentire le loro voci.

Lyrik scosse la testa. «Non puoi mollarci così, amico. Prenditi un po' di tempo. Hai qualche settimana per pensarci. Per capire come far funzionare le cose. Hai appena vissuto l'esperienza più intensa che farai mai. Non prendere decisioni affrettate.»

«Qualche settimana?» La voce di Ash era tinta di incredulità. «Non ho messo al mondo un bambino solo per poter passare poche settimane con lui prima di lasciarlo.»

Qualcosa di oscuro attraversò il volto di Lyrik. «Pensi che io abbia mai voluto andarmene e lasciare Tamar e i bambini a casa? No. Nemmeno una volta. Ma l'ho fatto perché avevo un obbligo verso la band. Un obbligo verso di te.»

Austin prese a camminare in cerchio, agitato, e parlò freneticamente. «Sono d'accordo con Ash. Abbiamo dei neonati. *Neonati*, amico. Andare in giro per il mondo non è il modo giusto di crescere una famiglia.»

La risata di Lyrik era carica di scherno. «Però non è stato un fottuto problema quando sono dovuto partire per la tournée e lasciare Tamar e Adia, eh? Aveva solo *due mesi*. Separarmi da lei mi ha quasi distrutto, cazzo.»

«Allora comprendi bene perché non posso farlo» ribatté Ash.

Anche se non volevo, stavo osservando la scena con occhi sgranati, perciò scorsi subito il profondo dolore che balenò sul viso di Zee.

Baz posò una mano sulle spalle di Lyrik e Ash, come se li stesse tenendo separati nel mezzo di un incontro di boxe. «Che ne dite se per adesso la finiamo qui? Penso sarebbe meglio evitare di dare spettacolo in ospedale nel giorno in cui è nato il figlio di Ash. Incontriamoci la settimana prossima per discuterne. Per capire qual è la cosa migliore da fare. Per tutti.»

Lyrik si sfregò il viso con entrambe le mani, lasciandole ricadere subito dopo. «Cazzo... mi dispiace, Ash. È che l'ho presa male, tutto qua.»

Ash scosse la testa. «Pensi che mi faccia piacere farlo? Che voglia ferirvi? È solo che...»

Si voltò verso la stanza, come se una corda lo legasse in maniera elementare a quello che lo attendeva dietro la porta, tirandolo, tirandolo e tirandolo.

Senza dubbio quel tipo di attrazione privava un uomo di qualsiasi tipo di resistenza.

Baz indicò in quella direzione con un gesto del mento. «Va'. Stai con Willow e tuo figlio. Goditi questo momento. Ci occuperemo di questa faccenda la prossima settimana. Voglio che adesso non ci pensi affatto. Intesi?»

Ash annuì mentre indietreggiava. «Grazie, amico.» Il suo sguardo si posò su ognuno dei ragazzi. «Grazie a tutti... non sapete cosa significhi per me avervi qui. Che la *mia famiglia* sia la vostra.»

Tutti annuirono, eccetto Zee, che non aveva ancora detto una parola.

Il dolore scolorò il suo viso che si tinse di domande e preoccupazione. Cominciai ad andare nella sua direzione, ma lui si stava già muovendo, percorrendo il corridoio e attraversando le doppie porte da cui eravamo entrati prima tramite autorizzazione.

Lo seguii.

Potei percepire gli sguardi sorpresi di Tamar, Edie e Shea che erano tornate in sala d'attesa per stare insieme ai loro bambini.

Zee le superò senza rivolgere loro neppure un cenno di saluto.

Il panico montò nel mio spirito. «Zee» lo chiamai.

Lui aumentò il passo, titubando solo un secondo quando arrivò all'ascensore proprio mentre un uomo usciva dall'abitacolo.

L'uomo indossava un completo e reggeva un grosso orsacchiotto sottobraccio e un bouquet di fiori in una mano.

Aveva un che di familiare.

Impiegai solo un istante per rendermi conto che era lo stesso uomo che avevo visto con Zee il giorno in cui mi ero imbattuta in lui fuori dalla stazione di polizia.

Mormorò qualcosa a Zee che non riuscii a sentire, ma

quest'ultimo si limitò a scuotere la testa e a salire in ascensore senza dire nulla.

Mi affrettai a seguirlo.

Gli occhi dell'uomo si sgranarono per lo shock quando mi vide, poi la sua espressione si trasformò in una di rabbia e preoccupazione.

Odiavo la sensazione di sentirmi fuori posto. Di non c'entrarci niente. L'insicurezza era qualcosa che non avevo mai desiderato di provare.

Ma non potei fare a meno di sentirmi in quel modo sotto il peso del suo sguardo che mi trafisse quando chiamai di nuovo Zee, precipitandomi in ascensore con lui prima che le porte si chiudessero.

Zee stava ansimando, camminando avanti e indietro per lo spazio ristretto.

«Zee» sussurrai.

Lui serrò le mani e si agitò ulteriormente, come un ciclone di energia in crescente aumento.

Le porte si aprirono sul piano terra e Zee si fiondò fuori dall'ascensore. Gli corsi dietro, oltrepassando le porte scorrevoli e uscendo sotto il sole del mattino.

Zee percorse a lunghe falcate la stradina che conduceva verso il lato dell'ospedale, rallentando solo quando raggiunse un'area con panchine e alberi da ombra. Poi si fermò e allungò una mano per sostenersi contro il tronco di un albero.

Con circospezione, gli toccai la schiena. «Zee, dimmi cosa succede.»

Lui sussultò e si irrigidì da capo a piedi. «Non posso permettere che questo accada, Alexis. Non posso. L'ho promesso. L'ho promesso, cazzo.»

L'agitazione si insinuò nello spazio tra di noi. Cominciai a girargli intorno. Lentamente. Cautamente. Terrorizzata al pensiero che potesse spingermi via.

Volevo abbracciarlo un po', proprio come lui aveva abbracciato me.

Lo sospinsi leggermente all'indietro, infilandomi nello spazio tra lui e l'albero, perché desideravo disperatamente guardare nelle profondità dei suoi occhi. Così che potessi vedere dove teneva i suoi segreti. Dove custodiva le sue verità.

«Cos'hai promesso? E a chi?»

«A Mark.» La sua voce si spezzò e la sua mano si chiuse a pugno contro la corteccia. «Gliel'ho promesso. Gli ho promesso che avrei tenuto la band unita a qualunque costo.»

Sbattei le palpebre. «Come potrebbe mai essere una tua responsabilità?»

Lui scosse la testa con amarezza. «*È* una mia responsabilità, Lex.» Si batté il pugno contro il petto. «È tutta colpa mia. Questa band... questi ragazzi... hanno quasi perso tutto a causa mia. E quando Mark è morto... gli ho promesso che li avrei tenuti uniti. Per lui. Che mi sarei assicurato che realizzassero quei sogni per i quali stavano vivendo.»

Le sue labbra si piegarono in preda al tormento. «Ho trascorso sette anni, Alexis, *sette fottuti anni* a tenere d'occhio ogni loro mossa. Cercando di tenerli lontano dai guai. Pregando che tornassero a casa le notti in cui erano fuori a fare chissà cosa.»

Corrugai la fronte. «Perché spettava a te farlo?»

Una risata beffarda proruppe dal suo petto. «Sono sempre stato l'intruso, Lex. Sempre quello che osservava da lontano. Tutti mi trattavano come un ragazzino mentre io me ne stavo lì, nel disperato tentativo di tenere insieme i pezzi.»

«Zee» iniziai, ma lui continuò, gli occhi colmi di agonia.

«E pensavo che magari... adesso che erano più adulti, sposati e con figli, quella pressione si sarebbe allentata.»

«Non è così?» domandai.

Lui scosse la testa. «Io... pensavo che nel caso Mark mi stesse guardando da lassù, l'avrei reso orgoglioso. Pensavo che finalmente potessi cominciare a dedicarmi a quelle cose che dovevo sistemare nella mia vita.»

La tristezza si abbatté su di me da tutti i fronti.

Questo ragazzo era così pieno di sacrifici e vergogna.

Allungai la mano e posai il palmo sulla sua guancia ruvida. «E se Mark ti stesse guardando davvero da lassù? Come potrebbe non essere orgoglioso di te e di ciò che sei diventato? Come potrebbe guardare i ragazzi... i suoi migliori amici... la sua famiglia...

e non provare un profondo senso di pace sapendo che ognuno di loro ha trovato la felicità? La vera gioia?»

Zee tremò sotto il mio palmo mentre quell'energia diventava ancora più potente. «Avevano stretto un patto, Alexis, ovvero che ce l'avrebbero fatta a qualsiasi costo. Nulla si sarebbe messo sulla loro strada. I *Sunder* sono ciò che Mark desiderava più di qualsiasi altra cosa al mondo.»

Un cipiglio si formò tra le mie sopracciglia. «E come sai che questo non sarebbe cambiato per Mark? Come sai che non avrebbe trovato l'amore come il resto dei ragazzi?»

Sussultò alle mie parole.

Dolore. Era così maledettamente intenso. Avrei voluto scacciarlo via con una carezza.

«Le priorità cambiano, Zee. Non lo sai? Cresciamo e impariamo, e scopriamo che certe cose sono molto più importanti di quelle che inizialmente pensavamo fossero le più essenziali. Talvolta scopriamo che sono del tutto insignificanti.»

Zee mi guardò impotente. «Ho rinunciato a tutta la mia vita, Alexis. A ogni cosa, cazzo. A tutto ciò che abbia mai desiderato. A ogni obbiettivo che mi sia mai prefissato... ogni amore che abbia mai avuto... per mantenere quella promessa.»

«Zee» bisbigliai, avvicinandomi ulteriormente, lasciando che il calore sfrigolasse e divampasse tra di noi.

I suoi respiri divennero più corti ad ogni centimetro che cancellavo.

Sollevai il viso verso di lui, verso quest'uomo che torreggiava su di me.

Imprigionandomi.

Consumandomi.

Cancellando tutto tranne se stesso.

«Pensi davvero che questo sia quello che vorrebbe Mark? Vederti annaspare nel tentativo di tenere insieme le cose, continuamente terrorizzato che un pezzo ti sfugga via dalle mani e tu non sia in grado di afferrarlo in tempo? Cosa mi dici di quello che vogliono gli altri ragazzi della band? Di quello che vuoi *tu*?»

Il suo pomo d'Adamo ballonzolò su e giù quando deglutì. «Glielo devo, Alexis. Gli devo tutto.»

«Come ha potuto chiederti questo? Aspettarsi una cosa simile da te?»

Zee mi cinse il collo con entrambe le mani, e potei sentire il ritmo selvaggio del mio cuore battere contro i suoi palmi. «Perché gli ho portato via tutto.»

Scosse la testa con amarezza e continuò a denti stretti, tenendo lo sguardo fisso sui piedi. «E so che sembro uno stronzo nel lamentarmi quando faccio una vita da rockstar. Quando ho più soldi di quanto potrò mai spendere. Quando ho fatto più esperienze di quante avrei mai pensato di fare. Quando ho ereditato questa famiglia fantastica.»

Sollevò lo sguardo sul mio viso. «Eppure, l'unica cosa che voglio è che loro siano felici. Che abbiano una bella vita, qualunque essa sia per ognuno di loro. Ma non sono sicuro di sapere come continuare a tenerli uniti. Sento le cose sfuggirmi di mano, e quando questo accadrà, rimarrò senza nulla.»

La sua voce si ruppe, come se il solo pensiero gli spezzasse il cuore.

«Tenerli uniti non significa per forza tenerli uniti come band. Che mi dici della famiglia? Che mi dici di me? Ci sono *io* con te» dissi in tono implorante.

«Dannazione, Alexis.» Mi strinse più forte mentre nel suo sguardo infuriava una guerra.

Vale la pena lottare per me?

La sua bocca si abbatté sulla mia. Dominante e divorante. La sua lingua era febbrile e il suo tocco esigente mentre mi attirava maggiormente a sé, affondando una mano nei miei capelli e schiacciando l'altra contro la mia schiena.

Gli permisi di possedermi là fuori all'aperto. Sotto il sole e gli alberi. E pensai che forse, solo forse, avevo avuto la mia risposta.

29

ZEE

«Dove stiamo andando?»

Alexis arrancò per tenere il passo mentre la trascinavo dietro di me con entusiasmo. Sembrava che succedesse spesso ultimamente. La portavo con me dappertutto, desiderando di averla al mio fianco, indipendentemente da dove andassi.

Non riuscii a trattenere l'enorme sorriso che affiorò sulle mie labbra. «Ho pensato che ti avrebbe fatto bene un po' d'aria fresca.»

Lei ridacchiò, un suono argentino che rimbalzò tra le pareti della tromba delle scale. «Aria fresca? Nel cuore di Hollywood? Non dirmi che sei confuso e pensi di essere tornato a Savannah?»

Sorridendo, continuai a salire le scale fino al tetto dell'edificio. «Non sei tu a dire sempre che dobbiamo trarre il meglio da quello che abbiamo?» dissi in tono canzonatorio.

«Suppongo di sì, eh?»

«Già.» Le lanciai un'occhiata da sopra la spalla. «Hai la capacità di vedere le cose belle che si celano dietro quelle brutte. Così ho pensato che avresti voluto dare una sbirciatina anche a questo.»

Un rossore le imporporò le guance mentre la trepidazione si mescolava con la timidezza che le fece mordicchiare il labbro inferiore.

C'erano poche cose che mi piacevano di più: l'umiltà che irradiava da questa tenera ragazza; la grazia e la bontà che trasudavano da lei come una ninna nanna.

Armonia.

La sua voce si addolcì. «Non è che non veda le cose brutte, Zee. Semplicemente, a volte scelgo di guardarle sotto una luce diversa.»

«Appunto.»

La confusione rallentò i suoi passi e una ruga comparve sulla sua fronte. Era così dannatamente carina. «Che vuoi dire?»

Una lieve risata sgorgò dalle mie labbra. «Continui a confermare la mia tesi. Sei migliore di me. Migliore di questo... di ciò che ti sto dando.»

Lei sbatté le palpebre. «Quando ti renderai conto che mi hai dato più di quanto mi abbia mai dato chiunque altro?»

«Lex» sospirai, sorridendo a questa ragazza che continuava a confondermi. A distrarmi. A condurmi in tentazione.

E io volevo seguirla ovunque.

Quando raggiungemmo la cima, aprii la pesante porta. Una raffica di vento caldo soffiò sui nostri visi non appena uscimmo sul tetto.

Alexis ansimò e si diresse immediatamente verso il parapetto. «Oddio, è incredibile quassù. Non avevo idea che esistesse questo posto.»

«È la zona migliore dell'intero edificio, a mio parere.»

Il suo sorriso era così luminoso quando mi guardò. Un'altra folata di vento soffiò sulla terrazza, facendo svolazzare le ciocche biondo platino dei suoi capelli intorno al suo viso.

«Non posso che darti ragione» sussurrò, riportando l'attenzione sul panorama.

Una tempesta estiva incombeva all'orizzonte mentre la città pullulava di vita nelle strade sottostanti, e da quassù non potevi fare a meno di sentirti distaccato da tutto. Come se guardassi il mondo attraverso una lente diversa. Una lente che oscurava, piegava e distorceva. Che faceva apparire le cose migliori di com'erano.

La notte ci avvolgeva dall'alto, così vicina che sembrava come se potessimo protendere le braccia e affondare le dita nelle sue torbide profondità.

Nascosta nell'oscurità, c'era una coperta che prima avevo portato su e disteso a terra. Avevo messo una bottiglia di vino al fresco in un secchiello, frutta e crackers su un vassoio e dei cuscini qua e là.

Tutte quelle cose che erano considerate romantiche.

Perché volevo condividere un momento normale con questa ragazza. Darle qualcosa di bello. E bere un bicchiere di vino con lei non era di certo peggiore del tradizionale shottino che bevevo sempre con i miei amici dopo un concerto. Forse io e lei stavamo stringendo un piccolo patto tutto nostro.

Non potevo fare a meno di provare un'enorme contentezza in ciò.

Alexis si voltò di nuovo verso di me e un'esclamazione sorpresa le sfuggì dalle labbra quando mi vide inginocchiarmi sulla coperta. Era qualcosa di così dannatamente semplice quello che avevo organizzato. Eppure eccola lì, a guardarmi come se le avessi dato il mondo. «Zee... hai fatto tutto questo per me?»

Tolsi il vino dal ghiaccio e mi concentrai sul togliere il tappo. «Non è nulla, Alexis.»

Lei avanzò nella mia direzione, addosso un abito vaporoso, bianco come i suoi capelli che svolazzavano intorno alle sue spalle.

Caos e luce.

Angelo.

Tentazione.

Deglutii rumorosamente mentre si avvicinava.

«Per me significa molto.»

Era impossibile non cogliere il sottinteso nelle sue parole. Sapevo che intendeva dire di più. Che *io* significavo molto per lei.

Proprio come lei stava cominciando a significare molto per

me.

Anche troppo.

«E penso che anche tu lo sappia, altrimenti non ti saresti impegnato tanto.» Un piccolissimo sorriso birichino affiorò sulla sua dolce bocca. «Sai, dal momento che con me vai sul sicuro.»

Proruppi in una risata sbalordita.

Questa ragazza mi coglieva continuamente di sorpresa.

«Ah, davvero?»

Lentamente, Alexis si inginocchiò sulla coperta. «Direi proprio di sì... considerando che ogni volta che sono vicino a te, non riesco a tenere le mani a posto.»

Mi sporsi in avanti, sfiorandole la bocca con la mia. «Meglio così. Mi piace avere le tue mani addosso.»

Lei arrossì e abbassò lo sguardo per un breve secondo, prima di riportarlo su di me e guardarmi con un'espressione adorante sul viso. «Zee.»

Emisi un sospiro. «Vieni qui. Sembra che quando sono con te, nemmeno io riesca a tenere le mani a posto.»

Alexis ridacchiò mentre mi sedevo a terra, attirandola tra le mie gambe e facendola appoggiare con la schiena contro il mio petto.

Afferrai di nuovo la bottiglia, finii di togliere il tappo e versai un bicchiere di vino a entrambi. «Qualcosa mi dice che ti piace dolce.»

Proprio come mi piaceva lei; rosea, dolce e voluttuosa. Ogni delicato e seducente centimetro del suo corpo.

Bevve un sorso. «È delizioso.»

Accostai la bocca al suo orecchio mentre avvolgevo un braccio intorno alla sua vita. «Esattamente quello che pensavo.»

Alexis emise un sospiro contento, e io mi reclinai all'indietro un po' di più, così che potessimo sollevare lo sguardo verso il cielo notturno rischiarato dal bagliore della città sottostante mentre sorseggiavamo il vino e mangiucchiavamo il cibo, crogiolandoci in una pace momentanea, come se nulla fosse più importante di questo istante.

«È meraviglioso qua fuori. Avevi ragione, mi serviva un po' d'aria fresca.»

Premetti le labbra contro la sua tempia. «Mi ricorda te, sai?»
«Cosa?»

«Il cielo.» La mia voce era un roco mormorio. «Bellissimo e profondo. Lo guardo, contemplo la sua maestosità, e ho la sensazione che tutto sia possibile.»

Alexis mi carezzò il braccio con i polpastrelli. «Mi piace pensare che sia così... se lo desideriamo con abbastanza ardore. Se ci crediamo con abbastanza intensità.»

«E questo è esattamente il motivo per cui non riesco a smettere di guardarti.»

Lei si accoccolò maggiormente tra le mie braccia, come se si sentisse al sicuro lì e desiderasse restarci per sempre. Di tutte le cose che volevo darle, la sicurezza era l'unica cosa che potevo effettivamente donarle.

Il silenzio ci avvolse, palpabile come l'aria che prese vita intorno a noi. Anche se c'era pochissimo spazio a separarci, l'energia si raccolse fino a diventare una punta acuminata. Compressa e amplificata. Come se lo spirito di Alexis stesse lentamente diventando parte del mio.

«Vorrei che si potessero vedere le stelle da qui» sussurrò. Senza staccare gli occhi dal cielo, tracciò con la punta delle dita la stella tatuata sul dorso della mia mano. «Secondo me, è così che ci si sente quando si è innamorati.»

Un brivido mi scosse da capo a piedi. Questa ragazza era troppo perspicace. Avrei dovuto lasciar cadere l'argomento. Invece, in un mormorio la incoraggiai a continuare. «Come?»

La sua voce era un sussurro carico d'emozione. «Come una stella cadente. Come se non si riuscisse ad evitare la caduta, non importa con quanta forza lo si voglia. E io non lo voglio.»

L'abbracciai più forte. Forse, se l'avessi stretta abbastanza forte, non avrei dovuto lasciarla andare. «Non cadere.»

«Penso che sia già troppo tardi.»

Mi doleva il petto per il peso delle emozioni. Per tutte le cose che desideravo e per tutto quello che volevo darle. Avrei voluto dire qualcosa, ma le parole sembravano bloccate, queste opprimenti catene inibitorie che tiravano e strattonavano nel tentativo di impedirmi di cadere insieme a lei.

«Sei mai stato innamorato?» sussurrò come se fosse un segreto prezioso. Come se la risposta non l'avrebbe ferita. Anzi, lei l'avrebbe abbracciata con la sua solita bellezza.

Cercai di formulare una bugia, ma non ci riuscii. «Sì» ammisi con amarezza.

Percepii il suo sorriso triste. «Com'era lei?»

Un piccolo sbuffo d'incredulità proruppe dalla mia bocca. «Vuoi davvero parlare di questo, Alexis?»

«Te l'ho detto, voglio conoscerti. Voglio sapere tutto di te. Dimmi la tua verità, Zee.»

Ma era quello il problema. Quando avrebbe saputo tutto, sarebbe scappata via. Non avrebbe trovato nessuna bellezza nella mia verità, e tutti quei frammenti che mi erano rimasti sarebbero spariti.

L'emozione pulsò nella mia gola, e la mia voce si fece tenera mentre mi perdevo nei ricordi. «Era bella. Ambiziosa. Hai presente la scuola di musica di cui ti ho parlato? L'ho conosciuta lì. Suonava il violino.»

«Mentre tu suonavi il pianoforte» disse, continuando a sfiorare con i polpastrelli la stella sul dorso della mia mano.

«Sì» risposi.

«Il mio piccolo batterista.»

Dio, questa ragazza mi stava distruggendo. Mi stava sconvolgendo e facendo a pezzi. Non avevo neppure bisogno di dirle che suonare la batteria per i *Sunder* non era mai stato nei miei piani.

Già lo sapeva.

Ondate di quell'antico dolore si abbatterono su di me, schiacciandomi il cuore, tormentandomi lo spirito. Ridacchiai sommessamente. «Era piuttosto rigida. Si aspettava che le cose andassero in una certa maniera. Non c'era molto spazio di manovra nel mondo che frequentavamo.»

Una lieve risatina sgorgò dalle sue labbra, diventando un tutt'uno col vento. «È difficile immaginarti in quel modo.»

Le diedi una stretta. «Quale modo?»

«Non come una dura rockstar, tutto agghindato per un concerto. Non riesco a visualizzarti su un palcoscenico diverso.»

Soffocai la mia risata contro la sua nuca. «Sono sempre stato un duro. Credimi, spacco con un completo addosso.»

Alexis proruppe in una risata piacevole e giocosa. «Ne sei sicuro?»

«Oh, sì. Le ragazze non riuscivano a stare lontano da me.»

«Questo posso immaginarlo con facilità.» Ritornò seria. «Cosa le è successo?»

Il rimorso venne fuori insieme al mio sospiro. «Le sono capitato io, Alexis.»

«Ti manca?»

Espirai rumorosamente. «Un tempo pensavo di sì. Sono stato malissimo quando ci siamo lasciati. Ma ho dovuto aggiungerla alle altre cose che avevo già perso. Non posso fare a meno di chiedermi se le cose sarebbero andate in maniera diversa se l'avessi amata abbastanza, se lei mi avesse amato abbastanza. Forse in quel caso saremmo rimasti l'uno al fianco dell'altra, prendendo decisioni per il bene di entrambi, invece di permettere a ciò che era accaduto di rovinare tutto.»

Alexis respirò a malapena mentre assimilava quello che le avevo detto. Elaborando. Mettendo da parte le poche informazioni che le avevo offerto. Mi domandai quando avrebbe scoperto tutto – ogni cosa di me.

Con le viscere che mi tremavano in preda a un senso di possessione, tirai un respiro profondo e combattei contro la sensazione che fosse mia mentre le chiedevo: «Tu... sei mai stata innamorata? Hai detto che ci sono stati un paio di ragazzi... con cui hai avuto una relazione seria.»

Lei sembrò titubare, riflettendo sui propri sentimenti. «Penso di esserci andata vicino. Ovviamente, alle superiori pensavo di essere continuamente innamorata ma l'infatuazione scemava in fretta. Al college ho frequentato un paio di ragazzi. Poi c'è stato Sam...»

Non intendevo sussultare, ma lo feci, cazzo.

«Era gentile con me... mi trattava bene, e mi piaceva parecchio. Volevo amarlo. Ma non ci sono riuscita. Perché l'amore... dovrebbe essere qualcosa di più.»

«Cos'è che vuoi?» mormorai all'improvviso contro il suo

orecchio. «Cos'è che desideri?»

Potei percepire il brivido che le percorse la spina dorsale. «Non lo so, Zee. So solo che voglio di più.» La sua voce divenne un bisbiglio sognante. «Voglio cadere. Voglio *sentirlo*. Voglio vedere le stelle. Galleggiare tra di esse e cadere con loro.»

Si accoccolò maggiormente contro di me. «*Io posso sentirlo. Tu?*»

30

ZEE
VENT'ANNI

«Puoi provare ad essere cordiale almeno per una sera? È il compleanno di mio fratello.»

Julie sedeva sul sedile del passeggero con le braccia conserte. Negli ultimi due anni era diventato sempre più difficile convincerla a frequentare suo fratello e i suoi amici.

Questo sembrava essere l'unico punto di contrasto tra di loro. Il motivo per cui si scontravano sempre.

«Te l'ho detto che non mi sento a mio agio con loro» rispose lei con voce implorante.

Frustrato, Zee si passò una mano sul viso. «Se gli dessi una possibilità, scopriresti che sono davvero dei bravi ragazzi. Sì, hanno commesso degli sbagli, ma chi non li ha fatti? Nessuno è perfetto, lo sai.»

Gli occhi di Julie si velarono di lacrime. «Dargli una possibilità? Ogni volta che andiamo a una loro festa, c'è droga dappertutto. E prima che tu dica qualcosa, so che tuo fratello sta cercando di smettere. Che i suoi amici l'hanno già fatto. Ma questo non significa che quella roba non sia lì, sotto il mio naso.»

Tirò un respiro agitato e continuò. «Senza contare che ogni singola volta c'è una puttana che cerca di portarti via da me, come se io non esistessi. Hai la vaga idea di come questo mi faccia sentire?»

Facendo appello alla pazienza, Zee alzò gli occhi al cielo. «E tu pensi davvero che cederei alle loro avance? Che ti tradirei in quel modo? Che mi incasinerei la vita per una scopata di una notte? Credo tu sappia che non ne sarei mai capace.» Serrò le mani intorno al volante. «Sono cresciuto con loro. Mi hanno sempre trattato come un fratello. Sono come una famiglia per me.»

Amava Julie. Tantissimo, cazzo. Ma sin da quando si erano messi insieme, Zee aveva la sensazione che qualcosa fosse scomparso dalla sua vita.

Amicizia e fratellanza.

Quel senso di reale appartenenza.

Il legame con suo fratello era sempre stato stretto, ed era ora di fare i passi necessari per assicurarsi che non si indebolisse.

Julie gli toccò l'avambraccio. «Temo solo che se te la fai troppo con loro, ti indurranno a fare qualcosa che non dovresti fare.»

«Non ho dodici anni.»

Un cipiglio le corrugò le sopracciglia. «Perché devi reagire così? La mia è una preoccupazione legittima. Quando oltrepassi quella porta, non sai mai in quale situazione ti troverai. Ci tengo a te. A *noi*. E sai che questo non è il tipo di persone con cui dobbiamo associarci. Sai bene che genere di reputazione rischi di guadagnare.»

La breve risata che sfuggì a Zee era permeata di incredulità e frustrazione. Il problema era che capiva il suo punto di vista e, allo stesso maledetto tempo, dissentiva totalmente. «Sei preoccupata per la mia reputazione? Questi ragazzi non soltanto sono tremendamente popolari, sono anche incredibilmente talentuosi.»

Julie sollevò gli occhi al cielo. «Non c'è bisogno che tu finga che quella sia musica.»

«Mi stai prendendo in giro? Pensi che le canzoni che scrivono siano meno importanti delle mie?»

«Sei eccezionale, Zee. Eccezionale. Nessuno di loro può eguagliarti.»

«Non posso credere che tu dica una cosa simile, Julie. Tu, più di chiunque altro, dovresti sapere che c'è valore in ogni cosa. In ogni genere di arte, indipendentemente da come viene creata. L'unica differenza è il modo in cui le persone reagiscono a quell'arte. L'arte tocca le persone in modi diversi, e ognuno di noi è attratto dalle sue svariate forme.»

Julie abbassò la testa e parlò in un sussurro. «Lo so... mi dispiace. È solo che...» Lo guardò con occhi sgranati. «Mi spaventa, Zee. Quello che fanno. Il modo in cui vivono. Non c'è spazio per quelle cose nella mia vita.»

«Ma Mark fa parte della mia.»

Annuendo, Julie aprì lo sportello non appena Zee accostò al marciapiede, come se dovesse farlo prima di cambiare idea. «D'accordo.»

La strada era costeggiata da numerose auto, e Zee poteva già sentire la musica heavy metal rimbombare attraverso le pareti.

«Ehi» la chiamò dolcemente.

Prima di scendere dalla macchina, Julie si voltò a guardarlo.

«Te lo giuro... niente di tutto questo mi attira. Non desidero farne parte. Voglio solo passare un po' di tempo con mio fratello e i suoi amici.»

«Promesso?»

«Promesso.»

Spegnendo il motore, Zee uscì dall'auto e andò subito accanto a Julie. La prese per mano. «Coraggio, piccola, sarà divertente. Lasciati un po' andare. Goditi la serata.»

«Ok, ci proverò.»

Le prese il viso tra le mani e la baciò forte. «Grazie per aver accettato di venire.»

Julie gli carezzò il petto con le dita. «Sai che farei qualsiasi cosa per te.»

Zee l'abbracciò forte. «Ti amo da impazzire.»

Lei gli cinse la vita con le mani. «Ti amo... più di ogni altra cosa.»

Ash sollevò il bicchierino. «A Mark, il festeggiato. Possa quest'anno essere il migliore, fratello, pieno di canzoni e di gioia. E non dimentichiamo le fanciulle. Possa esserci una lunga sfilza di adorabili e graziose fanciulle.»

Mark sollevò il proprio bicchiere e gridò, «Alla salute!», prima di abbassare lo sguardo e ammiccare a Veronica, una ragazza con cui apparentemente si frequentava da due mesi.

Così gli aveva detto Baz, aggiungendo che non gli era molto simpatica.

Veronica si unì al brindisi sollevando il proprio bicchiere.

Un gran numero di bicchierini venne sollevato al centro della cucina affollata, dove tutti erano riuniti per prendere parte ai festeggiamenti.

Ridendo, Zee fece tintinnare il bicchiere contro quello di tutti i presenti nella stanza, prima di mandare giù il suo cicchetto. Sembrava assurdo che un liquido gelato potesse accendere un fuoco nel suo stomaco, riscaldandolo dall'interno verso l'esterno, facendogli girare la testa e offuscandogli i sensi.

Eppure, ogni cosa sembrava amplificata.

Piacevole.

Avvolse un braccio intorno alla vita di Julie e sfregò il viso contro il suo collo. «Hai un odore delizioso.»

Ridacchiando, lei gli diede un colpetto nel fianco. «E tu puzzi come una distilleria.»

«E tu hai un odore delizioso.»

«L'hai già detto. Penso che qualcuno abbia bevuto troppo.» Rise di nuovo, sollevando il mento per dargli maggiore accesso mentre le baciava la gola.

Cristo, adorava quando era così. Quando si rilassava e usciva da dietro alle barricate di sicurezza in cui le piaceva stare. Quando concedeva a se stessa di vedere l'ambiente da cui lui proveniva. Chi era al di fuori dello smoking che indossava quando sedeva al pianoforte per intrattenere un pubblico serio e contegnoso.

Zee era entrambe le cose.

Parte di entrambi i mondi, e amava ambedue allo stesso modo.

Era convinto che per abbattere l'ultima barriera tra di loro bastava che Julie se ne rendesse conto e lo accettasse.

«Ehi, ehi.» Ash era improvvisamente lì, a rompere l'incantesimo. «Ormai non vediamo più il nostro Zee da queste parti. Poi, quando finalmente si fa vivo, concentra tutta la sua attenzione su questa ragazza di cui sembra non averne abbastanza.»

Zee si staccò da Julie e sorrise. «Hai perfettamente ragione, amico mio. Non ne ho mai abbastanza.»

Ash si batté una mano sul cuore. «Provi gusto a distruggermi, vero? E io che pensavo che fossi venuto per vedere me. Invece, guarda che atrocità. Sono qui, tutto solo e sconsolato. Senza nessuno che mi ami.»

Zee indicò con un gesto del mento la casa gremita di gente, piena di ragazze in cerca di una preda proprio come i ragazzi. Era una scena ricorrente che conosceva fin troppo bene.

«Datti uno sguardo intorno, amico» rispose Zee. «La scelta è ampia. Non penso tu abbia motivo di preoccuparti.»

Al suo fianco, Julie sussultò, e lui l'abbracciò più forte.

Ash le sorrise. «Ah... tranquillo, Zee. Sappiamo perché hai deciso di spezzarci il cuore e abbandonarci. Hai trovato una ragazza cento volte più bella con cui intrattenerti.» Inclinò la testa verso di lei, sul viso un sorrisetto impertinente. «Non posso competere con una persona splendida come te, giusto?»

Il viso di Julie si tinse di rosso.

La risata di Mark risuonò per la cucina mentre si faceva largo verso di loro, con Veronica al seguito. «Meglio che tieni d'occhio la tua ragazza, fratellino. Sono sicuro che Ash cercherà di soffiartela.»

Una finta espressione inorridita comparve sul viso di Ash. «Non lo farei mai. Che tipo di farabutto pensi che io sia?»

Mark ridacchiò. «Tutti ti abbiamo visto in azione, coglione.

Sappiamo esattamente che tipo di farabutto sei.» Strinse più forte il braccio intorno alla ragazza al suo fianco. «Veronica, non penso di aver avuto l'opportunità di presentarvi. Questo è il mio fratellino, Zee.» I suoi occhi luccicarono come un tempo, pieni di vita, e un sorrisetto curvò la sua bocca. «Anche se è chiaramente più grande di me sotto tutti gli aspetti che contano. Grazie per avermi superato, fratello. Non è affatto carino da parte tua. Per niente.»

Zee rise sotto i baffi. Tipico di Mark metterlo in imbarazzo. «Ehi, sai che ho trascorso l'infanzia a spazzolare ogni piatto perché il mio unico desiderio era superarti in altezza.» Allargò le braccia. «Com'è dolce il successo.»

Il sorriso di Mark si addolcì, diventando più genuino. «Questo sì che è qualcosa da festeggiare. Un dolce successo.»

Zee si rivolse a Veronica. «Piacere di conoscerti.»

Veronica era bella in un modo malizioso. Era alta e magra, con lunghi e folti capelli ondulati che le ricadevano sulle spalle, circondata da un'aura scura come i vestiti che indossava.

«È davvero un piacere conoscerti, finalmente. Tuo fratello non fa altro che parlare di te.»

«Ahh... questa cosa è piuttosto imbarazzante.»

Forse Zee aveva bevuto troppo.

Ovviamente, Ash scoppiò a ridere, mentre Julie sussultò. Di nuovo.

Zee si affrettò a tranquillizzarla, avvolgendo un braccio intorno alla sua vita e attirandola a sé. «Lei è Julie, la mia ragazza.»

Quest'ultima si limitò a borbottare un ciao, e Zee si chiese perché le ragazze fossero sempre così dannatamente competitive tra di loro, studiandosi a vicenda.

Come se contasse, quando in realtà non contava affatto.

Ash batté le mani. «D'accordo, coglioni, credo ci voglia un altro brindisi. È il compleanno di Mark. Sapete cosa significa... un cicchetto doppio.»

«Com'è che trovi sempre un motivo per bere un doppio?» domandò Zee.

Ash indietreggiò con le mani alzate e i palmi in fuori. «Ehi, ehi, non sono il tipo da bicchiere mezzo vuoto, né da bicchiere mezzo pieno. Sono il tipo da bicchiere pieno, poi vuoto e poi di nuovo pieno.»

«Ovvio che lo sei.»

«Non me ne vergogno, amico, non me ne vergogno affatto.»

Mark gettò un braccio intorno alle spalle di Zee. «Sono contento che tu sia qui, fratellino. Questo giorno non avrebbe alcun significato se tu non fossi al mio fianco. Festeggiamo e divertiamoci... non sappiamo mai quale potrebbe essere il nostro ultimo giorno.»

Julie si fiondò fuori dalla porta d'ingresso.

Zee le corse dietro. «Dai, Julie. Non fare così.»

Lei non rallentò mentre si voltava a guardarlo da sopra la spalla. Il suo viso era rigato di lacrime e i suoi occhi erano spalancati e inorriditi. «Sta' lontano da me.»

Il panico ribollì sotto la pelle di Zee. «Non è come sembra. Ti prego... aspetta.»

Non impiegò molto a raggiungerla. Quando lo fece, allungò la mano e le agguantò il polso.

Girandosi di scatto, Julie si liberò dalla sua presa con uno strattone e continuò ad allontanarsi. La musica echeggiava dalle finestre illuminate della casa mentre si inoltrava ulteriormente nel cortile avvolto dalla notte.

Il suo corpo era immerso nell'ombra, ma questo non impedì a Zee di scorgere il dolore dipinto sul suo viso. La fiducia che era svanita.

«Non è come sembra?» lo accusò.

«No. Sono andato in bagno e quando sono uscito, lei era lì ad aspettarmi. Mi ha colto alla sprovvista.»

«La stavi baciando.»

Agitato, Zee si passò una mano tremante sul viso. La lieve sbronza era sparita nell'istante in cui era uscito in corridoio, cadendo nella trappola di Jen, una ragazza che ricordava a stento e che lo stava aspettando fuori dalla porta. «Non la stavo baciando, Julie. Cazzo... pensi davvero che l'avrei baciata? Per di più sapendo che mi aspettavi in fondo al corridoio?»

Julie si premette entrambe le mani sul petto. «Dimmi che non sei andato a letto con lei in passato.»

Zee ingoiò il rimorso che minacciava di soffocarlo. Scelte. Te le lasciavi alle spalle ovunque andavi. Il tempo non le rendeva mai obsolete. «È successo anni fa, Julie. Prima che ti incontrassi.»

Vide il dolore colpirla come se fosse un parafulmine.

Julie barcollò all'indietro e Zee avanzò verso di lei.

«Anni fa» ripeté in tono deciso. «E non ha significato nulla. Nulla ha avuto importanza finché non ho incontrato te.»

«Io...» Un singhiozzo proruppe dalla gola di Julie, che si voltò e si afferrò i capelli tra le mani. «Non posso... Non ce la faccio, Zee. So che è tuo fratello, ma quelle ragazze... e... e poi l'ho visto bucarsi con la sua ragazza.»

Si voltò di nuovo verso Zee, accasciando le spalle con impotenza. «Questo ambiente non fa per me. Io non sono così e non voglio circondarmi di persone simili. Mi dispiace, Zee, ma devi scegliere. O me o loro.»

Il sollievo lo investì da capo a piedi. Era una sensazione fisica. Palpabile nel suo sangue. Si precipitò verso di lei, avvolgendola tra le braccia e baciandola sulla fronte, sulle guance, sulle labbra. «Te. Scelgo te. Sceglierò sempre te.»

31

ZEE

Startene seduto a guardare tutto ciò a cui avevi dedicato la tua vita crollare intorno a te era alquanto surreale. Vedere le fondamenta che si frantumavano e le mura che collassavano.

Era come se le stessi guardando implodere da lontano, e non c'era una maledetta cosa che potessi fare al riguardo.

Ash, seduto su una delle grandi sedie nell'ufficio di Anthony, si piegò in avanti e appoggiò i gomiti sulle ginocchia, sfregandosi ansiosamente la nuca con una mano.

Sembrava che stesse sfregando la lampada di Aladino, nella speranza di esprimere qualche desiderio e sistemare le cose. Di trovare una soluzione che andasse a beneficio di tutti, così che ognuno di noi potesse uscire da questa stanza con tutti i nostri obbiettivi, aspirazioni e lealtà intatte.

Il problema era che non ero sicuro che i miei amici sapessero più quali fossero quelle lealtà.

Tutto era diventato complicato.

Confuso.

Improvvisamente, quelle devozioni e fedeltà avevano preso una brusca svolta, spostando tutta l'attenzione su un nuovo obbiettivo finale.

«Cazzo... non sapete quanto mi faccia star male questa cosa, ragazzi. Non è facile prendere questa decisione. So che vi metto in difficoltà appendendovi così, senza prima aver trovato un rimpiazzo.»

«Adesso sai come ci si sente a deludere i tuoi compagni, sapendo di non avere altra scelta.» Anche se le parole di Lyrik erano dure, non c'era risentimento in esse.

A quanto pareva, aveva avuto tempo per calmarsi da quando avevamo lasciato l'ospedale due giorni fa.

Ash scosse la testa, fissandosi le mani con espressione rammaricata mentre le sfregava senza sosta. «Buffo che sia stato proprio io a tormentarti per mesi finché non hai ceduto. Senza contare quello che hai passato dopo, sempre per colpa mia.»

All'epoca, non facevo ancora parte dei *Sunder*. Erano passati quasi dieci anni da quando Lyrik aveva cercato di lasciare la band con l'intenzione di abbandonare quello stile di vita – le droghe, le feste e le donne – per concentrarsi su ciò che era giusto.

Ma ero stato abbastanza vicino a tutti loro da cogliere il succo della tragedia che Lyrik aveva patito. La perdita che aveva subito a causa degli errori che aveva commesso.

Ero stato lì ad assistere alle conseguenze.

Così com'ero stato lì ad assistere alla sua risurrezione.

Il ragazzo era tornato a vivere nell'istante in cui Tamar era entrata nella sua vita.

Lyrik sospirò pesantemente. «Quei giorni sono stati tremendi, amico. Tutto stava andando a rotoli. Ma sai maledettamente bene che queste circostanze sono diverse. Abbiamo superato un mare di casini, ricavandone qualcosa di positivo. Trovando qualcosa di buono. Sia con la musica che con le nostre famiglie.»

Austin si sporse in avanti. «Questo però non rende le cose più facili, vero?»

Baz si massaggiò la coscia, muovendo nervosamente su e giù il ginocchio. «So di non avere il diritto di dire molto sull'argomento, considerando che sono stato il primo a lasciare il gruppo. L'unica cosa che posso fare è offrire consigli. Le mie esperienze personali ora che è passato un po' di tempo.»

Ash lo fissò con espressione significativa. «Rimpiangi di esserti ritirato? Di aver abbandonato il palco che ami?»

Baz lo guardò dritto negli occhi. «Come potrei mai rimpiangere un singolo istante trascorso con la mia famiglia?»

Ash annuì, sapendo che fra qualche anno si sarebbe guardato indietro e avrebbe pensato la stessa identica cosa.

Anthony sedeva dietro la sua scrivania, spostando l'attenzione su ognuno di noi, turbato e inquieto. Ma proprio come aveva sempre fatto, sapevo che avrebbe sostenuto la band. Pronto a farsi avanti e combattere per qualunque cosa fosse giusta per noi.

Tuttavia, non sapevo come questo includesse me.

Austin si schiarì la gola. «Non sono un membro ufficiale dei *Sunder* da molto tempo, ma ho la sensazione di esserlo... dopo tutti gli anni che ho vissuto con voi.» Serrò le labbra. «Non so come possiamo continuare così. Lasciare le nostre famiglie a casa diventa sempre più difficile, e adesso che ci sono di mezzo anche dei bambini...»

Lyrik annuì, d'accordo. «Lo so, amico.»

Austin si sfregò la nuca. «So molto bene che la vita è un dono. Che non sappiamo quanti giorni ci saranno concessi. E il tempo che mi rimane, voglio che conti. *Voglio che abbia importanza.*»

«Credo che questo valga per tutti noi» concordò Baz in tono sommesso.

Austin sbatté le palpebre. «Adoro stare sul palco, cazzo. Suonare per i nostri fan. Far parte di qualcosa di più grande di noi. Ma Edie e Sadie contano di più, e non voglio sprecare il tempo che posso trascorrere con loro.»

Lyrik si tirò i capelli, agitato. «La cosa assurda è che è stata proprio questa band a portare tutte quelle cose fantastiche nelle nostre vite. Non avrei incontrato Tamar se non fosse stato per questa band. Se Anthony non ci avesse spediti a Savannah per tenere un profilo basso in attesa che il polverone intorno a Baz si sgonfiasse dopo i guai in cui si era cacciato qui a Los Angeles.»

«E io non avrei incontrato Willow» aggiunse Ash, pensieroso.

Austin ridacchiò sottovoce, lanciando un'occhiata ad Ash. «E io di sicuro non avrei avuto la possibilità di sgattaiolare nella camera di tua sorella se non fosse venuta a trascorrere l'estate con noi.»

Ash gli puntò un dito contro. «Ehi, stronzo, non ti ho ancora perdonato per questo.»

Austin inarcò un sopracciglio. «Sul serio?»

Ash rise. «No, scherzo. A quel tempo ti avrei preso a calci in culo, ma adesso non ci sono dubbi nella mia mente che certe cose sono semplicemente destinate ad essere.»

Destinate ad essere.

Quelle parole mi serrarono il petto e minacciarono di prendere il sopravvento.

La risatina di Baz era colma di incredulità. «Buffo come le cose si sistemino da sole, eh? Nel momento in cui accadono pensiamo che tutto stia andando a rotoli, solo per poi scoprire che siamo stati dirottati esattamente dove dovevamo andare.»

Lyrik annuì. «Sì, ma che mi dici della musica, amico? La musica mi scorre nel sangue. Non so come rinunciarci.»

Austin scrollò una spalla. «Chi ha detto che dobbiamo rinunciarci? Magari possiamo farla alle nostre condizioni.»

Tutti annuirono mentre quell'emozione mi serrava la gola.

Anthony spostò lo sguardo su ognuno di noi. «Quindi, cosa significa?»

Lyrik lo fissò intensamente. «Significa che facciamo le cose a modo nostro. Io dico di fare solo il concerto qui a Los Angeles. Di finire dove abbiamo cominciato. Di cancellare il resto del tour. Di fare musica quando ci va e qualche concerto di tanto in tanto. Ma le nostre famiglie vengono sempre, sempre al primo posto.»

«Voi stronzi siete fortunati che ho aperto la casa discografica e che vi lascerò rescindere dal contratto» disse Baz con un sorriso canzonatorio.

Tutti scoppiarono a ridere mentre Anthony tamburellava la penna contro la sua agenda. «Siete certi che questa sia la direzione che volete seguire, ragazzi?»

Tutti annuirono. Tranne me. Perché avevo rinunciato alla mia vita per questo.

Per sempre al tuo fianco

Per una promessa.
Il mio castigo.
La mia penitenza.
E adesso avevo un debito che non sapevo come ripagare.

32

ALEXIS

Il campanello suonò tre volte in rapida successione.

Sorpresa, mi precipitai verso la porta d'ingresso e mi sollevai in punta di piedi per sbirciare attraverso lo spioncino. Inspirai bruscamente quando vidi Zee in attesa dall'altra parte.

In fretta, sbloccai la serratura e aprii la porta.

Nell'istante in cui lo feci, lui si fiondò dentro, afferrandomi con le mani e attirandomi a sé. Senza esitare, mi catturò la bocca con la sua.

Disperato.

Affamato.

Impaziente.

Affondai le dita nelle sue spalle, cercando di stabilire una connessione, di penetrare la foschia che gli annebbiava la mente. Ritraendomi, scorsi la confusione nei suoi occhi bronzei. «Cosa succede?»

Le sue braccia si strinsero maggiormente intorno a me. «Il tour è cancellato, tranne per il concerto che si tiene qui. I ragazzi dicono che faremo le cose alle nostre condizioni.»

Seppellii il viso nel suo petto. «Che cosa significa

esattamente?»

Zee mi abbracciò con disperazione, quasi avessi il potere di tenere insieme la sua anima in pena. Di aiutarlo a reggersi in piedi. «Significa che tutto sta cambiando.» Tirò un respiro profondo. «Non so più chi cazzo sono, Alexis. Non so chi dovrei essere. Non so chi sono al di fuori della band.»

Mi staccai da lui e intrecciai le mie dita alle sue. «Vieni con me.»

Lo condussi al divano e mi rannicchiai al suo fianco, le nostre mani ancora unite. «Stai bene?»

Lui scosse la testa. «Non lo so.»

«Si tratta di Mark?»

Il suono che uscì dai suoi polmoni era incerto. «Penso che si tratti sempre di Mark.»

Esitai mentre il battito del mio cuore accelerava, consapevole di star insistendo come al solito, ma sentendo il bisogno di comprenderlo meglio. «Parlami di lui. Di cosa gli è successo.»

Zee boccheggiò, il dolore che lo pervadeva palpabile. «Mark... c'è sempre stato per me. Mi ha sempre coperto le spalle. Perché questo è ciò che fa una famiglia. Sta al tuo fianco a qualsiasi costo. Ma quando le cose sono precipitate e lui ha avuto più bisogno di me? Io non c'ero. Mark aveva bisogno di me e io non l'ho protetto. L'ho deluso. Dio, l'ho deluso in così tanti modi.»

Gli strinsi le dita, guardandolo in viso. «Come?»

Zee esitò, quasi stesse valutando cosa condividere con me, mentre quei segreti turbinavano nelle profondità dei suoi occhi. «Sono successi un bel po' di casini prima che morisse. Stava per partire in tournée quando abbiamo avuto una brutta lite, e le cose tra di noi si sono incrinate. Mi ha chiamato un paio di settimane più tardi dicendomi che era nei guai. Non gli ho dato ascolto.»

L'orrore si insinuò nel mio petto. «Che tipo di guai?»

Lui scrollò una spalla. «Pensavo che si trattasse della solita merda. Droga. Mi disse che aveva bisogno di soldi. Pochi giorni dopo ricevetti una telefonata da Baz che mi diceva che era andato in overdose. Era semplicemente... scomparso.»

Il suo sguardo vagò verso la finestra e la sua voce divenne

sommessa mentre si perdeva nei ricordi. «Avevo questa sensazione agitata e irrequieta. Sapevo che qualcosa non quadrava. Nel profondo di me, sapevo che c'era qualcos'altro sotto. Lo dissi a Baz... era stato lui a trovarlo... ma lui era certo che si fosse trattato solo di un overdose.»

Mi rannicchiai maggiormente al suo fianco, desiderando di poter alleviare parte del suo dolore mentre continuava. «Solo quattro anni fa abbiamo scoperto che c'era di più sotto. Quando conduci una vita corrotta, sei destinato a immischiarti con persone corrotte. Apparentemente, Mark aveva scoperto delle cose che non avrebbe dovuto sapere su una ragazza che un bastardo di nome Martin Jennings aveva intenzione di eliminare.»

Lo abbracciai più forte, il cuore che mi pulsava nelle orecchie, terrorizzata da ciò che stava per rivelarmi.

«È saltato fuori che si trattava di Shea.»

Sussultai. «Cosa?»

«Non l'abbiamo scoperto finché Baz e Shea non si sono messi insieme. Mark lo sapeva e si è fatto avanti per impedirlo. Le ha salvato la vita, Alexis. L'ha salvata e nessuno lo sapeva, cazzo. Tutti hanno dato per scontato che si fosse riempito le vene di quella roba, quando è stato quel pezzo di merda di Jennings a toglierlo di mezzo.»

«Oh mio Dio» sussurrai, incapace di immaginare una simile atrocità. «Mi dispiace tantissimo.»

Zee abbassò lo sguardo su di me. «Questa cosa mi ha devastato, Alexis. Entrambe le volte. Le bugie e la verità. Ma una parte di me è contenta che non sia morto invano.»

«Ma scommetto che un'altra parte di te desidera poter cambiare le cose» dissi dolcemente.

Una risata amara scaturì dal suo petto. «Il sacrificio è una rogna, eh?» Scosse la testa. «Ma sono stato io a mettere in moto tutto, Alexis.»

«E adesso pensi di essere in debito con lui.»

Zee sospirò. «*Sono* in debito con lui. Io...» Si interruppe, come se non riuscisse a proseguire, rifiutandosi di confessarmi altro. Un angolo della sua bocca si curvò verso il basso mentre mormorava: «Non so che cazzo dovrei fare ora. Chi dovrei essere.»

«Chi vuoi essere?» Mi scostai leggermente, stringendogli l'avambraccio mentre lo fissavo intensamente. «Per cosa vuoi batterti?»

33

ZEE

Anthony gettò una pila di stampe lucide al centro della sua scrivania.

«Cosa stai combinando, Zee? Sei più saggio di così. In tutti questi anni non hai mai fatto un passo falso, e adesso questo?»

Lottai contro il panico che attanagliò ogni cellula del mio corpo, condensandosi in una cocente bolla di rabbia e paura al centro del mio petto.

Non era giusto. Non era affatto giusto, cazzo.

Stavo guardando una sequela di foto di me e Alexis scattate nelle ultime due settimane: lei che veniva e andava da casa mia; un paio di me di fronte alla sua abitazione.

Ma a colpirmi più di tutte furono quelle di noi fuori dall'ospedale mentre questa dolce, fiduciosa ragazza mi fissava con tutta la fede che aveva: le mie mani sul suo viso; lei tra le mie braccia, il posto a cui apparteneva; io che la baciavo come se fosse il mio respiro, il mio ossigeno, la mia sanità mentale.

Mi uccideva guardare quelle foto come se fossero qualcosa di sporco. Qualcosa di brutto.

«Conosci la definizione di tenere un profilo basso meglio di chiunque altro, Zee, eppure fai una cosa del genere? Veronica ti rovinerà. È già un maledetto miracolo che abbia rispettato l'accordo per così tanto tempo.»

Sbuffai. «Pensi che l'avrebbe fatto se non fosse stato per i soldi?»

«Ovvio che l'ha tenuto nascosto solo per i soldi. E sai bene quanto adori ricattarti con quel segreto.»

«Come se prendermi cura della mia famiglia fosse un peccato» sbottai, disgustato.

La fronte di Anthony si corrugò. «Sei stato tu a volere che nessuno lo sapesse, Zee. Non puoi avere tutto.»

Questo era ciò che avevo temuto sin dall'inizio: mantenere questo traballante equilibrio; cercare di destreggiarmi tra questi due mondi, temendo il momento in cui si sarebbero scontrati.

«È solo che... non so se me ne freghi ancora qualcosa, Anthony. Non se significa rinunciare anche a lei. Non sono sicuro di poterlo fare.»

Anthony fece una pausa, come se volesse prepararmi alle sue successive parole. «Ma che mi dici di lui?» chiese con cautela.

Il dolore mi spezzò in due. Mi piegai in avanti, cercando con tutto me stesso di tenere uniti i fili della mia vita che si stavano lacerando più velocemente di quanto potessi ripararli.

O forse era stato dato loro fuoco.

E adesso stavano bruciando.

Serrai la mano con il tatuaggio sul dorso.

Proprio come le stelle.

Il rimpianto mi teneva in ostaggio. Il dolore pulsava ad ogni insulso battito del mio cuore, come se quei piccoli frammenti che erano tornati in vita si fossero improvvisamente spenti.

Quando il campanello trillò, attraversai lentamente il mio appartamento, desiderando di poter ignorare quel suono, di fingere che non avessi chiamato Alexis dicendole che avevo bisogno di vederla immediatamente.

Ma dovevo mettere fine a tutto questo prima che la situazione diventasse più incasinata di quanto già non fosse. Prima che mandassi a puttane l'ultima cosa buona che mi era rimasta nella vita.

Prima che ferissi Alexis più di quanto sapevo avrei già fatto.

Dovevo rammentare cos'era importante. Perché stavo facendo questo in primo luogo.

Armeggiai con il pesante chiavistello di metallo e lo sbloccai, aprendo una delle enormi porte. Trasalii quando vidi che non c'era Alexis dall'altra parte.

«Veronica...» mormorai scioccato, prima di essere travolto da un'ondata di rabbia. «Che cazzo ci fai qui? Sai che non devi presentarti a casa mia.»

Lei mi oltrepassò tutta impettita, quasi fosse la proprietaria del posto, addosso un paio di scarpe dai tacchi a spillo e un attillato pantalone di pelle nera, e osservò il mio appartamento come se stesse calcolando il suo valore per quando sarebbe appartenuto a lei.

Probabilmente, quella possibilità non era così remota.

Mi guardò con tutta la sua malcelata ira dipinta sul viso. «Uhm... bé, ho pensato che dal momento che hai infranto le regole, potessi farlo anche io.»

Serrai le mani a pugno. Dovetti fare appello a tutto il mio autocontrollo per rimanere inchiodato sul posto mentre ogni parte di me fremeva dalla voglia di sbatterla fuori. «Non sei la benvenuta qui.»

Veronica schioccò la lingua e si inoltrò maggiormente nel loft, avvicinandosi ai divani. Prese una foto incorniciata che ritraeva me e il resto dei ragazzi, la studiò e fece scorrere il dito sui nostri volti. Poi si girò a guardarmi. «È un vero peccato che tuo fratello non sia in questa foto, vero?»

Digrignai i denti. «Ti avverto, Veronica...»

Lei rimise la foto a posto con nonchalance. Troppa nonchalance.

Tremavo da capo a piedi mentre la osservavo passeggiare per il mio appartamento, detestando il fatto che detenesse tutto il controllo.

«Sai, non sono il tipo da comportarmi da fangirl. Avendo trascorso tutta la mia vita a Los Angeles, so che non serve a niente.»

Certo.

Come se non avesse dato la caccia a mio fratello.

«Ma alcuni titoli sono troppo sensazionali da ignorare, soprattutto quando sono spiaccicati sulle prime pagine di tutti i tabloid più famosi.»

Sospirò come se soffrisse davvero e non stesse lì a fare del suo meglio per stringere ulteriormente quel cappio intorno al mio collo.

«Stamattina sono entrata in Facebook, e indovina chi c'era tra le tendenze? Zee Kennedy. Il principe dei *Sunder*. Il ragazzo che ha sempre indossato la corona dell'innocenza, che non ha mai immerso le dita in tutte quelle... diciamo... sgradevoli cose come il resto dei suoi amici.»

Scosse la testa tristemente. «Eppure eccolo lì, beccato con un'amante, proprio fuori dall'ospedale.»

La mia pazienza era arrivata al limite. «Che cazzo di differenza fa?»

Veronica si girò verso di me, vomitando veleno. «Che differenza fa? Me l'hai portato via, inoltre avevamo un accordo. L'avevi *promesso*.»

«Hai intenzione di startene lì e fingere di non avere alcuna responsabilità? Sei stata tu a venire da me.»

Lei sbatté le palpebre, fingendosi offesa, come se non fosse colpevole del mio stesso maledetto peccato. Lentamente, tornò verso di me. «Stavamo soffrendo entrambi.»

Una risata carica di risentimento proruppe dalla mia gola. «Non sono stato altro che una vittima. Proprio come mio fratello. Per quanto mi riguarda, puoi andare a farti fottere.»

Veronica fece scorrere le dita sul davanti della mia maglietta. «In realtà preferisco quando sei tu a farlo.»

Le afferrai il polso, probabilmente stringendolo un po' troppo forte. «Non sei niente per me, Veronica. Non appartengo a te. Non ti appartengo da parecchi anni. Ora vattene.»

Lei scrollò una spalla mentre mi passava accanto. «Liam ti saluta.»

Era questo il problema con Veronica: sapeva esattamente dove colpirmi. Emisi un respiro profondo, cercando di non perdere del tutto la calma. «Lui non c'entra nulla con questo.»

Il disprezzo trasudava da ogni suo poro quando si voltò a guardarmi dal corridoio. «Lui c'entra sempre. Vuoi rivederlo? Ti costerà caro.» Poi si diresse verso l'ascensore.

Ovviamente, proprio in quell'istante, le porte scorrevoli si aprirono e Alexis uscì sul pianerottolo.

34

ALEXIS

L'ansia mi attanagliava il corpo mentre salivo in ascensore. Erano cinque giorni che Zee era teso, ovvero da quando si era presentato a casa mia senza preavviso, le domande evidenti nei suoi occhi, la sua direzione incerta, la sua strada oscurata.

Il fatto era che potevo vederla brillare tutt'intorno a lui. Spronandolo in avanti. Facendo leva sulla sua genialità e sul suo talento che sentivo trasudare dalla sua anima e dalle sue dita ogni volta che sedeva al pianoforte.

Volevo che l'abbracciasse. Che la trovasse.

Schiacciai il pulsante per il sesto piano, aspettando con un po' troppa trepidazione che mi portasse da lui.

Le porte di metallo si aprirono e cominciai a uscire, solo per bloccarmi, sorpresa, quando una donna mi oltrepassò con un sorriso sul viso.

Un sorriso che era pura minaccia.

Come se fossi stata colta in flagrante e lei fosse fin troppo felice di arrestarmi.

Sostenni il suo sguardo malvagio mentre saliva in ascensore. Il suo sorriso si allargò quando premette il pulsante e le porte si chiusero.

Con circospezione, mi voltai verso Zee, in piedi sulla soglia del suo appartamento. Ogni centimetro del suo corpo era rigido, i muscoli tesi e frementi di rabbia repressa.

Sbattei le palpebre, odiando il modo in cui i miei piedi tentennarono quando mi costrinsi a fare un passo nella sua direzione, sopraffatta da una travolgente paura mentre cercavo di elaborare la scena.

Quando mi fermai a mezzo metro da lui, vidi la sua mascella che si contraeva sotto la barba.

«Mi hai detto che volevi vedermi» mi costrinsi a dire, ogni emozione che provavo evidente nella mia voce incrinata.

Questo sembrò riscuoterlo dalla furia che lo pervadeva. Abbassò lo sguardo su di me e il dolore attraversò il suo viso mentre indietreggiava. «Per favore, entra.»

Qualcosa di feroce e severo montò nell'aria, che divenne così intensa che mi rese difficile respirare mentre entravo nel loft a testa china. Deglutii il grosso nodo di emozione che mi serrava la gola, andando verso le finestre, verso la luce che filtrava dentro come un'onda impetuosa e devastante.

Rimasi lì immobile, cercando di recuperare il fiato che l'atmosfera tesa mi aveva rubato.

«Alexis» sussurrò Zee proprio dietro di me. Tenevo i capelli raccolti in una coda alta, e i suoi polpastrelli tracciarono la stella pendente tatuata lungo la mia nuca.

«Chi era quella donna?»

«Nessuno» rispose in tono duro.

Lentamente, mi voltai per guardarlo negli occhi. Per vedere la sua bugia. «Non dirmi che non è nessuno quando è chiaramente qualcuno.»

Le cose si erano complicate.

Perché eccomi lì, ad avanzare richieste che gli avevo promesso non avrei fatto. Ma non importava. Non cambiava il fatto che ero caduta.

Innamorandomi profondamente e irrimediabilmente.

E adesso ero terrorizzata di colpire il suolo.

La sua mascella si serrò. «Lei è il passato.»

Allungai le mani e le strinsi intorno alla sua maglietta. «Allora dimmi che io sono il futuro.»

Lui sussultò. «Sai che non posso farlo.»

«Non capisco.»

«Te l'avevo detto che non potevo stare con te, Alexis. Sapevi che questo era temporaneo. Cazzo... non avrebbe mai dovuto iniziare. Te l'avevo detto che non potevo farlo... ed eccomi qui.»

«E se *con me* fosse esattamente dove dovresti essere?»

«E se ciò mi distruggesse?»

«E se mi spezzassi il cuore?»

Zee mi sospinse verso la finestra. Il calore mi pervase la schiena e si riversò nel mio spirito mentre avvolgeva una ciocca errante dei miei capelli intorno al suo dito, sfiorandomi il lato del collo.

La stanza prese a vorticare e i miei respiri divennero affannosi. Come poteva un solo uomo esercitare un simile controllo su di me? Avrei dovuto essere forte.

Coraggiosa.

Invece stavo tremando ai suoi piedi.

Con voce roca, mormorò contro il mio viso. «L'ultima cosa al mondo che voglio è ferirti, Alexis. Avrei dovuto proteggerti. Prendermi cura di te.»

In quel momento, sapevo che l'unica cosa in pericolo era il mio cuore.

«E se anch'io volessi prendermi cura di te? Pensi che non lo percepisca, Zee? Pensi che non sappia che anche tu hai bisogno di me?»

«A volte, le cose di cui pensiamo di aver bisogno finiscono soltanto col ferirci.»

Colsi l'avvertimento dietro le sue parole.

Posai entrambe le mani sui suoi fianchi. «E a volte, quelle cose sono esattamente ciò che stavamo aspettando.»

Lui chiuse gli occhi, come se sentisse il bisogno di proteggersi da tutto questo. Da noi. Da questo treno fuori controllo su cui stavamo viaggiando.

Inarrestabile.

Non avevo idea di come prepararmi alla devastazione di

quando finalmente ci saremmo schiantati.

Zee seppellì il viso nel mio collo. «Quello che ho *bisogno* di fare è lasciarti andare, e non so come cazzo farlo.» L'angoscia gli attanagliò la gola, rendendo strozzate le sue parole. «L'ultimo concerto si terrà la prossima settimana. Ho bisogno di averti lì, Alexis. Ho bisogno di averti al mio fianco quando dirò addio a tutto. Tu rendi ogni cosa di nuovo reale. Mi fai *sentire*. Dimmi che ci sarai.»

Gli permisi di avvolgermi tra le braccia, di premere la mia guancia contro il suo petto. «Perché ho la sensazione che sarà il nostro addio?»

35

ZEE
VENT'ANNI

Zee aprì la porta. Il suo petto si serrò quando trovò suo fratello sulla soglia. Non lo vedeva da tre mesi. Sin da quella notte. «Mark... ehi... che ci fai qui?» chiese con voce roca.

Dire a suo fratello che doveva tagliare i rapporti con lui era stata la conversazione più difficile che avesse mai avuto nella sua vita. Attenersi a quella decisione? Era stato quasi impossibile. Lo stava mangiando vivo. Aveva preso in considerazione l'idea di andare da lui un migliaio di volte.

A disagio, Mark spostò il peso da un piede all'altro. «Mi dispiace per essermi presentato senza preavviso, ma ho davvero bisogno di parlarti.»

Zee girò la testa per guardare Julie che stava leggendo sul divano. Sembrava così serena lì seduta, e lui sapeva che stava per lanciare una bomba nel bel mezzo di quella tranquillità.

Ma gli era impossibile mandare via suo fratello.

Spalancò la porta. «Certo, accomodati. Possiamo andare a parlare sul retro.»

Il sollievo di Mark era evidente. «Grazie.»

Julie sollevò la testa quando Zee si allontanò dall'ingresso, con Mark al seguito. La confusione e la preoccupazione balenarono nei suoi occhi, e le sue labbra si strinsero in una linea sottile mentre scuoteva piano la testa.

Zee le lanciò un'occhiata implorante. «Mark ha bisogno di parlarmi. Andiamo fuori in veranda.»

La guardò deglutire, e osservò il modo in cui la sua mano tremava mentre riportava l'attenzione sul suo libro e voltava pagina. Ma scelse di ignorare la sua reazione, sentendo il bisogno di dover stare accanto a suo fratello.

Aprì la porta scorrevole di vetro e tutti e due uscirono nella notte afosa.

Mark si accasciò su una sedia, piegandosi in avanti e poggiando gli avambracci sulle ginocchia. Zee si sedette sulla sedia di fronte con un sospiro.

Odiava la tensione che scorreva tra di loro. Dolore e domande turbinavano nell'aria; il danno che aveva fatto era visibile, così come il rifiuto e l'abbandono.

Mark osservò Zee, che si mosse a disagio, massaggiandosi nervosamente le cosce.

«Grazie per avermi fatto entrare» disse Mark.

Zee si sfregò il viso con una mano, come se ciò potesse spezzare l'apprensione. «Sei mio fratello. Cosa ti aspettavi?»

La risata di Mark era tinta di scherno. «Considerando che l'ultima volta che abbiamo parlato mi hai detto che dovevi tagliare i rapporti con me, non ero certo di cosa aspettarmi.»

Zee cominciò a dondolare ansiosamente. «Devi sapere che sto malissimo per aver preso quella decisione. Ma cazzo, Mark... Julie non merita di assistere a quello schifo. Devo proteggerla da quelle cose. E mi dispiace se non riesci a rispettarmi per questo.» Scosse la testa. «Diamine, nemmeno io sono sicuro di riuscire a provare rispetto per me stesso. Mi sembra di impazzire, di essere diviso tra due mondi, pur sentendo di appartenere a entrambi.»

Mark lo fissò con espressione seria, gli occhi marroni sinceri. «Ti rispetto più di chiunque altro abbia mai rispettato in tutta la mia vita. Guardati, fratellino. Hai tutto sotto controllo. Componi musica. Hai una ragazza che ami e stai mettendo su casa. Pensi che non sappia che ciò che hai è meglio di qualunque cosa io avrò mai?»

Un piccolo sorriso curvò le labbra di Zee, che cercò di alleggerire l'atmosfera. «Suvvia, Mark, non c'è bisogno di farmi sentire meglio quando sei tu quello che sta vivendo la vita da rockstar. Ti sposti di città in città, suonando musica. Senza parlare di tutti quei soldi e quelle donne. Non fingere che non te la stia godendo alla grande.»

Mark ridacchiò, ma il suono era intriso di tristezza. «Sto cominciando a rendermi conto che tutte quelle cose non contano nulla. Non se alla fine non hai qualcosa per cui vale la pena vivere. Qualcosa per cui lavorare. Qualcuno da cui tornare.»

«Che mi dici di quella ragazza di nome Veronica?»

Il suono che uscì dalla bocca di Mark era per metà un grugnito e per metà uno sbuffo affettuoso. «Non so. Sembra che non riesca a starle lontano, anche se ci provassi. Tuttavia, i ragazzi non la sopportano. Pensano che sia una serpe. Che mi stia usando solo per ciò che posso darle. Credono che non riesca a restare pulito perché lei continua a farmi ricadere nel vizio, il che è una stronzata, dal momento che è praticamente il contrario.»

«Ci tieni a lei?»

Mark scrollò le spalle, quasi impotente. «Sì... suppongo di sì. Ma non sono sicuro che faccia qualche differenza.»

Un cipiglio corrugò la bocca di Zee. «Che vuoi dire?»

Mark emise un sospiro stanco. «Sono circondato da persone. Costantemente. Persone che vogliono avvicinarsi a me il più possibile. Mi guardano come se fossi qualcosa che non sono. Come se avessi qualcosa da offrire che semplicemente non esiste.» Il suo tono si abbassò quando ammise: «E in tutto questo? Non penso di essermi mai sentito così solo in tutta la mia vita.»

La voce di Mark assunse una nota malinconica. «Ricordi quand'eravamo bambini... e scorrazzavamo liberamente? Cacciandoci in ogni genere di guai? Eravamo sempre insieme.»

Zee si passò una mano tra i capelli. «Pensavo che dal momento che eri più grande, avresti cercato di liberarti di me.»

«Mai, fratello. Eravamo compagni di malefatte. Pappa e

ciccia. Sei stato tu a insegnarmi ad amare la musica, sai? Quando ti accompagnavo alle lezioni di pianoforte e poi ti venivo a prendere, rimanevo colpito dalla tua gioia e dalla tua eccitazione. La magia che creavi nella tua stanza si è insinuata nel mio spirito, diventando parte di me. Spero che tu lo sappia.»

Zee si appoggiò allo schienale della sedia e osservò il cielo, ripensando ai desideri che lui e Mark avevano espresso guardando le stelle. Si domandò quando si sarebbero avverati. Per così tanto tempo, erano sembrati a un passo dal realizzarsi.

Ma Mark aveva ragione.

I sogni non significavano nulla se le persone più importanti per te non erano al tuo fianco.

E suo fratello gli mancava terribilmente.

Il silenzio aleggiò intorno a loro, finché Mark non lo ruppe, abbassando lo sguardo sui propri stivali piantati a terra. «Penso che quei giorni – quando eravamo solo io e te – siano stati l'ultima volta che mi sono sentito reale. A quel tempo, pensavo di sapere chi ero. Adesso, riesco a malapena a ricordare quella persona.»

Mark dondolò avanti e indietro sulla sedia mentre il suo umore mutava improvvisamente. Si sfregò la nuca e distolse lo sguardo. «Mi sono cacciato in grossi guai, fratello... con delle persone malvagie. Delle persone davvero perverse e crudeli. Non so come diavolo farò a tirarmene fuori.»

Un lento terrore si insinuò in Zee. «Cosa intendi con grossi guai?»

«Intendo dire che so cose che non dovrei sapere.»

La paura permeò la pelle di Zee come un velo di sudore gelido e bruciante. «Che cosa sai? Dimmelo... insieme troveremo una soluzione. Come abbiamo sempre fatto.»

Mark liquidò le sue parole con una risatina. «Non sono venuto qui per coinvolgerti, Zee. Per nulla al mondo ti trascinerò in quel genere di guai. Mi sono cacciato da solo in questo casino e da solo troverò un modo per uscirne. Volevo solo che tu sapessi... in caso mi succedesse qualcosa... che ti voglio bene. Qualunque cosa accada, sarai sempre la persona più importante per me a questo mondo.»

Zee riusciva a stento a respirare sotto il peso dell'inquietudine che ribolliva nel suo petto. «Mi stai spaventando, fratello. Dimmi che diavolo sta succedendo.»

Mark fece un sorriso, ma Zee sapeva che era forzato. «Niente, fratellino. Avevo soltanto bisogno di togliermi questo peso dal petto. Di dirlo a qualcuno. Ora che l'ho fatto, sono piuttosto sicuro di essere solo paranoico.» Si grattò l'avambraccio, abbassando gli occhi sui segni impressi lì. «Mischiare tutta quella merda ti rende così, sai. Ad ogni modo, è solo colpa mia.»

«Dai, Mark. Non tagliarmi fuori. Dimmi cosa succede.»

Invece di dargli ascolto, suo fratello si alzò improvvisamente in piedi e batté le mani, rivolgendogli un ampio sorriso privo di gioia. «Quello che devo fare è andarmene da qui prima che Julie venga qua fuori con una scopa per scacciarmi via.»

«Non è cattiva come sembra.»

Mark rise. «Oh, lo so, fratello. Dico solo che la tua ragazza sa riconoscere un ratto quando ne vede uno.»

Il rimpianto premette contro le costole di Zee, che si mise in piedi, soffocando l'impulso di obbligare suo fratello a dirgli di cosa stava parlando. Molto probabilmente, Mark aveva ragione; stava soltanto reagendo in maniera esagerata.

Inoltre, avevano un problema più importante da affrontare.

«Parlerò con Julie, Mark. In tutta onestà, detesto questo muro tra di noi. Mi manchi. Magari potresti fare un'inversione di rotta. Tornare ad essere chi eri un tempo.»

«La speranza è questa, eh?»

Zee seguì Mark attraverso il piccolo soggiorno, uscendo con lui sul portico anteriore. Nell'istante in cui furono fuori, Mark si voltò di scatto e avvolse Zee in un abbraccio. Lo strinse fortissimo, come se non volesse più lasciarlo andare. «Sei un bravo ragazzo, Zee. Un incredibile bravo ragazzo. Non permettere a niente e a nessuno di cambiarti.»

Zee lo abbracciò forte. Sperando di riuscire a trasmettergli ciò che provava.

Amore.

Fiducia.

Speranza.

«Abbi cura di te, fratello.»

Mark annuì. «Sì.»

Julie si alzò lentamente dal divano quando Zee rientrò dentro, chiudendosi la porta alle spalle. «Perché è venuto qui? Me l'avevi promesso» disse con voce tremante.

Zee si voltò a guardarla, dilaniato dal dolore e dalla speranza. «È mio fratello, Julie. L'amore non si arrende così facilmente. Non so se ho la forza di scegliere.»

Sapeva che Julie era ferita e spaventata. La vide sfregarsi le braccia come se stesse cercando di riscaldarsi. «Io... ho un terribile presentimento, Zee. Non voglio obbligarti a scegliere, ma il mio istinto mi dice che se non lo fai, sarò io quella a perdere.»

«Non posso fingere che lui non esista» disse Zee con voce implorante. Cancellò lo spazio tra di loro e la cinse tra le braccia. Julie si accasciò contro di lui, le ginocchia deboli. «Ti prego, non costringermi a scegliere» la supplicò.

36

ALEXIS

Luci colorate volteggiavano e danzavano nella densa oscurità del vecchio auditorium, colpendo come lampi i volti dei fan impazienti che spingevano e gareggiavano per avvicinarsi maggiormente al palco.

Per assistere allo spettacolo finale dei *Sunder*.

Quest'ultimi avevano rilasciato una dichiarazione ufficiale per dire che non era la fine della band. Avevano promesso che sarebbero tornati, anche se in una veste diversa. Avrebbero continuato a suonare secondo i loro tempi e le loro condizioni.

I fan avevano deciso di considerarlo comunque uno spettacolo d'addio.

La musica risuonava dagli enormi altoparlanti appesi al cavernoso soffitto. Era forte e assordante come quella che suonavano i *Sunder*. Non era propriamente il mio genere, ma non riuscivo a contenere l'eccitazione che mi faceva fremere la pelle mentre mi avvicinavo sempre di più al palco.

Attratta.

Nello stesso modo in cui questo ragazzo mi aveva fatta sentire sin dall'istante in cui era piombato nella mia vita.

Zee avrebbe voluto che stessi nel backstage, dove potevo guardarli in totale sicurezza. Ma io volevo vivere quest'esperienza attraverso gli occhi dei fan. Sentire la loro energia e la loro euforia.

Era come se quest'uomo misterioso avesse due distinte personalità.

Un lato era potente e intenso, un'estensione del caos che vibrava tra queste pareti. L'altro lato era incredibilmente vulnerabile, calmo e profondo, tangibile nella maestria delle sue mani.

Insieme erano magnifici.

Imponenti.

Tutto ciò che avevo sempre desiderato.

Le persone si accalcavano l'una contro l'altra, alimentando la frenesia che sfrigolava e aleggiava nell'aria.

Come un fiammifero che agognava di essere sfregato.

Le luci si spensero e si levò un ansito collettivo. Il mio respiro svanì completamente quando l'intero palcoscenico si illuminò in un lampo di luce accecante.

Zee entrò in scena, dominando il palco con il suo maestoso corpo, così potente e sicuro mentre sollevava le bacchette in aria.

Grida di acclamazione rimbombarono nella sala. Assordanti.

Il suo viso era rivolto verso l'alto e i suoi occhi erano serrati.

Provai una fitta al petto, perché potevo vederli chiaramente.

Il tributo.

Il rispetto.

Il dolore.

Mark era inciso su ogni centimetro del suo corpo mentre attraversava il palco e saliva sulla pedana per prendere il suo posto.

La pedana era posizionata più indietro e nell'ombra, ma Zee era l'unica cosa che vedevo.

Ash uscì sul palco, spavaldo e sicuro di sé. Un'altra scarica di energia scoppiò tra la folla. Un'energia che crebbe ulteriormente quando Lyrik fece la sua comparsa, così oscuro e minaccioso, fondendosi col palco come se fosse stato forgiato da esso.

La folla esplose del tutto quando l'ultimo membro, Austin Stone, entrò in scena.

Lyrik strimpellò una corda della sua chitarra e, nello stesso istante, Zee cominciò a battere un ritmo ipnotico sulla sua batteria.

Poi, l'intero auditorium eruppe in un ritmo scatenato.

Austin scattò in azione, gridando strofe che non riuscivo a comprendere ma che potevo percepire benissimo. L'intensità. Il significato.

Zee suonò, battendo e tamburellando le bacchette.

Ferocemente.

Selvaggiamente.

Il mio piccolo batterista.

Travolgente nella sua bellezza. Distruttivo nel suo talento.

Mi domandai se sapesse che era assolutamente meraviglioso in quel momento, mozzafiato come quando sedeva al suo pianoforte.

Se sapesse che questo dono era altrettanto grande.

O se credesse che era soltanto una penitenza.

Una punizione.

Mi persi nei *Sunder*.

Nella musica. Nel legame così evidente fra di loro.

La folla si scalmanò e si infervorò ai piedi del palco, eccitandosi sempre più ad ogni canzone che suonavano.

L'energia montò in qualcosa che rasentava la violenza, un caotico disordine che in qualche modo sapeva di libertà, come se l'intero posto stesse cavalcando quella ripida cresta di bellezza che in qualsiasi momento poteva scivolare e infrangersi.

Divenne sempre più intensa, così intensa che ebbi la sensazione di perdere l'equilibrio. Così selvaggia che non sapevo dire se fosse il mio spirito o i miei piedi ad essere stati spazzati via.

Mi sentivo stordita quando lo spettacolo giunse bruscamente al termine.

Le vibrazioni della loro ultima canzone risuonavano ancora nell'aria, unendosi al ruggito dei fan.

Austin sollevò un pugno in aria e uscì dal palco, e sia Lyrik che Ash lanciarono il loro plettro alla folla prima di seguirlo.

Non sapevo come fosse possibile, ma quell'energia aumentò quando Zee scese dalla pedana.

La sentii agitarsi, montare in fretta mentre lui si avvicinava al bordo del palcoscenico. Gettò le bacchette tra il pubblico, una da una parte e l'altra da quella opposta. Era così affascinante che mi sembrava di star fluttuando nei resti dell'ultima canzone.

Pensavo che sarebbe uscito dal lato del palco come il resto dei ragazzi. Ma il suo sguardo vagò tra i volti delle persone che gridavano e protendevano le braccia per avvicinarsi a lui. Con la stessa disperazione con cui desideravo farlo io.

Le pagliuzze bronzee nelle sue iridi luccicarono quando i suoi occhi incrociarono i miei.

E questo ragazzo... questo magnetico ragazzo si piegò verso di me, porgendomi la mano.

Oddio.

Mi aveva avvertito che dovevamo stare attenti. Che i paparazzi erano in agguato. Che dovevamo mantenere le distanze e fingere indifferenza.

Forse ero stata una sciocca ad acconsentire. A cedere. Ma l'avevo fatto perché stavo inseguendo quei brevi sprazzi di tempo che potevo sentire esaurirsi in fretta, aggrappandomi ad ogni singolo istante prima che giungessero alla fine.

Fu sempre questo a condurmi ai piedi del palco, con il cuore che martellava all'impazzata. Un battito erratico dopo l'altro.

Mi feci largo tra i corpi che si accalcavano verso Zee, ansiosa di raggiungerlo. Lui sfiorò alcune mani alzate nella sua direzione.

Nell'istante in cui lo toccai, la sua mano si chiuse intorno alla mia. Mi tirò su, strappandomi alla folla eccitata, e i muscoli del suo possente braccio si gonfiarono mentre mi sollevava sul palco.

L'euforia mi pervase i sensi. Dolce e vertiginosa.

Rimasi senza fiato quando mi ritrovai improvvisamente sul palcoscenico insieme a Zee.

Sembrava una dichiarazione.

Una promessa.

La perfezione.

«Cosa stai facendo?» boccheggiai sorpresa quando posò le mani ai lati del mio collo.

«Ho bisogno di te» mormorò con voce roca a un soffio dalle mie labbra.

«Le persone ci stanno guardando.»

«Non mi importa più, Alexis. Non posso fingere un secondo di più che quello che c'è tra di noi sia sbagliato.»

Era fatta. Ero perduta per sempre. Non c'era più alcun dubbio. Appartenevo completamente a lui.

«Vieni con me» disse in tono deciso.

Non sapeva che non c'era bisogno che me lo chiedesse?

Le grida di esultanza si trasformarono in cori che echeggiarono nell'aria mentre Zee mi trascinava dietro di sé. Mi condusse al lato opposto del palco rispetto a dov'era uscito il resto della band. Spinse da parte un grosso drappo nero che pendeva dal soffitto e mi condusse nei meandri bui del backstage.

I membri dello staff si muovevano rapidamente nello stretto spazio, sbrogliando i cavi e affrettandosi sul palco per spostare l'attrezzatura.

Il canto della folla divenne più debole, benché più esigente, man mano che ci inoltravamo nelle profondità dell'auditorium.

«Da questa parte» disse Zee, continuando a stringermi la mano mentre svoltava su un altro corridoio.

Il mio cuore palpitava selvaggiamente, in balia di quest'ebbrezza che mi pervadeva i sensi, soggiogandomi del tutto.

Zee girò la maniglia di una porta e mi trascinò dentro.

Premette un interruttore e una luce si accese, infrangendo il muro di oscurità e immergendo la stanza in un bagliore soffuso.

Se avessi dovuto tirare a indovinare, avrei detto che un tempo era stato un piccolo camerino, attualmente occupato da scatoloni e vecchie attrezzature.

Al centro della stanza, Zee si voltò. Per un attimo, mi fissò intensamente, inchiodandomi con la straordinaria potenza dei suoi occhi. Occhi che consumavano, saccheggiavano e devastavano.

«Alexis.» Pronunciò il mio nome come una lode.

Una scarica di lussuria esplose nell'aria, dando vita a una frenesia.

Zee mi spinse contro il muro, circondandomi il collo con le mani e affondando le dita nei miei capelli.

Emise un profondo gemito gutturale quando mi catturò la

bocca, lambendomi con la sua lingua calda e possedendomi con il suo bacio prorompente. Mi premette maggiormente contro il muro, sopraffacendomi con la forza del suo corpo, indebolendo le mie ginocchia e assoggettando il mio spirito.

«Zee» mormorai contro le sue labbra. Agguantai la sua maglietta e mi sollevai in punta di piedi nel tentativo di avvicinarmi di più.

Le sue mani si mossero lungo il mio collo, sopra le mie spalle, suscitandomi la pelle d'oca.

Ansimai quando le fece scorrere sui miei fianchi, fino ad afferrare l'orlo del mio top di pizzo. Sollevò l'indumento verso l'alto e me lo sfilò dalla testa.

Il mio petto nudo, privo di reggiseno, si alzava e si abbassava affannosamente.

«Mi hai rovinato, Alexis Kensington. So bene cosa dovrei fare, ma poi vedo te e tutto scompare. Svanisce. Finisce.» La sua voce era un ringhio. «Non mi rimane alcuna volontà se non quella di farti mia.»

Mi avventai su di lui, allacciando le braccia intorno al suo collo e baciandolo con tutto ciò che avevo.

Con tutto ciò che sentivo.

Lo sentiva anche lui?

Era possibile?

Cadi con me.

Mi slacciò il bottone dei jeans e tirò giù la cerniera. Mi staccò dalla parete e mi girò, abbassandomi contemporaneamente i jeans e le mutandine lungo le gambe. Continuò a farmi indietreggiare, senza smettere di baciarmi. «Che diavolo mi hai fatto? Mi sento così perso, piccola. Così maledettamente smarrito.»

Un rombo riverberò sul pavimento quando il ritmo martellante della musica riprese a battere dall'altra parte dell'auditorium, accompagnato dai cori dei fan che pulsavano nelle nostre orecchie.

Sollevai il viso verso l'uomo che torreggiava sopra di me come una fortezza. Infilai le mani sotto la sua maglietta. «E io ritrovo me stessa in te.»

Il suo addome scolpito fremette mentre gli tiravo su la

maglietta. Lui si chinò per permettermi di sfilargliela di dosso.

Il mio respiro si fece affannoso. Era così splendido sotto il bagliore della luce, il suo corpo luccicante di sudore per lo sforzo dell'esibizione.

I muscoli solidi e contratti.

Inesorabile.

Le mie dita tremavano mentre le facevo scorrere su quel tatuaggio, prima di spostarle sulla cerniera dei suoi pantaloni. L'abbassai, ma fu Zee a calarsi i jeans intorno alle cosce. Il suo uccello balzò fuori, enorme come il resto di lui.

Implorando.

Esigendo.

Protendendosi verso di me.

Lo presi in una mano e lo sfregai su e giù due volte. Zee gemette, il suono così profondo e cupo che echeggiò per l'intera stanza, un accordo che si unì al rimbombo della musica che faceva vibrare i pavimenti e scuotere le pareti.

Ansimai quando mi afferrò per i fianchi e mi issò, spingendo da parte gli scatoloni e sistemandomi sul bordo di un tavolo.

Mi aggrappai ad esso, reggendomi a malapena dritta quando mi afferrò e divaricò le ginocchia, abbassandosi davanti a me.

Il desiderio mi investì come un fiume in piena.

Liquido e caldo.

«Alexis» mormorò contro il mio sesso, un attimo prima di lambirmi con la lingua e affondare dentro di me con stoccate lunghe e profonde. Poi spostò leggermente la testa per succhiare e leccare il mio clitoride.

I miei respiri ansanti si levarono nell'aria mentre il mio ventre si serrava in preda alle sensazioni.

Si portò le mie cosce sulle spalle, massaggiandole su e giù. Facendomi librare più in alto ad ogni carezza. Ad ogni tocco della sua lingua.

«Zee... oddio...»

Le fiamme si agitarono sotto la superficie della mia pelle, suscitandomi un fremito dopo l'altro.

Ogni cosa tremò, si serrò, preparandosi all'imminente beatitudine.

E d'un tratto, lui era lì. Avvolse una mano intorno alla mia nuca per sorreggermi mentre con l'altra si afferrava il grosso membro. Avvicinò la turgida punta all'entrata del mio sesso. Sfiorandomi a malapena.

Stuzzicandomi.

Gemetti, così eccitata da non riuscire a vedere. «Zee... ti prego... sono così vicina.»

«Di cosa hai bisogno?»

«Di te.»

Per tutta risposta, lui inarcò di scatto il bacino in avanti, strappandomi un grido dalla gola.

Era così grande. Troppo. E mai abbastanza. Perché avrei sempre voluto di più.

Digrignò i denti, aggrappandosi a stento a un sottile filo di controllo.

Potevo percepire la tensione che scorreva nel suo corpo, l'energia prendere vita, lo spazio tra di noi diventare un tutt'uno.

«Zee.»

Lui cominciò a muovere i fianchi, scopandomi e privandomi del senno, continuando a cingermi la nuca con una mano per tenermi ferma.

Il suo autocontrollo andò in frantumi.

Mi possedette come non aveva mai fatto prima.

In maniera maniacale. Disperata. Incontrollata.

Precipitammo.

Sopraffatti da una forza di gravità troppo grande da potervi resistere.

I nostri mondi entrarono in collisione.

Lentamente, uscì da me il più possibile. Abbassai lo sguardo sul suo membro bagnato dei miei umori, e i nostri respiri si infransero mentre guardavamo entrambi il punto in cui eravamo uniti.

I suoi occhi selvaggi guizzarono sui miei. Infilò il pollice nella mia bocca, e io lo succhiai disperatamente. Poi lo tirò via, riportando la nostra attenzione verso il basso mentre lo faceva ruotare intorno al mio clitoride, seppellendosi di nuovo in me il più profondamente possibile.

Mi librai verso l'alto.

Raggiungendo il culmine.

L'estasi mi accecò e mi spedì in un luogo che non avrebbe dovuto esistere. Un luogo dove l'oscurità e la luce erano la stessa cosa.

Un luogo senza gravità.

Traboccante di stelle.

Zee affondò le dita nel mio sedere e mi staccò dal bordo del tavolo. Mi scopò con spinte selvagge e irregolari, prima di ruggire non appena l'orgasmo lo travolse a tutta velocità.

Gridò il mio nome.

Ripetutamente.

Sfinita, crollai tra le sue braccia mentre il mondo intorno a noi pullulava di vita e le mura rimbombavano di energia.

Improvvisamente, qualcuno bussò alla porta. «Zee... stronzo... sei lì dentro?»

Zee sussultò. «Merda» borbottò. Si passò le dita fra i capelli impregnati di sudore, guardandosi freneticamente intorno.

Altri colpi alla porta. «Zee!»

«Sì, dammi un secondo!» gridò da sopra la spalla, mettendomi a terra su gambe instabili. Continuò a tenere una mano su di me mentre si sistemava rapidamente i pantaloni, prima di riportarmi all'altro lato della stanza e aiutarmi a rivestirmi.

Un pugno batté forte sulla porta, e la voce di Ash riverberò nello stanzino. «Non sto scherzando, Zee. Ti stiamo cercando da quindici minuti. Avremmo dovuto tornare sul palco per il bis cinque minuti fa. La folla sta per perdere le staffe, amico. Conosci la routine.»

Il mio cuore correva all'impazzata mentre cercavo freneticamente di rimettermi i vestiti. Tremando, vi passai una mano sopra per lisciarli, tentando contemporaneamente di sistemarmi i capelli arruffati.

«Come ti sembro?» sussurrai sottovoce mentre un rossore mi imporporava le guance.

Il sorriso che Zee mi rivolse era intriso d'orgoglio. «Come se ti avessi appena scopata.»

Mi morsi il labbro inferiore e abbassai lo sguardo. «Zee.»

Lui posò un palmo sul mio viso e mi costrinse a guardarlo. «Sei una magnifica visione, proprio come ogni maledetta volta che entri in una stanza.» Mi strinse più forte a sé. «E in questo preciso momento? Sembri appartenere a me.»

L'emozione mi serrò il petto.

Altri colpi martellanti. «Ora!»

«Arrivo, arrivo!» gridò Zee verso la porta. Si infilò la maglietta mentre io mi rimettevo le scarpe. Poi mi lanciò un sorriso, sbloccò la porta e la spalancò.

Ash attendeva dall'altra parte, mezzo incazzato, anche se un sorrisetto d'intesa spuntò sul suo viso nell'istante in cui vide Zee trascinarmi per mano dietro di sé.

«Sai che non vorrei mai mettere i bastoni fra le ruote all'amore... perché è inutile mentire, sappiamo tutti che è la cosa più importante... ma rischiamo di far scoppiare una rivolta. Dobbiamo riportare il culo su quel palco. Immediatamente, amico. Voi due potete tornare a spassarvela più tardi.»

«Andiamo» disse Zee.

Ash allungò la mano e gli strizzò la spalla. Una dichiarazione balenò nei suoi occhi. Qualcosa di molto simile a un incoraggiamento. Forse approvazione. Tuttavia, la sua espressione era colma delle stesse domande a cui anch'io desideravo avere risposta. Quel momento passò rapidamente, e tutti e tre percorremmo di corsa i bui e umidi corridoi del backstage.

Ci dirigemmo nella direzione opposta a quella che io e Zee avevamo preso prima. Raggiungemmo l'altro lato, dove c'erano una manciata di camerini e una grande stanza sul retro con un bar e dei sofà.

Il livello di rumorosità aumentò, e affrettammo il nostro passo. Svoltando su un altro corridoio, sbucammo in una sala spaziosa dove lo staff si affaccendava senza sosta e un gruppo di persone era radunato al lato del palco.

L'emozione che era quasi esplosa in quella stanza si addolcì quando vidi chi stava aspettando dietro le quinte: Tamar, Shea e Edie.

Solo Willow era assente da questo gruppetto di donne che in breve tempo erano diventate importanti per me.

Zee mi condusse da loro, come se quello fosse esattamente il posto a cui appartenevo.

Tamar mi vide per prima. Il suo splendido viso fu illuminato da un sorrisetto ironico e i suoi occhi luccicarono di bonaria malizia. «Oh, guarda chi c'è.» Il suo sorriso crebbe quando si voltò verso Zee. «Se non fossi così orgogliosa di te, ti direi che sei in punizione per il resto della tua vita. Sparire senza dire nulla e causare simili problemi, che sfacciataggine.»

Le sue parole erano cariche d'affetto.

Zee le puntò un dito contro. «Non ho tempo per risponderti a tono... quindi prenditi cura della mia ragazza, intesi?»

Poi abbassò la testa e mi baciò le labbra.

Due volte.

Dolcemente.

Dio.

«Con molto piacere» interloquì Shea mentre Zee indietreggiava tenendo lo sguardo su di me, prima di voltarsi e unirsi al resto dei ragazzi riuniti in cerchio.

Salirono tutti sul palco, incluso Sebastian. Insieme per il bis, un momento obbligatorio di questo memorabile addio.

Ogni cosa esplose. Le urla, gli applausi e la trascinante ondata d'energia.

Perché questi ragazzacci significavano qualcosa per queste persone.

Avevano creato qualcosa che nessun altro poteva creare. Avevano un affiatamento che si poteva trovare solo nel loro legame. In questa famiglia spaiata e stravagante.

Le mie labbra si schiusero per la meraviglia.

Perché questo era... bellezza.

Fede.

Amore.

Shea intrecciò le sue dita alle mie, stringendole delicatamente. «Sono davvero felice che tu sia qui.»

Ricambiai la stretta, la mia voce poco più che un sussurro mentre tenevo lo sguardo fisso su questi ragazzi eccezionali. «Anch'io lo sono, tantissimo.»

Zee mi riaccompagnò a casa. Parcheggiò nel vialetto, e il tempo sembrò fermarsi quando aprì la portiera e venne dalla mia parte.

Mi aiutò a scendere dall'auto e mi accompagnò nell'accogliente oscurità della mia minuscola casa, lungo il breve corridoio, fino alla mia stanza, dove l'unica illuminazione era data dal fioco bagliore della piccola lampada sul comodino che lui accese.

Si girò verso di me e mi tirò delicatamente verso il bagno annesso. Aprì l'acqua della doccia e mi spogliò lentamente mentre la stanza si riempiva di vapore. I miei movimenti erano perfino più lenti quando, a mia volta, l'aiutai a svestirsi.

Assaporando e godendomi il momento.

Ci mettemmo sotto il getto dell'acqua calda, completamente nudi, e avrei giurato che fu in quel momento che le nostre anime vennero liberate.

Il suo bacio era lento e tenero mentre mi lavava i capelli, il suo tocco ancora più dolce mentre insaponava una spugnetta da bagno e la passava delicatamente sul mio corpo.

Qualcosa in quei gesti sembrava... purificante.

Come se ci stessimo lasciando alle spalle vecchie promesse e stessimo avanzando verso nuove verità.

Le nostre verità.

Ci sciacquammo, e potei percepire il tempo rallentare mentre Zee chiudeva l'acqua della doccia e afferrava un asciugamano.

Lo passò su ogni centimetro del mio corpo.

In lode.

In adorazione.

Quando si inginocchiò davanti a me, mi aggrappai alle sue spalle. «Zee.»

«Alexis.» La sua voce si librò intorno a me come una canzone.

Si rimise in piedi, mi prese tra le sue grandi braccia e mi portò a letto, dove lentamente scivolò sopra di me. Intrecciò le sue dita alle mie e mi strinse a sé mentre mi divaricava le gambe e affondava nel mio corpo.

Ogni movimento sembrava in contrasto con quelli di prima, quando ci eravamo uniti in maniera disperata.

Quella era stata una supplica.

Questa era una promessa.

Mi guardò intensamente mentre il mondo vorticava intorno a noi. Cambiando, mutando e vincolando.

«Cadi con me» gli sussurrai.

Zachary Kennedy abbassò la testa, mi sfiorò le labbra con le sue e mormorò la sua verità.

«Sono già caduto.»

37

ALEXIS

Mi misi seduta di scatto sul letto, disorientata, la vista offuscata mentre strizzavo gli occhi e cercavo di capire cosa
mi avesse strappata dal sonno più perfetto della mia vita.

Zee era al centro del mio letto, nudo e disteso a faccia
in giù.

Così incredibilmente sexy.

Profondamente addormentato e completamente in
pace.

Mi mordicchiai il labbro, sopraffatta dall'ondata di emozioni che ribollì in superficie nel vederlo accanto a me.

Distolsi l'attenzione da lui quando venni di nuovo di-
stratta dal suono che mi aveva destata dal sonno: il campanello che suonava senza sosta.

Rapidamente, scesi dal letto, afferrai una vestaglia e la
indossai. Annodando la cintura, attraversai il pavimento di
legno senza far rumore e mi chiusi la porta della camera da
letto alle spalle così che Zee potesse continuare a dormire.

Una volta in corridoio, mi affrettai verso l'ingresso e mi alzai in punta di piedi per vedere attraverso lo spioncino.

Scioccata, indietreggiai di due passi.

Poi scattai in azione, sbloccando la serratura e spalancando la porta.

«Avril, cosa ci fai qui?»

Non avrebbe nemmeno dovuto sapere dove vivevo. Nonostante ciò, mi precipitai in avanti e la cinsi tra le braccia, stringendola forte.

Lei ricambiò il mio abbraccio, prima di districarsi dalla mia stretta e mettere qualche centimetro di distanza tra di noi. Il suo viso era pallido, il suo corpo troppo magro. «Dovevo parlarti» disse, chiaramente ansiosa.

Scossi la testa. «Perché non hai chiamato? Come facevi a sapere dove vivo?»

Questa era l'unica privacy che le avevo chiesto di rispettare. Casa mia rappresentava il mio personale santuario lontano dalle orrende realtà del mondo. Il mio rifugio sicuro.

«Mi dispiace... sono andata in biblioteca e ho usato un computer per cercare il tuo indirizzo. Avevo bisogno di parlarti. Di persona.» Con ansia, si lanciò un'occhiata alle spalle. «Da sola.»

«Perché?»

«Craig.» Sussurrò quella parola come se fosse una sporca confessione.

Inspirai bruscamente, sbigottita.

Non aveva mai pronunciato il suo nome prima d'ora. Non aveva bisogno di spiegare o di chiarire di chi stava parlando. Lo lessi nei suoi occhi.

«Cos'ha fatto?»

Avril si mosse nervosamente. «Lui... continua a chiedere di te. A chiedermi di chiamarti.» Il senso di colpa adombrò il suo viso. «Ogni volta che mi ha costretta a telefonarti, è sempre stato per i soldi, Alexis.»

Lo sbuffo d'aria che proruppe dai miei polmoni era colmo d'orrore. «Non... non sono mai stati per te.»

Mia sorella sembrava così fragile sulla soglia di casa mia, con le spalle accasciate e il corpo logorato dallo stile di vita che conduceva. «Tutto quello che ho è suo. Non lo capisci? È quello che cerco di dirti da sempre.»

Sbattei le palpebre in preda al tormento. «Che cos'hai fatto, Avril? Che cos'hai fatto?»

La sua risata era vuota. «Ho venduto la mia anima al diavolo.»

Il dolore mi fece quasi crollare in ginocchio. «Avril.»

Lei scosse la testa e indietreggiò, come se avesse bisogno di mettere spazio tra di noi. «Io... volevo solo avvertirti. Dirti che continua a chiedere di te. A fare domande. Cerca continuamente un'opportunità da sfruttare, e penso... penso che stia cercando un punto debole. Un modo per arrivare a te. Un modo per attirarti in quel mondo e tenerti lì. E sono piuttosto sicura che sappia che quel mezzo sono io.»

La paura si insinuò nel mio spirito. «Cosa vuole da me?»

La sua bocca si contorse in preda al rimorso. «Non lo so. Penso sia arrabbiato per il fatto che tu sia riuscita a fuggire quella notte. Che non te l'abbia fatta pagare per ciò che è convinto gli devi. E se riuscisse a trascinarti in questa vita con me, sarebbe come vincere alla lotteria, no?» disse in tono carico di disgusto.

Provai un conato di vomito a quel pensiero.

Mai.

Tremando, allungai le dita verso mia sorella. La mia gemella. Questa ragazza spezzata che era sempre stata la mia metà. «Resta... troveremo una soluzione. Qualunque potere pensi che quell'uomo abbia su di te, non è così. Non è giusto. Non è legale. Lui *non può* possederti.»

Avril distolse lo sguardo mentre la tristezza permeava l'aria frizzante delle prime luci dell'alba. «Potrei restare, Alexis, e tu faresti di tutto per aiutarmi, ma sai che alla fine tornerei di nuovo laggiù. Non ne valgo la pena.»

Riportò l'attenzione su di me. Per la prima volta dopo tanto tempo, i suoi occhi brillavano di risolutezza. «Ti chiedo solo... di starmi lontano. Se ti chiamo, non rispondere. Sappi che è una bugia.»

L'energia mutò, acquistando intensità, diventando feroce e selvaggia.

Girai la testa di scatto per guardarmi alle spalle.

Zee era in piedi sulla soglia del corridoio, con addosso solo la biancheria intima, il corpo teso per il palese bisogno che provava di proteggermi.

Pensavo che questa casa fosse la mia oasi di pace, ma era Zee ad essere diventato il mio luogo sicuro.

Avril trasalì. «Oh.»

Mi voltai di nuovo verso di lei. «Possiamo proteggerti.»

Mia sorella indietreggiò con sguardo cauto mentre Zee cominciava ad avanzare verso di noi.

«Avril» disse quest'ultimo. «Lascia che ti aiutiamo.»

Lei arretrò di qualche altro passo. «Proteggila.» Poi si voltò, scese i gradini del portico e sfrecciò via.

38

ZEE

«Ho bisogno di vederlo. Di sapere che sta bene.» Strinsi il telefono così forte che lo sentii quasi scricchiolare.

«Diecimila.»

Basta. Ero stufo, cazzo.

«Pensi che ti darò diecimila dollari così? Ho sempre saputo che non eri altro che una stronza avida ed egoista, ma stavolta hai superato il limite.»

Ero piuttosto sicuro che avesse oltrepassato quella linea quando aveva venduto la casa. La casa che avevo comprato per loro. Per tenerli al sicuro.

«Sai che tutto ha un costo. Se vuoi vederlo, devi sborsare diecimila bigliettoni.»

Digrignai i denti, stringendomi la nuca mentre camminavo furiosamente avanti e indietro per il mio loft nel tentativo di calmarmi. «Liam non è una fottuta pedina, Veronica.»

«Sai come funziona.»

«Non più. Ho chiuso con le tue stronzate. Lo vedrò, e tu non mi fermerai.»

Lei rise. «Non provocarmi, Zee. Sai che non ti conviene.»

La linea cadde.

Un ruggito proruppe dal mio petto. Ero sopraffatto dalla furia e dalla rabbia, stufo di questo fottuto muro di mattoni contro cui Veronica continuava a farmi sbattere. L'ira mi fece scagliare il telefono dall'altra parte della stanza. L'aggeggio sbatté a terra, ruzzolando sul pavimento.

Mi afferrai i capelli e mi mossi avanti e indietro agitatamente.

Perdendo la calma.

Dimenticando le promesse che avevo fatto.

Perché Alexis... quella dolce e gentile ragazza mi faceva desiderare di farne delle nuove.

Avrebbe compreso?

Avrebbe capito?

Sarebbe riuscita a guardarmi allo stesso modo?

Non importava. Non avrei più permesso che Veronica controllasse la situazione. Sì, ne avevo piene le scatole. Ma non lo facevo per me stesso.

Lo facevo per Liam.

Quel prezioso bambino.

Finora l'unica luce permanente nella mia vita.

Ma adesso anche Alexis brillava tutt'intorno a me. Aggiungendo e amplificando.

Forse loro due insieme sarebbero riusciti ad eliminare finalmente l'oscurità.

Fermai l'auto davanti allo squallido edificio, spinto dalla frenesia che mi pulsava nelle vene.

Si dice che ci sia un limite a ciò che una persona può sopportare prima di spezzarsi. Mark, Veronica e tutte le scelte sbagliate che avevo fatto mi avevano spezzato molto tempo fa.

Ma ero pronto a cambiare le cose.

A mutare percorso.

A prendere tutti i pezzi che erano crollati intorno a me e

rimetterli insieme. Costruire qualcosa di solido.

Ero pronto a combattere.

Balzai fuori dall'auto. Spostai l'attenzione dappertutto, guardingo dell'ambiente che mi circondava e di ogni losco figlio di puttana che indugiava nei dintorni.

La mia rabbia aumentò. Odiavo il fatto che l'avesse portato qui. Prima che me ne andassi, mi sarei assicurato che facesse le valigie e si trasferisse in un posto sicuro.

Sì, ero terrorizzato da quello che mi sarebbe costato. Da quello che avrebbero pensato i ragazzi. Dal modo in cui avrebbero reagito a ciò che avevo fatto.

Perché, dopo oggi, non c'era alcuna possibilità che rimanesse segreto.

Ma ero stanco di assecondarla, convinto che in questo modo stessi proteggendo Liam, che stessi provvedendo a lui, quando in realtà l'unica cosa che stavo facendo era esporlo alla vile depravazione di questo lurido mondo.

Meritava di meglio.

Lo sporco edificio in mattoni grigi era alto cinque piani. Il marciapiede d'ingresso era disseminato di rifiuti ed erbacce.

Mi diressi a passo svelto verso l'entrata. La serratura del portone era ancora rotta.

Che sorpresa.

Imboccai le scale, salendo tre rampe fino al piano di Veronica. Urla e pianti di bambini filtravano da dietro le porte e le pareti sottili.

Mi fermai di fronte all'appartamento 317.

Battei il pugno sulla porta.

«Chi è?» gridò Veronica dall'altra parte.

«Io» risposi in un ringhio.

«Non è un buon momento.»

Bussai di nuovo. «A me sembra un momento dannatamente perfetto.»

«Non puoi piombare qui di punto in bianco.»

La mia voce era intrisa di ostilità. «Apri questa cazzo di porta, Veronica. Non me ne vado senza prima vederlo.»

«No... s-sono occupata. Torna domani.»

«Apri la porta o la butto giù.»

«Chiamo la polizia.»

«Bene.»

Il metallo stridette e la porta si schiuse di uno spiraglio, bloccata da una catenella di sicurezza che le impediva di aprirsi del tutto. «Per favore... va' via.»

Era la prima volta che vedevo vera paura sul volto di Veronica. Immaginai che stavolta avesse una ragione valida per essere spaventata.

«Apri.»

Un piagnucolio risuonò da qualche parte all'interno.

Liam.

La devozione pompò nelle mie vene, e probabilmente Veronica vide la determinazione scritta sul mio viso, perché fece per richiudere la porta, ma la mia mano era già sul pomello. Spinsi in avanti, ma la catenella fece resistenza.

Non esitai un istante. Indietreggiai, sollevai il piede e sferrai un calcio.

La catenella si ruppe e la porta si spalancò, sbattendo contro il muro interno.

Veronica urlò.

I miei occhi sfrecciarono per la stanza in disordine mentre il cuore mi batteva selvaggiamente contro le costole.

No. Non c'erano prove concrete disseminate in giro, nessun ago o bustina, ma avevo abbastanza esperienza in materia da riconoscere i segni. Da sapere esattamente cosa stavo guardando.

L'odio e il terrore corsero come ghiaccio lungo la mia spina dorsale. Avrei dovuto immaginarlo. Avrei dovuto saperlo, cazzo.

Piegai la testa di lato mentre mi voltavo per fissarla in modo ostile. «Ti fai di nuovo?» Le parole fuoriuscirono dalle mie labbra con revulsione.

Ricordi degli ultimi anni mi assalirono la mente. Le stronzate ambigue e sospette che aveva fatto e che erano diventate sempre peggio. I segreti. Le bugie. I raggiri.

Cristo, da quanto tempo andava avanti questa cosa?

«Non sai niente» sbottò Veronica.

Una risata pungente scaturì dalla mia bocca. «Oh, penso di

sapere abbastanza. Dov'è Liam?»

Mi avviai verso il corridoio, scavalcando i vestiti sparpagliati sul pavimento.

Veronica mi seguì a ruota. Si aggrappò alla mia schiena, affondando le unghie nelle mie spalle, come se il suo patetico tentativo potesse fermarmi.

Me la scrollai di dosso mentre aprivo la prima porta che incontrai.

Mi pietrificai di colpo, sussultando inorridito.

Dentro c'erano due donne su due letti singoli. Una era distesa a faccia in giù, priva di sensi. L'altra era rannicchiata sul letto opposto, la schiena premuta contro la parete e le braccia avvolte in maniera protettiva intorno alle ginocchia. Un lato del suo viso era ricoperto di lividi, e un grosso taglio che stava cominciando a cicatrizzarsi deturpava il suo labbro inferiore.

Avril.

Sbattei le palpebre, cercando di elaborare la cosa. «Avril... che diavolo ci fai qui?»

Arrancando, lei si alzò sulle ginocchia e sgranò gli occhi quando mi vide. «Tu.»

Agitato, mi voltai e posai lo sguardo sul puro terrore inciso su ogni lineamento del viso di Veronica. Serrai le labbra. «Sei coinvolta in questa merda?»

«No» rispose in tono implorante.

Riportai l'attenzione su Avril. «Vieni con me.»

Lei scosse la testa. «Va' via. Presto. Esci da qui.»

«Non vado da nessuna parte senza di te. Chiamo la polizia.»

Alle mie spalle, la voce di Veronica divenne dura, fluttuando nell'aria come un oscuro avvertimento. «È caduta dalle scale. Per sua fortuna, l'ho trovata sul pianerottolo.»

«Stronzate» sbottai.

Veronica guardò Avril. «Digli che è quello che è successo.»

Avril annuì tra le lacrime che le offuscavano gli occhi.

Assomigliava così tanto ad Alexis che stavo male. «Avril, vieni con me. Subito.»

Lei scosse la testa. «Non posso.»

Un pianto sommesso echeggiò dalla porta accanto.

Liam.

Quel lamento mi trafisse come una freccia.

Puntai un dito verso Avril. «Tornerò a prenderti.»

Spinsi Veronica da parte, e nell'istante in cui mi girai, lei si fiondò di nuovo su di me, battendo i pugni sulla mia schiena e graffiandomi la pelle. Me la scrollai di dosso e spalancai la porta della stanza dov'era Liam.

Il figlio di Mark.

Il bambino rannicchiato sul pavimento con le ginocchia sollevate contro il petto.

Indifeso e innocente, coinvolto in un casino in cui non avrebbe dovuto essere.

Le mie fondamenta si spezzarono sotto la potenza della mia rabbia. Sotto la forza dell'istinto di protezione che divampava dentro di me.

Fiondandomi dentro, lo presi tra le braccia e corsi di nuovo in corridoio, perché non avevo nessuna intenzione di perdere altro tempo.

La voce di Veronica era disperata. «Non puoi venire qui e portarlo via. Chiamo la polizia.»

Mi precipitai fuori dalla porta rotta. «Bene, chiamali, Veronica. Fagli vedere lo schifo in cui vivi. Le cose in cui sei coinvolta.»

Le braccine di Liam si strinsero intorno al mio collo mentre aumentavo il passo, correndo lungo il corridoio e giù per le scale.

«Non puoi portarlo via. Non te lo permetterò!»

Non la degnai neppure di uno sguardo. «Non è al sicuro qui, Veronica. Lo sai. Per una volta, pensa a lui.»

In preda alla frenesia, Veronica scese i gradini dietro di me e uscì nella luce accecante del giorno.

Corsi verso la mia auto con Liam tra le braccia, poi mi fermai di colpo, rimanendo senza fiato.

39

ALEXIS

«Rispondi, rispondi, rispondi.»

Camminai avanti e indietro davanti alla finestra a bovindo che dava sul mio giardino, ascoltando il telefono squillare a vuoto.

La segreteria partì per la quarta volta.

«Accidenti» borbottai, poggiandomi il cellulare contro le labbra mentre cercavo di contrastare la crescente preoccupazione.

Io e Zee avevamo trascorso la mattinata insieme, accoccolati sul mio divano a guardare un film.

Come una coppia normale.

Era rimasto con me per aiutarmi a superare la tristezza che mia sorella si lasciava sempre dietro. Mi aveva abbracciata e tempestato la tempia di teneri baci, sussurrando promesse che si erano insinuate nel mio spirito e avevano messo radici nella mia mente.

Se n'era andato un'ora fa, ed io ero tornata nella mia stanza per recuperare il cellulare che avevo messo in carica sul comodino.

Avril mi aveva lasciato un messaggio allarmante. «È

incazzato, Alexis. Incazzatissimo. Sa che sono venuta da te. Lo sa. Ho combinato un casino. Un gran casino.»

E adesso non rispondeva alle mie chiamate.

Il panico si insinuò nei miei sensi, crescendo e trasformandosi in questo familiare terrore che per esperienza sapevo essere immotivato.

Non era la prima telefonata frenetica che ricevevo da Avril.

Ma stavolta c'era qualcosa nella sua voce che mi affliggeva.

Per l'ennesima volta, riascoltai il suo messaggio vocale e provai a richiamarla, ma partì subito la segreteria telefonica, chiedendomi di lasciare un messaggio.

«Merda!»

Mi tamburellai il cellulare sul palmo, consapevole che avrei dovuto lasciar perdere. Mia sorella si era rovinata con le proprie mani. Si era cacciata da sola in questo casino.

Faceva così da anni, manipolandomi e abbindolandomi. Ma il mio istinto mi diceva che stavolta era diverso. Il modo in cui si era presentata a casa mia stamattina era così insolito per lei, inoltre mi aveva chiesto soltanto di starle alla larga.

«Non farlo» mormorai tra me e me. Ma quando si trattava di Avril, sembrava che non riuscissi a dare ascolto alla voce della ragione.

Cliccai lo schermo del cellulare e attivai il localizzatore GPS.

Ero io a pagare l'abbonamento telefonico di Avril, perché avevo bisogno di potermi mettere in contatto con lei e viceversa. Non potevamo mai sapere quando si sarebbe presentata un'emergenza.

E questa situazione lo era, giusto?

La piccola sagoma rossa con il nome di Avril spuntò sulla mappa, proprio in quella zona schifosa dove continuava a condurmi.

Dio, stavo facendo una stupidaggine.

Un'enorme idiozia.

Ma non potevo ignorare questa sensazione.

Questo presentimento.

Digitai di nuovo il suo numero mentre afferravo la borsa e le chiavi e uscivo di casa, lasciandole un altro messaggio vocale.

«Sto venendo a prenderti, Avril. Niente più scuse. Questa storia deve finire.»

Riattaccai e schiacciai il pulsante per sbloccare la serratura dell'auto, balzai sul sedile del guidatore e uscii dal vialetto, mettendomi in strada.

Cercai il numero di Zee e avviai la chiamata, ingranando contemporaneamente la marcia.

Di nuovo la segreteria telefonica.

La frustrazione e la paura tentarono di intrufolarsi nel mio petto, ma le ricacciai indietro, concentrandomi su ciò che dovevo fare.

«Ehi, sono io. Mi ha telefonato Avril... qualcosa non va. Devo andare da lei. So che sei appena andato via, ma mi hai detto di chiamarti. Pensi che potresti raggiungermi lì? Sto guidando, adesso. Terrò le portiere bloccate. Non farò niente di stupido. Promesso. Richiamami appena ascolti questo messaggio.»

Terminai la telefonata e collegai il Bluetooth a Maps.

Dovevo andare da mia sorella.

Mi paralizzai per lo shock e serrai le mani intorno al volante mentre aspettavo di fronte all'edificio fatiscente dove si supponeva fosse Avril.

Il dolore mi attanagliò il corpo, e cominciai a tremare incontrollabilmente da capo a piedi.

Non riuscivo a concentrarmi sotto la forza di quel colpo.

Probabilmente fu una reazione automatica a farmi allungare la mano e aprire la portiera. O forse fu il fatto di trovarmi finalmente faccia a faccia con la realtà di ciò che Zee mi aveva tenuto nascosto a farmi scendere dall'auto con movimenti incerti.

Zee si fermò di botto.

Con il senso di colpa stampato sul viso e un bambino tra le braccia.

La stessa donna che avevo visto fuori dal suo loft quel giorno era dietro di lui, strillando e strattonandolo, ordinandogli di ridarle il bambino.

Il mio sguardo e quello di Zee si incrociarono.

Inorriditi.

Rivelatori.

Feci un passo indietro mentre sentivo ogni cosa spaccarsi. Infrangersi e frantumarsi.

Barcollai e cercai di reggermi alla portiera dell'auto. «Mi hai mentito?»

«Alexis... posso spiegarti tutto, ma questo non è il momento adatto. Devi risalire in macchina e tornare a casa.»

Scossi la testa.

Stordita.

Ammutolita.

Distrutta.

Improvvisamente, era accanto a me, una mano sulla mia spalla, la voce un'eco distorta nelle mie orecchie che fischiavano mentre cercava di costringermi a rientrare in auto. «Va' a casa. Ora. Chiuditi dentro e non aprire a nessuno. Ti chiamo appena posso. Non è sicuro qui.»

Non è sicuro. Non è sicuro. Non è sicuro.

Avevo sempre saputo che in realtà era il mio cuore ad essere a rischio.

«Avril» mormorai in maniera incoerente.

Zee mi carezzò il viso mentre il bambino si aggrappava a lui, gli occhi colmi di panico e paura.

«Lo so» disse. «Lo so... ma devi andare. Fidati di me. Sistemerò tutto. Devi andare via da qui, e devi farlo subito. Ti chiamo più tardi.»

Alle sue spalle, la donna continuava ad agitarsi e strepitare mentre cercava di strappargli il bambino dalle braccia, gridando che l'aveva tradita. Che gliel'aveva promesso.

Fidati di me.

Era questo il problema della fiducia.

Una volta spezzata, era irrecuperabile.

40

ZEE

Anthony mi stava già aspettando nel loft quando mi fiondai dentro. Si alzò di scatto dal divano appena mi vide. «Zee.»

Tenni la mano sulla nuca di Liam mentre lo abbracciavo forte e lo cullavo come le poche volte che avevo fatto quando era un lattante, cercando di calmarlo. Di farlo smettere di piangere. Pregando che si sentisse al sicuro. Implorando che capisse che l'avrei protetto, anche a costo della mia vita.

Quando l'avevo tirato fuori dall'auto, avevo fatto un rapido controllo per vedere se c'erano segni evidenti di ferite, ma grazie a Dio non avevo trovato nulla.

Tuttavia, sapevo che non tutte le cicatrici erano visibili.

Dovevo pensare innanzitutto a lui. Assicurarmi che si sentisse a suo agio prima di cominciare a bombardarlo di domande che sapevo sarebbero state difficili da rispondere.

«Ci sono io, ometto, ci sono io» continuai a ripetergli mentre guardavo Anthony alle sue spalle.

No, non era più un bebè. Ma mi trasmetteva le stesse emozioni che avevo provato la prima volta che l'avevo preso in braccio.

Devozione.

Amore.

Perfezione.

Nell'istante in cui l'avevo stretto tra le braccia, l'avevo capito. Avevo sentito una connessione con lui così istantanea che avrebbe dovuto essere impossibile. Un legame così intenso che non si sarebbe mai potuto spezzare.

Come se lo spirito di mio fratello fosse lì, riempiendomi di buoni propositi.

Anthony abbassò la voce. «Che succede?»

«Hai chiamato Kenny?»

Kenny era l'avvocato dei *Sunder*, sempre a nostra disposizione, pronto a tirarci fuori dai guai in cui, a quanto pareva, ci cacciavamo continuamente. Senza dubbio, questa sarebbe stata la nostra più grande battaglia. Il culmine di tutto.

Ogni sbaglio che ognuno di noi aveva commesso stava venendo al pettine.

La fine dei Sunder.

Suppongo che fosse scritto fin dall'inizio.

«Mi sono messo in contatto con lui e gli ho chiesto di venire qui. Ha detto che avrebbe mollato tutto e ci avrebbe raggiunti il prima possibile.»

«E i ragazzi?»

«Gli ho mandato un messaggio, dicendogli che è un'emergenza. Stanno arrivando. Ho chiamato la polizia e gli ho dato l'indirizzo che mi hai inviato. Sei pronto a dirmi che diavolo succede?»

In maniera protettiva, abbracciai più forte Liam, tenendo una delle sue orecchie premute contro il mio petto e coprendo l'altra con la mano. Come se ciò potesse proteggerlo da tutto questo.

«Veronica mi ha chiesto altri soldi per poterlo rivedere. Diecimila dollari. Non ce l'ho fatta più, Anthony. Ero stufo. Ho deciso che non mi importava chi lo sapesse, e se fosse fuggita con lui come aveva minacciato di fare, le avrei dato la caccia.»

Tirai un respiro profondo. «Non potevo andare avanti così. Non riuscivo a scrollarmi di dosso il brutto presentimento che stesse succedendo qualcosa di orribile. Che fosse tornata alle vecchie abitudini. Mi sono finalmente reso conto che finché non fossi stato pronto a prendere una posizione, non sarebbe mai cambiato nulla.»

Deglutii rumorosamente. «Non voleva farmi entrare quando sono arrivato a casa sua, perciò ho sfondato la porta a calci. Ha ricominciato a farsi, amico.»

Anthony si portò le mani sui fianchi e abbassò la testa verso il pavimento. «Merda.»

«E non è neanche la cosa peggiore.»

Anthony dovette sentire l'urgenza nella mia voce, perché riportò lo sguardo sul mio viso. Mi umettai le labbra secche con la lingua. «C'erano due ragazze... in una delle sue stanze. Una era priva di sensi... l'altra pestata di brutto.»

Lui si coprì la bocca con una mano, strofinandosi le labbra come se potesse cancellare il sapore amaro che aveva sulla lingua.

Cominciai a tremare da capo a piedi. «Era Avril. La sorella gemella di Alexis. Quella che l'ha cacciata nei guai in primo luogo. Continua a dire ad Alexis che *non può* andarsene da lì.»

«Dannazione, Zee. È un disastro.»

Mi voltai di scatto quando la porta si spalancò con un tonfo. Tutti i ragazzi si precipitarono dentro, gli occhi selvaggi e i pugni serrati.

Pronti a combattere.

Erano sempre stati lì, disposti a spalleggiarmi. Speravo solo che l'avrebbero fatto anche stavolta.

Si bloccarono come se fossero andati a sbattere contro un muro quando videro il bambino tra le mie braccia.

Liam sussultò, ignaro di quello che stava succedendo. Gli baciai la sommità del capo.

Baz fece un passo in avanti, scuotendo la testa. «Zee, che sta succedendo?» chiese con cautela.

41

ZEE
VENT'ANNI

Zee si fece largo a spallate nel locale buio. Le luci stroboscopiche lampeggiavano nella sala gremita di gente, illuminando brevemente la folla sordida e lussuriosa prima di gettarla di nuovo nell'oscurità.

Più e più volte.

Facendola sembrare una scena al rallentatore.

Zee aveva la sensazione di star attraversando una fitta nebbia che cercava di frenarlo mentre avanzava tra la mischia.

Venne sopraffatto da un intenso e distinto sollievo quando vide il gruppo riunito intorno a un divanetto nell'angolo più lontano.

I suoi occhi si posarono sui volti familiari e sulla stessa maledetta scena. Proprio quando pensava che Mark si stesse rimettendo in sesto, questa merda era diventata di nuovo una routine.

Sapeva che Julie stava cercando di essere comprensiva. Ma era stato impossibile non notare la sua disapprovazione, seppur tinta di preoccupazione, quando era scivolato fuori dal letto e aveva indossato un paio di jeans dopo aver ricevuto il messaggio di Baz.

Zee si precipitò in quella direzione, fregandosene delle smorfie e delle esclamazioni irritate delle persone che si strusciavano l'una contro l'altra mentre attraversava la pista da ballo.

Baz si voltò quando lo sentì avvicinarsi. «Zee, grazie a Dio sei qui.»

«Che succede?»

Baz si passò stancamente una mano sul viso. «Mi dispiace di averti disturbato nel cuore della notte. Abbiamo cercato di cavarcela da soli, ma lui ha insistito. Ha detto che aveva bisogno di te.»

Zee scosse la testa e fece un altro passo in avanti.

Mark era accasciato sul divano con la testa che dondolava all'indietro sullo schienale in pelle mentre la sua lucidità andava e veniva. I suoi occhi si aprirono lentamente, le pupille ridotte a due puntini neri.

Quello sguardo trafisse Zee come una maledetta lancia. La sua voce si abbassò e si tinse di preoccupazione. «Cazzo, Mark, che diavolo stai facendo?» borbottò, più che altro a se stesso, perché sembrava che nessuno gli desse ascolto.

Le dita di Mark armeggiarono con il colletto della maglietta di Zee, quasi stesse cercando qualcosa a cui aggrapparsi. «Fratellino, sei qui.»

«Certo che sono qui. Hai detto che avevi bisogno di me.»

Un sorriso affiorò sulla bocca schiusa di Mark. «Ho sempre bisogno di te, fratello. Sei il mio migliore amico. Ci sei sempre per me. Ti voglio bene... ti voglio un bene da matti. Lo sai, vero? Sei il migliore.»

Zee sospirò. Ovvio che lo sapeva.

Lyrik, Ash e Baz si accalcarono dietro di Zee, sbirciando Mark oltre la sua spalla come se non avessero idea di cosa fare con lui.

«Coraggio, Mark, andiamo via da qui» disse Zee. «Pensi di poterti reggere in piedi?»

«Penso di sì.»

Zee aiutò suo fratello ad alzarsi dal divanetto. Nell'istante in cui lo fece, Mark barcollò di lato, quasi cadendo. Zee lo afferrò prima che andasse a sbattere con la faccia a terra, tirandolo di nuovo su e portandosi una delle sue braccia intorno alle spalle, nella speranza di poter sostenere parte del suo peso. Poi avvolse il braccio intorno alla vita di Mark. «Ci sono io» gli promise.

Ash si precipitò in avanti per reggerlo dall'altro lato. «Ce la fai?»

«Sì» rispose Zee.

Baz e Lyrik spianarono loro la strada, facendosi largo tra la folla, percorrendo il corridoio poco illuminato e uscendo nel parcheggio sul retro dove Zee aveva fermato l'auto.

Ash e Zee sistemarono Mark sul sedile anteriore del passeggero. Suo fratello si addormentò all'istante.

Zee chiuse la portiera ed emise un sospiro teso, appoggiandosi con la schiena alla macchina. Si premette entrambi i palmi sul viso e cercò di tenere a bada la frustrazione. Il dolore, l'angoscia e la preoccupazione che erano alla base di tutto.

Il disagio permeò l'aria della notte mentre il locale continuava a pulsare dietro di loro.

«È messo male, amico» disse Baz.

Zee abbassò le mani e annuì con un cenno secco del capo. «Sì, lo so. Sta peggiorando.»

Un po' più in là, Lyrik prese a camminare furiosamente avanti e indietro, la sua sagoma scura un turbine d'agitazione.

Una tempesta.

La voce di Baz si abbassò. «Ascolta... Mark è nostro fratello... tanto quanto lo è per te. Non importa che non condividiamo lo stesso sangue. È uno di famiglia. Ma stiamo cercando di mettere la testa a posto. Le cose stanno finalmente andando bene per la band. Io, Lyrik e Ash... abbiamo smesso con quella roba, ma Lyrik sta facendo ancora fatica a rimettere insieme i pezzi della sua vita dopo tutti i casini che sono successi. Non posso permettere che Mark continui così. Temo che trascini anche gli altri giù con lui.»

Un profondo senso di impotenza si abbatté su Zee. «Che diavolo facciamo? Cioè... ci ho provato tante volte, supplicandolo di starmi a sentire. Smette per qualche settimana e poi ricomincia di nuovo.»

Diede un colpetto con la punta del piede a un sassolino sull'asfalto butterato, incerto su cosa dire, domandandosi se dovesse tirare fuori l'argomento o no. Alzò lo sguardo su Baz. «Qualche mese fa è venuto da me... Mi ha detto che si era cacciato nei guai. Che era rimasto invischiato con brutta gente. Tu ne sai qualcosa?»

Un cipiglio corrugò l'espressione di Baz, che si sfregò ansiosamente il mento. «No, amico. Non so cosa gli stia succedendo ultimamente. Conosci Mark. È sempre taciturno. Preferisce stare sulle sue. Ma considerando l'ambiente che frequenta? Puoi star certo che le persone con cui se la fa non sono dei santi.»

Zee annuì con riluttanza. «Sì... probabile.» Si infilò le mani in tasca e scrollò le spalle. «Allora che diamine facciamo? Come lo aiutiamo? Non può andare avanti così.»

Baz lo guardò intensamente. «Deve volerlo. Il problema è persuaderlo a prendere quella direzione.»

Zee reclinò la testa all'indietro contro il tettuccio dell'auto, sollevando il viso verso il cielo, verso le stelle offuscate dalle luci della città.

Ma sapeva che erano lì.

In attesa con le loro promesse.

Con tutte le cose belle che il mondo aveva da offrire.

Suo fratello meritava ogni cosa.

Silenziosamente, Zee espresse un desiderio.

Ti prego, ridammi mio fratello.

42

ZEE

L'ostilità permeava l'aria come ondate di calore.

Baz era in piedi accanto alla finestra a guardare la città sottostante, mentre Lyrik sedeva su una sedia imbottita dall'altra parte
della stanza, sfregandosi le mani. Ash era in cucina a sbatacchiare
ante e cassetti degli armadietti.

A modo suo, ciascuno di loro stava cercando di venire a patti
con la situazione.

Liam era seduto sul tappeto ai miei piedi con un paio di cuffie
alle orecchie mentre guardava un film per bambini sull'iPad che
gli avevo dato per tenerlo impegnato.

Non avevo giocattoli in casa dal momento che l'accordo stipulato con Veronica prevedeva che non potessi portare Liam da
me.

Dovevo rimediare al più presto.

Però, innanzitutto, dovevo affrontare tutti gli errori che
avevo commesso, trovare una soluzione e pregare Dio che i ragazzi mi avrebbero perdonato per ciò che avevo fatto.

Se non mi avessero perdonato, mi si sarebbe spezzato il
cuore, proprio come la reazione di Alexis mi aveva distrutto e

lacerato.

Ma il mio cuore non contava. La mia attenzione doveva essere focalizzata su questo bambino.

Questo bambino per cui mi ero sforzato tanto di essere un padre, facendo di tutto per prendermi cura di lui come meritava. Non c'erano dubbi che avessi fallito miseramente. Meritava molto di più che trovarsi coinvolto in tutto questo.

Baz parlò, continuando a tenere lo sguardo fisso sulla finestra. «Tutto questo tempo... tutti questi anni... e non una maledetta parola, Zee. Nemmeno una.» L'agonia era scritta sul suo viso quando si voltò verso di me.

Nervosamente, mi sporsi in avanti sulla sedia e mi grattai la barba, mentre cercavo di trovare una spiegazione per le scelte che avevo fatto.

«È l'unico modo in cui Veronica mi ha permesso di avere un rapporto con lui. Quando seppe che avrei preso il posto di Mark nella band, mi disse che non voleva il bambino a contatto con quello stile di vita. Che quel mondo le aveva portato via Mark, e non avrebbe permesso che anche suo figlio venisse rovinato da esso.»

Avrei dovuto immaginare che fossero tutte menzogne. Che stesse solo recitando la parte della vittima che aveva bisogno di soldi per andare via dal quartiere malfamato della città.

Adesso, ero piuttosto sicuro che non avesse mai abbandonato realmente quella zona.

In cucina, Ash sbuffò e sbatté un cassetto. «E scommetto che è così che quella stronza ti ha tenuto in pugno, vero? Avanzando richieste e distorcendo le cose a suo vantaggio. Sin dalla prima volta che l'ho vista insieme a Mark ho capito che era una poco di buono. Non è difficile intuire che genere di persona sia.»

«Già» risposi. «Entrambi sapevamo sin dall'inizio che nessuno di voi avrebbe accettato la cosa, ecco perché abbiamo mantenuto il segreto.»

Baz si girò completamente verso di me. «Avremmo potuto aiutarti. Perché diavolo hai pensato che dovessi affrontare tutto questo da solo?

Il mio sguardo guizzò su Anthony, poi ritornò su Baz, e mi

preparai a pronunciare la mia confessione. «Perché è stata colpa mia.»

«Cosa è stata colpa tua?»

«Tutto.»

43
ZEE
VENT'ANNI

«Devi venire. Domani partiamo per la tournée. Ho bisogno di vederti prima di andare via.»

Attraverso la porta del bagno, Zee sbirciò ansiosamente nella camera da letto immersa nella penombra dove Julie era profondamente addormentata. Si era rintanato in bagno in modo da poter rispondere alla telefonata senza disturbarla dato che era quasi mezzanotte.

Rispose a suo fratello con voce sommessa. «Non so se ce la faccio stavolta. Tutte queste chiamate all'ultimo minuto, a notte fonda, stanno causando molto stress a Julie.»

«Dimentica Julie per stasera. Starò via per i prossimi sei mesi. Non dovrà preoccuparsi di avere a che fare con me.»

Zee si sfregò la testa con una mano. «Chi c'è con te?»

«Solo qualche amico. Il resto della band sta trascorrendo un po' di tempo con la propria famiglia prima che ci mettiamo in viaggio.»

«Non sei fatto?»

«Ti sembra che sia fatto?»

Zee emise un sospiro rammaricato, odiando il fatto che avesse persino dovuto chiederlo. «No.»

«Allora vieni qui.»

Zee lanciò un'altra occhiata alla sagoma di Julie, prima di espellere un respiro rassegnato. «D'accordo... sarò lì tra pochi minuti.»

«Bravo il mio fratellino.»

Zee riattaccò e rientrò silenziosamente in camera da letto, poi infilò un paio di jeans e una maglietta, prima di uscire dalla stanza senza far rumore.

Sperava solo che non se ne sarebbe pentito.

Zee si fece largo nella casa piena di facce che non conosceva, cercando l'unico volto che voleva vedere. L'unica persona che aveva il potere di trascinarlo fuori di casa nel cuore della notte senza dire alla sua ragazza dove stava andando.

Mentre avanzava tra la folla palpitante, Zee sapeva che quella compulsione andava al di là del semplice senso del dovere. C'era qualcosa di speciale tra lui e Mark. La loro fratellanza era importante.

Mark sarebbe sempre stato il suo eroe e Zee sarebbe sempre stato la sua roccia.

Zee trovò Mark e Veronica stravaccati su un divano. Quest'ultima era avvinghiata a lui come una sorta di gemma luccicante e costosissima; bellissima ma, a giudicare dallo sguardo sul suo viso, non ne valeva il prezzo.

Mark scattò in piedi non appena lo vide avvicinarsi. «Evviva, il mio fratellino è qui. Adesso possiamo ufficialmente dare inizio alla festa.»

Mark barcollò sulle gambe, un sorriso ampio e spensierato sulle labbra, ma per fortuna nei suoi occhi mancava quell'oblio che Zee aveva imparato a riconoscere molto bene.

Zee ridacchiò piano e rivolse a suo fratello un sorrisetto ironico. «Mi sembra che tu abbia già iniziato senza di me.»

Mark gettò un braccio intorno alle spalle di Zee. «Allora dobbiamo metterti in pari.»

Quattro cicchetti più tardi, Zee si sentiva benissimo. Troppo bene e troppo sciolto. Lui e suo fratello stavano scherzando come non facevano da tanto, tantissimo tempo. Come quando erano bambini e le loro vite non erano piene di complicazioni e ostacoli.

Quando l'unica cosa che contava erano loro due.

Mark rimase incollato a Zee mentre la notte diventava più profonda. Si trovavano con alcuni amici di Mark nel giardino sul retro della casa di un tizio di cui non aveva colto nemmeno il nome, entrambi un tantino alticci.

Mark biascicò le parole contro l'orecchio di Zee. «Mi mancherai un casino. Non sai com'è vivere on the road. Mi sento così fottutamente solo là fuori. Dopo un po', comincio a perdere la testa... a pensare che stia per succedere qualcosa di brutto. Non riesco a scuotermi di dosso questa paranoia, come se tutti mi dessero la caccia.»

Zee strinse il collo di Mark in una sorta di abbraccio incoraggiante. «Forse dovresti chiederti se ne vale la pena. Se vivere questa vita è ciò che vuoi fare davvero.»

Mark scosse la testa. «No, fratello. È la mia vita. L'unica cosa che ho. Io e i ragazzi ci siamo fatti un culo così, abbiamo sacrificato cose che non volevamo sacrificare, ma l'abbiamo fatto lo stesso. Per nulla al mondo ci rinuncerò. Realizzare questo sogno con i miei compagni è la cosa più importante per me.»

«Lo capisco, Mark. Lo capisco. Ma come farai a sapere quando ne hai avuto abbastanza? Quando vuoi di più?»

Lo sguardo di Mark vagò verso Veronica, che si trovava

nella parte più lontana del giardino a conversare con un tizio che Zee non aveva mai visto prima.

I due erano a malapena delle ombre nella luce fioca che proveniva dalla casa. Di tanto in tanto, i capelli ossigenati dell'uomo venivano colpiti dalla luce.

C'era qualcosa di sordido in lui.

Qualcosa che gridava guai.

E suo fratello non aveva certo bisogno di altri casini.

L'inquietudine si insinuò in Zee. Sembrava quasi che quei due stessero litigando, le loro voci animate e sommesse.

Anche Mark era chiaramente sospettoso. Deglutì e irrigidì la schiena. «A volte penso di meritare qualcosa di più. Di volere qualcosa di più. Ma poi mi rendo conto che cerco quello che voglio sempre nei posti sbagliati.»

«Ci tieni a lei?» gli domandò Zee, inclinando leggermente il mento verso le due figure nell'ombra.

«Troppo, ovviamente.» Mark sembrò scuotersi di dosso la tristezza. «Coraggio... lasciamo perdere queste stronzate. Non so quando ti rivedrò. Non sprechiamo questo momento.»

Zee strizzò gli occhi mentre cercava di vedere attraverso la foschia che gli annebbiava la mente. Aveva la vista offuscata, le membra pesanti. Intorno a lui, l'oscurità vorticava veloce quanto la stanza mentre tutto il resto sembrava distorto e procedere al rallentatore.

Disteso su un divano sporco e consunto, sbatté le palpebre, cercando di mettere a fuoco la sagoma sfocata che infranse la quiete della stanza in cui era entrato barcollando.

D'un tratto, delle mani si infilarono nei suoi capelli, un corpo si mise a cavalcioni sui suoi fianchi.

Gemette.

La odiava. Sapeva che la odiava. Ma non poté impedire al proprio corpo di reagire, non poté impedire alle proprie mani di posarsi sulla sua vita. Per allontanarla o per attirarla a sé, non lo sapeva.

«Che cazzo sta succedendo qui?»

Zee inspirò bruscamente quando, all'improvviso, una luce accecante fendette la stanza. Era completamente disorientato e ansimante mentre cercava di concentrarsi. Di riscuotersi dal torpore.

Veronica si staccò da lui in un battibaleno, gli occhi marroni sgranati e la bocca piegata in una smorfia di finta innocenza.

Il disgusto trasudava a ondate da Mark mentre faceva un altro passo nella stanza. «Che cazzo credi di fare, fratellino?»

Per un istante, Zee serrò gli occhi, sforzandosi di elaborare il tutto. Di dare un senso a ciò che era appena accaduto. «Niente.»

Mark rise, ma il suono era privo dell'affetto che normalmente conteneva. «Niente, eh? A me sembrava che fosse qualcosa, invece.»

Mark ondeggiò e fece un passo barcollante in avanti, sbronzo quanto Zee, forse anche di più. Ma laddove Zee non provava altro che confusione, nel sangue di Mark scorreva chiaramente tanta rabbia.

«Stavo soltanto controllando...» iniziò a dire Veronica quando d'un tratto il cellulare di Mark squillò.

«Non voglio sentire una parola, Veronica» sbottò Mark nella sua direzione mentre tirava fuori il cellulare. Un ghigno affiorò sul suo viso quando girò lo schermo verso Zee così che potesse vedere chi stava chiamando. «Ooh... sembra che qualcuno abbia notato la tua assenza.»

Julie.

Campanelli d'allarme risuonarono all'istante. Assordanti.

Zee balzò in piedi. «Fratello... non rispondere.»

L'amarezza trasudava dal viso di Mark quando accettò la chiamata, portandosi il telefono all'orecchio. Zee udì il terrore e il panico nella voce di Julie mentre chiedeva a Mark se sapesse dov'era.

«Oh, è proprio qui, non preoccuparti. Anzi, a pensarci bene, forse dovremmo preoccuparci entrambi, dato che ho appena sorpreso la *mia fottuta ragazza* a cavalcioni su mio fratello.»

Zee si fiondò su Mark, che si scansò, terminando la chiamata e scagliando il telefono contro il muro.

«Che cazzo ti prende, stronzo?» sbraitò Zee a denti stretti.

Mark proruppe in una risata folle e priva di speranza mentre fissava Zee. «Lo chiedi a me? Quando ti ho appena sorpreso a strusciare il cazzo contro la mia ragazza? Come diamine hai potuto farmi una carognata simile?»

Zee si strattonò i capelli. «Non stavo... non avrei mai...»

«Non stavamo facendo nulla.» Incredula, Veronica scosse la testa, spostando l'attenzione tra loro due con occhi spalancati. Come se fosse lei la vittima e non colei ad aver innescato una bomba. «Ho sentito tuo fratello lamentarsi e sono entrata nella stanza per assicurarmi che stesse bene. Stava per cadere, così l'ho aiutato a mettersi seduto. Tutto qua.»

La confusione attraversò il cervello di Zee. Era così? Era tutto ciò che aveva fatto?

Cazzo. Non ne aveva idea.

L'unica cosa che sapeva era che non sarebbe dovuto venire. Era stato sciocco, sconsiderato e avventato. Senza contare il fatto che suo fratello l'aveva appena gettato sotto un tram.

Serrò gli occhi con forza mentre la paura permeava ogni cellula del suo corpo. «Julie.»

«Julie» la implorò Zee mentre la osservava impotente gettare una valigia sul loro letto.

Le lacrime le rigavano il viso mentre, con mani frenetiche e tremanti, iniziava a tirare fuori i vestiti dall'armadio e ficcarli nella valigia.

«Julie... merda... merda. Mi dispiace tantissimo, cazzo. Non è successo nulla. Te lo giuro, non ho fatto niente. Non la toccherei mai.»

Una risata amara scaturì dalle labbra di Julie mentre le lacrime continuavano a scorrere sulle sue guance. «Non hai fatto niente? Mi sono svegliata alle quattro del mattino e tu non c'eri. Eri ad una festa a fare Dio solo sa cosa, e hai il coraggio di dire che non hai fatto niente?»

Il viso di Julie si contorse per il dolore e le viscere di Zee si serrarono in preda all'agonia.

«Te l'avevo detto che non volevo avere nulla a che fare con quella vita» sussurrò lei tristemente.

«Ti amo, Julie... cazzo, ti amo da impazzire. Farò qualsiasi cosa. *Qualunque cosa.*»

Lentamente, lei scosse la testa. «Me l'avevi già promesso. E se non posso fidarmi di te, allora non abbiamo nulla.» La sua espressione si incupì. «E io non mi fido di te.» Si voltò e chiuse la valigia, poi si asciugò gli occhi e la tirò giù dal letto, dirigendosi verso la porta della stanza.

L'angoscia attanagliò ogni cellula del corpo di Zee, riempiendolo di paura, orrore e rimorso. «No... no... no... no...» la supplicò, seguendola nel piccolo soggiorno. Le afferrò il polso e se lo portò alla bocca. «Ti prego.»

Julie si liberò dalla sua presa, il viso contorto dalla tristezza. «Lasciami andare.» Spalancò la porta d'ingresso e uscì sotto il cielo grigio rischiarato dalla luce del giorno nascente.

«Julie» la implorò.

Lei non si voltò.

Zee cadde in ginocchio.

Nel parcheggio sottostante, l'auto di Julie si avviò con un rombo, e Zee sentì il suo cuore spaccarsi quando la vide uscire dal vialetto e andare via.

44

ZEE

«Alexis, dai... ti prego, rispondi al telefono. Devo parlarti, spiegarti quello che hai visto oggi.» Sospirai, poi abbassai la voce e, in tono implorante, dissi: «Soprattutto, *ho bisogno di sapere che stai bene*. Per favore... richiamami.»

Era la terza telefonata che le facevo. La terza a cui non rispondeva. Non la biasimavo. Potevo solo immaginare quello che stava provando.

Sapevo che doveva essere scioccata.

Lo ero anch'io. Stavo cercando di dare un senso a tutto, domandandomi in che cazzo si fosse cacciata Veronica.

Il mio sguardo vagò verso Liam, disteso a pancia in giù sul tappeto mentre scarabocchiava su un bloc notes con dei pennarelli che avevo trovato.

Valutai cosa fare.

Questa giornata era stata un inferno per lui, e detestavo il pensiero di aggiungere altra inquietudine a ciò che aveva già sopportato. Ma non riuscivo a scrollarmi di dosso il brutto presentimento che mi scuoteva le ossa.

Il terrore.

Prima che potessi cambiare idea, avviai la chiamata. Lei rispose al primo squillo.

«Shea, mi serve il tuo aiuto.»

Mi misi carponi accanto a Liam. «Ehi, ometto, ti va di andare a casa di alcuni miei cari amici e giocare con i loro bambini? Hanno un grande giardino con un'altalena.»

I suoi occhi si illuminarono. «Davvero?»

«Sì. E Connor, uno dei loro figli, ha una stanza fighissima decorata con i supereroi, e ha anche un sacco di giocattoli di supereroi. Scommetto che ti lascerebbe giocare con lui.»

«I supereroi sono i miei preferiti» sussurrò Liam come se fosse un segreto.

Gli arruffai i capelli. «Lo so. Dobbiamo comprarne qualcuno da tenere qui, vero?»

Lui annuì con enfasi. «Uh-hmm. Perché tutti i supereroi che mi hai comprato sono a casa di mamma e non ne ho nessuno qui.»

Sentii l'emozione artigliarmi il petto, l'inquietudine montare nel mio spirito e attanagliare la mia anima.

Mi alzai in piedi e presi Liam tra le braccia, consapevole che non era più un bebè. Ma in quel momento, non importava. Dovevo abbracciarlo. Fargli sapere che era al sicuro.

«Ti piacerebbe se tu ed io prendessimo una di quelle grandi case con un grande giardino? Proprio come quella in cui vivono i miei amici Shea e Sebastian e i loro figli?»

Liam avvolse le sue piccole braccia intorno al mio collo mentre reclinava la testa all'indietro per guardare l'ampio soffitto del loft. «La tua casa è già molto, molto grande.»

Una risatina sgorgò dalle mie labbra. «Ma non il genere giusto di grande. Penso che dobbiamo trovare un posto dove puoi correre e sgranchirti le gambe. Dove tu ed io possiamo giocare a lanciarci una palla da baseball. Che te ne pare?»

Lui strillò di gioia e mi strinse il collo. «Mi pare fantastico. Mi piace.» L'eccitazione luccicò nei suoi occhi. «Questo significa che posso restare con te?»

«È quello che spero. Che ne pensi? Ti piacerebbe restare con me?» gli chiesi, sfregandogli teneramente la testa.

«Penso che sia l'idea migliore di sempre. E mamma?»

Un sospiro pesante scaturì dai miei polmoni. «Non so cosa fare con tua madre al momento, ometto.»

Potei sentire la tristezza e la confusione che lo assalirono. Il disagio che percorse il suo corpicino. Lo strinsi un po' più forte e con enfasi dissi: «Sai che puoi dirmi qualsiasi cosa, giusto?»

Liam seppellì il viso nel mio collo e annuì.

«C'è qualcosa che vuoi dirmi?»

La sua voce venne fuori in un sussurro. «Non mi piace la nostra nuova casa.»

Lo cullai leggermente. Offrendo conforto a entrambi. «Neanche a me piace quella casa. Ecco perché ti ho portato qui... perché penso che quell'appartamento non sia un buon posto per te. Ti avrei portato da me prima se avessi saputo che non era un luogo sicuro. Lo sai, vero? Sai che non permetterò che ti accada nulla di male? Che ti terrò al sicuro?»

Lui annuì di nuovo.

«Qualcuno... ti ha fatto del male lì?»

Le sue esili spalle si restrinsero. Istantaneamente, la rabbia mi travolse come una bomba, minacciando di scoppiare. Mi domandai chi avrei dovuto scovare e uccidere.

«No... ma a volte le persone che vengono lì sono tanto, tanto arrabbiate.»

«Chi?»

«Quell'uomo... urla contro mamma. Quando viene, mamma mi dice di andare nella mia stanza e di rimanere lì.»

Gli stampai un bacio sulla tempia, massaggiandogli la schiena.

Probabilmente, quella era l'unica buona idea che Veronica avesse mai avuto.

«D'accordo, andiamo a conoscere i miei amici. Ti lascerò lì

per un po', ok? Non starò via a lungo. Devo solo occuparmi di una cosa importantissima, e quando avrò finito, faremo qualcosa di divertentissimo insieme. Ti va?»

«Mi piace l'idea.»

«Anche a me, ometto. Anche a me.»

45

ZEE
VENT'ANNI

«*H*o bisogno di te, Zee. Ti prego, fratello, devi ascoltarmi. Te l'ho detto che mi sono cacciato in grossi guai. Non so come uscire da questa situazione. Lo sanno, cazzo. Lo sanno. Non avrei dovuto dire niente, ma come potevo stare zitto?» La paranoia impregnava la voce di Mark.

Zee cercò di non frantumare il cellulare nella sua mano mentre se lo premeva maggiormente contro l'orecchio. La rabbia vorticava intorno a lui come una tromba d'aria, ruggente e furiosa. Digrignò i denti. «Hai davvero il coraggio di chiamarmi dopo quello che hai fatto? Per colpa tua, l'ho persa. Se n'è andata. Julie è andata via.»

Il petto di Zee si serrò e si contrasse, mozzandogli il fiato.

«Mi dispiace. Ho fatto una cazzata, lo so. Farei qualsiasi cosa per tornare indietro e cambiare le cose.»

Zee proruppe in una risata amara. «Buffo, perché le ho detto la stessa dannata cosa. Suppongo che entrambi abbiamo imparato nel modo peggiore che ci sono cose che non possiamo cambiare.»

Mark emise un singulto. «Zee... ho... paura, ok? Ho bisogno del tuo aiuto.»

Un'ondata di inquietudine corse nelle vene di Zee, quella costante compassione in contrasto con l'ostilità che gli infiammava le terminazioni nervose. «E cosa ti aspetti che faccia?»

Zee percepì l'esitazione di Mark, ma la disperazione ebbe la meglio. «Ho bisogno di soldi... cinquantamila dollari.»

Zee emise una risata vuota e incredula. Era così stufo di queste stronzate. Così stufo. Così stanco. Così ferito. Sentì lo sconforto schiacciarlo. «Sì, e io rivoglio la mia ragazza. Credo che nessuna di queste due cose accadrà presto.»

Seduto da solo nel suo appartamento vuoto e buio, Zee ingollò un altro sorso.

La bottiglia che aveva aperto mezz'ora prima era semi-vuota, e il liquido scuro traboccava dai bordi mentre tentava di tenerla in equilibrio sul ginocchio.

L'alcol gli bruciò la gola, stabilendosi nel suo stomaco come una pozza di fuoco e veleno.

Tentò di schiarirsi gli occhi annebbiati mentre la testa gli girava e il cuore era oppresso da un peso schiacciante.

Julie l'aveva lasciato.

Mark l'aveva gettato sotto un tram.

Non gli era rimasto niente.

La tristezza premette contro la rabbia racchiusa nel suo petto. Talmente impetuosa che poteva sentirla sul punto di esplodere.

Così l'annegò nell'alcol.

Sollevò la bottiglia e tracannò un altro lungo sorso, contrastando l'impeto di furia, sbattendo le palpebre mentre cercava di dare un senso al suono che martellava nelle sue orecchie.

Gemendo, cercò di ignorarlo.

Il martellio continuò.

Si alzò barcollando e si aggrappò rapidamente al bracciolo del divano quando la stanza vorticò, stringendosi la bottiglia al petto come se fosse un'ancora di salvezza. Abbassò lo sguardo sul pavimento e inspirò bruscamente mentre la sua mente sguazzava in un mare di confusione, dubbio e rimpianto.

Rivolevo soltanto mio fratello.

Rivolevo soltanto mio fratello.

Invece, suo fratello gli aveva portato via tutto.

Bang. Bang. Bang.

Arrancando verso la porta, armeggiò con la serratura e in qualche modo riuscì ad aprirla.

Trasalì, colto alla sprovvista dalla persona che si trovò davanti.

Le lacrime rigavano il suo bel viso, e i suoi occhi marroni erano lucidi e imploranti, uno cerchiato da un livido nero e bluastro. Si torse le mani. «Mi dispiace tanto disturbarti... è solo che... avevo bisogno di qualcuno con cui parlare.»

«Non credo di essere un'ottima compagnia in questo momento» replicò Zee.

Il mento di lei tremò. «Penso che tu sia esattamente il tipo di compagnia di cui ho bisogno.»

Le parole vennero fuori prima che Zee potesse fermarle. «Cosa ti è successo?»

La sua gola tremolò mentre combatteva contro una nuova ondata di lacrime. «Lui...»

Furia. Zee non sapeva se la provasse per lei o per l'intera fottuta situazione. Ad ogni modo, non riuscì a controllarla, non poté evitare che gli scorresse nelle vene come acciaio.

Lei gli posò i polpastrelli sul petto, sospingendolo all'indietro. «Stai bene?» gli chiese.

Il dolore gli serrò la gola in una morsa. Scosse la testa, troppo forte, e il suo mondo riprese a vorticare. Il terreno scomparve da sotto i suoi piedi.

Cercò di riprendere fiato.

«No.. non sto bene.»

«Nemmeno io. Lui... mi ha mollata, Zee. Non so cosa gli

passi per la testa. Prima tu... poi io.» Continuò a sospingerlo nella vuota solitudine del suo appartamento. La sua voce era un lieve sussurro di comprensione quando parlò di nuovo. «Non riesco a credere a ciò che ti ha fatto. Mi dispiace, Zee. Non meriti tutto questo.»

L'emozione gli attanagliò la gola e gli bruciò gli occhi. «Rivolevo soltanto mio fratello. Volevo soltanto stargli accanto. E Julie... se n'è andata, cazzo. Non mi ha dato la possibilità di sistemare le cose. Non riesco mai a sistemare niente» disse in un borbottio carico di sofferenza.

«Shh.» Lei gli carezzò le spalle, poi gli diede una leggera spintarella, facendolo crollare sul divano.

Zee la guardò col cuore in gola e lo stomaco a terra mentre si aggrappava alla bottiglia. La osservò avanzare verso di lui, e rabbrividì quando si mise a cavalcioni sul suo grembo.

«Dimentichiamoci di loro. Non ci meritano.»

Un brivido attraversò Zee da capo a piedi.

Stavolta non c'erano dubbi sulle sue intenzioni.

Così come era impossibile frenare la reazione del suo corpo mentre lei armeggiava con i bottoni della sua patta.

Veronica aveva ragione.

Che andassero a farsi fottere.

46

ALEXIS

Sopraffatta, caddi in ginocchio nel bel mezzo del mio salotto. Mi premetti entrambe le mani al petto, come se in questo modo potessi impedire al tormento di riversarsi fuori.

Sin dall'istante in cui Zee era entrato nella mia vita, avevo creduto di sentire qualcosa germogliare ogni volta che ero in sua compagnia. Un'intensità che era cresciuta e aumentata, acquistando costantemente velocità.

Avevo creduto che ci stesse spingendo in avanti, spronandoci in una direzione buona e giusta. Dove le mura che volevano separarci sarebbero state cancellate.

Trasformate in macerie.

Adesso mi chiedevo chi lui fosse davvero. Se tutto fosse stato una bugia.

Dimmi che non stai tradendo nessuno.

Non l'avevo percepita allora? Un'inquietudine che mi avvertiva di fare attenzione?

Il fatto era che non capivo come avesse potuto nascondermi qualcosa di così importante. Qualcosa di legato così indissolubilmente a lui. Perché non si era fidato di me? Era l'unica cosa che gli avevo chiesto.

Aveva tenuto nascosta un'altra ragazza sin dall'inizio?

Quel pensiero quasi mi annientò.

Mi spezzò in due.

Un singhiozzo scaturì dalla mia gola e il mio petto ansimò affannosamente.

Perché ogni volta che mi avvicinavo ai miei sogni, essi mi venivano strappati via? Perché non riuscivo mai a fare qualcosa di buono?

A che serviva avere fede quando non rimaneva più nulla in cui credere?

Improvvisamente, il campanello suonò. Sussultai sorpresa e mi sollevai sulle ginocchia.

Un raggio di luce del tardo pomeriggio filtrò nella stanza, illuminando gli angoli bui.

Colmandomi di speranza.

Del disperato bisogno di trovare una ragione.

Delle risposte.

Avevo soltanto bisogno di vedere il suo viso e sapere che avevo fatto bene a *credere*.

Balzai in piedi e corsi verso la porta. Senza riflettere, la spalancai.

Non avrei dovuto farlo. Avrei dovuto essere molto più intelligente di così.

A quanto pareva, Chelsey aveva ragione.

Non avevo alcun istinto di autoconservazione.

47

ZEE

Ansiosamente, tamburellai le dita sul volante della mia auto mentre avanzavo a passo di lumaca nel traffico del tardo pomeriggio.

Era assurda la quantità di terrore che provavi quando temevi le conseguenze di qualcosa che era sul punto di essere rivelato, pregando allo stesso tempo che quel momento non avvenisse mai.

Adesso che per me era giunta l'ora di tirare fuori dall'ombra la verità, di prendere posizione e far luce su tutti i miei peccati, ero impaziente di confessare tutto.

Di togliermi questo peso di dosso.

Di darlo a un'altra persona e supplicarla di concedermi una seconda possibilità.

Pregando che capisse. Che condividesse quel peso con me.

Zigzagai tra le corsie, cercando di guadagnare tempo e distanza mentre l'ansia mi tormentava i sensi.

Non potevo fare a meno di preoccuparmi per Liam. Speravo che stesse bene. Di sicuro non poteva essere in mani migliori di quelle della mia famiglia.

Lo avrebbero accolto a braccia aperte. Accettato. Ne ero certo.

Faceva parte di questa famiglia tanto quanto ognuno di noi.

Buffo come la mia completa attenzione si fosse spostata nell'istante in cui la totale responsabilità di qualcosa di così importante era stata affidata alle mie mani.

Tenerlo con me sarebbe stata una dura battaglia.

Una battaglia che ero disposto a combattere fino alla fine.

Quell'ansia si intensificò al pensiero di stare di fronte ad Alexis e confessarle tutto.

Ogni mio peccato.

Ogni mio errore.

Ogni mio segreto.

Sarebbe stato troppo da digerire per chiunque.

Ma questa ragazza... era buona e gentile. Se c'era una persona che poteva credere in me, quella era lei.

Emisi un sospiro pieno di sollievo e trepidazione quando presi l'ultima svolta a destra ed entrai nel suo quartiere vivace e pittoresco. La luce illuminava le foglie lussureggianti degli alberi, come se il sole stesse lanciando pugnali di calore e fede.

Mi fermai accanto al marciapiede di fronte casa sua e spensi il motore. Balzai giù dall'auto e mi precipitai verso la porta d'ingresso.

I miei passi rallentarono quando notai che la porta era schiusa. Un nodo di apprensione mi serrò le viscere e il battito del mio cuore accelerò.

Col fiato corto e sommesso, avanzai piano e mi piegai di lato per sbirciare dentro. Una gelida quiete echeggiava all'interno. Tutto era immobile.

Troppo immobile.

«Alexis» chiamai, aprendo ulteriormente la porta e facendo un passo oltre la soglia mentre i miei occhi guizzavano dappertutto.

In risposta ricevetti solo silenzio.

Un brivido di terrore corse lungo la mia spina dorsale, e bastò quello per farmi scattare in azione. Mi precipitai in cucina, perlustrando la zona con sguardo frenetico.

Quiete. Calma.

Completamente l'opposto di come mi sentivo io.

Spalancai la porta sul retro che dava sul giardino.

Niente.

Tornai di corsa dentro, andando dritto verso l'unica camera da letto situata in fondo al corridoio e il bagno annesso.

Vuoti.

Il panico mi attanagliò il petto. «Oddio. Cristo... Alexis... dove diavolo sei?» mormorai in tono implorante.

Ripercorsi il breve corridoio e il soggiorno, diretto verso la porta d'ingresso. Mi fermai bruscamente quando qualcosa sul pavimento, proprio accanto al muro, attirò la mia attenzione.

Il cellulare di Alexis.

La parte posteriore era aperta e la batteria si era staccata, come se le fosse sfuggito di mano, rompendosi all'impatto.

E capii. Capii tutto, cazzo.

Mi fiondai verso la mia auto, componendo il 911. Gridai l'indirizzo di Veronica all'operatore, infilai le chiavi nell'accensione e misi in moto, schiacciando l'acceleratore. Gli pneumatici stridettero sull'asfalto quando girai il veicolo e sfrecciai lungo la strada.

Qualunque cosa stesse succedendo? Non avevo dubbi che Avril fosse coinvolta.

Non sapevo fino a che punto l'operatore mi prese sul serio quando gli dissi che pensavo che la mia ragazza fosse stata rapita, che non avevo alcuna prova che si trovasse effettivamente a quell'indirizzo.

Non era nient'altro che un'intuizione. Un'intuizione che sembrava molto simile a una premonizione.

Una volta terminata la telefonata, chiamai Anthony, che rispose al secondo squillo. «Sono piuttosto sicuro che abbiamo le prove di dove Veronica stia trasferendo i soldi» disse, prima ancora che avessi la possibilità di aprire bocca.

In quel momento non me ne fregava un cazzo dei soldi.

«L'hanno presa» gracchiai con voce traboccante di paura. Furia.

Potei percepire la confusione di Anthony. «Che cosa?»

«Alexis... sono andato a casa sua perché non riuscivo a mettermi in contatto con lei. Volevo spiegarle di Liam. Dirle tutto. Quando sono arrivato lì, la porta d'ingresso era aperta e il suo cellulare in pezzi sul pavimento. È sparita, amico.»

«Cazzo» imprecò lui. «Hai chiamato la polizia?»

«È la prima cosa che ho fatto... Gli ho dato l'indirizzo di Veronica. So che è coinvolta, in un modo o nell'altro.»

«Dove sei?»

«Sto andando lì.»

«Dannazione, Zee. Non puoi correre lì come un prode cavaliere. Se quello che hai detto sulla sorella di Alexis è vero, quel tizio è pericoloso.»

La mia risata era tagliente. «Sappiamo già che quel pezzo di merda è pericoloso. Lo ha dimostrato quella prima notte in quel vicolo. Qualunque cosa succeda, prenditi cura di Liam.»

«Non parlare così, Zee. Fa' un passo indietro... Prenditi un attimo per riflettere e per trovare il modo giusto di gestire la situazione prima di fiondarti lì ad armi spianate.» Anthony inspirò bruscamente quando si rese conto di quello che aveva detto.

«Apprezzo tutto ciò che hai fatto, Anthony. Sei stato al mio fianco per tutto questo tempo. Ti sei occupato della situazione e, di conseguenza, ti sei preso cura di Liam. Non sai cosa significhi per me.»

Senza una parola di commiato, riattaccai e gettai il cellulare sul mio grembo, stringendo il volante tra i pugni mentre zigzagavo nel traffico.

Il panico e la rabbia permeavano l'abitacolo della mia auto, intensificandosi ad ogni secondo che passava. E quell'energia divenne una fottuta esplosione di luce accecante.

Alexis.

Era *mia*.

E sarei morto volentieri prima di permettere a qualcuno di farle del male.

Proprio come avrei fatto quella notte.

In quel momento compresi ciò che il mio spirito aveva già riconosciuto in lei: quella bontà doveva continuare ad essere parte di questo mondo.

Un enorme SUV suonò il clacson quando gli tagliai la strada con una brusca sterzata a sinistra. Ma non potevo fermarmi, non avrei rallentato.

Il mio telefonino trillò segnalando un nuovo messaggio mentre svoltavo sull'ultima strada prima di raggiungere casa di Veronica.

La notifica comparve sul touchscreen.

Nuovo messaggio da Sconosciuto.

Premetti il tasto per passare alla lettura vocale. La voce computerizzata risuonò dagli altoparlanti.

Se vuoi rivedere Alexis, porta il bambino e $20,000.

Un indirizzo seguì il messaggio.

Che cazzo...?

Questo tizio era folle. Non c'erano dubbi che fosse lui, e che Veronica fosse la sua maledetta pedina. Non potei fare a meno di chiedermi se lo fosse stata da sempre.

Rapidamente, immisi l'indirizzo nel navigatore e richiamai il 911, pregando che mi avrebbero dato ascolto e che non avrebbero pensato che li stessi solo facendo perdere tempo. Probabilmente, sembravo uno schizzato.

Dio solo sapeva che mi sentivo impazzire.

Mi ci vollero solo tre minuti per raggiungere l'indirizzo; la stessa dannata strada che stavo percorrendo quando mi ero imbattuto in Alexis.

Il mio cuore ruggiva così forte che potevo sentirlo battere nelle mie orecchie mentre scendevo dall'auto.

Di fronte a me c'era un edificio abbandonato alto due piani che un tempo doveva essere stato un negozio al dettaglio. Il piano inferiore era composto da una fila di finestre rotte, scheggiate e disseminate di fori di proiettili. Le mura esterne erano imbrattate di graffiti che trasmettevano odio e disperazione.

Un tremito di violenza mi percorse le ossa. Avanzai verso il fabbricato. L'ansia attanagliò ogni cellula del mio corpo, e la paura alimentò la disperazione che provavo di riavere indietro questa ragazza, di saperla al sicuro accanto a me.

Sollevai lo sguardo verso le finestre del secondo piano, domandandomi dove fosse il bastardo. Se mi stesse osservando. Aspettando.

Non c'erano dubbi nella mia mente che questo stronzo mi stesse attirando in una trappola.

Ma se i soldi erano il suo obiettivo finale, farmi fuori sarebbe stato l'errore più stupido che il coglione potesse commettere. Il problema era che non avevo idea con chi avessi a che fare. Non sapevo fino a che punto si sarebbe spinto.

Lentamente, la luce del giorno scomparve, tingendo il cielo di sfumature rosa e grigie che scintillarono nell'aria e si riversarono sul pavimento. Le finestre rotte e frantumate si adombrarono, e l'oscurità si riversò dentro come il flusso di un fiume, riempiendo l'edificio con l'intenzione di devastare e annegare.

Avanzai ulteriormente, e i miei stivali calpestarono un pezzo di vetro rotto sul marciapiede. Lo scricchiolio riverberò nell'aria come un avvertimento.

La cautela rallentò i miei passi, e feci del mio meglio per guadagnare tempo, per essere razionale, per trovare una ragione, una soluzione mentre pregavo silenziosamente che i poliziotti arrivassero.

Un gemito sommesso echeggiò dall'interno.

Il mio petto si serrò in una morsa.

Alexis.

Non c'era assolutamente nulla che potessi fare. Nessuna ragione da cercare. Nessuna considerazione per le conseguenze o ripercussioni quando tutto il mio essere entrò in azione.

C'era un solo risultato che potevo accettare.

Alexis al sicuro.

Alexis a casa.

Strattonai la maniglia della porta principale.

Era chiusa a chiave.

Freneticamente, mi guardai intorno, poi tirai un respiro profondo e indietreggiai di qualche passo. Sollevai la gamba e sbattei la suola del mio stivale contro una lastra di vetro scheggiata. Le fratture si moltiplicarono in un milione di quadratini. Tirando indietro la gamba, colpii lo stesso punto con tutta la forza che avevo.

Con tutta la disperazione che sentivo.

Con tutto l'amore che provavo.

Cazzo.

Scossi la testa, cercando di scacciare via i pensieri che mi assalivano con la stessa violenza della paura.

Finalmente, la finestra cedette e si ruppe. I pezzi di vetro si staccarono dal telaio e si schiantarono sul pavimento.

Furioso, entrai dentro e socchiusi gli occhi mentre scrutavo selvaggiamente nelle profondità del magazzino fatiscente.

Il pavimento era disseminato di spazzatura, le pareti interne imbrattate da altri graffiti, le plafoniere distrutte e penzolanti dal soffitto da cui si erano staccate.

Ma furono le siringhe sparpagliate sul pavimento come prova delle loro vittime che mi colpirono come un pugno allo stomaco. Quell'aberrante realtà mi trafisse lo spirito.

Ricordi di Mark balenarono nella mia mente.

Il suo sorriso.

Il suo talento.

La perdita. La perdita. La perdita.

Barcollai sotto l'impatto di quei ricordi. Questo posto non era altro che un tempio per quelle povere anime che erano cadute vittime della dipendenza. Sbattei le palpebre contro l'immensità di quella tragedia e tesi l'orecchio verso le viscere di quella ripugnante prigione.

Udii solo silenzio, fitto e maligno.

Il suono del male.

Dubitavo che facesse molta differenza se camminavo con passo sommesso e contenuto.

Lo stronzo sapeva già che stavo arrivando.

Tuttavia, avanzai con cautela, rallentando ancora di più quando girai intorno a una vetrina vicino al fondo della stanza. Premetti la schiena contro il muro e mi avvicinai piano all'arcata che conduceva in un'altra stanza sul retro.

Il mio petto si alzava e si abbassava affannosamente e i miei muscoli erano contratti per l'adrenalina che mi scorreva nelle vene.

Tirai un profondo respiro fortificante e girai l'angolo.

Poi mi pietrificai.

La furia divampò nelle mie viscere. Infiammando. Bruciando. Scatenando una guerra.

Quello schifoso pezzo di merda era appoggiato con disinvoltura contro un pilastro al centro della stanza. Come se fosse il re e questo edificio vile e sgangherato fosse il suo regno.

Forse avrei dovuto aspettarmelo. Ma non riuscii a soffocare l'orrendo shock che provai quando vidi Veronica nascosta nell'ombra, il profondo e straziante dolore che fosse effettivamente lì e coinvolta in tutto questo.

Era un'inquieta sagoma di agitazione, con le braccia strette intorno al petto mentre camminava in una direzione e poi nell'altra.

Una tempesta illecita. Fuori di testa.

Andata.

Non c'era altra spiegazione.

Era stato Mark a dirmi che era l'ago a farti fare cose malvagie.

Eppure, nulla di tutto ciò era paragonabile al terrore che mi devastò i sensi quando il mio sguardo frenetico colse un movimento al lato del pilastro.

Alexis e Avril.

Entrambe erano rannicchiate a terra, con i polsi e le caviglie legate. La testa di Alexis era girata nella mia direzione il più possibile, come se anche in quel momento stesse lottando per trovarmi nell'oscurità.

Illuminando la via.

Lo spazio tra di noi si animò, diventando intenso e ardente. Disperato e folle. Quegli occhi blu una bufera di terrore.

Craig lanciò un accendino per aria e lo riafferrò al volo, come se stesse lì soltanto per ammazzare il tempo. Un ghigno curvò un angolo della sua bocca. «Non vedo il bambino.»

L'istinto di protezione montò in me, un'onda travolgente che mi mozzò il fiato. «Sei chiaramente più stupido di quanto pensassi se credevi davvero che l'avrei portato qui.»

Forse avrei dovuto comportarmi in maniera più sottomessa. Ma non avrei più permesso che Liam venisse usato come strumento per l'avidità.

Veronica aumentò la sua andatura, diventando ancora più inquieta quando fece un passo nella nostra direzione. «Zee, dagli i soldi e riporta Liam da me. Il luogo a cui appartiene.»

La guardai in cagnesco. «Il luogo a cui appartiene? In questo caos? Non riesco a credere che tu voglia sottoporlo a questo schifo, Veronica. In tutti questi anni, ho voluto credere che fossi migliore di così, che ci fosse qualcosa di buono nella tua anima nera. Ma sono stufo di piegarmi ai tuoi voleri nella speranza che ciò possa dare a Liam una vita migliore. Quello di cui Liam ha bisogno è stare con me. Dove posso prendermi cura di lui. Proteggerlo.»

La mia attenzione si spostò su Alexis e Avril accovacciate sul pavimento. «E questo... sei complice di questo?»

Sapevo che era una stronza. Ma non avevo mai pensato che potesse essere un mostro.

Craig continuò a lanciare l'accendino per aria con fare maledettamente indifferente. Ma non c'era nulla di indifferente nelle sue parole. «Vedi... è questo il problema. Mi sono affezionato a quel gran bell'assegno che versi sul conto di Veronica ogni mese per prendersi cura di quel disgustoso moccioso.»

Disgustoso moccioso?

L'ostilità mi fece serrare le mani a pugno, e il mio corpo prese a fremere per la voglia di fare fuori il bastardo.

Ma mi costrinsi a restare fermo dov'ero.

A guadagnare tempo.

Nella speranza che la polizia avesse preso seriamente la mia telefonata.

Craig schioccò la lingua, e provai l'impulso di vomitare quando il suo sguardo corrotto scivolò verso Alexis. «E poi è arrivata la dolce e ingenua Alexis che correva qui ogni volta che sua sorella le faceva uno squillo.» Spostò gli occhi tra me e lei, quel ghigno viscido ancora stampato sul viso. «Sembra che voi due abbiate dato un bel contributo.»

«Sono sicuro che sai già che quel gioco è finito.»

Lui piegò la testa di lato. «Ne sei sicuro?»

«Non darò un altro centesimo a nessuno di voi due. Adesso, ti suggerisco di consegnarmi Alexis e Avril, così ce ne andremo e tu potrai svignartela prima che arrivi la polizia.»

Stavo giocando col fuoco. Lo sapevo.

Era rischioso avanzare richieste. Accennare ai poliziotti era una debole e oscura minaccia a cui speravo avrebbe abboccato.

Il fatto che avesse preso Alexis in ostaggio dimostrava quanto fosse disperato. Se fosse stato furbo, si sarebbe arreso e le avrebbe lasciate andare entrambe.

Ma quello era il problema di coloro che vivevano al di fuori della legge. Erano sempre un passo avanti, schivandola ad ogni occasione, convinti che fossero al di sopra di essa.

Improvvisamente, Craig abbassò la mano e afferrò Alexis per i capelli. Lei urlò di dolore quando la tirò su, e le mie viscere si attorcigliarono in preda alla rabbia mentre osservavo lo stronzo costringerla a mettersi in piedi con le caviglie ancora legate.

L'unica cosa che volevo fare era scagliarmi su di lui. Distruggerlo. Ma ero pietrificato. Un brivido freddo mi percorse la spina dorsale, gelandomi da capo a piedi, quando il bastardo allungò la mano dietro la schiena.

Un baluginio di metallo fendette l'oscurità.

La rabbia serrò i miei muscoli, irrigidendoli come un arco teso che bramava di essere rilasciato mentre me ne stavo lì immobile.

«Craig» sussurrò Veronica in tono supplichevole. «Questo non faceva parte del piano. Cosa pensi di fare? Mi avevi detto che eravamo qui per riprenderci Liam. Tutto qua. Le ragazze in cambio di mio figlio. Questo è ciò che mi avevi promesso. Me l'avevi giurato.»

Le sue parole divennero agitate verso la fine.

Aumentando la presa nei capelli di Alexis, lo stronzo si voltò di una frazione per guardare Veronica, agitando la pistola per aria. «Chiudi il becco, Veronica. Sai bene di non dover fiatare.»

Alexis gemette.

Paura e dolore.

Paura e dolore.

Il mio cuore si sgretolò in un milione di pezzi infuocati mentre me ne stavo lì, cercando di valutare come liberarla. Come impedire che questo tizio perdesse il controllo quando era chiaramente sul punto di esplodere.

Craig riportò lo sguardo su di me, puntando la pistola alla testa di Alexis. «Questa ragazza... non vale un cazzo di niente. Proprio come sua sorella e tutte le altre. Pensi che qualcuno si accorgerà della sua assenza se sparisce?»

Fui sopraffatto dalla nausea. Dal terrore per Alexis. Per Avril. Mi sentii male nel rendermi conto che quello di cui stava parlando non era una novità per lui.

Avril, la ragazza che avevo trovato con lei nell'appartamento di Veronica e tutte le altre che teneva sotto il suo giogo erano superflue. Sacrificabili. Marionette che riduceva a brandelli prima di gettarle via come spazzatura.

«Craig» gracchiò Veronica, la voce grondante di shoccata paura, come se solo ora si fosse resa conto di che pasta era fatto quest'uomo.

Che era vile e perverso.

Una risata gelida rimbombò dal mio petto. Tenni i piedi inchiodati a terra per evitare di fiondarmi in avanti mentre facevo del mio meglio per spostare la sua attenzione su di me. «Sei davvero così stupido da pensare che qualcuno non si accorgerebbe della mia assenza se sparissi?»

Prenditela con me, stronzo. Battiti con me. Lasciala andare.

Tremavo per lo sforzo di trattenermi.

E Alexis... quella dolce, brava ragazza... potevo vederla implorarmi con lo sguardo, i suoi pensieri in tumulto.

Aiutaci.

Scappa.

Vattene.

Ti prego.

«Buffo. Nessuno sembrava così preoccupato quando hanno trovato tuo fratello a faccia in giù in una pozza del suo stesso vomito, o sbaglio?»

Uno sconcertato orrore mi colpì come un calcio allo stomaco. «Cosa hai detto?» rantolai a malapena.

Lui sogghignò, continuando a stringere Alexis come se non valesse nulla. «Suvvia, Zee. Sei davvero così ottuso? Chi pensi gli stesse estorcendo le informazioni?» Scrollò le spalle come se quello che stava dicendo fosse irrilevante. Come se non mi stesse lacerando in un milione di pezzi. «Dissi a Jennings che tenerlo in vita non valeva il rischio. In tutti questi anni, nemmeno tu sei stato abbastanza astuto da collegare le due cose.»

Quella familiarità si abbatté su di me con violenza. Vivida. E rammentai dove l'avessi già visto.

L'ultima notte che avevo visto Mark vivo.

Un ruggito scaturì dalla mia gola, e feci per scagliarmi sul bastardo, con la furia che mi annebbiava gli occhi.

Mi pietrificai quando lui strattonò la testa di Alexis, strappandole un grido che si trasformò in un gemito agonizzante quando caricò la pistola che teneva puntata contro la sua testa. «Che ne dici di testare questa teoria su di lei? Poi possiamo fare due chiacchiere sul ragazzino.»

Ogni cosa rallentò e, nello stesso istante, ogni briciolo di buonsenso che mi teneva con i piedi piantati a terra si spezzò.

Mi avventai su di lui.

I suoi occhi si spalancarono un attimo prima che la mia spalla andasse a sbattere contro il suo stomaco e le mie braccia si stringessero intorno alla sua vita. Entrambi perdemmo l'equilibrio e volammo per aria.

Il grido che lanciò Alexis non era altro che un'eco dello sparo che risuonò nella stanza.

Cademmo sul pavimento con un tonfo, e lottai per stare sopra, inchiodandolo a terra mentre lui si sforzava per liberarsi. «Figlio di puttana.»

Il mio pugno batté contro la sua faccia. Tirando indietro il braccio, lo colpii di nuovo. Ancora e ancora.

Craig lottò come il bastardo qual era.

Perché non aveva niente da perdere.

Non sapevo cosa fosse più pericoloso: quello o il fatto che io avessi tutto da perdere.

Lui riuscì a spingermi via e tentò di farmi rotolare sulla schiena per mettersi sopra di me e prendere il controllo. Nello stesso istante, sollevai il ginocchio e gli assestai un colpo nelle costole.

Un gemito proruppe dalla sua bocca insanguinata, e in un secondo lo inchiodai con la schiena a terra mentre le sue braccia si agitavano e dimenavano selvaggiamente.

Con la coda dell'occhio, lo vidi afferrare qualcosa. Un attimo dopo, mi ritrovai con la pistola puntata contro il viso. Un ansito sorpreso eruppe dai miei polmoni, e gli afferrai il polso, scuotendolo nel tentativo di fargli cadere l'arma di mano.

Improvvisamente, qualcosa si abbatté su di me di lato.

Veronica.

Nello stesso momento, un altro sparo fendette l'aria. La paura mi attanagliò il corpo, ma gli strappai l'arma di mano e gli sbattei il calcio della pistola in faccia.

Boccheggiando, mi staccai da lui e mi misi carponi, strisciando verso Veronica che stava gemendo con le mani premute contro l'addome grondante di sangue.

La cinsi tra le braccia. «Oddio.»

«Mi dispiace tanto. Non volevo che ciò accadesse. Ti amavo. Davvero» gorgogliò lei.

Sbattei le palpebre mentre un singhiozzo strozzato scaturiva dalla mia gola.

Riuscii a stento a distinguere le sue ultime parole.

«Prenditi cura di lui.»

48

ALEXIS

Disorientata, aprii lentamente gli occhi e udii il debole *bip* che echeggiava nella stanza. Tutto era una foschia opaca e dolorante. Pian piano la mia vista si mise a fuoco e il panico montò dentro di me mentre l'orrore tornava ad assalirmi.

«Alexis... sdraiati... non cercare di alzarti.»

Mi distesi di nuovo, sbattendo le palpebre verso il soffitto mentre tentavo di capire com'ero giunta qui.

Quell'uomo alla mia porta, quella donna nell'auto.

Io ed Avril legate.

L'oscurità. Gli spari.

Zee.

Zee.

Zee.

Boccheggiai per l'intensità della nuova ondata di terrore e inquietudine che si abbatté su di me.

«Avril... Zee.» La supplica fuoriuscì a malapena dalla mia gola dolorante.

Chelsey sorrise e passò le dita tra i miei capelli. «Stanno bene. Avril è su un altro piano. Aveva una costola rotta e qualche livido. Fisicamente, si riprenderà. Sono le ferite invisibili, quelle emotive, che saranno difficili da curare.»

«E Zee?»

Lei si morse il labbro inferiore, l'espressione tinta sia di compassione che comprensione. «Sta camminando avanti e indietro fuori dalla tua stanza da sei ore. Non ho voluto farlo entrare finché non parlavo prima con te.»

Un sospiro stanco eruppe dalle mie labbra secche. Un sospiro carico di sollievo, confusione e incertezza.

Questo generoso ragazzo che per l'ennesima volta avrebbe dato la sua vita per la mia. Per quella di mia sorella. Lo stesso ragazzo che mi aveva attirata vicinissimo a sé e allo stesso tempo mi aveva tenuta a un mondo di distanza. Al di fuori delle cose per lui più importanti.

«Hai voglia di vederlo? Penso che se fra poco non andrò la fuori per dargli un aggiornamento, butterà giù la porta.»

«Ne sarebbe capace.»

La bocca di Chelsey tremolò e i suoi occhi mi scrutarono intensamente. «Vi ha salvate entrambe.»

Annuii con un breve cenno del capo. «Già... non so se io e Avril saremmo uscite vive da lì senza di lui.»

Così come non ero sicura se ci saremmo mai trovate in quella situazione se non fosse stato per lui. Non avevo idea se si fosse trattato di Avril, di lui o semplicemente di avidità.

Non ero sicura di nulla, tranne che ero immensamente grata per ciò che aveva fatto, più di quanto non fossi mai stata in tutta la mia vita. Era una sensazione travolgente. Potentissima.

Intensa quasi quanto la tristezza che si era insinuata nelle mie vene come veleno. La sensazione di stare lì immobile a guardare l'uomo che amavo, domandandomi se lo conoscessi davvero.

C'era stato qualcosa di reale tra di noi? O era stata tutta una finzione?

«Sei pronta a parlare con lui?»

Deglutii il groppo che sapeva di dolore e che pungeva come schegge di vetro. «Sì... fallo entrare.»

«D'accordo.» Chelsey si sporse in avanti e mi stampò un

343

bacio sulla fronte. «Sono così felice che tu stia bene. Mi preoccupo sempre per te, Alexis. Sempre. Ma stavolta...» Il dolore incrinò la sua voce. «Stavolta ero terrorizzata di perderti. Non so cosa farei senza di te.»

Contrastando le lacrime che mi velavano gli occhi, la guardai sbattendo le palpebre. «Va tutto bene... è finita ora.»

Con labbra tremanti, Chelsey annuì, poi si raddrizzò e si diresse verso la porta. Quest'ultima si aprì e cominciò a chiudersi alle sue spalle quando una mano la bloccò.

Quell'energia crebbe e sfrigolò.

Zee era in piedi sulla soglia con così tanto tormento sul viso. Era addolorato. Affranto. Spezzato.

Eppure, in qualche modo, intero.

Il mio salvatore.

«Ehi.» La sua voce rimbombò nella stanza.

«Ciao» sussurrai.

I miei occhi vagarono su di lui, esaminandolo, mentre i ricordi di quell'oscura prigione inviavano un brivido di paura lungo il mio corpo. «Sei ferito?»

Lui scosse la testa. «No» rispose con voce profonda.

Le lacrime mi pizzicarono gli occhi, brucianti per il senso di colpa. «Meno male.»

Zee si sfregò il viso con una mano. La stella cadente tatuata sul dorso sussultò e tremolò. «Cazzo... Alexis. Eri preoccupata per me? Quell'uomo ti ha presa. Non riesco...» Si voltò, portandosi le mani sui fianchi.

Sbattei le palpebre per schiarirmi gli occhi annebbiati dalle lacrime. «È stata colpa mia. Sono sempre così avventata. Il campanello è suonato e io... non ho esitato un istante ad aprire la porta perché pensavo che fossi tu.»

Probabilmente, le mie parole gli rivelarono esattamente che cosa provavo nei suoi confronti. Che sarei sempre corsa verso di lui e mai lontano da lui, anche se mi sentivo ferita per il fatto che mi avesse tenuto nascosto qualcosa di così importante.

Un bambino.

Numerose domande vorticarono nella mia mente, ma le tenni a bada mentre guardavo il suo viso contorcersi in una smorfia angosciata.

«Colpa tua?» mormorò con voce intrisa di dolore, girandosi finalmente di nuovo verso di me. «Hai sempre fatto solo quello che pensavi fosse giusto, Alexis. Hai lottato per tua sorella. Mentre io non sono stato altro che uno sciocco che ha cercato di tenere qualcosa nascosto, convinto che ciò avrebbe protetto un bambino per cui morirei volentieri. Invece, si sono presi gioco di me per tutto il tempo.»

Volevo fargli un milione di domande sul bambino. Chiedergli una spiegazione. Una ragione. Qualcosa che avrebbe giustificato la sua segretezza.

Invece, una sfilza di parole balbettanti si riversarono fuori insieme alla mia confusione. «Quella donna, Veronica, conosceva Craig... e... mia sorella? Io non... non capisco.» Tirai un respiro tremante. «Quando Craig è venuto da me... Veronica... era in auto. Avevano mia sorella.»

Zee sprofondò su una sedia e si sfregò furiosamente il viso, come se stesse cercando di infrangere un velo fatto di silenzi e segreti.

«Non avevo idea che si conoscessero, Alexis. Te lo giuro. La notte in cui ti ho incontrata per la prima volta, c'era qualcosa in quello stronzo... qualcosa di familiare. Ma ho attribuito quella sensazione all'adrenalina. Pensavo che l'impressione di aver già visto quel pezzo di merda fosse solo un'amplificazione dell'aggressività che provavo.»

«Invece lo conoscevi davvero?» domandai sbigottita.

Lui scosse impercettibilmente la testa, come se volesse scacciare via i ricordi. «C'era questa festa organizzata per mio fratello. Veronica...»

Stavolta, quando disse il suo nome, fece una smorfia, poi deglutì e si costrinse a continuare la spiegazione. «Mio fratello e Veronica... sono stati insieme per un po'.»

Una parte di me voleva piangere di sollievo, perché se era Mark ad essere stato con Veronica, allora il mio dolore per la sua segretezza non era altro che il frutto di supposizioni e congetture. Ma c'era qualcosa nell'atteggiamento di Zee che teneva a freno la mia consolazione.

La sofferenza trasudava da ogni suo poro e la sua voce era tesa e sommessa quando proseguì. «Quella notte è stata l'ultima volta che ho visto mio fratello.» Sbatté le palpebre, come se stesse cercando di visualizzare un ricordo distante. «Craig era lì a parlare con Veronica. Erano appartati in una zona ombrata del giardino dov'era difficile vederli con chiarezza. Veronica non ha mai dato l'impressione di essere una ragazza casta, perciò credo che sia io che Mark avessimo intuito che c'era un trascorso fra di loro o qualcosa in corso. Immagino che avrei dovuto capire che c'era qualcosa di più complicato sotto.»

«Stavano insieme... Veronica e Mark... quando lui è morto?»

Zee sussultò a quella domanda. «No, direi di no.»

Un disordine di eventi turbinò nella mia mente, il passato e il presente. Erano il caos, un guazzabuglio di dettagli confusi e distorti che in qualche modo si intersecarono agli avvenimenti della giornata di ieri che avrebbe potuto trasformarsi nella mia più grande tragedia.

Avrei potuto perdere Avril. Avrei potuto perdere Zee.

L'angoscia serrò il mio petto già sofferente mentre cercavo di sbrogliare i dettagli. «Cos'è successo... dopo? Un attimo prima di battere la testa ho sentito uno sparo, poi tutto è diventato nero.»

Lui esitò e fissò il muro, prima di riportare lo sguardo su di me con espressione cauta. I suoi occhi bronzei lampeggiarono d'odio.

«Teneva la pistola puntata alla tua testa.» Ogni muscolo del suo corpo si irrigidì quando pronunciò quelle parole. La sua voce divenne più dura. «Forse avrei dovuto aspettare. Vedere come si evolveva la faccenda. Ma non potevo correre il rischio, Alexis. Non potevo rischiare che ti facesse del male, cazzo. Perciò mi sono scagliato su di lui. Volevo morire quando ho sentito partire lo sparo, non sapendo se tu fossi sulla traiettoria di tiro. Desideravo disperatamente correre da te, ma sapevo che dovevo fermarlo una volta per tutte se volevo che tu ed Avril foste per sempre al sicuro.»

La sua gola muscolosa sussultò quando deglutì. «Siamo rotolati sul pavimento, assestandoci pugni e lottando per prendere possesso della pistola.» Scosse la testa. «Poi Veronica...» La sua voce si spezzò, e si passò agitatamente una mano tra i capelli. «Cazzo» imprecò, premendosi il palmo della mano sull'occhio mentre gli sfuggiva un singhiozzo addolorato.

Quel suono mi scosse nel profondo.

Quando riprese a parlare, il suo sguardo era fisso sul pavimento. «Si è gettata su di noi. Non so chi cazzo stesse cercando di proteggere... me o quello stronzo.» Alzò la testa, e vidi che i suoi occhi erano velati di lacrime. «Si è presa il proiettile che era destinato a me.» L'orrore trasudò da lui. «È morta.»

Non capivo il sentimento che provavo. Questo senso di costrizione e strangolamento.

Volevo piangere.

Per lei.

Per lui.

Per quel bambino.

Non ne avevo idea.

L'unica cosa che sapevo era che mi faceva star male, mi sventrava, facendomi mettere in dubbio la mia salute mentale.

«Zee... mi... dispiace tanto.» Le parole tentennarono nella mia gola, come se non sapessero se volessero essere liberate o no.

Come potevo provare compassione per la donna che mi aveva fatto questo? Che aveva fatto questo ad Avril? Eppure la provavo.

Zee emise un singhiozzo strozzato. «Io... non so come cazzo farò a dirglielo.»

«Intendi il bambino?» Anche se erano a malapena un sussurro, le mie parole si abbatterono su di noi con la stessa forza di un martello. Brutali. «Era questo che mi stavi nascondendo? Che hai una famiglia? Dimmi chi era davvero quella donna, che cosa significava per te. Io... non capisco.» Sentii il mio mento tremare. «Ma lo voglio tanto.»

Zee si afferrò la nuca con entrambe le mani, prima di trascinare la sedia accanto al mio letto, facendo stridere le gambe sul pavimento, invadendo il mio spazio con la sua intensità.

Mi si mozzò il fiato per la vicinanza, per la gravità del

momento.

L'agonia contorse il viso di Zee, che avvolse le mie mani nelle sue e parlò con voce roca. «Sono pronto a confessarti la mia verità.»

49
ZEE
VENTANNI

«Volevo solo dirti addio. Sono sicuro che mi faranno fuori. Non penso ti rivedrò. Ma suppongo che non conti più di tanto dal momento che sei stato tu a pugnalarmi alle spalle.»

«Chi?» domandò Zee.

Una nebbiosa oscurità ammantava il cielo notturno. Le luci della città brillavano contro la foschia, così bassa e densa che Zee poteva quasi allungare la mano e toccarla. Gettava una bruma minacciosa su tutto il suo mondo, trasformando ogni cosa che avesse mai conosciuto in vapori e nebbia.

«Non importa.»

«Non importa?» Zee si agitò, implorando attraverso il telefono. «Mi dispiace, Mark. Mi dispiace così tanto, cazzo.»

«Ti dispiace? Eri il mio migliore amico. Mio fratello. Mi *fidavo* di te. Avrei messo la mia vita nelle tue mani. E ti ho già chiesto scusa per aver risposto a quella telefonata... ma non puoi biasimarmi per essere saltato alle conclusioni quando vi ho sorpresi insieme.»

Zee sbatté ripetutamente le palpebre, cercando di vedere attraverso il tormento. «È stato un errore.»

Ma etichettarlo semplicemente come un *errore* gli dava l'impressione di star commettendo un tradimento. Di aggiungere un'altra dose alla crescente slealtà.

Le parole di Mark tremavano di rabbia. «Un errore? Ti sei scopato la mia ragazza. Non pensavo che potessi commettere una cosa del genere.»

Zee si strinse i capelli in una mano e cominciò a camminare avanti e indietro. Ad ogni disperato passo, la solitudine si stringeva intorno a lui. Il suo petto sembrava troppo stretto e troppo vuoto, come se potesse sentire il legame che li aveva sempre uniti allentarsi.

Perché non avrebbe mai potuto cancellare ciò che aveva fatto.

«Mi ha detto... mi ha detto che avevi rotto con lei. Che l'avevi *picchiata.*»

«E tu le hai creduto.» Non era una domanda, solo una triste accettazione che recise un altro po' quel legame che Zee e Mark avevano un tempo. «Pensi davvero che l'avrei picchiata? La amavo.»

La nausea attanagliò Zee, affondando come zanne nella sua carne e diffondendo veleno nella sua anima.

Si piegò in due e vomitò a terra.

Che cosa ho fatto?

Che cosa ho fatto?

Il mondo vorticò più velocemente.

Stordendolo.

Scatenando il caos.

Ribaltando ogni cosa.

«Io non... non potrei mai...»

Poteva sentire il mondo crollare intorno a sé, le sue fondamenta sbriciolarsi sotto i suoi piedi.

Aprirsi per rivelare i suoi peccati.

Facendolo precipitare a capofitto in un abisso senza fondo.

Infinito.

Straziante.

Zee iniziò a sproloquiare, alla disperata ricerca di una soluzione. Di un terreno solido per entrambi. Quel posto a cui appartenevano. Dove Mark era il suo eroe e lui la roccia di Mark.

«Mi dispiace, fratello. Farò qualsiasi cosa. Qualunque cosa. Torna a Los Angeles. Troveremo una soluzione. Un modo per tirarti fuori da questo casino. Dimmi solo... che mi perdoni. Dimmi che stai bene... che questo non ti farà ricadere nel baratro. Mi stai spaventando, fratello. Mi stai mettendo paura.»

La risata di Mark era spenta. «Che senso ha restare pulito... lavorare sodo per ciò che è giusto... quando esso ti viene strappato via comunque?»

Zee inspirò bruscamente in preda all'angoscia. «Mark...»

«Devo andare.»

Suo fratello riattaccò e Zee boccheggiò quando una scarica di paura lo colpì come un fulmine.

Senza pensarci due volte, compose il numero di Baz. Partì direttamente la segreteria telefonica.

In cerca di una risposta, di coraggio, sollevò il viso verso il firmamento che brillava come se fosse sull'orlo di un nuovo giorno senza la promessa di un'alba.

Le stelle erano oscurate.

Nascoste.

Stelle che sapeva splendevano e luccicavano luminosamente quando ti allontanavi dai riflettori e dalla depravazione di questa sordida città. Per qualche ragione, aveva sempre creduto che quelle stelle lucenti fossero i guardiani dei desideri che esprimeva da bambino quando le vedeva cadere.

Come se li custodissero in modo protettivo lassù nel cielo fino al giorno in cui li rilasciavano e il sogno diventava realtà.

In quel momento, Zee avrebbe giurato di sentir pronunciare una silenziosa maledizione che li lasciò perennemente offuscati.

Da bambino, aveva sussurrato un milione di desideri.

Innumerevoli.

Infiniti.

Adesso poteva sentirli cadere tutti intorno a lui. Bruciando e spegnendosi.

Disintegrandosi nel nulla.

«È morto, Zee. È morto. Mi dispiace tantissimo. Non c'è più.»

Il diniego urlò nella testa di Zee mentre il dolore lo stritolava in una morsa, spezzandolo in due.

Lo sapeva. Lo sapeva. Lo sapeva.

«No» implorò Zee.

All'altro capo della linea, Baz scoppiò in un pianto profondo e gutturale, sopraffatto dal dolore.

Era palpabile. Troppo intenso. Troppo schiacciante.

Zee rantolò in preda all'emozione.

Che cosa ho fatto? Che cosa ho fatto?

«No» gemette di nuovo. Il suo spirito si agitò, scontrandosi e schiantandosi con il suo cuore che piangeva. «No.»

«L'ho trovato io, Zee. L'ho trovato io, cazzo. A faccia in giù sul tour bus. Avrei dovuto saperlo. Avrei dovuto immaginarlo. Era pulito. Aveva smesso di farsi, ma si comportava in modo strano. Era teso e irrequieto. Avrei dovuto capire che stava per ricadere nel vizio.»

Zee si strappò i capelli mentre le parole traboccavano dalla sua bocca. «Qualcuno... qualcuno ce l'aveva con lui.»

Un altro singhiozzo rimbombò attraverso la linea telefonica. «No, Zee. No. È morto di overdose. C'era una bustina... Ero lì. L'ho trovato io. L'ho trovato io. Ci ho provato, cazzo. Ho provato a rianimarlo. Te lo giuro. Ci ho provato con tutto me stesso, cazzo. Era già morto. Oddio...»

La voce di Baz si spezzò nel pronunciare quella confessione.

Profondi singhiozzi squarciarono l'aria.

Agonia.

Tormento.

È stata colpa mia.

Colpa mia.

Sono stato io.

Zee crollò in ginocchio.

Perché non sapeva più come reggersi in piedi.

Il vento sferzava l'aria come un caldo tornado che vorticava, investiva e distruggeva, trasportando con sé i pianti che echeggiavano intorno alla tomba di Mark.

La bara venne calata nel terreno.

La madre di Zee gemette in preda al dolore più profondo.

Zee serrò i pugni e digrignò i denti contro l'agonia che gli lacerava le viscere.

Sofferenza, senso di colpa e devastazione.

Sua madre seppellì il viso nel petto di suo padre, e Zee rimase lì immobile. Da solo. Annegando in un vuoto diverso da qualsiasi cosa avesse mai sperimentato. Straziante. Violento. Dilaniante.

Osservò sua madre fare qualche passo in avanti e gettare una manciata di terra sul lucido legno nero. I piccoli granelli si sparsero sul coperchio della bara come una risonante proclamazione.

La dichiarazione finale che a Zee non era rimasto nulla.

Le ginocchia di sua madre cedettero, e suo padre la condusse via, mentre Zee continuava a starsene lì con la gola serrata e gli occhi brucianti.

Baz gli si avvicinò e gli strinse la spalla. «So che stai malissimo... ma ti voleva un mondo di bene, Zee. Spero tu lo sappia.»

Zee chiuse gli occhi con forza, desiderando disperatamente di confessare tutto. Di rivelare a Baz ciò che aveva fatto. Di dirgli che Mark lo aveva supplicato di aiutarlo, che gli aveva detto di avere paura e che lui, nella sua petulante rabbia, gli aveva voltato le spalle.

Invece, si girò lentamente quando Baz irrigidì la schiena e sollevò le spalle, piegando la testa di lato. La sua rabbia era quasi palpabile.

Veronica stava percorrendo il prato nella loro direzione, con addosso un abito nero aderente che metteva in risalto il suo corpo e un paio di occhiali da sole scuri che le nascondevano gli occhi.

Zee combatté contro il travolgente impulso di vomitare.

Baz le puntò un dito contro. «Non osare fare un altro passo avanti.»

Il mento di Veronica tremolò mentre si fermava, emettendo un respiro sorpreso con espressione confusa. «Sono venuta a rendergli omaggio. Era il mio ragazzo. Lo amavo.»

Baz sbuffò. «È morto per colpa tua. Sei stata tu a trascinarlo di nuovo in quella merda quando cercava di uscirne fuori.»

«Non è vero.»

Ash e Lyrik si misero al suo fianco, creando un muro, come se fosse la loro ultima occasione di proteggere Mark da lei. Come se desiderassero di aver preso quella posizione fin dall'inizio.

«Vattene. Nessuno di noi vuole più rivederti. Se ti rifai viva, ti giuro che te ne pentirai.»

L'amarezza e la rabbia permeavano ogni fibra di Zee. Si odiava. Si detestava, cazzo.

Salì i gradini di pietra che conducevano all'edificio che lo aveva intimidito la prima volta che aveva oltrepassato le sue porte quando aveva sedici anni. Il coronamento di ogni suo ob-biettivo.

Adesso i suoi passi pesanti echeggiarono nei corridoi vuoti. Bussò alla porta del preside e l'aprì quando udì un burbero: «Avanti.»

Gli era rimasto poco da dare.

Ma questo... questo poteva offrirlo.

Zee gettò i suoi sogni ai piedi del preside e li lasciò lì.

Per suo fratello.

Per il suo onore.

Per la sua memoria.

Il giorno seguente, Zee suonò il campanello della casa dei *Sunder* nelle Hills. I ragazzi l'avevano acquistata due mesi prima. Avevano smesso di esibirsi nelle bettole, passando ad auditorium e stadi.

Questo posto era diventato una sorta di testimonianza. Non della loro ricchezza e della quantità di dollari nei loro conti bancari. Ma una dichiarazione del loro successo. La prova che ce l'avevano fatta, anche dopo tutti i casini che avevano affrontato. Le avversità e le tribolazioni. La tragedia e la dipendenza.

Adesso questa casa rappresentava un cupo promemoria che Mark non ci era riuscito.

È colpa tua.

È colpa tua.

È colpa tua.

L'emozione serrò la gola di Zee, questa bruciante e formicolante sensazione che lui rispedì in quel nero abisso della sua anima. Spostò il peso da un piede all'altro, attendendo ansiosamente con un pesante zaino in spalla.

All'interno c'erano i pochi effetti personali che gli erano rimasti.

Il tour era stato sospeso e i ragazzi erano tornati in città per il funerale di Mark e per capire in quale direzione volessero andare.

Si sentivano smarriti.

Un'anta delle doppie porte ornate si aprì.

Baz comparve sulla soglia, affranto dal dolore. «Zee» mormorò sorpreso.

«Mi unisco a voi.»

Il campanello suonò incessantemente. Ancora e ancora.

La desolazione rendeva lenti i suoi passi e la sua mente era annebbiata per aver trascorso tutto il giorno a letto tra veglia e sonno.

Presto avrebbe dovuto rimettersi in sesto. Per i ragazzi. Doveva prendersi cura di loro. Proteggere questa band. Assicurarsi che ce l'avrebbero fatta.

Mark gli aveva detto che la band era la cosa più importante per lui, perciò Zee aveva promesso silenziosamente che non avrebbe mai lasciato che il sogno di suo fratello si infrangesse.

Afferrò una maglietta dal pavimento e se la infilò. Scese velocemente al piano di sotto, nel vuoto immobile della villa nelle Hills che era divenuta la sua casa.

«Arrivo!» gridò, affrettando il passo quando il campanello suonò due volte di seguito.

Aprì la porta e poi barcollò all'indietro. La rabbia che lo investì era del tipo più intenso.

Brutale, violenta e selvaggia.

Ma l'odio lo era sempre.

Violento.

Veronica era in piedi sulla soglia, addosso un paio di jeans strappati e una maglietta rossa super aderente.

«Che cazzo ci fai qui? Quando ti sei presentata al funerale ti è stato detto che se mai avessimo rivisto la tua faccia te ne saresti pentita. Pensavi fosse uno scherzo?»

Nervosamente, lei spostò il peso da un piede all'altro, sbirciando nell'ampio atrio della casa alle sue spalle. «Gli altri ragazzi non ci sono?»

Zee premette una mano sul muro, piegandosi in avanti e sputandole le parole in faccia. «Dato che sei qui, deduco tu sappia già la risposta.»

Deglutendo visibilmente, Veronica annuì. «Sì. Ho sentito che sono andati via.» Allungò la mano e gli carezzò la spalla. «Devo parlarti.»

Zee le afferrò il polso e la allontanò. «Non toccarmi, cazzo. È colpa tua. È morto per causa tua.»

Lei sbatté le palpebre. «Non ho agito da sola.»

L'odio bruciò dentro di Zee, che fece un passo indietro, cercando di recuperare il fiato, di mantenere la calma. «Sei stata tu a venire da me... hai approfittato del momento. Del fatto che Julie mi avesse lasciato. Mi hai *mentito*.»

«Mi sentivo sola» ribatté lei in un grido ferito.

«Ti sentivi sola? È questa la tua fottuta scusa?»

Veronica si asciugò la guancia con il dorso della mano, respirando affannosamente. «Ti prego... ho bisogno di parlarti.»

La rabbia che Zee provava cozzò contro il senso di colpa. Contro la consapevolezza che, dopotutto, anche lui era responsabile.

Spalancò la porta. «Ti do' cinque minuti, poi devi sparire. Le cose si metteranno male per te se i ragazzi vengono a sapere che sei venuta qui.»

Chinando la testa, Veronica lo oltrepassò ed entrò dentro, i tacchi che picchiettavano sul pavimento di marmo. Si fermò proprio al centro dell'atrio, incrociando le braccia sul petto mentre spostava lo sguardo sull'enorme zona giorno e sulla parete di finestre che si affacciava sulla piscina scintillante e sulla sterminata città sottostante.

Vederla lì gli fece accapponare la pelle. Non avrebbe dovuto trovarsi lì. Era una mancanza di rispetto verso Mark.

«Cosa vuoi, Veronica? Dimmelo e poi levati di torno.»

Lei abbassò lo sguardo sui propri piedi, prima di sollevare leggermente gli occhi per guardarlo da sotto le ciglia. «Ho bisogno di soldi.»

La furia ribollì nel sangue di Zee, che dovette fare appello a tutto il suo autocontrollo per restare calmo. Per trattenersi dall'afferrarla e sbatterla fuori. «Hai bisogno di soldi?» ripeté in tono incredulo e accusatorio.

Veronica si strinse maggiormente le braccia intorno al corpo. «Io... mi servono solo trecento dollari e poi sparirò. Non mi rivedrai mai più.»

Un brutto presentimento si abbatté su di lui. La sua bocca si seccò mentre si sforzava di pronunciare le parole successive. «Per cosa?»

Altre lacrime le rigarono il viso. «Sono incinta.»

Il panico e il dolore lo fecero quasi cadere in ginocchio. Furono l'odio e la paura a reggerlo in piedi. «Cosa stai dicendo?»

La voce di Veronica divenne frenetica. «Sto dicendo che sono incinta e il mio ragazzo è morto e non *posso* farcela da sola. Ecco cosa sto dicendo.»

Il terrore gli strinse la gola, e le parole vennero fuori poco più che un sussurro. «È di Mark?»

Lei annuì in modo convulso. «Ti prego, non sai quanto mi costi stare qui e chiederti aiuto. So che mi odi... ma ti prego... ho bisogno che mi aiuti solo per questa volta.»

«No.» La negazione eruppe dalla sua bocca sotto forma di un appello disperato. «Non ti permetterò di portarmi via anche il figlio di mio fratello.»

L'incredulità contorse i lineamenti di Veronica. «Pensi che questo riguardi te?»

«Penso che riguardi mio fratello. Questo bambino è l'ultima cosa che ci resta di lui.»

Lei scosse la testa. «Io... non voglio affrontare questa cosa da sola. Non posso, Zee. Non sono preparata.»

Lui si fiondò in avanti e la afferrò per gli avambracci. «Farò qualsiasi cosa. Dimmi cosa ti serve. Lascia solo... che mi prenda cura di voi.»

«Non voglio essere una mamma single.»

«Non devi esserlo.»

«Cosa vuoi dire?»

«Voglio dire che sarò qualsiasi cosa tu abbia bisogno che io sia.»

Veronica si guardò intorno per la casa. «Gli altri non lo accetteranno mai. Mi odiano.»

«Lo so. Se lo scoprissero, odierebbero anche me.»

L'espressione di Veronica si tinse di incertezza. «Quindi non glielo diciamo?»

«No, non glielo diciamo.»

Forse era per proteggere il bambino. Forse era per proteggere se stesso. Zee non ne aveva idea. Sapeva soltanto che offrire quest'incasinata soluzione era l'unica cosa che poteva fare.

L'unica cosa che sembrava giusta nel bel mezzo di tutto ciò che era andato storto.

Veronica allungò la mano e gli carezzò la guancia. «Se facciamo questa cosa, tu apparterrai a me.»

«Niente più droga, Veronica. Prenditi cura del figlio di Mark... prenditi cura di te stessa... e ti prometto che sarò tuo.»

La notte ammantava ogni cosa. Con il cuore che gli pulsava in gola, Zee balzò fuori dal taxi e attraversò di corsa le porte dell'ospedale.

Le ultime sette ore erano state angoscianti. Prima il messaggio ricevuto, poi la bugia che aveva detto ai suoi amici, ovvero che doveva interrompere il viaggio perché sua madre aveva bisogno di lui. Il volo fino all'altra parte del paese che era sembrato durare un'eternità. La preoccupazione, le domande e il timore che avesse preso la decisione sbagliata.

Con il corpo che vibrava da capo a piedi, salì in ascensore. Quando uscì si guardò intorno con sguardo frenetico e spiegò chi era al banco delle infermiere, mostrando il suo documento d'identità.

Era a pezzi quando raggiunse la porta. Tirando un respiro incoraggiante, abbassò la testa, chiuse gli occhi e mormorò una preghiera silenziosa.

Lo faccio per te, Mark. Rimpiangerò ciò che ti ho fatto ogni fottuto giorno della mia vita. Ma farò questo per onorarti.

Poi aprì la porta.

Veronica era addormentata. Accanto al suo letto, c'era una di quelle culle ospedaliere.

Zee avanzò con passo leggero, il cuore che gli batteva all'impazzata, così velocemente che poteva quasi sentirlo rimbombare nella stanza. Gli si mozzò il fiato quando abbassò lo sguardo sul bambino adagiato nella culla.

Grandi occhi scuri lo fissarono attraverso la luce smorzata e un singolo braccino si liberò dai confini della coperta in cui il neonato era avvolto, mentre piccolissimi e dolcissimi gorgoglii fuoriuscivano dalla sua boccuccia.

Un'ondata di emozioni si abbatté su di lui.

Dolore e speranza.

Dolore e speranza.

Sentì il mondo fermarsi quando si chinò e prese con cautela il bebè tra le braccia. Per la prima volta da quando aveva perso suo fratello, Zee sentiva di poter finalmente respirare appieno.

Strinse teneramente il bambino contro il suo petto e, senza fare rumore, lo portò con sé verso la sedia nell'angolo. Si sedette e lo cullò tra la sicurezza delle sue braccia.

Mentre se ne stava seduto lì, tutti i suoi dubbi sparirono.

Avrebbe fatto qualsiasi cosa – avrebbe rinunciato a tutto – per avere questa parte di suo fratello, anche solo per un secondo.

Sollevò il neonato, premette un bacio sulla sua fronte e inspirò il suo odore.

Zee aveva amato in passato.

Ma mai con una simile intensità.

Non nel modo in cui amava Liam Kennedy.

Sollevò la testa di scatto quando la porta si aprì di uno spiraglio.

Anthony fece capolino oltre la soglia, prima di entrare completamente nella stanza, la fronte corrugata per la preoccupazione. «Sei sicuro di volerlo fare?»

Zee deglutì il groppo di emozione che aveva in gola. «Non sono mai stato così sicuro di nulla in tutta la mia vita.»

Nell'oscurità della camera da letto, Zee giaceva supino a fissare le ombre che danzavano e ondeggiavano sul soffitto. Cercando. Tentando di concentrarsi.

Sforzandosi di udirle.

Desiderando disperatamente di *percepirle*.

Le note musicali che un tempo lo pervadevano come magia, riversandosi dalla punta delle sue dita. Dal giorno in cui aveva perso suo fratello, erano state ridotte al silenzio.

Sembrava assurdo che trascorresse la sua vita in studi di registrazione e sui palcoscenici, suonando la musica e le canzoni di altri, mentre quella voce si era inaridita dentro di lui.

Ciò aveva lasciato nella sua anima un vuoto immenso che gemeva continuamente, e che diventava più assordante nelle tranquille e solitarie ore come queste.

Una mano lo cercò a tentoni nel buio della notte. Zee tentò di non sussultare, di soffocare la nausea che montò come un'onda anomala, investendolo in pieno.

Veronica si spostò e si mise sopra di lui. «Mi sei mancato tanto» mormorò, mentre i capelli le ricadevano intorno alle spalle. «Tre mesi sono troppo lunghi, Zee. Non ce la faccio a stare qui da sola per così tanto tempo.»

Lui la fissò, domandandosi come avesse permesso che la vita gli sfuggisse di mano fino a questo punto. La sua voce era sommessa e rauca quando rispose. «Sì. L'ultima parte di questo tour è stata piuttosto lunga.»

La verità? Non era Veronica ad essergli mancata. Era il bambino di due anni che dormiva nella stanza accanto. L'unica cosa che lo riconduceva qui ogni volta.

«Ti sono mancata?» La sua domanda suonava come una supplica.

L'agitazione irrigidì i muscoli di Zee, che si umettò le labbra con la lingua mentre si sforzava di formulare una bugia.

«Cosa c'è che non va?» sussurrò lei quando lo vide esitare.

La nausea montò nel suo stomaco e gli risalì su per la gola mentre si costringeva a pronunciare le parole in tono asciutto e addolorato. «Non posso più farlo, Veronica.»

Lei trasalì e si ritrasse di una frazione. «Cosa non puoi fare?»

«Questo... noi. Ogni volta che ti tocco... io...»

Zee annaspò in cerca di parole che non l'avrebbero ferita. Che non l'avrebbero pugnalata. Non gli venne in mente nulla. Perché non c'era alcuna possibilità che questa situazione non danneggiasse entrambi.

«Ogni volta che ti tocco, sento un altro pezzo di me morire.»

Veronica sussultò come se l'avesse colpita. «Cosa?»

Zee si mise seduto e le diede la schiena mentre spostava le gambe oltre il bordo del letto e si piegava in avanti. Si sfregò le mani sul viso stanco. «Anche tu devi essertene accorta, Veronica. Di quello che non c'è. Di quello che non ci sarà mai.»

Le parole azzardate di Veronica si abbatterono su di lui da dietro. «Ti amo, Zee. Sono innamorata di te.»

Lui serrò gli occhi contro la sua confessione. Come se ciò potesse proteggerlo, o magari... fargli sentire un briciolo del suo stesso sentimento. Ma l'unica cosa che vide dietro le proprie palpebre abbassate fu il rammarico. «Non posso amarti, Veronica. Non posso. Mi dispiace.»

Lei balzò giù dal letto, piazzandoglisi di fronte. «Cosa vuoi dire?»

«Voglio dire che dobbiamo mettere fine a questa follia. Non posso continuare a scivolare nel tuo letto e fingere che sia reale.»

Veronica scosse la testa mentre il suo labbro inferiore cominciava a tremare. «Lo porterò via, Zee. Lo porterò via da qui e non lo vedrai mai più.»

Zee scattò in piedi. «Non puoi usarlo così, Veronica. È tuo figlio. Mi vuole bene. Ha bisogno di me.»

«E se anch'io avessi bisogno di te?»

«Non hai bisogno di me.»

«Invece sì. Se mi lasci... non lo rivedrai mai più. Te l'ho detto, mi appartieni. Appartieni a me. Mi hai promesso che ti saresti preso cura di me.»

Zee la afferrò per le braccia e la trascinò a un soffio dal suo viso. «È così che stanno le cose? Se non faccio come vuoi, ferirai sia me che lui?»

Veronica sollevò il mento. «Me l'hai promesso.» I suoi occhi si riempirono d'astio. «E io ti prometto che apparterrai sempre a me.»

50

ALEXIS

Le lacrime erano cocenti. Soffocanti. Non volevano fermarsi mentre Zee se ne stava seduto lì a confessare la sua verità.

Agonia. Dolore. Rimpianto.

Trasudavano da ogni sua parola.

«Sei certo che sia di Mark?» domandai con voce incrinata.

Lui abbassò lo sguardo sulle proprie dita intrecciate, e alcune ciocche dei suoi capelli castano chiaro gli ricaddero sul viso, come se potessero proteggermi da parte del suo dolore.

«Anthony ha insistito per effettuare un test di paternità la prima volta che sono andato a chiedergli aiuto, ma io ho rifiutato. Gli ho detto che non importava. Non volevo saperlo. Liam mi chiama papà, ma io lo so, Alexis. Lo so sin dalla prima volta che l'ho preso tra le braccia che appartiene a mio fratello. Ma questo non significa che non lo consideri mio figlio.»

«Oddio, Zee» sussurrai, desiderando di potermi accollare parte del suo dolore.

L'angoscia permeava le sue parole roche. «E ora... sapere che è stata con quel vile pezzo di merda per tutto il tempo, e che è morta a causa sua... Che cazzo faccio adesso?»

Si accasciò in avanti e si afferrò la nuca mentre si lasciava sopraffare dalla tristezza, emettendo un singhiozzo straziante così profondo che echeggiò contro le pareti. «Come lo dirò a Liam? Come potrà stare bene dopo quello che è successo?»

«Zee» lo implorai, desiderosa di dirgli che avremmo trovato un modo.

Insieme.

Ma la mia testa scattò verso l'alto quando qualcuno bussò piano alla porta. Quest'ultima si aprì per rivelare lo stesso uomo che avevo visto fuori dalla stazione di polizia e in ospedale il giorno in cui era nato Colton.

L'espressione sul suo viso era cupa. «Mi dispiace interrompervi.»

«Anthony.» Zee lo guardò, passandosi rapidamente una mano sulle guance bagnate. «Non c'è problema.»

«Il detective è qui, insieme a un'assistente sociale. Devono parlarti.»

La schiena di Zee si irrigidì. Lentamente, si alzò in piedi e si ricompose. «Ok.»

Si avviò verso la porta, poi esitò e mi lanciò un'occhiata.

Avevo sempre pensato che quest'uomo potente avesse un che di vulnerabile in sé. Qualcosa di intrinsecamente bello ed eccezionale, eppure in qualche modo tenero. Ma non pensavo di averlo mai visto così chiaramente come in quel momento.

L'istinto di protezione, la lealtà, la devozione e la fonte da cui nasceva tutto.

La sua mascella tremolò, prima di serrarsi con determinazione, e quegli occhi bronzei mi implorarono di capire. «Mi dispiace tanto» disse, poi si voltò e seguì Anthony fuori dalla stanza.

Il terrore si impadronì di me.

Perché ero sicura di non aver mai udito un addio più chiaro di così.

51

ZEE

L'intera stanza vorticava.

Provocandomi le vertigini.

Straziandomi.

Era troppo.

Abbassai la testa fra le ginocchia e tentai di recuperare il fiato che la rivelazione mi aveva strappato dai polmoni.

Mark. Mark. Mark. Il viso di mio fratello turbinò nella mia mente come un vortice mentre ogni silenziosa promessa che gli avevo fatto si scontrava con la realtà.

Sconcertante e disorientante.

«Stai bene?» chiese Anthony in piedi davanti a me.

Impotente, lo guardai, desiderando di poter tornare indietro e rifiutare il test che l'assistente sociale aveva richiesto due giorni prima, quando le avevo raccontato l'intera storia. «No, credo di no.»

Anthony si inginocchiò di fronte a me. Un amico. Una figura paterna in questa situazione incasinata in cui non potevo chiedere consiglio al mio vero padre. Non sarei mai riuscito ad ammettere ai miei genitori ciò che avevo fatto, o le conseguenze e le ripercussioni delle mie azioni.

«Sei sempre stato suo padre, Zee. Sempre. Dal primo giorno. Non è cambiato nulla, tranne il fatto che lo sei davvero.»

Deglutii intorno a quelli che sembravano rasoi conficcati nella mia gola. «Allora perché ho la sensazione di aver perso un pezzo di mio fratello?»

Le parole di Anthony vennero fuori con enfasi. «Perché è quello che hai fatto in tutti questi anni, Zee. Ti sei aggrappato all'idea che fosse rimasto qualcosa di Mark dal momento che non volevi lasciarlo andare. Hai accettato l'affermazione di Veronica secondo cui era il figlio di Mark perché era quello che volevi che fosse, convinto che ciò avrebbe portato avanti la memoria di tuo fratello. Che un pezzo tangibile di lui sarebbe rimasto in questo mondo.»

La sofferenza mi impastò la voce. «Ma l'ho sentito...» Mi toccai il petto. «Proprio qui... quando ho preso in braccio Liam. Ogni singola volta che l'ho stretto tra le braccia, l'ho sentito proprio qui.»

«Cosa hai sentito?»

Mi sforzai di trovare una definizione per quella sensazione indefinibile, sbattendo le palpebre in preda alle emozioni mentre mi concedevo di provarle ancora una volta. «Un senso di appartenenza. Di pace. Come se stessi reggendo qualcosa di sacro. Un tesoro che era stato affidato a me.»

Anthony posò le mani sulle mie spalle. «Questo è quello che si prova ad essere un padre, Zee. È amore. Puro e genuino. Incondizionato. Quello che senti per Liam non ha nulla a che fare con tuo fratello. Lo senti perché è tuo figlio.»

Boccheggiai di fronte alla realtà.

Liam è mio figlio.

Liam è mio figlio.

«Com'è possibile che mi senta così affranto, così totalmente distrutto, e allo stesso tempo come se avessi conquistato il mondo?» domandai con voce strozzata.

Anthony mi strinse più forte le spalle. «Perché non hai mai realmente pianto la perdita di Mark, Zee. Ti sei aggrappato freneticamente a tutto ciò che era rimasto di lui, nel tentativo di tenerlo in vita quando già non c'era più. Hai cercato di prendere il suo posto nonostante lui non ti abbia mai chiesto di farlo. In tutti questi anni, hai fatto le veci di qualcun altro e non hai mai lottato per te stesso. Ti sei fatto usare e manipolare da Veronica, accettando i suoi abusi perché pensavi di star onorando tuo fratello.»

«Non sapevo cos'altro fare» dissi sommessamente.

Anthony tirò un respiro profondo e si alzò. «Ma adesso lo sai, Zee. Piangi e concediti di soffrire, perché hai perso tuo fratello. Elabora il lutto e non sentirti in colpa. Meriti di sentire la sua mancanza, non importa gli errori che entrambi avete commesso. Perché non puoi cambiare il passato o quello che avete fatto. Ma quello che puoi fare è dire finalmente addio. Poi risollevati e decidi per cosa combattere.»

Con il palmo, mi asciugai la prova del mio dolore dal viso e mi alzai in piedi. «Combatto per Liam.»

Accostai al marciapiede di fronte alla casa di Shea e Sebastian a Los Angeles, una vecchia e ampia villa in stile ranch situata su un acro di terreno con un enorme giardino sul retro.

Si dice che i veri amici si riconoscano dalle loro azioni nei momenti difficili. Dal modo in cui ti trattano quando hai toccato il fondo.

Avevo trascorso anni a temere quello che i ragazzi avrebbero pensato quando avrebbero scoperto ciò che avevo fatto. Quando avrebbero saputo che avevo tradito mio fratello e, successivamente, tenuto nascosto un segreto che non avevo il diritto di custodire, pensando che fosse la cosa giusta da fare.

L'unica cosa da fare.

Avrei dovuto sapere che il mio terrore era infondato.

Avrei dovuto saperlo sin dall'inizio. Perché capii subito che non mi avrebbero giudicato quando scesi dall'auto sotto il sole ardente del pomeriggio e vidi Sebastian aspettare ansiosamente il mio arrivo.

I miei passi erano lenti e pesanti mentre avanzavo verso di lui, non perché fossi preoccupato del suo giudizio, ma perché non avevo idea di come avrei reagito nel vedere Liam per la prima volta dopo aver scoperto che era mio figlio.

Che apparteneva davvero a me.

Baz si batté nervosamente il pugno nel palmo opposto mentre mi osservava avvicinarmi. Nell'istante in cui lo raggiunsi, mi attirò a sé e mi avvolse in un forte abbraccio, stringendo la parte posteriore della mia maglietta tra i pugni.

La sua voce era roca mentre sussurrava la sua promessa nel mio orecchio. «Non so nemmeno che cazzo dire, Zee. Sono dispiaciuto non mi sembra appropriato, ma dopo quello che è successo negli ultimi due giorni, lo sono. Posso solo immaginare quanto tu stia soffrendo. Sappi solo che, per qualsiasi cosa, noi siamo qui. Io. I ragazzi. Le ragazze. Le nostre famiglie sono la tua famiglia. Com'è sempre stato.»

Lo abbracciai forte. «Grazie, fratello. Non sai cosa significhi per me.»

Baz mi diede due pacche sulla schiena in segno d'incoraggiamento. «Puoi contare sempre su di noi.»

Si staccò da me e io rimasi lì, cercando di racimolare il coraggio, prima di costringermi a dirigermi verso la porta d'ingresso.

Abbassando la maniglia, spalancai la porta ed entrai dentro con il cuore in gola. I miei occhi si posarono direttamente su Liam, disteso a pancia in giù sul pavimento del salotto a giocare con Kallie e Brendon, il viso rivolto verso il soffitto.

Stava ridendo.

Una risata così spensierata che mi riempì di vita, tristezza e gratitudine.

Delle dita mi sfiorarono il braccio e mi girai di lato. Shea mi rivolse un tenero sorriso, carico di comprensione, privo di qualsiasi dubbio o biasimo.

Non riuscii a trattenermi un secondo di più. Attraversai il pavimento e sollevai Liam tra le braccia, stringendolo forte contro il mio petto.

«Papà!» gridò lui con una risata, avvolgendo le sue piccole braccia intorno al mio collo. «Vuoi giocare con noi? Ci stiamo divertendo un sacco.»

Seppellii il viso nella sua spalla, aggrappandomi a lui con tutto me stesso. E per il resto della mia vita, non l'avrei più lasciato andare.

Tirai maggiormente la coperta sulle spalle di Liam, i miei respiri corti mentre lo guardavo dormire nel mio letto nel loft. Passai le dita tra le morbide ciocche dei suoi capelli castano chiaro, ascoltando il suono incostante del suo respiro mentre soccombeva al sonno.

Mio figlio.

La notte filtrava dentro attraverso le finestre. Le stelle erano nascoste e appartate.

Smorzate.

Come il suo dolore.

Dirgli di sua madre era stata la cosa più difficile che avessi mai dovuto fare. Si era chiuso in se stesso, emettendo singhiozzi sommessi e irregolari, seppellendo il viso nella mia maglietta mentre lo cullavo per ore nel silenzio rotto solo dalle mie promesse.

Che lo amavo.

Che non l'avrei mai più lasciato.

Che eravamo solo io e lui.

Quando infine si era appisolato, l'avevo portato di sopra, sapendo di voler essere al suo fianco nel caso si fosse svegliato nel cuore della notte.

Fissai l'innocenza del suo prezioso viso e pronunciai silenziosamente un centinaio di nuove promesse.

Ti proteggerò. Vivrò per te. Morirò per te.

La verità era che erano sempre state lì. Ma adesso le capivo davvero.

Finalmente comprendevo che cosa significava realmente il sacrificio.

Gli uccelli cinguettavano tra le fronde degli alberi, l'aria era calma e il cielo azzurro.

Il che sembrava dannatamente ridicolo considerando la tempesta che imperversava e infuriava dentro di me. Era un dolore che percuoteva il mio corpo e trafiggeva il mio spirito.

In piedi sul suo portico, mi sforzai di respirare. Di trovare la determinazione. Di ricordare perché stavo facendo quello che stavo facendo.

Avevo sempre saputo che cedere al bisogno che provavo per questa ragazza mi avrebbe distrutto.

Che era imprudente.

Che mi stavo solo cacciando nei guai.

Mi ero aspettato delle ripercussioni.

Delle conseguenze.

Ma non avevo mai previsto che tutto crollasse. Che il mondo di Liam andasse in frantumi.

Era ora che gli costruissi delle nuove fondamenta.

Tirando un profondo respiro corroborante, bussai piano alla porta, serrando le mani a pugno con apprensione quando udii dei movimenti dall'altro lato. Potevo quasi visualizzarla camminare scalza sul pavimento e sollevarsi in punta di piedi per sbirciare attraverso lo spioncino.

Non osavo immaginare le cose che avrebbe pensato nel momento in cui avrebbe scoperto che ero io.

Il metallo stridette quando la serratura scattò e la porta si aprì di uno spiraglio.

Avevo creduto di essere preparato. Di essermi raccontato abbastanza bugie da poter sopportare di vedere Alexis in piedi sulla soglia, addosso lo stesso completo rosa che indossava la prima volta che ero venuto qui, i capelli biondo platino raccolti in una crocchia disordinata in cima alla testa.

Ma furono i suoi occhi a farmi cadere quasi in ginocchio. Erano una collisione tra mare e cielo. Un urlo di tormento e sollievo.

«Zee» sussurrò in tono disperato.

Aveva cercato di chiamarmi varie volte negli ultimi giorni, ed io non ero stato altro che un vigliacco, inviandole messaggi con una scusa patetica dopo l'altra, dicendole che mi stavo occupando di cose importanti e che mi sarei messo in contatto con lei quanto prima.

Erano passati due giorni da quando avevo raccontato a Liam della scomparsa di sua madre. Avevo trascorso ogni secondo con lui, cercando di convincerlo ad aprirsi, facendogli sapere che non c'era nulla di male nel piangere e nell'essere arrabbiato e impaurito. Che poteva chiedermi qualunque cosa.

Stamattina, quando mi aveva chiesto quando avrebbe potuto giocare di nuovo con Kallie e Brendon, avevo telefonato a Shea per chiederle se potevo lasciarlo da loro per un paio d'ore.

Perché questo...

Questo andava fatto.

«Dovresti entrare dentro» mormorò Alexis, facendo un passo indietro per poter aprire maggiormente la porta.

Il mio mento tremolò. «Incredibilmente coraggiosa.»

Il dolore attraversò i lineamenti del suo viso quando la riportai a quel momento di un mese fa, quando mi ero presentato qui la prima volta. Quando mi ero reso conto di non poterle stare lontano. A quel momento in cui era parso che ci stessimo imbarcando in qualcosa di magico.

Perché con Alexis?

Era esattamente questo.

Magia.

Ma solo gli sciocchi credevano nella magia.

Potevo sentire il suo nervosismo permeare la stanza mentre entravo in casa sua. L'energia divampò nello spazio tra di noi, prendendo vita come succedeva sempre. Tendendo le sue dita e supplicandomi di cancellare la distanza.

Il mio spirito riconosceva questa ragazza.

Riconosceva noi.

Avevo la sensazione che fosse una fiamma che non si sarebbe mai spenta.

«Ti andrebbe un tè?» mi chiese con voce cauta.

Facendo un respiro profondo, mi voltai lentamente verso di lei. «No, Alexis. Mi dispiace, ma non mi tratterrò a lungo.»

I suoi occhi si chiusero, come se potessero celare la brutale angoscia che li riempì. Ma ero sicuro di poter vedere questa ragazza meglio di chiunque altro avessi mai visto nella mia vita.

Lentamente, li riaprì. «Cosa intendi dire?»

Il rimorso contrasse la mia mascella e mi costrinsi a pronunciare le parole. «Intendo dire quello che ho detto sin dal principio. Quello che ti ho ripetuto più e più volte. Che alla fine avrei incasinato tutto. Che dall'istante in cui ti ho incontrata, ho iniziato a fare cose che non potevo fare, ignorando ciò che dovevo proteggere di più. Proprio come ti ho detto che avrei fatto.»

Alexis si avvolse le braccia intorno al petto in maniera protettiva. «Biasimi me per quello che è successo? Per quello che è accaduto alla mamma di Liam?»

Non riuscii a trattenermi. Scattai in avanti e cinsi il suo indimenticabile volto tra le mie mani. «No.» Il mio tono era duro, perché volevo che capisse. «Mai. Ma è ora che io faccia finalmente la cosa giusta.»

La lasciai andare, come se quel contatto mi scottasse, e mi costrinsi a mettere una certa distanza tra di noi, dandole le spalle così che non dovessi guardarla in faccia mentre le confessavo la verità. «Liam è mio.»

«È... tuo figlio?»

Annuii mentre mi sforzavo di formulare una spiegazione. Di metterla al corrente della situazione nello stesso istante in cui stavo cercando di rompere tra di noi. «Craig ha rilasciato una dichiarazione alla polizia. Veronica sapeva già di essere incinta quando Mark è morto... Sapeva che non era suo figlio, ma mio.»

Il rancore mi contorse le viscere. «L'ha sempre saputo, cazzo. Il tizio di cui ti ho parlato, Martin Jennings, quello che abbiamo scoperto essere il responsabile della morte di Mark?»

Alexis annuì, indicandomi di continuare.

«Avevi ragione nel pensare che la polizia stesse cercando qualcosa di più grosso con cui incastrare Craig. Era uno dei parassiti di Martin Jennings. Faceva il suo lavoro sporco mentre quel bastardo di Jennings fingeva di avere le mani pulite. Si è scoperto che quest'ultimo ha usato Craig per trascinare Mark più a fondo in quella vita, nel tentativo di scoprire che cosa sapeva sull'orrenda aggressione a Shea e cosa aveva intenzione di farle.»

Mi premetti un pugno contro la bocca, contrastando l'amarezza derivante dalla vera ragione di tutto questo casino.

Avidità.

L'avidità di Martin.

L'avidità di Craig.

L'avidità di Veronica.

Ma d'altronde, la sete di denaro era il peccato preferito del mondo.

«Zee.» La soave voce di Alexis mi avvolse con compassione e calore.

Un conforto che non potevo accettare.

Iniziai a camminare avanti e indietro. «Una volta che Mark è scomparso, Craig e Veronica hanno cercato un modo per tenermi in pugno e sottrarmi quanti più soldi possibili. Mi hanno visto come un'opportunità che hanno sfruttato appieno.»

Mi voltai di scatto per guardarla negli occhi. «Sono stato uno stupido, Alexis. Un maledetto idiota. E ho sprecato così tanto tempo, terrorizzato di perdere Liam. Terrorizzato di perdere ciò che credevo fosse l'ultima connessione fisica con mio fratello. Ecco perché ho continuato ad assecondare i giochi contorti di Veronica. Invece, ho perso sei anni in cui poter conoscere davvero *mio* figlio. Nel seguire le regole di Veronica, l'ho visto a malapena, soffrendo la sua mancanza giorno e notte.»

Alexis mi guardò con tutta la bontà e la fiducia che aveva.

Questa ragazza così dannatamente dolce si portò le mani sul cuore.

«Una volta mi hai detto che se avessi potuto fare qualcosa per te stesso, ti saresti reso libero. Non lo capisci, Zee? Adesso puoi farlo. Non devi più nasconderti da me. Non devi più trattenerti dal vivere la tua *vita*.»

Fece un passo supplichevole verso di me.

Riempiendo i miei sensi con la sua luce.

Volevo allontanarmi, ma potevo sentire il mio corpo protendersi nella sua direzione, sopraffatto dal bisogno di memorizzarla nella mia anima.

Il suo tono divenne tenero, così amorevole e gentile. «So che hai un passato, Zee. L'ho sempre saputo, anche se non conoscevo i dettagli. E adesso che li so, ti amo ancora di più. Ti amo. Dio... ti amo così tanto.»

Inspirai bruscamente alle sue parole.

Mi sentivo trafitto.

Sventrato.

Tutto era in fiamme, un incendio che mi bruciava da dentro.

Non l'aveva mai detto ad alta voce finora. Ma già lo sapevo, no?

Sarebbe stato impossibile non vedere l'amore turbinare nel calore del suo sguardo. Nella beatitudine del suo tocco.

Dovetti fare appello a tutta la mia forza di volontà per arretrare e pronunciare le parole che erano cariche di rammarico. «Ho un bambino che è terrorizzato in questo momento, Alexis. Un bambino che ha appena perso sua madre. Un bambino che ha assistito a Dio solo sa cosa. È una mia responsabilità. Il mio cuore. La mia vita. E adesso devo concentrarmi su di lui. Devo assicurarmi che guarisca, che sappia di essere al sicuro e che io sarò sempre al suo fianco per proteggerlo.»

Il dolore balenò sul viso di Alexis, che si premette i palmi sul cuore. «Perché non puoi farlo insieme a me?»

Allungai il braccio e posai la mia mano tremante sulla sua guancia, asciugando col pollice la singola lacrima che scivolò dal suo occhio. «Perché non merito quel bambino, Alexis, ma farò del mio meglio per dargli ogni parte di me.»

Prima che potessi perdermi nelle profondità di quegli occhi burrascosi, mi ritrassi e mi costrinsi a muovermi. Ad andare via da lì prima che la mia risolutezza fallisse nello stesso modo in cui sembrava fare ogni volta che le ero accanto.

Mi fiondai fuori dalla porta e giù per i due gradini del

portico. Strizzai gli occhi contro la luce accecante che splendeva ardente.

Ardente quanto le mie viscere.

Dio, mi sembrava di star bruciando vivo.

Serrai la mano a pugno, quella con la stella tatuata sul dorso, un eterno promemoria di ciò che avevo fatto. Avrei potuto giurare di sentire un altro pezzo di me stesso disintegrarsi mentre correvo lungo il vialetto verso la mia auto parcheggiata accanto al marciapiede.

«Zee.» Il mio nome risuonò nell'aria come una supplica frenetica.

Un brivido mi percorse la pelle quando sentii la sua presenza farsi più vicina. Diventare più intensa.

Le sue braccia delicate si strinsero intorno a me, rifiutandosi di lasciarmi andare. «Ti prego... non andartene. Troveremo un modo. Te lo giuro, sarò buona con lui. Buonissima. Non mi importa che non sia mio. Lo amerò semplicemente perché è tuo.»

L'agonia mi attanagliò il cuore, stritolandolo nella sua feroce morsa. Boccheggiai e posai i palmi sulle sue mani serrate intorno alla mia vita. Le sciolsi e mi girai per guardarla.

Ed eccola lì, illuminata dal sole, i capelli in fiamme e il viso scintillante.

Un angelo.

La luce più luminosa nel bel mezzo della mia oscurità.

Starshine, una stella splendente.

Con le viscere in subbuglio, posai le mani su entrambi i lati del suo collo, carezzandole la mascella con i pollici. «Se potessi tornare indietro, Alexis, se potessi tornare indietro e mettere le cose a posto, sceglierei te. Saremmo tu, Liam ed io. Ma ho già fatto troppi casini, e mi rifiuto di commettere lo stesso errore con te, mi rifiuto di commetterne un altro con lui. Devo rimettere in ordine la mia vita, e devo farlo nel modo giusto. E non posso continuare a trascinarti nei miei problemi quando non ho la più pallida idea di che cazzo stia facendo.»

Mi staccai da lei e indietreggiai, sentendo un altro pezzo di me morire quando vidi il dolore che le avevo inflitto contorcere i lineamenti del suo viso. Alla fine mi voltai e girai intorno al muso della mia auto, gelandomi per un istante con la mano sullo sportello quando udii il singhiozzo gutturale che scaturì dalla sua gola.

Serrai brevemente gli occhi, esprimendo un desiderio a una stella, anelando qualcosa di meglio. Un modo per sistemare le cose. Per lei. Per Liam. Per me.

Da bambino avevo espresso un milione di desideri.

Innumerevoli.

Infiniti.

Ma nulla aveva cancellato la silente maledizione che era stata pronunciata il giorno in cui avevo tradito mio fratello. Una maledizione che aveva affievolito permanentemente quei desideri.

Lasciandoli bruciare e sbiadire per l'eternità.

Fino a disintegrarli nel nulla.

52

ALEXIS

Un raggio di sole filtrava dentro attraverso la finestra a bovindo.

Il silenzio sembrava riversarsi all'interno con esso, librandosi nell'aria.

Troppo profondo.

Troppo denso.

Ero sicura di non essermi mai sentita così sola.

Mi strinsi al petto il mio libro preferito, la mia vecchia copia di *Piccole Donne* logorata ai bordi e dalle pagine consunte per tutte le volte che ci avevo passato sopra le dita mentre divoravo ogni parola più e più volte.

Oggi, la tenni semplicemente stretta, abbracciandola come una vecchia amica. Una compagna in un momento di desolazione.

Erano passate due settimane da quando Zee era venuto qui e aveva conficcato gli ultimi paletti nel mio cuore.

Da allora, avevo cercato disperatamente di farmi forza. Di ricordare la bellezza che mi circondava. Di trovare conforto nel fatto che, grazie a lui, Avril era al sicuro. Adesso era in riabilitazione per tentare di rimettere in sesto la sua vita, di essere forte.

Dio, ero infinitamente grata a Zee per ciò che aveva fatto. Per l'estremo sacrificio che era stato disposto a fare per lei.

Per me.

L'aveva liberata.

Tuttavia, mi faceva star male il pensiero che alla fine non avesse avuto la forza di combattere per me *fino in fondo*.

Di combattere per noi fino in fondo.

Zee aveva vissuto una vita di rinunce.

I suoi giorni erano stati una continua espiazione.

E anche adesso, quando la sua libertà era a portata di mano, in attesa che lui l'afferrasse, si sentiva ancora prigioniero delle catene del rimorso. Ancora incatenato all'idea di avere un debito da ripagare che gli impediva di abbracciare ciò che gli era stato donato.

Un figlio.

C'era qualcosa di più prezioso?

Ma lo capivo.

Davvero.

Questo però non significava che ciò non mi ferisse, straziasse e lacerasse.

Mi aveva avvertito che non poteva offrirmi nulla a parte qualcosa di temporaneo.

Non mi era importato.

Mi ero gettata a capofitto.

Con tutto il cuore.

Come facevo sempre.

Dandogli ogni parte di me e pregando che mi avrebbe amata nel modo in cui desideravo che mi amasse.

Nel modo in cui lo amavo io.

Forse la caduta era stata inevitabile, perché innamorarmi di Zachary Kennedy era stata la cosa più facile che avessi mai fatto.

Lasciarlo andare la più difficile.

«Cadi con me» gli sussurrai.

Lui abbassò la testa, mi sfiorò le labbra con le sue e mormorò la sua verità. «Sono già caduto.»

Il mio cuore si serrò in preda al dolore, e mi strinsi maggiormente le ginocchia contro il petto.

Per sempre al tuo fianco

Perché con Zachary Kennedy non avevo avuto altra scelta che cadere.

Non c'era stato nulla che potessi fare se non seguire il richiamo del mio cuore.

53

ALEXIS

«*E*cco a te, papà.»

Il cuore mi si bloccò in gola quando abbassai lo sguardo sul mio piccolo ometto. Ovviamente, lui non aveva idea di che effetto mi facesse sentirlo chiamarmi in quel modo dopo tutto quello che era successo.

In piedi accanto al lavello dove stavo lavando i piatti, lo osservai mentre mi porgeva il suo piatto con un enorme sorriso stampato sul suo prezioso viso. Durante tutta la cena, aveva riso insieme a Kallie e Brendon, integrandosi subito, come se avesse fatto parte di quel posto sin dall'inizio.

Come se fosse sempre stato lì.

Proprio come avrebbe dovuto essere.

Shea aveva insistito che cenassimo tutti a casa sua stasera.

Non avevo esitato ad accettare il suo invito. Tuttavia, non riuscivo a scrollarmi di dosso il disagio di stare insieme all'intero gruppo per la prima volta da quando tutti avevano scoperto la verità, ecco perché mi stavo praticamente nascondendo in cucina. Mantenendo le distanze.

A quanto pareva, era impossibile cancellare la

preoccupazione che mi ero portato dietro negli ultimi sette anni. Adesso, ognuno di loro sapeva il ruolo che avevo avuto nella morte di Mark.

La mia negligenza.

Il mio tradimento.

Questo mi faceva domandare che cosa pensassero realmente i miei amici quando guardavano nella mia direzione.

«Grazie, figliolo» mormorai, prendendo il piatto e posandogli il dito indice sotto il mento.

Il suo sorriso si allargò ancora di più, e la felicità contenuta nella sua espressione mi fece serrare il petto di gioia.

Devozione e amore.

«Posso andare a giocare ora? Ho mangiato tutto.»

«Certo che puoi.»

Era pazzesco averlo nella mia vita, ogni giorno e ogni momento. Averlo come membro di questa famiglia spaiata e allargata era qualcosa che non mi ero mai concesso di desiderare. Avevo sempre creduto che fosse impossibile, anche se barlumi di quel desiderio si accendevano di tanto in tanto, facendomi anelare che le cose fossero diverse.

Quelle stelle si erano finalmente allineate.

Eppure, nel profondo di me sapevo che c'era qualcosa che non andava. Lo percepivo dalla nostalgia, dallo struggimento e dalla sofferenza che mi tormentavano nelle incessanti notti insonni in cui fissavo il soffitto mentre pativo la perdita di una ragazza.

Alexis.

Il raggio di luce splendente che non avevo previsto.

Liam corse fuori dalla stanza, gridando a Brendon di venirlo a cercare, mentre io mi giravo di nuovo verso il lavello per sciacquare i piatti.

«Te la stai cavando alla grande con lui.»

Tirai un respiro profondo quando udii quelle parole, pronunciate con una dolce cadenza del sud. Mi lanciai un'occhiata alle spalle per vedere Shea, appoggiata al telaio dell'ingresso ad arco con le braccia incrociate sul petto.

«Ci sto provando» risposi.

«Crescere dei bambini è la cosa più bella e più difficile che si possa fare» commentò.

«Già» concordai mentre riprendevo a lavare i piatti, facendo del mio meglio per ignorare il peso del suo sguardo.

Un silenzio teso riempì la cucina.

«Sai che non sono estranea a tenere dei segreti» disse infine Shea.

Con cautela, mi voltai a guardarla quando avanzò nella stanza. Le rivolsi un cenno del capo. «Tu l'hai fatto perché pensavi di doverlo fare.»

«Esattamente.» Poggiò gli avambracci sull'isola centrale. «E tutti noi comprendiamo le tue motivazioni. Sappiamo che stavi cercando di proteggere la cosa più importante per te. Anche se non eri sicuro di starlo facendo nel modo giusto, l'hai fatto comunque perché era l'unica scelta che avevi.»

L'emozione montò nel mio stomaco. Gratitudine e rimpianto. Questi sentimenti si amplificarono ulteriormente quando percepii un movimento all'ingresso della cucina. Baz entrò dentro, seguito da Lyrik e Tamar, Ash e Willow, poi Austin e Edie.

Mi girai verso di loro, spostando lo sguardo sul volto di ogni membro di questa famiglia. Alcuni erano legati dal sangue. Altri dal matrimonio. Altri ancora semplicemente dai legami che erano stati forgiati.

Baz si passò una mano tra i capelli. «Vogliamo che tu sappia che ti capiamo. Devi sapere che non ti biasimiamo affatto per la morte di Mark. Sono successe tante cose, e sia tu che Mark avete commesso degli errori terribili, ma questo non ti renderà mai e poi mai meno degno ai nostri occhi.»

Il mio cuore accelerò di un battito mentre qualcosa di fervente riempiva l'aria.

Lyrik fece un passo in avanti. «Voglio che tu sappia quanto io ti rispetti, Zee. Quello che hai fatto per Liam in tutti questi anni, pensando che non fosse tuo e prendendoti cura di lui comunque? Questo è quello che fa un vero uomo.»

Ansiosamente, mi sfregai una mano sulla bocca. «Grazie» mormorai.

Ash avvolse un braccio intorno a Willow, che stava

reggendo il loro neonato. «Ti ho sfottuto per anni, Zee, punzec-chiandoti per il fatto che non portavi mai nessuna ragazza a casa, convinto che fossi timido o strano o una cazzata simile, quando in realtà non avevo la minima idea dei sacrifici che stavi facendo.»

Spostò lo sguardo su Willow, poi lo riportò su di me. «Alla fine ho scoperto che avevi capito tutto sin dall'inizio. Stavi vivendo per la cosa più importante per te. Ma voglio che tu sappia che ti pungolavo solo perché volevo che *vivessi*. Che sperimentassi davvero la vita. Che ti facessi avanti invece di accontentarti di restare nell'ombra. Soprattutto, ho bisogno che tu sappia che ti guarderò sempre le spalle. Io e Willow ci saremo sempre per te, per qualsiasi cosa.»

Provai una stretta al petto, sbalordito dal loro sostegno.

Austin si mise al fianco di Baz. «Puoi contare su di noi, Zee. Qualunque cosa accada.»

La mia lingua sembrava un macigno, ed ero incapace di formulare parole, sopraffatto dall'enormità di questo momento, dalla loro presa di posizione.

A mio favore.

A favore di Liam.

Willow fece un passo in avanti, l'espressione tenera. «Probabilmente lo hai già capito, ma nel caso te lo stessi chiedendo, tutti noi...» Con la mano libera indicò l'intera stanza. «Volevamo dirtelo ad alta voce così che non ci fosse alcun dubbio. Ti vogliamo bene, Zee, così come vogliamo bene a Liam. Nulla può cambiare questo fatto. Nessuno ti biasima. Nessuno ti giudica. E vogliamo che tu sappia che *tutti noi* ci saremo sempre per te, qualunque cosa tu abbia bisogno. Non sei solo.»

Il sollievo si abbatté su di me, trascinandomi sotto e rendendomi difficile respirare. Spezzò le ultime catene che avevano continuato a condannarmi, quelle che mi avevano imprigionato nella vergogna, nel rimpianto e nel disonore.

Allungai la mano per reggermi al bancone, tentando di mantenere il contegno. Abbassai lo sguardo sul pavimento per qualche istante, prima di racimolare il coraggio per guardarli negli occhi. «Non sapete cosa significhi per me il fatto che tutti voi siate disposti a stare al mio fianco dopo quello che ho fatto» dissi con voce roca.

Mi sforzai di trovare le parole adatte, l'emozione giusta quando ogni cosa sembrava così fottutamente contorta. «È difficile... vivere improvvisamente con lui tutti i giorni. Non perché non lo voglia, ma perché non ho la più pallida idea di cosa fare.»

Lyrik si massaggiò la mascella. «Non c'è motivo di vergognarsene, Zee.»

Il mio sguardo implorante si posò su ciascuno di loro. «Ho bisogno di voi. Ho bisogno dei vostri consigli, del vostro supporto, perché non so come fare questa cosa da solo.»

Edie emise un sospiro. «Certamente, Zee. È a questo che serve la famiglia.»

«E Alexis?» La domanda di Shea mi colse alla sprovvista. Mi colpì come una freccia aguzza dritta al cuore.

«Cosa c'entra lei?» Non volevo che le mie parole venissero fuori così amare. Ma ero incazzato. Sbattei le palpebre mentre prendevo coscienza di quel sentimento che lottava per prendere il sopravvento. La rabbia che nutrivo per la situazione. La rabbia che provavo per me stesso perché incasinavo sempre tutto.

Le sopracciglia di Shea si inarcarono fino a scomparire sotto la sua frangetta. «Cosa c'entra lei? Sappiamo tutti benissimo che saresti morto per lei quel giorno, Zee. E adesso hai intenzione di startene lì e fingere che non significhi nulla per te?»

«Certo che significa qualcosa per me.» Scossi la testa. «Ma... ho Liam. È una mia responsabilità. La mia prima preoccupazione.»

«E Alexis non voleva assumersi quel tipo di responsabilità?» domandò Willow confusa, come se non lo credesse possibile.

Il mio cuore martellava nei confini del mio petto, pulsando e combattendo contro le limitazioni che sembravano governare continuamente la mia vita. «Non si tratta di questo... è solo che... devo concentrarmi su Liam. Ne ha già passate tante e...»

«E tu non la ami, quindi non vuoi distrazioni?» mi pungolò Shea.

Amarla.

Finora, mi ero rifiutato di prendere in considerazione quella possibilità, fingendo che non provassi quel sentimento, nonostante continuasse a solleticare e punzecchiare la mia coscienza.

«Non ho detto questo» gracchiai, sentendomi sopraffatto.

Shea raddrizzò la schiena e parlò in tono deciso. «Che cosa ti ha detto quando le hai raccontato di lui, Zee? Perché da quello che ho capito la ami, ma pensi di non poter stare con lei a causa di Liam.»

Vergogna e rimorso. Continuavo a cercare di liberarmi dai loro vincoli, ma erano ancora lì, pronti a schiacciarmi e a prendere il sopravvento. Esitai.

«Che cosa ha detto?» insistette Shea, il suo tono dolce eppure abbastanza esigente da strapparmi l'ammissione di bocca.

«Ha detto che lo avrebbe amato semplicemente perché era mio.»

Tamar gemette con il viso rivolto verso il soffitto, poi guardò Shea. «Vuoi che lo picchi io o lascio a te l'onore?»

«Oh, non penso sia necessario. Sono piuttosto sicura che si stia già torturando da solo. Non è così, Zee? Dimmi che in questo momento non vorresti che Alexis fosse qui.»

Un sospiro frustrato proruppe dai miei polmoni. «Ovvio che vorrei che fosse qui.»

Shea corrugò la fronte con enfasi. «E in che modo questo sarebbe diverso da quello che hai fatto finora? Vivere per Liam *non* significa che non puoi vivere anche per te stesso.»

Baz avanzò verso di me. «Hai suonato il pianoforte per lei, Zee. Sappiamo entrambi che ciò significa qualcosa.»

In qualche modo, Baz riusciva sempre a capirmi, leggendomi come un libro aperto. «Pensi che non abbiamo notato che hai smesso di suonare la *tua* musica quando hai preso il posto di tuo fratello? Alexis ha toccato qualcosa dentro di te. E questo è un dato di fatto che non puoi ignorare.»

Le sue parole mi sventrarono. Quella ragazza era musica. Armonia. E nell'istante in cui l'avevo tagliata fuori dalla mia vita, le canzoni erano sparite. Da allora, ero tormentato dal silenzio.

Lo guardai negli occhi. «Lo so bene. Ma Cristo, sono sicuro che adesso Alexis mi odia. Il modo in cui l'ho trattata è stato...

orribile. Mi ha supplicato di darle una possibilità e io mi sono rifiutato di concedergliela.»

Cazzo. Che cosa ho fatto?

Ash fece un sorrisetto. «Bé, hai perso il tocco con le ragazze. Cos'altro poteva aspettarsi?»

«Qualcosa di meglio» borbottai.

«Allora faremmo bene a mostrarle *qualcosa di meglio*» disse Shea.

Un sorriso furbo spuntò sulle labbra rosse di Tamar. «Mi piace quest'idea. A quanto pare, abbiamo del lavoro da fare.»

54

ALEXIS

Sobbalzai quando il campanello suonò. Mi scrollai di dosso i barlumi di paura che minacciavano di stabilirsi nella mia anima. Sarebbe stato così facile soccombere al terrore, ai ricordi del trauma di quel giorno.

Ma io...

Volevo vivere.

Ogni giorno. Ogni istante.

Non volevo avere paura.

Troppo tempo veniva sprecato appresso al rimpianto.

«Arrivo!» gridai, mentre percorrevo il pavimento. Mi alzai in punta di piedi per sbirciare attraverso lo spioncino.

Un'esclamazione sciocchata proruppe dalla mia gola, e barcollai all'indietro, sbattendo le palpebre mentre cercavo di elaborare ciò che mi aspettava ansiosamente dall'altro lato della porta.

Mi domandai se non avessi le allucinazioni.

La mia frequenza cardiaca aumentò quando il campanello trillò di nuovo.

Rapidamente, sbloccai la serratura e aprii la porta con

impazienza e circospezione. «Che succede?»

Una mano si posò sulla porta, spalancandola.

«Alexis, proprio la ragazza che cercavamo» disse Shea, entrando dentro come se fosse venuta a casa mia un milione di volte, portandosi dietro Kallie che le stringeva la mano e saltellava eccitata.

Mi feci da parte, confusa e sbalordita, combattendo contro l'euforia che prese ad agitarsi nel mio spirito.

Tamar entrò dopo di loro, addosso un paio di scarpe rosse dal tacco vertiginoso e dei pantaloni di pelle nera super attillati. Mi fece l'occhiolino mentre mi passava accanto reggendo una borsa porta abiti su una spalla e la sua bambina sul fianco opposto.

«Cosa...?» Non riuscii nemmeno a trovare le parole per concludere la domanda.

Edie mi oltrepassò con Sadie tra le braccia, abbassando la testa con espressione quasi dispiaciuta, anche se sulla sua bocca c'era l'accenno di un sorriso. «Ciao» sussurrò.

Willow mi toccò il braccio mentre entrava, la sua espressione comprensiva e i suoi occhi colmi di compassione. «Ci dispiace piombare qui all'improvviso... non lo faremmo in circostanze normali.»

Circostanze normali? Se non fosse stato per la bonaria malizia e l'eccitazione nei loro occhi, sarei già crollata in ginocchio in preda al terrore, pensando che dovesse essere successo qualcosa di terribile per farle bussare così alla mia porta.

Invece, mi lasciai trascinare dal loro umore, affondando i denti nel mio labbro inferiore mentre il mio cuore prendeva a battere più velocemente.

«Qualcuno mi dica cosa sta succedendo» dissi infine.

Saltellando sul posto, Kallie agitò le braccia. «Devi prepararti. Ti faremo bellissima!»

Divertita, Shea sorrise a sua figlia. «Penso che sia già bellissima.» Riportò l'attenzione su di me, guardandomi come se stesse valutando la mia reazione. «Le faremo solo indossare un vestito super speciale, giusto?»

Il mio sguardo si spostò freneticamente sulle donne in piedi nel mio soggiorno. Donne che avevo considerato amiche. Donne che avevo osato sognare che un giorno sarebbero diventate la mia famiglia. Donne che avevo creduto non avrei mai più rivisto.

Adesso mi stavano fissando con solidarietà e trepidazione.

Le mie dita cominciarono a tremare, così me le torsi. «Per favore, qualcuno mi spieghi cosa sta succedendo.»

Shea diede un colpetto a Kallie, la quale le sorrise prima di avvicinarsi a me, attirando la mia attenzione sulla busta che aveva in mano.

«Questa è per te» sussurrò come se fosse un segreto.

Il mio petto si strinse così forte che respirai a fatica.

«Grazie» dissi piano mentre l'accettavo con diffidenza e mani tremanti, leggendo il mio nome scritto sulla lettera in una calligrafia maschile.

Deglutii intorno al grosso nodo che mi serrava la gola, con il cuore a mille e il fiato corto.

Con dita impacciate, girai la lettera e ruppi il sigillo, tirando fuori il biglietto all'interno.

Diedi una scorsa a ciò che era stampato sul davanti.

Il mio battito cardiaco prese a martellare freneticamente, un tamburo irrefrenabile che potevo sentire battere nelle mie orecchie e strimpellare nelle mie vene.

Era la riproduzione di una costellazione.

Lira.

L'arpa.

Bellezza e musica.

Impresso sulla parte inferiore c'era il nome di un music hall situato in centro e un orario che segnava le 21:00.

L'amore mi circondò. Così come i ricordi di quel ragazzo e del suo splendore mentre sedeva al pianoforte. L'uomo che mi aveva conquistata con ogni magnifica parte della sua mente e il sacrificio nella sua anima.

«Zee» sussurrai. Una domanda. Un'affermazione.

Facendo un passo avanti, Shea mi rivolse un lento cenno del capo. «Sarebbe onorato se volessi partecipare al suo primo concerto di pianoforte dopo sette anni.»

Ansimai di fronte alla magnitudine della cosa, sopraffatta dal sollievo e dalla fede.

Ma quell'istinto di autoconservazione che trovavo di rado era lì, a sussurrare il dolore che lui si era lasciato dietro.

«Non so...» Le parole fuoriuscirono tremanti dalle mie labbra, cariche di dubbi e incertezze.

Shea sbatté le palpebre con espressione comprensiva. «La maggior parte di noi raramente lo sa, Alexis. Non lo sappiamo e non possiamo mai esserne sicuri. Abbiamo solo le opportunità che ci vengono concesse.»

«Penso che dovresti almeno andare ad ascoltarlo. Potrebbe piacerti ciò che ha da dire» mi sollecitò Willow, le parole piene di incoraggiamento.

«Io...» Deglutii nervosamente, e un brivido mi attraversò da capo a piedi, quella sensazione in contrasto con la speranza che sbocciò nel mio spirito.

Tamar mi rivolse un sorriso particolarmente dolce per una ragazza che sembrava così tosta. «L'amore è una scommessa, Alexis. La domanda è: sei disposta a correre il rischio?»

Niente paura. Vivi e basta.

Mi morsi il labbro inferiore che tremolava, ricacciando indietro le lacrime che minacciavano di velarmi gli occhi. Un sorriso curvò la mia bocca. «Vediamo quel vestito.»

55

ALEXIS

Due ore più tardi, ero in una limousine con tutte le donne dei *Sunder*. Stavamo percorrendo una trafficata e stretta via nel centro storico di Los Angeles mentre giocherellavo nervosamente con la scollatura profonda del mio abito.

I miei capelli erano raccolti in un morbido chignon, con ciocche ondulate che mi incorniciavano il viso, e i tacchi che indossavo erano più alti di qualsiasi cosa avessi mai osato calzare prima d'ora.

E questo vestito...

Questo vestito era magnifico e provocante, adornato da minuscole paillette blu che in qualche modo non donavano un aspetto pacchiano ma piuttosto sexy ed elegante.

Mi sentivo bellissima e... terrorizzata. Non avevo idea di cosa mi attendesse alla fine della serata. L'unica cosa che sapevo era che le ragazze avevano ragione. *Dovevo* cogliere quest'opportunità. La vita doveva essere vissuta, e io volevo vivere la mia sempre al massimo.

Salvandomi, Zee si era assicurato che avessi quell'opportunità, perciò gli avrei dato un'altra occasione.

Le luci della città si fondevano con le innumerevoli insegne lampeggianti che vantavano la migliore vita notturna.

Una nervosa trepidazione formicolò sotto la superficie della mia pelle quando la limousine rallentò e si fermò davanti a un vecchio teatro risalente agli anni trenta.

Un'insegna verticale in vecchio stile pendeva dall'elaborata facciata esterna, e il botteghino era ubicato sotto la pensilina adornata da grosse lampadine scintillanti.

Un brivido mi percorse il corpo e rimasi senza fiato mentre guardavo fuori dal finestrino.

Mi sfuggì una risatina sorpresa quando improvvisamente la portiera posteriore si spalancò e Ash infilò la testa all'interno, porgendomi la mano.

«Madam» disse con un inchino esagerato. Indossava un paio di pantaloni neri aderenti e una camicia bianca con le maniche arrotolate sugli avambracci, più un paio di bretelle a completare il look.

Un risolino proruppe dalle mie labbra mentre spostavo lo sguardo sulle donne che mi fissavano con un sorriso sul viso. Poi accettai la mano protesa di Ash e gli permisi di aiutarmi a scendere sul marciapiede. Una fresca brezza mi baciò la pelle, suscitandomi un brivido piacevole mentre fissavo il teatro.

«Divertiti!» gridò un coro di voci, prima che lo sportello della limousine si chiudesse alle mie spalle. Mi voltai indietro giusto in tempo per vedere l'auto allontanarsi lentamente dal marciapiede.

«Loro non vengono?»

Ash mi rivolse un sorrisetto e mi porse il braccio. «No, cara. Penso che questo sia un concerto esclusivo.»

Oddio.

Il battito del mio cuore accelerò mentre la consapevolezza prendeva piede.

Questo era per me.

Per noi.

Le ginocchia mi tremavano mentre Ash mi conduceva verso l'unica porta aperta. Gli sportelli del botteghino erano chiusi e il silenzio regnava denso e profondo quando entrammo nell'atrio.

Forse avrei dovuto rendermi conto che c'era qualcosa sotto quando nessuna delle ragazze si era cambiata mentre mi preparavano. Ero stata troppo presa da quello che stava per accadere. Da questo momento significativo.

Decisivo.

Un nuovo inizio o una fine permanente.

Rimasi senza fiato di fronte alla sontuosità dell'interno.

L'atrio era alto almeno sei piani e lampadari di cristallo pendevano dal soffitto. Vari pilastri si innalzavano su ogni lato e splendidi affreschi decoravano le pareti, gli intagli ornati ed elaborati. Una grande scalinata centrale conduceva alle balconate e gli scalini erano ricoperti dallo stesso tappeto rosso e dorato dei pavimenti.

«Oh mio Dio» sussurrai.

Ash mi diede una pacca sulla mano. «Non c'è bisogno di essere nervosa, tesoro.»

«Come potrei non esserlo?»

Lui mi guidò al lato della scalinata, verso l'entrata principale dell'auditorium. «Ti posso assicurare che il nostro amico è più nervoso che mai, quindi sei in buona compagnia.»

La sala era lussuosa quanto l'atrio. Le pareti erano una magnifica dimostrazione di architettura e arte, costeggiate da palchetti che sporgevano in fuori in segno d'apprezzamento della performance, e le poltroncine che occupavano la platea erano rivestite in morbido velluto marrone e bordate d'oro.

Ma nulla di tutto ciò catturò la mia attenzione.

L'unica cosa che vedevo era il pianoforte a coda posizionato al centro del palco. Era immerso nella calda luce dei riflettori perfettamente angolati per catturare lo sgabello dove si sarebbe seduto il pianista.

Respiravo a malapena quando giungemmo a metà della navata centrale.

«Stai bene?» domandò Ash.

Mi costrinsi ad annuire.

«Dove ti piacerebbe sederti?» Agitò la mano indicando le sedie vuote. «La sala è tutta tua.»

«Qui va benissimo.» Non trovavo la forza per avvicinarmi di più al palco.

Non senza rischiare di essere completamente consumata da quell'eccezionale ragazzo.

Ash curvò la bocca in un sorriso d'intesa, poi mi lasciò andare e con un altro inchino mormorò: «Goditi lo spettacolo.»

Ansiosamente, mi misi a sedere.

Un movimento alla destra del palcoscenico catturò il mio sguardo. Mi sporsi in avanti, preda di un'aspettazione diversa da qualsiasi cosa avessi mai sperimentato.

Zee.

Zee.

Quell'audace e meraviglioso uomo avanzò lentamente sul palco.

Sicuro di sé. Dominando la scena come se non l'avesse mai lasciata.

Era senza alcun dubbio l'uomo più intrigante che avessi mai visto.

Indossava un completo identico a quello di Ash: pantaloni aderenti e maniche arrotolate sulle braccia che mettevano in mostra l'inchiostro inciso sulla sua pelle. Teneva la testa abbassata, il viso nascosto dall'ombra proiettata dalla ciocca di capelli che celava la sua espressione.

Ma potei sentire l'emozione che attraversò l'auditorium come un'onda d'urto.

Annientando ogni cosa al suo passaggio.

L'aria si assottigliò e inspirai bruscamente.

I miei occhi si colmarono di lacrime mentre lo guardavo sedersi al posto a cui era sempre appartenuto.

Schiarendosi la gola, Zee fissò nell'oscurità.

Senza dubbio, ero immersa nell'ombra. Nascosta.

Ma non aveva importanza.

Il suo sguardo bronzeo, intenso e penetrante, mi trovò comunque.

Il mio stomaco si serrò mentre sentivo ogni cosa ridursi a un puntino.

In attesa di un momento.

Di *questo* momento.

Zee posò le dita sui tasti.

Il suo corpo venne scosso da un brivido e la sua lingua guizzò fuori per umettargli le labbra.

Un fremito mi percorse la pelle nell'istante in cui la sua voce potente fendette l'aria.

«Quand'ero un ragazzino, ho espresso milioni di volte il desiderio che un giorno mi sarei seduto proprio qui. Su un palco come questo. Non riuscivo a immaginare niente di meglio di centinaia di persone che venivano per sentirmi suonare, convinto che potessi emozionarle nello stesso modo in cui la musica emozionava me.»

Il mio corpo si piegò in avanti, attratto da lui nonostante la caliginosa distanza.

«E ho tenuto quel sogno proprio nel palmo delle mie mani. A un passo dal diventare realtà. Ma ho mandato tutto a rotoli.» Le parole uscirono gracchianti dalla sua bocca. «Il giorno in cui mio fratello è morto, anche una parte di me è morta. E quella musica, Alexis? Quella musica che mi aveva accompagnato sin dal giorno in cui ero nato è stata zittita. Non riuscivo più a udirla. Non riuscivo più a percepirla. Ha lasciato un vuoto dentro di me che ho accettato come promemoria di ciò che avevo fatto. L'ho accolto come una punizione per quello che era costato a mio fratello per colpa mia. Quell'eco silenziosa era il prezzo di ciò che gli dovevo.»

Il suo pomo d'Adamo ballonzolò visibilmente quando deglutì. «Per sette anni, ho cercato di prendere il suo posto. Ho fatto tutto ciò che era in mio potere per rimediare al torto che gli avevo fatto, anche se sapevo che nulla sarebbe mai stato abbastanza. Ma ero intenzionato a provarci comunque. Non ho mai pensato che qualcosa sarebbe cambiato. Mai. Ero felice di scontare questo ergastolo se significava che potevo proteggere un bambino che era diventato l'intero significato della mia vita.»

Lo vidi serrare la mascella e tirare un respiro profondo mentre mi sforzavo di tirarne uno a mia volta.

«Poi è arrivata questa ragazza... questa magnifica ragazza che ha avuto bisogno di me in uno dei momenti più bui della sua vita.» La sua voce, colma di sincerità, divenne più profonda. «Credevo che fosse stato un caso, trovarla in quel modo, fiondarmi a salvarla senza avere la minima idea da cosa la stessi salvando.»

Le sue dita schiacciarono i tasti, suonando un singolo accordo che risuonò nel mio essere, facendo diventare erratico il battito del mio cuore.

«Ero terrorizzato quando ho scoperto che ogni volta che stavo con lei potevo sentirla di nuovo. La musica. Le note di una canzone che era stata zittita per così tanti anni.»

Le mie viscere si contrassero.

Oddio. Questo ragazzo. Questo straordinario ragazzo.

«Non ho impiegato molto per capire che era la sua canzone» continuò con voce roca. «Che *lei* era la musica. Che era l'armonia dietro di essa che scuoteva il mio spirito e che faceva fremere le mie dita per la voglia di suonare.»

La sua bocca si curvò all'angolo, un arco spezzato di tristezza e una cresta di speranza. «Ero terrorizzato da lei perché rappresentava tutto ciò che non potevo avere. Perché mi faceva desiderare cose da tempo scomparse. Perché riempiva quegli spazi vuoti dentro di me, colmandomi di canzoni.»

Mi portai le mani sul mio cuore martellante, come se così potessi impedirgli di traboccare dai confini del mio petto.

Il rimpianto si riversò dalla sua bocca. «L'ho ferita perché sono stato un codardo, ancora convinto di non meritare qualcosa di così giusto. Qualcosa di così bello. Convinto che mi sarei comportato da egoista se le avessi chiesto di restare.»

Scosse lentamente la testa mentre suonava un altro tonante accordo. «Ma ho capito che non voglio quel silenzio nella mia vita. Voglio la bellezza. Voglio la musica. Dio, Alexis, voglio vivere. E so che ogni volta che mi giro combino qualche casino. Prendo la decisione sbagliata. Ma so che stasera, seduto qui, sto finalmente prendendo la decisione giusta. Avrei dovuto dirti queste cose sin dall'inizio, e spero che stasera le ascolterai. Spero che magari... *mi* ascolterai.»

L'emozione mi travolse, onda dopo onda di gioia e dolore mentre guardavo Zee voltarsi verso il pianoforte. I suoi occhi si chiusero e la sua espressione divenne solenne.

Un'ipnotica intensità. Profonda e reale.

Montò e crebbe mentre le sue dita cominciavano a muoversi sui tasti.

Il suono riverberò lungo il mio corpo come una carezza.

Le sue sapienti mani tesserono la stessa ragnatela di bellezza, lo stesso labirinto di tristezza, che mi aveva scombussolata il primo giorno che ero andata al suo appartamento.

La potenza di quell'impatto mi colpì in pieno. L'energia pulsò e sfrigolò, incitata dal tocco talentuoso delle sue dita che danzavano sui tasti.

Quel giorno nel suo loft avevo desiderato supplicarlo di cantarmi le strofe. Di farmi ascoltare il significato di questa triste e incantevole canzone. Avevo desiderato sapere. Capire.

E adesso mi stava offrendo quella possibilità.

La sua voce era sia vellutata che ruvida. Mi carezzò la pelle come desiderio. Come sollievo.

Vivo la mia vita in silenzio
Su una lama tagliente come un rasoio
La mia resa è una facile distruzione
Il mio sacrificio un onore spezzato
Ho affidato i miei sogni alle stelle
E poi mi sono voltato e li ho lasciati lì

Mi sfuggì un piccolo singhiozzo mentre Zee mi lasciava entrare in un posto in cui non mi aveva mai permesso di entrare prima.

Mentre mi lasciava intravedere la sua anima.

Mentre mi accoglieva in quel posto dove custodiva i suoi segreti e il suo dolore.

La sua voce aumentò di volume e la canzone cambiò ritmo quando intonò il ritornello che pervase l'aria.

Scritto nel cielo
Stelle piangenti e cuori spezzati
Desideri dispersi e sogni infranti

Era esattamente così che mi sentivo.

Infranta.

Consumata dal suo cuore spezzato che potevo sentire guarire ad ogni parola che pronunciava.

La sua voce divenne di nuovo profonda, rallentando quando cantò la seconda strofa.

Non ho mai saputo che tu fossi lassù
Insieme a loro
Brillando luminosa e donando vita
Starshine
Luce splendente nei miei occhi
Adesso sono accecato

Starshine.

Sbattei le palpebre, incapace di trattenere le lacrime mentre la potente voce di questo bellissimo uomo riverberava nell'auditorium.

Scritto nel cielo
Stelle piangenti e cuori spezzati
Desideri dispersi e sogni infranti

Domande e incertezze si intrecciarono alla passione della sua canzone quando rallentò di nuovo, e il suono che scaturiva dal pianoforte divenne pacato mentre la sua voce si trasformava in una roca supplica.

Dici che non c'è niente da temere
Ma non è così semplice
Quando la paura è l'unica cosa che hai
Cogli l'occasione, cogli l'occasione
E mi uccide sapere che l'unica occasione che voglio
È quella che non so come cogliere

Per un attimo, la canzone si interruppe completamente e

un silenzio carico di trepidazione permeò l'atmosfera.

Il respiro mi si bloccò nei polmoni.

Un disperato senso di anticipazione attraversò il mio spirito.

Poi Zee riattaccò con la canzone mentre un medley di voci si univa a lui.

Ma adesso sono accecato
Starshine
Luce splendente nei miei occhi
Stelle piangenti e cuori rammendati

Uno ad uno, uscirono sul palco. Baz, Austin, Lyrik e Ash, tutti vestiti allo stesso modo. Tamar, Edie, Shea e Willow, che si erano cambiate e avevano indossato un vestito.

Ognuno di loro stava cantando mentre attraversava il palcoscenico per mettersi accanto a Zee.

Una parte di lui.

Il suo supporto.

La sua famiglia.

Non potei fare altro che alzarmi in piedi.

Sopraffatta.

Soggiogata da questa bellezza.

E il mio cuore prese a battere selvaggiamente con la sua canzone, una confessione che si ricucì per diventare parte di me.

E sei tu
Starshine
Stella splendente nei miei occhi
Stelle piangenti e cuori rammendati
Stanno cadendo per te

Cantarono tutti in coro, alcuni con voce da tenore, altri da baritono e basso.

La dolce voce di Shea si sollevò al di sopra delle altre per alcuni momenti in una perfetta armonia.

Prendimi quando cadrò
Mi prenderai quando cadrò?

Poi le voci di tutti si affievolirono fino a zittirsi, e il pianoforte si ridusse a un flebile suono mentre Zee ricominciava a cantare da solo. La sua bocca era proprio contro il microfono e il suo vulnerabile e perfetto cuore in piena vista.

Starshine
Stella splendente nei miei occhi
Mi sto innamorando di te
Questo cuore rammendato
Sta cadendo per te
Prendimi quando cadrò

Starshine
Mi prenderai quando cadrò?

Zee emise un sospiro profondo e chiuse gli occhi per un istante, prima di riaprirli e guardare dritto verso di me. «So che la mia vita è complicata, Alexis. Che ho un figlio che ne ha passate tante, più di quanto un bambino dovrebbe. Un figlio che avrà bisogno di me ogni secondo di ogni giorno. Ma la verità è che ho bisogno anche di te. Ho bisogno della tua luce. Della tua musica. Della tua canzone. Dammi una possibilità, Alexis. Niente paura. Vivi e basta.»
Non ci fu alcuna esitazione da parte mia.
Nessun dubbio.
Corsi lungo la navata.
Verso questo incredibile e indimenticabile uomo.
Niente paura. Vivi e basta.

56

ZEE

Lo spazio tra di noi prese vita. Come succedeva sempre quando Alexis mi era vicino. Anche se stavolta... stavolta palpitò di devozione. Di qualcosa che sapeva di stabilità e lealtà. Il tipo di speranza che ero stato troppo terrorizzato per permettermi di provare.

Mi alzai dallo sgabello del pianoforte con la mia famiglia intorno a me.

Lì al mio fianco con il loro incrollabile sostegno.

La mia testa vorticò.

Il mio cuore prese a battere furiosamente quando vidi Alexis correre lungo la navata.

Verso di me.

Mi avvicinai al bordo del palco e balzai giù proprio mentre lei mi raggiungeva.

La sollevai da terra e Alexis avvolse le braccia intorno al mio collo.

Dio, come poteva qualcosa essere così bello?

Così perfetto.

Sopraffatto, la feci volteggiare ripetutamente mentre la

tenevo stretta a me.

Quella dolcezza riempì i miei sensi come una droga.

Buona e pura.

Lentamente, la feci scivolare lungo il mio corpo. Cinsi il suo viso con una mano e le carezzai lo zigomo col pollice.

Il mio cuore sarebbe stato per sempre nelle sue mani. «Star-shine.»

Fissai Alexis attraverso la pallida luce che entrava dalle finestre che si affacciavano sulla città. Subito dopo il concerto, l'avevo portata qui.

Provando il bisogno di stare da solo con lei.

Di sentirla.

Toccarla.

Farle tutte le promesse che solo il mio corpo poteva esprimere.

I miei affondi erano lenti e languidi mentre la possedevo, venerandola con devozione nella penombra del mio loft.

La mia mano era sul suo viso, l'altra intrecciata nei suoi capelli.

La sua bocca si schiuse mentre si aggrappava a me.

Venimmo insieme.

Silenziosamente.

Riverentemente.

Per alcuni istanti, rimanemmo lì distesi ad annaspare mentre le nostre menti raggiungevano quel luogo verso cui i nostri cuori erano corsi sin dall'inizio.

Lentamente, mi ritrassi, carezzandole l'angolo della guancia col pollice. «Ti amo, Alexis Kensington.»

Era la prima volta che glielo dicevo, ed ero certo di non aver mai pronunciato una verità più grande.

Lei mi guardò con espressione piena d'amore, i suoi profondi occhi blu colmi di fiducia. Dell'intramontabile fede che aveva ripristinato ciò che mi era mancato.

Mi sfiorò il viso con i polpastrelli. Un sussurro. Una promessa. «E io ti amerò per sempre, Zachary Kennedy. Grazie per avermi dato una possibilità. Per esserti fidato di me al punto da permettermi di stare accanto a Liam.»

Spostando entrambi su un fianco, feci scorrere la punta del pollice sul suo labbro inferiore. «Non è che non mi fidassi di te, Alexis. È che dovevo trovare un modo per fidarmi di me stesso. Dovevo finalmente riuscire ad accettare che anch'io avevo qualcosa di buono da dare. Ho vissuto così a lungo nell'esilio che mi ero autoimposto che pensavo sarebbe stato un crimine uscirne. Ma tu... tu mi hai mostrato che la vita va vissuta.»

Alexis sfregò leggermente la barba che ricopriva la mia mascella. «E adesso sei pronto a vivere.»

«Sono prontissimo a vivere.»

La sua voce si addolcì, riempiendosi di meraviglia e incoraggiamento, e il suo sguardo potente scrutò il mio viso. «Com'è averlo con te adesso? Come ci si sente ad essere un papà?»

Un sospiro affettuoso riverberò nell'oscurità. «Mi sono reso conto che ho sempre saputo che mi mancava qualcosa, semplicemente non sapevo cosa. Ho la sensazione di averlo finalmente trovato... in Liam e in te.»

Alexis sbatté le palpebre e il suo tono divenne carico di significato. «Possiamo prendercela con tutta la calma che vuoi, Zee. Ti prometto che non irromperò nella tua vita.»

Liam era stato più che felice quando gli avevo chiesto se gli andasse di dormire da Baz e Shea stanotte. Avevo bisogno di un po' di tempo da solo con Alexis. Tempo per parlare. Per chiarire tutto.

Ero pronto. Non avevo più dubbi.

Abbassai la testa e sfiorai le sue labbra con le mie. «Non sono sicuro di saper fare le cose con calma con te.»

Lei ridacchiò, e il suono echeggiò dentro di me come una canzone. Una canzone che risuonava di gioia. Di pace. «Non siamo molto bravi a procedere con calma, eh?»

«No. Penso che i nostri cuori lo sapessero sin dall'inizio e che ci abbiano spinti nella direzione in cui dovevamo andare.»

Alexis si afferrò il labbro inferiore tra i denti. «Io penso di averlo capito la prima volta che ti ho visto.»

Sfregai il naso contro il suo collo, sorridendo per la felicità. Per la gioia di poter finalmente credere.

Tornando serio, mi ritrassi leggermente e giocherellai con una ciocca dei suoi capelli. «Io... ho bisogno di dargli stabilità, Alexis. E se tu vuoi far parte della sua vita, devo sapere che te la senti davvero. Per un po', le cose saranno complicate con lui. Sta affrontando bene la morte di sua madre, ma so che ci saranno momenti difficili in futuro. E Dio... non vorrei mai che tu mettessi in dubbio dove voglio che tu stia, perché l'unico posto in cui ti voglio è con noi.»

«Cosa intendi dire, Zee?»

Una risata sfuggì dalle mie labbra. «Suppongo che ti stia dando un'ultima occasione per scappare prima di legarti a me per sempre.»

Le lacrime luccicarono nei suoi occhi. «L'unica direzione in cui scapperò sarà verso di te.»

Il sollievo mi investì in pieno.

Completamente.

«Ti amo, Lex.»

Lei si sporse in avanti così che la sua bocca incontrasse la mia.

Fuoco.

Fiamme.

Libertà.

Mi prese la mano con la stella tatuata sul dorso e se la portò alle labbra, la sua voce un sussurro contro la mia pelle. «Sei tutto ciò che ho sempre desiderato. Ancor prima di sapere cosa fosse.»

57

ALEXIS

L'ansia batteva un ritmo costante in ogni fibra del mio corpo e il sudore mi imperlava la nuca.

Tirai un respiro profondo, cercando di calmarmi, di non agitarmi mentre aspettavo fuori dalle enormi doppie porte del loft di Zee.

Con mani tremanti, mi lisciai la gonna per quella che doveva essere la centesima volta.

Ero certa di non essere mai stata così nervosa in tutta la mia vita.

Così com'ero certa di non essere mai stata sull'orlo di un precipizio di qualcosa di così importante.

Ci sono momenti nella nostra vita in cui sappiamo che le cose stanno per cambiare.

Ma questo cambiamento?

Probabilmente era il più significativo di tutta la mia vita.

Il mio battito cardiaco accelerò e il mio spirito si riempì di trepidazione.

Speranza e paura.

Speranza e paura.

Turbinarono e vorticarono, scuotendo la mia certezza.

Non ero mai stata il tipo da camminare in punta di piedi.

Mi ero sempre gettata a capofitto in ogni situazione.

Impaziente di scoprire cosa aveva da offrire.

Ma stavolta lo feci con assoluto riguardo. Con piena considerazione del fatto che mi ci era voluta poca riflessione o ponderazione.

Perché il mio cuore aveva già urlato la sua decisione.

La serratura stridette e la mia frequenza cardiaca andò in tilt quando la porta si aprì.

Zee era in piedi sulla soglia, quest'uomo bellissimo e inebriante che era diventato il mio mondo.

Quest'uomo che mi stava invitando più a fondo nel suo universo.

Il cardine di qualcosa più importante di tutto quello in cui avessi mai creduto in tutta la mia vita.

Un fremito mi percorse la pelle quando mi lanciò un sorriso mozzafiato. Uno intriso d'affetto e nervosismo.

«Ehi» disse a bassa voce mentre spalancava la porta.

«Ciao» sussurrai, rivolgendogli un dolce sorriso, prima di entrare dentro e lasciar vagare lo sguardo per il soggiorno.

La luce del sole filtrava all'interno attraverso le finestre, puntandosi come un riflettore sulla piccola figura sul tappeto.

Immediatamente, la mia attenzione andò lì, focalizzandosi sul bambino.

Ogni cosa si fermò: il mio respiro, il mio spirito, il mio cuore.

Assaporai quel momento sacro, imprimendolo per sempre nella mia mente.

Liam era seduto a gambe incrociate, chino su un mucchio di Lego che era intento a costruire.

I miei piedi mi condussero con cautela lungo il pavimento mentre ogni parte di me si scatenava. Protendendosi, allungandosi e amplificandosi. La speranza si proiettò davanti a me come un faro luminosissimo.

Riconducendomi a casa.

Quel bambino dai capelli castano chiaro e dagli occhi color

del bronzo sollevò la testa di scatto quando mi sentì avvicinare. Mi rivolse un sorriso enorme. Vulnerabile e dolce.

«Ciao. Papà mi ha detto che saresti venuta per giocare con noi. Ti va? Sto costruendo un castello perché da grande diventerò un cavaliere.»

Mi inginocchiai davanti a lui.

Con tutto il cuore.

«Mi piacerebbe molto giocare.»

«Qual è il tuo colore preferito?» mi chiese, riportando lo sguardo sul mucchio di Lego così da poterlo cercare per me.

Lanciai uno sguardo a Zee, che ci stava fissando intensamente.

Quell'energia divampò nell'aria.

Sfrigolando e agitandosi con una pace travolgente.

E finalmente, lì seduta, compresi con esattezza cos'era che desideravo da sempre.

Epilogo
ZEE

Calde risate echeggiavano tra le pareti.

Mi rilassai sul comodo divano mentre lasciavo vagare lo sguardo per il soggiorno di Shea e Sebastian nella loro villa a Tybee Island.

Baz, Austin, Ash e le loro rispettive famiglie si erano stabiliti principalmente qui a Savannah, dal momento che questo era il luogo in cui volevano crescere i loro figli.

Lyrik e Tamar trascorrevano ancora gran parte del loro tempo a Los Angeles, dove potevano stare più vicino a Brendon.

Ovviamente, era lì che anche io e Alexis intendevamo mettere radici, così che lei potesse stare accanto alle sue sorelle.

Avril era pulita da sei mesi, e viveva in una sorta di centro di riabilitazione mentre si sforzava di rimettersi in sesto, combattendo duramente ogni giorno ma consapevole che valeva la pena lottare per vivere davvero.

Avevo sempre temuto che se i *Sunder* non avessero continuamente fatto musica, tour e scalato le classifiche, avremmo perso di vista i nostri sogni. Ma quei legami non si erano allentati, al contrario sembravano essersi rafforzati quando le esigenze della vita da rockstar erano cambiate. Anche se le nostre fisse dimore erano ai lati opposti del paese, non significava che non ci riunissimo ogni volta che potevamo.

Ecco perché eravamo tutti qui per celebrare le festività.

Le luci erano soffuse e Shea aveva disposto le candele fuori dalla portata di piccole mani. Centinaia di lucine bianche scintillavano dall'alto albero di Natale situato accanto alle vetrate che davano sul mare, le cui onde si infrangevano sulla spiaggia visibile al di là delle finestre, amplificando la contentezza che protendeva le sue dita in segno di benvenuto.

I *Sunder* erano disseminati per l'enorme stanza. Shea e Edie stavano chiacchierando in cucina, Baz e Austin erano seduti sugli sgabelli accanto all'isola centrale, poco lontano da loro.

Lyrik e Tamar erano accoccolati su un altro divano, mentre Ash e Willow stavano bisbigliando l'un l'altro su una chaise longue accanto al fuoco, le cui fiamme danzavano e scoppiettavano, riflettendosi sul vetro e gettando un caldo bagliore per l'intera stanza.

La parte migliore?

Tutti i bambini erano al centro del pavimento a giocare con i regali che avevano scartato prima.

Il mio petto si gonfiò d'affetto, incapace di conciliarsi con la soddisfazione che provavo. Con la spensieratezza che finora non mi ero mai reso conto che mi mancava. Questa pace che leniva le ferite che avevo creduto non si sarebbero mai rimarginate.

La suddetta pace si amplificò ulteriormente quando i miei occhi si posarono sulle due figure al centro di tutto.

Liam era proprio accanto ad Alexis, dove sembrava voler stare di continuo, ridendo istericamente mentre lei lo pungolava sulla pancia. Liam si afferrò quel punto, gridando "no" quando era chiaro che la stava supplicando di continuare.

Sì.

Le cose erano state difficili. Ma stavano migliorando. Ogni giorno. Sapevo che Liam avrebbe sempre sentito la mancanza di Veronica, e non avrei mai sminuito il fatto che mio figlio avesse perso sua madre. Potevo solo essere grato per quello che io e Alexis eravamo in grado di dargli.

Protezione, sicurezza e stabilità.

Una grande casa con un giardino ancora più grande.

Il nostro tempo.

Il nostro amore.

E Dio, ce n'era un sacco. Così tanto amore che avrebbe dovuto essere impossibile. Ma era reale. Reale quanto l'amore che riverberava su questi pavimenti e che echeggiava tra queste mura.

«Okay, il tè e la cioccolata sono pronti.» Shea posò un vassoio di tè caldo sul grande tavolino quadrato che era stato spostato di lato per permettere ai bambini di sedersi ai piedi dell'albero, e Baz la seguì con un vassoio di cioccolata calda per i più piccoli.

«Evviva!» esclamarono in coro quest'ultimi.

A quanto pareva, una tazza di cioccolata calda alla vigilia di Natale era una cosa importante.

Una tradizione in erba.

Ash si alzò in piedi e aiutò a distribuire i piattini e le tazze. «Credo che questo richieda un brindisi» disse con uno dei suoi sorrisetti.

Lyrik scosse la testa. «Ovviamente.»

Ash ridacchiò, ma poi la sua espressione si fece seria. «Abbiamo attraversato momenti davvero difficili. Più tragedie e delusioni di quante possiamo contarne.» Il suo sguardo si posò su tutti i presenti. «Ma penso che possiamo affermare con certezza che la nostra fortuna ha avuto il meglio.»

Scosse la testa. «Non avrei mai pensato di trovare l'amore.» Con la sua tazza indicò ognuno di noi. «E scommetto che anche voi non lo pensavate. I *Sunder* stanno ancora facendo magie, ma lo stiamo facendo alle nostre condizioni perché ciascuno di noi sa cos'è la cosa più importante.»

Sbatté le palpebre e deglutì rumorosamente. «Alla famiglia.»

Tutti sollevammo le nostre tazze. «Alla famiglia.»

Un dolce tepore mi colmò il petto e spostai gli occhi su Alexis, che stava guardando mio figlio con un'espressione così tenera che mi travolse come un uragano.

Forse percepì i miei occhi su di lei, perché si voltò verso di me.

Mi fissò con fede, bontà e fiducia.

Questa ragazza...

Non avrei potuto sperare in una persona migliore, e non avrei mai pensato che avrei trovato la mia metà. Eppure questa ragazza era il mio cuore.

Il mio spirito.

La mia anima.

Lo spazio tra di noi prese vita. Un misto di energia e desiderio. Non importava che fosse mia. Non ne avrei mai avuto abbastanza.

Come se fosse attratta, Alexis si alzò in piedi e avanzò verso di me con addosso quel maglione che la abbracciava in tutti i punti giusti, gli occhi luminosi e le labbra piegate in un sorriso dolce.

Le tesi la mano, attirandola a me con la stessa impazienza con cui lei scivolò sul mio grembo. Avvolsi un braccio intorno alla sua vita e sfregai il naso contro la sua tempia. «Buon Natale, tesoro.»

Lei mi guardò dritto negli occhi. «Questo è il miglior Natale che abbia mai passato in vita mia. Grazie mille per avermi permesso di condividerlo con te.»

L'abbracciai un po' più forte. «E dove altro dovresti essere?»

«Non voglio essere da nessun'altra parte.»

«Mi piace come suona.»

Alexis si catturò il labbro inferiore tra i denti mentre un rossore le imporporava le guance. «Davvero?»

«Sì, è musica per le mie orecchie.»

Mi girai verso Liam che stava ridacchiando per una faccia buffa che Brendon stava facendo. «Ehi, Liam» lo chiamai in tono dolce.

Lui alzò la testa di scatto, un sorriso stampato sulla bocca. «Che c'è, papà?»

«Ti ricordi di quel regalo speciale che abbiamo preparato?»

Lui si illuminò tutto e si alzò rapidamente in piedi. «Sì! Lo prendo, lo prendo!» Si fiondò dietro l'albero dov'era nascosto il regalo, poi si fece largo tra i presenti mentre veniva nella nostra direzione.

411

Avrei potuto giurare di sentire il cuore di Alexis accelerare nello stesso istante in cui questo ritmo costante cominciava a battere tra di noi.

Una connessione imperscrutabile.

Un legame indissolubile.

Liam stava saltellando come se si stesse facendo la pipì addosso tanta era l'eccitazione che provava per il segreto che aveva tenuto nascosto per tutta la settimana e che adesso celava dietro la schiena.

Suppongo che avesse portato abbastanza pazienza per essere un bambino, inoltre era stato il complice perfetto con i suoi occhiolini e tentativi di depistarla.

Spostai Alexis dal mio grembo e la sistemai sul divano, poi mi alzai e mi voltai verso di lei.

Un attimo dopo mi misi in ginocchio.

Liam era proprio al mio fianco.

Una piccola esclamazione sorpresa fuoriuscì dalle labbra carnose di Alexis, che deglutì e spostò lo sguardo tra me e Liam.

Con espressione colma di speranza.

Perché questo era ciò che era.

Speranza.

Bontà.

Un angelo.

Starshine.

«Liam ha qualcosa di speciale che vuole darti. Vero, figliolo?»

Lui annuì con enfasi, tirò fuori il regalo da dietro la schiena e lo spinse nella sua direzione.

Tutti i presenti boccheggiarono sbalorditi. I ragazzi, le ragazze e i bambini.

La verità era che non avrei voluto che ciò avvenisse in nessun altro modo.

Avevo tenuto nascosto quello che era importante per troppo tempo.

Non l'avrei fatto mai più.

Alexis si portò le dita tremanti al petto, spostando brevemente lo sguardo su di me prima di riportare la sua completa attenzione su Liam, che reggeva la piccola scatolina avvolta in una carta dorata nel palmo delle sue mani.

Lei allungò il braccio, tremando e respirando a fatica, mentre io facevo del mio meglio per soffocare l'emozione che traboccava dal mio spirito, crescendo in fretta e riversandosi fuori.

«L'ho impacchettato io» sussurrò piano Liam, come se stesse cercando la sua approvazione. Il mio piccolo ometto aveva costantemente bisogno di rassicurazioni, e noi gliele davamo di continuo.

«Hai fatto un ottimo lavoro» gli disse Alexis, anche se le sue parole erano un roco mormorio a malapena udibile. Inspirò profondamente mentre scartava il pacchetto con attenzione.

La piccola scatolina di velluto nero era appena visibile quando Liam cominciò a saltellare e battere le mani. «Io e papà vogliamo che ci sposi. Vuoi sposarci?»

Lei mi guardò con gli occhi luccicanti di lacrime.

«Proprio così, Alexis, vuoi sposarci?» chiesi in tono dolce.

Lei scivolò giù dal divano e si mise in ginocchio. «Niente mi renderebbe più felice di sposarvi.»

Liam urlò di gioia, girando in tondo e gridando al resto della famiglia: «Ha detto di sì! Mi sposo!»

Alexis sorrise a mio figlio, che era diventato anche suo. «Certo che ci sposiamo» gli disse, sfiorandogli teneramente il mento con le dita.

Liam le rivolse un sorriso smagliante mentre lei lo guardava con assoluta adorazione.

Il suo amore per lui era talmente intenso da scuotermi nel profondo ogni volta che li vedevo insieme.

Tutti i presenti applaudirono. Probabilmente, se lo aspettavano già, considerando che non ero difficile da capire. Non da quando avevo confessato tutti i miei segreti.

Alexis mi strinse la mano, come se avesse bisogno di sostegno. Come se fosse sopraffatta.

Ma era proprio questo il punto.

Non ero mai stato famoso per essere un combattente.

Ma sin dalla prima notte che l'avevo incontrata, sapevo che non avrei mai rimpianto di aver combattuto per lei.

Forse per tutti quegli anni avevo dimenticato il motivo per

cui continuavo a vivere.

Ma non l'avrei più scordato.

Alexis mi aveva insegnato cosa si provava ad essere liberi. Mi aveva insegnato a credere nella fede e nell'amore.

Grazie a lei?

Avevo ricordato cosa significava stare in piedi.

Le infilai l'anello al dito e me lo portai alle labbra. «Per sempre.»

Alexis annuì mentre le lacrime le rigavano le guance. Con un sorriso tremulo, inclinò la testa verso il pianoforte situato contro la parete opposta. «Ti va di suonare con me, mio piccolo batterista? È sempre stato un mio desiderio, sai.»

L'amore montò e palpitò nell'aria, e mi guardai intorno per vedere la felicità stampata sul volto di ogni membro della mia famiglia.

Stelle piangenti.

Chi avrebbe mai immaginato che stessero esaudendo i nostri desideri sin dall'inizio.

FINE

Altre opere di A.L. Jackson disponibili in italiano

Un sasso nell'oceano
(Bleeding Stars #1)

Lui non voleva niente...
Finché non ha scoperto che lei aveva tutto da offrire.

Sebastian Stone, frontman dei Sunder, si caccia sempre nei guai.

I problemi lo seguono ovunque vada.

Con i suoi precedenti, avrebbe dovuto sapere che Shea Bently sarebbe stata un problema. Ma la dolce e innocente ragazza del Sud era l'unica cosa che riusciva a vedere. L'unica cosa che voleva vedere.

Adesso annegano entrambi in un mare di desiderio, affondando irrimediabilmente in un mondo di lussuria, e la loro passione si rifiuta di lasciarli risalire a galla per respirare.

Per quanto lui voglia che le cose tra di loro funzionino, Shea ha un tormentato passato alle spalle, uno da cui è intenzionata a fuggire a tutti i costi.

Tuttavia, alcuni segreti non muoiono mai.

Se il passato di Shea venisse riportato alla luce, potrebbe distruggere il mondo di Sebastian. Quest'ultimo deve decidere se vale la pena sfidare la corrente per lei o se dovrebbero semplicemente affondare come un sasso nell'oceano.

"Un'appassionante lettura ricca di segreti, colpi di scena e sesso bollente." – Penelope Ward, autrice bestseller del The New York Times.

Annego in te
(Bleeding Stars #2)

Il pericolo di fingere è che la finzione diventi realtà...

Sebastian Stone, frontman e chitarrista dei Sunder con una fedina penale lunga un chilometro, è fuggito a Savannah, Georgia, per allontanarsi dai guai che ha causato.
Non per trovarne altri.
Nell'istante in cui ha visto Shea Bentley, ha scorto in lei qualcosa di molto più profondo della sua dolcezza e innocenza.
Qualcosa di più oscuro.
La loro relazione è stata costruita sui segreti, il loro amore sulle bugie.
Ma Sebastian non immaginava neanche lontanamente quanto grandi fossero i suoi segreti.
Quando il passato e il presente si scontrano, Sebastian e Shea si ritrovano a lottare per un futuro che nessuno di loro credeva di meritare. La loro passione è intensa, e il bisogno che provano l'uno per l'altra è infinito.
Adesso che la verità è nelle sue mani, Sebastian deve decidere se è pronto a sacrificare tutto ciò a cui tiene per proteggere Shea e la propria famiglia.
Due passati che si intrecciano.
· Due vite che si legano.
Shea e Sebastian annegheranno nei loro demoni o impareranno finalmente a vivere?

"Passionale e struggente, dolce e sexy... Non potete... non potete assolutamente perdervi la conclusione di questa storia incredibile!" – M. Leighton, autrice bestseller del New York Times.

"La storia di Shea e Sebastian è semplicemente magnifica, ed è impossibile non innamorarsene." – Mia Sheridan, autrice bestseller del New York Times.

Come un fulmine a ciel sereno
(Bleeding Stars #3)

Lei è un meraviglioso incubo e lui un perfido sogno...

Sai cosa si prova subito prima che un fulmine cada? Il modo in cui puoi sentire l'elettricità scorrerti nelle vene? I fremiti di avvertimento che crepitano nell'aria densa? Questa è un'emozione che Tamar King ha inseguito per tutta la vita finché non è diventata proprio la cosa da cui è dovuta fuggire.

Negli ultimi quattro anni, Tamar si è nascosta in un mondo isolato creato da lei stessa. Era al sicuro. Nessuno poteva toccarla. Finché Lyrik West non è piombato nella sua vita.
Lui è il primo chitarrista dei Sunder e tutto ciò che lei non potrà mai avere. Tuttavia, l'oscuro e bellissimo rockettaro diventa l'unica cosa che Tamar desidera ardentemente.

Lyrik ha dedicato la sua vita alla band e il successo che ha raggiunto gli è costato caro. Amareggiato, duro e pieno di rimpianti, si rifiuta di lasciarsi andare di nuovo, ma dall'istante in cui vede Tamar King, non desidera altro che passare una notte di passione con lei.
La splendida barista si rivela essere molto più di quanto si aspettasse. La loro attrazione è irrefrenabile, il loro desiderio travolgente. Basta un solo tocco ed entrambi prendono fuoco.
Ma vale la pena essere bruciati?

"Crepitante di emozioni e sfrigolante di passione, la storia di Lyrik e Tamar è così elettrizzante che vi lascerà felicemente soddisfatte, eppure desiderose di averne di più." – M. Leighton, autrice bestseller del NYT

"Temo di non avere abbastanza stelline da dare a una storia magnifica come questa, perché anche il punteggio più alto non renderebbe

giustizia a questo libro." – Natasha is a Book Junkie

"Questa storia vi trafiggerà la mente e il corpo come un fulmine che squarcia il cielo durante una pioggia torrenziale che si abbatte sul vostro cuore. Do a questo romanzo 5 stelline piene e lo consiglio vivamente a tutte." – Smokin' Hot Reads

Aspettami
(Bleeding Stars #4)

*Lei è la sua forza e lui la sua debolezza. E stavolta non la lascerà
andare.*

Edie Evans è stupenda.
Sexy.
Gentile.
E anche la definizione di "off-limits".
Ma questo non mi ha impedito di intrufolarmi di notte nella
sua stanza per consolarla.
Tuttavia, i tipi come me distruggono tutto, perciò non avrei
dovuto sorprendermi quando ho distrutto anche noi.
La sera in cui l'ho fatta fuggire via, ho pensato che non l'a-
vrei mai più rivista.
Finché non l'ho vista tra la folla come una sorta di visione.

Austin Stone è pericoloso.
Affascinante.
Seducente.
Mi ha spezzato il cuore e mi rifiuto di dargli la possibilità di
rifarlo.
Sono passati anni dall'ultima volta che l'ho visto, e adesso
non posso fare a meno di fissare il magnifico uomo tatuato che
suona sul palco. Dovrei scappare via. So che dovrei. Ma come
una sciocca, corro dritta tra le sue braccia.

Il nostro desiderio è irrefrenabile.
Il nostro bisogno inarrestabile.

Lei è la mia speranza.
Lui è la mia debolezza.
Avremmo dovuto sapere che una passione così intensa ci
avrebbe ridotto in cenere.

"È un libro che ti consuma l'anima e ti incanta ad ogni pagina. Un

419

puro splendore... 5+++ stelle per questo romanzo vivamente consigliato."
- MJ Fryer

"6 stelle! Aspettami è sia devastante che splendido! A.L. Jackson ha un modo di riversare le parole su carta che ti fa anelare ogni singola parte di una storia, anche dopo che le parole sono terminate." - Molly McA-dams, autrice bestseller del NTY

Resta
(Bleeding Stars #5)

Sono Ash Evans.
L'anima della festa.
Sexy. Ricco. Carismatico.
Una rockstar tatuata con il mondo ai miei piedi.
Passo da una donna all'altra più velocemente di Casanova.
Ho abbracciato il mio stile di vita e l'ho vissuto al massimo.
Fino al giorno in cui non mi si è ritorto contro.

Willow Langston mi ha trovato quand'ero a terra.
Letteralmente.
A faccia in giù in una pozza del mio stesso sangue.
Le devo la vita e ho tre mesi per ripagare quel debito.
Quello che non avrei mai dovuto fare era toccarla. Baciarla.
Portarmela a letto.

L'amore non avrebbe dovuto far parte dell'equazione.
Ho rinunciato a quella fastidiosa complicazione tanto tempo fa,
dannazione.
Eppure, ora la voglio più del mio prossimo respiro.
Ma lei non sa quello di cui sono a conoscenza.
Cosa devo fare? Dirle addio per proteggerla? Oppure provare
ad affrontare i miei demoni e chiederle di restare?

"Ad ogni volume, mi sono innamorata sempre di più degli uomini che compongono i Sunder e delle donne che amano con ogni fibra del loro essere. Ma ho un posto speciale nel mio cuore per Ash e Willow. Ho letteralmente divorato questo libro che mi ha lasciata con un sorriso felice sul viso e un sospiro soddisfatto nel cuore. Con questa storia sexy e commovente, A.L. Jackson ha tirato fuori il meglio di sé." – Mia Sheridan, autrice bestseller del NYT

"Accattivante, sexy e, in vero stile A.L. Jackson, meravigliosamente devastante. Questo è senza dubbio il suo miglior romanzo fino ad oggi, e il più bello che abbia letto quest'anno." – Molly McAdams, autrice

bestseller del NYT